AF555701

NOUVELLE DÉCOUVERTE.

ÉCRITURE UNIVERSELLE

OU

ÉCRITURE DES SONS

Pour se faire une idée matérielle de cette découverte, il faut se figurer un aveugle qui ayant trouvé le moyen d'écrire les paroles telles qu'elles sortent de la bouche, n'a nullement besoin de s'occuper de l'image actuelle des mots.

PARIS

ON S'ABONNE CHEZ L'AUTEUR, RUE DE VAUGIRARD, 194,

IMPASSE DE L'ENFANT-JÉSUS, 3.

1857.

1re 2me Livraisons

ÉCRITURE UNIVERSELLE

OU

ÉCRITURE DES SONS.

COUVERTURE DES CINQUIÈME ET SIXIÈME LIVRAISONS.

Le nombre considérable de lettres qui me sont adressées depuis que les journaux ont annoncé l'*Ecriture universelle* m'empêche d'y répondre comme par le passé ; lorsque quelques abonnés seulement me demandaient des explications relatives à ma découverte, c'était pour moi un plaisir de les donner en leur écrivant des lettres personnelles ; mais le nombre des demandes augmentant, on comprend que j'ai dû me priver de ce plaisir. Ce sont d'ailleurs presque toujours les mêmes objections qui se présentent : pour les résoudre, je mets sous les yeux de mes abonnés quelques-unes des lettres que j'ai répondues. Ce dépouillement de ma correspondance, choisi avec discernement, contient toutes les objections qui m'ont été présentées et la solution que j'en ai donnée. Si, malgré cela, quelques difficultés non prévues se présentaient, je me mets toujours à l'entière disposition de mes abonnés et me ferai un devoir de les lever.
Un sentiment de convenance me porte à affranchir toutes les lettres que j'écris, j'ose espérer trouver chez mes correspondants la réciprocité du même procédé.

Plusieurs personnes impatientes d'arriver au but que j'ai indiqué, me demandent un spécimen de mon écriture annoncée comme n'ayant point de rapport avec la sténographie, je me fais un plaisir de leur soumettre trois lignes, qui pour elles seront du chinois, mais qui pour leurs enfants seront sous peu du français dans toute sa richesse et sa pureté :

EXTRAIT DE MA CORRESPONDANCE.

1.—*M. S...*, *à Amiens.*

En souscrivant à l'ouvrage que je publie en ce moment, vous avez été séduit par la promesse que j'ai faite de simplifier l'écriture, de rendre inutiles toutes les règles de l'orthographe, et d'apprendre l'art d'écrire presque aussi vite que la parole ; — mais vous ne vous attendiez pas, m'écrivez-vous, à une réforme des caractères aujourd'hui en usage.
Comment eût-il été possible, je vous le demande, de simplifier l'écriture sans en changer la forme ? Simplifier l'écriture, n'est-ce pas la réduire ; et, pour nous affranchir des règles de l'orthographe, n'était-il pas nécessaire d'employer des caractères complétement nouveaux ? C'est ce que j'ai fait. A l'aide de la nouvelle méthode, on pourra désormais écrire facilement tous les mots de toutes les langues avec *neuf* caractères ; chaque syllabe sera figurée par une lettre, chaque mot contiendra un nombre de lettres égal au nombre de syllabes ; cela seul peut donner une idée de la rapidité que l'on pourra obtenir en écrivant, et dont voici un exemple de cinq mots tracés en caractères d'égales dimensions.
Recevez, etc.

2.— *M. L...*, *à Rouen.*

Outre la difficulté d'apprendre de nouveaux signes, la nouvelle écriture, selon vous, ne sera jamais aussi élégante que l'ancienne.
Ce qui semble difficile pour celui qui ne sait pas est le plus souvent la chose du monde la plus simple pour celui qui a appris.
Une personne intelligente pourra en quelque heures comprendre la combinaison de mes *neuf* caractères entre eux. — Quant à la difficulté d'apprendre à former les nouveaux signes, elle est bien petite comparée aux résultats.
Pour répondre à votre objection, relative à l'élégance, vous trouverez ci-dessus quelques lignes de la nouvelle écriture (dont je vais donner la traduction fidèle). Comparez, Monsieur, je m'en rapporte à votre bon goût ; je suis assuré que ces lignes vous donneront de l'écriture que j'ai inventée une opinion plus favorable.
Agréez, etc.

comparaison des mots, noms, villes

Il sera facile de se convaincre que si chaque mot se trouvait tracé avec nos lettres d'usage, en caractères d'une dimension égale à celle des signes que je vais employer pour l'*Ecriture universelle*, cette page suffirait à peine pour en donner la traduction.

Paris, monuments, nations, Saint-Quentin, Montauban, natation, ciseaux, canaux, calicot,

compositions, chats, chiens, Jean, manteaux, macarons, dans, canaris, roi, vignes,

la, paille, Lapons, maisons, moutons, veaux, loups, Calais, Besançon, Toulon, Soissons, Laon,

couvent, Marie, moineaux, non, poisons, conventions, quand, chaud, sots.

Nabuchodonosor, roi de Babylone.

3.—*M. G......, à Lille.*

« Pourquoi n'ai-je pas recours, dites-vous, d'une manière très-large à la publicité et à la réclame afin que tout le monde sache qu'une nouvelle méthode d'écriture vient d'être découverte. » La raison en est fort simple, c'est que la publicité est excessivement coûteuse et souvent ruineuse.

Quelques journaux seulement ont annoncé ma méthode et quoique, pour la plupart, elle soit passée inaperçue, elle n'en a pas moins été accueillie par quelques-uns avec tant de faveur que je suis déjà assuré qu'elle ne tardera pas à être traduite dans plusieurs langues, ainsi que me le prouvent les demandes d'autorisation qui m'ont déjà été adressées.

Recevez, Monsieur, etc.

4.—*M. R......, au Mans.*

Vous me demandez « s'il y a quelque chose à faire apprendre par cœur dans l'ouvrage que je publie, et, en ce cas, vous me priez de l'indiquer. »

Mon livre n'est depuis le commencement jusqu'à la fin qu'une suite de raisonnements, une espèce de conversation que je tiens avec le lecteur, laquelle se trouve interrompue de temps à autre par des exercices.

Je ne suis nullement partisan des leçons de mémoire pour les enfants, et, dans la suite de ma méthode, vous trouverez cette question envisagée sous tous ses points de vue; il suffit donc de leur enseigner la valeur des caractères qui composent l'alphabet, de leur faire bien comprendre quelle différence il y a entre une voyelle et une consonne; en un mot, de bien leur faire connaître la figure de chaque lettre et rien de plus.

Toute la méthode consiste à montrer à écrire absolument de la même façon que l'on parle; l'orthographe des mots se trouve donc ainsi dégagée des nombreuses règles qui, comme vous le verrez, disparaîtront toutes une à une.

L'alphabet est tout.

L'orthographe n'est rien.

Toute leçon de mémoire est inutile pour apprendre, à l'aide de l'*Ecriture universelle*, l'art d'exprimer ses pensées.

Agréez, etc.

5.—*M. le docteur R......, à Turin.*

Votre indulgente lettre manifeste une crainte qui n'est pas fondée. Vous me dites : « Puisque tant de philosophes ont cherché inutilement à résoudre le problème de l'écriture des sons et ont succombé dans cette tâche si difficile, il se pourrait fort bien que vous n'eussiez vous-même réalisé qu'une partie de ce vaste projet qui, je le crains, ne peut être entièrement exécuté, la question étant je crois insoluble. »

Soyez assez patient, Monsieur, pour suivre l'ouvrage pas à pas, et vous verrez que le problème de l'écriture des sons est entièrement résolu et n'est pas *insoluble*, comme vous le dites, puisque, grâce à la méthode nouvelle, il n'est pas un son, pas une syllabe qui ne puissent être immédiatement représentés. Dans les numéros suivants de ma publication, l'analyse complète de la langue française déroulera sous vos yeux la manière d'écrire tous les mots, et vous verrez ma méthode se plier aux plus grandes exigences sous le rapport de la prononciation de chacun d'eux.

Agréez, Monsieur, etc.

6.—*M. S......, à Mulhouse.*

Parce que j'ai dit qu'avec l'*Ecriture universelle* on ne pourrait pas mal écrire un mot, alors même qu'on le voudrait, vous m'adressez une longue lettre remplie de considérations trop diverses et trop nombreuses pour que je puisse y répondre.

Un seul mot suffira; pourriez-vous, je vous prie, mal écrire le nombre 1857.

Il est positif que, connaissant la valeur des chiffres et les principes si simples de la numération, vous ne pourrez mal écrire ce nombre; car si vous employez 6 pour 7, vous aurez 1856; et, si vous mettez 8 pour 7, vous trouverez 1858; dès le moment où vous emploierez un chiffre pour un autre vous n'aurez plus le nombre 1857.

Lorsqu'il n'y a pas deux chemins pour se rendre chez soi, on est sûr de ne pas se tromper de route; or, lorsqu'il n'y a qu'une seule manière d'écrire un nombre, il est tout à fait impossible de se tromper : on sait ou on ne sait pas.

Il en sera de même de l'*Ecriture universelle*, qui ne ressemble en rien à tout ce qui a existé jusqu'à ce jour, et l'ouvrage complet présentera les éléments d'une méthode rationnelle, en rapport avec la nature de nos organes et deviendra pour les hommes la base d'un nouveau moyen de communication.

Celui qui connaîtra l'alphabet saura par cela même bien écrire; il n'y a pas d'orthographe pour les nombres, il ne doit pas y en avoir pour les langues. Dans les arts comme dans les sciences les méthodes les plus simples sont évidemment les meilleures; à ce titre la mienne peut compter sur le succès.

Veuillez agréer, etc.

7.—*Mademoiselle S...., institutrice à Gagny.*

Vous me manifestez la crainte de ne pouvoir, par ma méthode, reconnaître les homonymes si nombreux dans la langue française.

Veuillez, mademoiselle, vous rassurer sur cette quantité de mots dont la prononciation est identique et qui s'écrivent actuellement de différentes manières, tels que : *mer, mère, maire.*

Aujourd'hui, c'est une difficulté sérieuse que de former des groupes d'homonymes, accompagnés d'exercices ardus, destinés à faire connaître aux élèves l'orthographe de ces mots; mais demain, ce sera une petite question d'intelligence.

Quoi qu'il en soit, vous avez, mademoiselle, mis le doigt sur une des plus grandes difficultés de la langue universelle, car les homonymes sont, pour la prompte intelligence des langues, le plus grand obstacle que l'on rencontre.

C'est bien en effet la ressemblance des sons pour des mots dont le sens est différent qui m'a donné le plus de peine. J'ose espérer toutefois être assez heureux pour vous démontrer clairement la manière de distinguer tous ces mots, car l'ouvrage que je publie, est le fruit de longues et patientes méditations, et je me suis appliqué à résoudre toutes les difficultés. C'est un livre éminemment méthodique, et qui, je le crois, est appelé à rendre de grands services à l'enseignement.

Agréez, mademoiselle, etc.

8.—*Madame V......, au Puy.*

Vous désireriez me voir fonder un établissement où seraient mises en pratique les idées que j'émets pour l'éducation et la propagation de ma méthode.

Ce n'est point là, madame, la tâche que je me suis tracée. Si mon livre peut, ainsi que je l'espère, répandre de nouvelles lumières et déposer de nouveaux germes dans l'esprit de lecteurs bien disposés, je n'en doute pas, chez quelques-uns, naîtra le désir de joindre à l'exposé théorique de ma méthode l'enseignement pratique.

Le but de cet ouvrage est de jeter tout simplement une semence dans le champ des intelligences, afin que le fruit mûrisse et que la moisson soit prête lorsque des mains habiles prendront la direction d'une telle entreprise. C'est vous dire que d'autres sans doute viendront après moi et feront mieux que je ne le pourrais moi-même actuellement.

L'histoire atteste qu'il y a eu bien des morts obscures avant un triomphe, bien des efforts infructueux avant le succès; et le progrès est lent dans sa marche; j'ai compris cette leçon et je saurai attendre le temps où le projet que vous exprimez sera sans nul doute réalisé.

Agréez, madame, etc.

9. — *M. L. G.....*, *à Paris.*

Vous me demandez quel sera pour les personnes qui savent écrire, le plus grand obstacle dans l'étude de l'*Ecriture universelle.*

Toute la difficulté consistera dans l'habitude qu'elles ont de se servir depuis l'enfance de l'alphabet usité; il faut y joindre aussi l'orthographe actuellement en usage, qui se représentera sans cesse à la mémoire.

L'habitude de l'alphabet ancien empêchera d'écrire aussi vite que la parole, parce que les doigts ne se plieront plus assez facilement à de nouvelles figures; la connaissance de l'orthographe fera employer souvent des caractères les uns pour les autres : tels que *s* pour *z* dans *raison*; *c* pour *s* dans *ceci*, *t* pour *s* dans *nation*, etc.

Mais ces inconvénients que rencontreront les grandes personnes n'existeront pas pour les enfants qui se feront un jeu de mettre en pratique une écriture où tout est méthodique, simple, facile et d'autant plus agréable qu'il n'y a aucune règle capable de les embarrasser.

Recevez, monsieur, etc.

10. — *M. G........*, *à Paris.*

Vous me demandez si tout le monde pourra faire usage de ma méthode et si elle pourra être suivie même par les personnes dont l'intelligence est peu développée.

Vous trouverez, monsieur, cette singulière question résolue dans le cours de l'ouvrage. Quelle intelligence d'ailleurs rencontrerait des difficultés pour apprendre un alphabet plus facile que celui que nous pratiquons et dont la combinaison est aussi simple, plus simple même que l'addition?

Celui qui, lorsque ma méthode sera répandue, ne saura ni lire ni écrire, sera indigne du nom d'homme, l'*être intelligent* par excellence.

Quel nom donner à celui qui n'aura pas voulu sacrifier huit jours dans le cours de sa vie pour apprendre un art aussi indispensable et aussi utile? Je recule devant l'épithète qui seule pourrait convenablement caractériser une aussi impardonnable incurie.

Désormais celui qui connaîtra les lettres de l'alphabet saura lire; dès qu'il pourra tracer la figure de ces mêmes lettres, il saura écrire, car il n'aura plus à vaincre les difficultés d'une grammaire où l'orthographe est tout et l'alphabet rien.

L'alphabet actuel de toutes les langues pourrait se tracer dans une grande page; mais il faut des centaines de volumes pour développer les règles de l'orthographe ou la manière de combiner les lettres entre elles pour former les mots.

Dorénavant l'alphabet de tous les peuples se tracera dans une seule ligne et toutes les règles d'orthographe dans une petite page. Il suffit de réfléchir un instant aux immenses résultats de la nouvelle méthode pour voir quel puissant levier de civilisation elle deviendra.

Agréez, monsieur, etc.

11. — *M. D.....*, *à Neuilly-sur-Seine.*

Votre fille, dites-vous, aura sept ans dans quelques mois, et votre intention est de commencer son instruction; vous me demandez par lequel des deux alphabets, de l'ancien ou du nouveau, il vaut mieux commencer son instruction.

Vous verrez, monsieur, dans une des livraisons de l'*Ecriture universelle*, ce que je dis au sujet des enfants de cet âge; et, si vous approuvez ma manière de voir, vous laisserez encore votre fille jouer et se développer par des exercices de corps avant d'appliquer sa jeune intelligence aux difficultés de l'orthographe usuelle.

Quant au conseil que vous me demandez au sujet du choix entre les deux méthodes, je ne puis vous répondre que d'avoir un peu de patience encore; et après une lecture attentive de ma méthode, votre sagacité aura peu de peine à découvrir lequel des deux enseignements est le plus simple et le plus rationnel. Souvenez-vous toutefois que l'un n'exclut pas l'autre et qu'ils pourront provisoirement marcher de front dans l'instruction.

Agréez, monsieur, etc.

12. — *M. de F......*, *à Lyon.*

Vous désirez savoir si votre fils pourra, à l'aide de ma méthode, apprendre l'anglais et l'allemand, seul et parfaitement. Je puis vous assurer que toutes les langues parlées deviendront, avec l'*Ecriture universelle*, d'une facilité extrême, à peine croyable dans l'état actuel de l'étude des langues.

Mais, monsieur, il ne faut point aller trop vite ni montrer trop d'exigence. Dans ma publication chaque chose aura sa place.

Occupons-nous d'abord de la langue française parce quelle nous conduira naturellement à exposer tous les éléments des langues étrangères. Aidé de quelques collaborateurs qui m'ont promis le concours de leurs lumières, je me propose de faire suivre ma méthode pour la langue française d'un Cours spécial pour les langues étrangères, et j'espère arriver à ce résultat, jusqu'ici non atteint : enseigner aux Français l'anglais des Anglais, l'allemand des Allemands, c'est-à-dire les langues anglaise et allemande telles qu'on les parle en Angleterre et en Allemagne.

Ma méthode aura surtout l'immense avantage d'enseigner exactement la véritable prononciation et on ne verra plus des personnes qui, après plusieurs années d'étude d'une langue étrangère, ne peuvent se faire comprendre dans le pays où cette langue est parlée.

Agréez, monsieur, etc.

13. — *Madame D.....*, *à Rosny.*

Vous me manifestez dans votre aimable lettre la crainte de faire perdre à votre fils un temps précieux en lui apprenant la nouvelle méthode d'écriture, parce que, dans le cas où mon ouvrage ne réussirait pas, il se trouverait seul, ou à peu près, pour en faire usage, ce qui naturellement ne lui serait que de peu d'utilité dans ses rapports avec la société.

Votre observation, madame, est on ne peut plus juste et il m'est fort difficile de répondre à votre désir en vous donnant un conseil à cet égard. Je serais désolé, pour vous décider à adopter ma méthode, d'exercer sur votre esprit une influence quelconque en étalant à vos yeux le nombre de mes abonnés qui augmente chaque jour. Cette raison, d'ailleurs, ne serait pas concluante, car le chiffre plus ou moins considérable de souscripteurs ne peut faire préjuger du succès définitif d'une méthode. Il pourrait prouver que j'ai compris un des besoins de l'époque, mais nullement décider que j'ai résolu un problème dont la génération future adoptera la solution.

Chaque jour, quelques véritables amis du progrès, hommes complétement désintéressés, indiquent, par la voie des journaux, des améliorations nouvelles relatives aux arts, à l'industrie, au commerce, à l'agriculture, à l'hygiène, à notre propre conservation. Beaucoup de personnes lisent et plusieurs approuvent ces articles, et néanmoins bien peu les mettent en pratique, le plus souvent, parce que l'on craint de déroger un moment à ses habitudes : l'hésitation d'ailleurs est permise, en face des tromperies nombreuses auxquelles les gens de bonne foi se trouvent si souvent exposés.

Je respecte trop, madame, les opinions de tout le monde, pour blâmer telle ou telle façon de penser, et je ne puis opposer à l'hésitation, que les efforts inouïs et persévérants de la science pour détruire les préjugés, efforts qui sont les seules armes capables de vaincre l'ignorance, ce reste des temps barbares.

Le meilleur moyen de combattre la routine est de lui opposer l'évidence d'un fait : or, je m'en rapporte à la rectitude de votre esprit, pour juger la nouvelle méthode que vous avez sous les yeux et pour prendre une décision.

Du reste, la nouvelle manière d'écrire ne proscrit nullement l'enseignement de l'ancienne, on peut les faire marcher toutes deux de front : nos enfants sauront bien eux-mêmes choisir assez vite celle des deux méthodes qui leur offrira le plus d'attraits et le moins d'aridité.

Quant à la crainte de voir votre fils être le seul à connaître cet art nouveau, ne vous en préoccupez pas outre mesure, car déjà un nombre assez considérable d'élèves m'ont adressé les résultats obtenus par leurs premiers essais et m'apportent ainsi un précieux encouragement dans la tâche que je me sens heureux d'avoir entreprise.

Agréez, Madame, l'assurance, etc.

14. — *M. T.....-M.......*, *à Reims.*

Vous me demandez pourquoi je ne fais pas connaître ma méthode en quelques pages seulement sans accompagner chaque exercice des diverses considérations que vous y lisez.

Veuillez sagement réfléchir, monsieur, à la question que j'agite en ce jour; convenez que c'est une des plus grandes, des plus délicates et des plus intéressantes que notre siècle ait vu naître, et que, comme telle, elle réclame un examen sévère, une revue approfondie de tous les systèmes d'écriture actuellement suivis.

Le sujet que j'ai abordé est vaste; par sa nature il est trop grave et trop important pour être traité en quelques pages.

L'*Ecriture universelle* est un problème posé par les sciences dès les temps historiques; il prend son origine à la dispersion des peuples et à la confusion des langues; car dès le moment où les diverses nations du globe ne purent plus se comprendre, la question d'une écriture commune à toutes fut posée; elle a attendu, comme vous le voyez, assez longtemps pour être résolue.

Je ne suis, monsieur, ni instituteur ni professeur d'écriture ou de langue; mon rôle n'est pas celui d'un calligraphe, ma tâche n'est pas seulement de démontrer l'art d'écrire; je dois faire plus en ma qualité de métaphysicien. Vous comprendrez que je dois, tout en exposant ma méthode, faire entrevoir au lecteur le progrès qui résultera pour l'humanité de l'application du nouveau système d'écriture que je propose; avec son aide les peuples se rapprocheront, s'entendront, s'uniront, et vous le savez, en se connaissant mieux ils s'aimeront davantage; les préjugés les haines disparaîtront pour faire place aux alliances fraternelles.

Je connais la marche lente et sûre du progrès; ceux des arts entraînent ceux des sciences; je dois me conformer à cette loi de l'humanité; ce n'est donc qu'avec une extrême modération que je dois attaquer l'édifice debout depuis tant de siècles; en détruisant, mon premier devoir est de préparer soigneusement tous les matériaux nécessaires à une réédification prompte et plus parfaite.

Vous conviendrez, j'en suis certain, monsieur, que ce n'est pas en quelques pages que je puis accomplir cette tâche immense. Je dois convaincre d'erreur messieurs les grammairiens qui, veuillez vous en souvenir, présentent pour l'orthographe de chaque langue des milliers de règles, accompagnées de milliers d'exceptions.

Toutes ces règles je veux les réduire à *une seule* et *sans aucune exception*; pour cela il me faut passer une revue complète et raisonnée de toutes les méthodes sur lesquelles s'appuie la manière actuelle d'écrire. J'ai dû disposer mon ouvrage de telle sorte que chaque pierre que je détache de l'ancien édifice soit immédiatement remplacée par une nouvelle.

Lorsque vous aurez entre les mains mon ouvrage complet, avec tous les développements que comporte la matière, vous reconnaîtrez, monsieur, qu'il a tenu toutes ses promesses et que j'ai pu, sans trop de témérité, donner aux journaux l'annonce qu'ils ont publiée, et que je ne crains nullement de reproduire textuellement ici pour que vous l'ayez sous les yeux tant que durera la publication de mon ouvrage.

Si je n'avais pu prouver ce que j'avance, croyez-le bien, je n'aurais point osé publier ma découverte, tant j'aurais craint de passer pour un charlatan et un imposteur.

Veuillez recevoir l'assurance, etc.

L'ÉCRITURE SIMPLIFIÉE.— PLUS D'ORTHOGRAPHE.

NOUVELLE DÉCOUVERTE

DONT LES RÉSULTATS POUR L'INSTRUCTION POURRONT ÊTRE COMPARÉS A CEUX DE LA VAPEUR ET DE L'ÉLECTRICITÉ POUR LES ARTS.

Sous le titre d'*Ecriture universelle*, le XIXe siècle va voir revivre la célèbre et rapide méthode tyronienne, ou l'écriture des sons perfectionnée par Cicéron, en usage chez les Grecs et les Romains et perdue depuis J.-C.

Applicable à toutes les langues sans exception, cette méthode, qui n'a aucun rapport avec la sténographie, est la solution du problème dont la science se préoccupait depuis des siècles et dont le but est de faire que tous les peuples puissent se comprendre.

Toutes les règles d'orthographe établies par les grammairiens de tous les pays se trouvant annulées, désormais, chacun pourra seul, sans leçons de mémoire et en peu de temps, apprendre l'art sublime

D'ECRIRE PRESQUE AUSSI VITE QUE LA PAROLE.

Le principe de la nouvelle méthode est tellement simple qu'un enfant de onze ans peut en faire l'application par lui-même.

L'ouvrage paraîtra en 25 livraisons, une par semaine.

Ce mode de publication pourra satisfaire les personnes qui désirent avoir peu à dépenser à la fois, et sera un moyen de faire pénétrer facilement cette science dans le sein de chaque famille.

Le prix de la livraison est de 50 centimes.

Adresser sa demande pour cinq, dix ou quinze livraisons, au choix, à M. P. Coulange, impasse de l'Enfant-Jésus, 3, rue de Vaugirard, 194, à *Paris* (joindre à sa lettre un mandat sur la poste).

15. — *M. H.., à Paris.*

Vous craignez que ma méthode n'accomplisse une révolution dans les lettres et les usages, et partant de ce point vous m'adressez un panégyrique des systèmes en vigueur.

Je suis heureux, monsieur, de remarquer que votre esprit a su mesurer toute l'étendue des résultats que doit avoir ma découverte. En outre, une considération sur laquelle vous vous étendez assez longuement m'a confirmé dans la pensée où je suis de l'excellence de ma méthode. « Elle est trop simple, dites-vous » : loin d'être un défaut à mes yeux, cette simplicité est une grande qualité et lui donne de sérieuses chances de succès.

Vous craignez que ma méthode n'amène une révolution dans les lettres et vous vous en effrayez. Nous ne sommes pas du même avis sur le fond de la question : une révolution dans les lettres est une révolution toute pacifique dont les résultats peuvent être bons, augmenter la lumière, loin d'amener des effets désastreux, fin ordinaire des révolutions politiques. Quant à la question scientifique, ne trouvez-vous pas que la littérature est par trop paisible, et qu'elle semble un peu endormie, qu'elle jouit, en un mot, d'un calme un peu insipide? Serait-ce un mal de voir s'élever de grandes questions, de nobles querelles, au sein du monde littéraire?

Souvenons-nous, monsieur, de ces luttes des temps antiques où les chevaliers de chaque parti descendaient dans l'arène pour se livrer des combats mémorables et soutenir des discussions qui instruisaient le public tout en l'intéressant, luttes que vous craignez à tort, de voir se renouveler.

Du choc des opinions jaillit la vérité. Or, en vaillant chevalier, je jette le premier gant, persuadé que l'ignorance qui le relèvera, sans doute, sera enfin vaincue à tout jamais.

Agréez, Monsieur.

16. — *M. C....., à Epernay.*

Vous me demandez comment on pourra, en écrivant comme l'on parle, distinguer le singulier du pluriel, dans les substantifs qui se prononcent de la même manière pour l'un et l'autre nombre; exemple : un *chat*, des *chats*, un *mouton*, des *moutons*.

Cette question, monsieur, est entièrement résolue et vous verrez que dans la langue française tous les noms sont des mots *invariables* qui doivent toujours s'écrire de la même manière.

Je me suis appliqué à considérer cette règle sous tous ses aspects. Peut-être vous étonnera-t-elle; votre surprise ne vient que de notre manière actuelle d'envisager le langage; demain, j'en suis persuadé, vous reconnaîtrez que j'ai eu grandement raison de faire disparaître une règle, tout à la fois orthographique et grammaticale, ainsi que plusieurs autres du même genre.

Veuillez donc, monsieur, attendre patiemment le développement de la nouvelle grammaire que vous trouverez dans les prochaines livraisons.

Agréez l'assurance, etc.

17. — *M. M....., à Bordeaux.*

La personne dont vous m'entretenez, ne sachant ni lire ni écrire, apprendra l'*Ecriture universelle* avec beaucoup plus de facilité que vous-même qui aurez sans cesse à combattre la réminiscence de l'ancienne orthographe, et, dès qu'elle saura tenir la plume, la rapidité avec laquelle elle parviendra à exprimer sa pensée paraîtra étonnante si on la compare à la lenteur que vous imposent les moyens mis aujourd'hui à votre disposition; cette personne aura sur vous une supériorité analogue à celle du télégraphe électrique sur l'ancien télégraphe à signaux de Claude Chappe.

Vous me dites aussi : « Lorsqu'elle saura écrire personne ne la comprendra, parce que tout le monde ne connaîtra pas cette nouvelle écriture. »

C'est là, monsieur, la crainte qui agite la plupart de mes correspondants. Sur cent lettres, quatre-vingt-quinze présentent la même objection. Que puis-je dire à ce sujet? Il est évident, en effet, que si personne ne voulait commencer, nul ne saurait; mais fort heureusement j'ai aujourd'hui la preuve qu'il n'en est pas ainsi, et beaucoup, comprenant les avantages immenses qu'apportera l'art nouveau, adoptent avec empressement une écriture qui aplanit évidemment toutes les difficultés, et ont le courage ou plutôt le bon esprit d'enseigner à leurs enfants une méthode qui, grâce à eux, deviendra générale pour nos descendants et dont les résultats pour la science seront incalculables.

Si, à l'époque de la découverte de la vapeur, ou même du gaz pour l'éclairage, personne n'eût osé commencer à en faire l'application, nous verrions encore nos magasins éclairés par les quinquets ou les lampes fumeuses de nos pères, et au lieu de franchir en quelques heures sur nos voies ferrées des distances considérables, nous en serions encore réduits aux diligences et aux lourds véhicules de nos grands parents.

L'histoire de tous les progrès est la même : tous rencontrent à peu près les mêmes obstacles et sont soumis aux mêmes lois : les sciences qui ont pour but le développement de l'intelligence comme les arts utiles qui entourent les sociétés modernes de tant de confortable et de bien-être.

L'esprit éclairé le comprend et le sage en profite.

Agréez, Monsieur, etc.

Ne pouvant répondre aux lettres que j'ai reçues d'un grand nombre d'abonnés qui m'envoient des spécimens de leurs premières pages d'écriture que je conserve soigneusement, je me vois forcé, bien à regret, de leur adresser une réponse collective, au lieu de lettres personnelles :

Messieurs,

C'est avec un vif sentiment de joie que j'ai reçu vos premiers essais; j'y ai reconnu l'expression de votre sympathie : c'est pour mon cœur une bien grande satisfaction.

En présence de votre bonne volonté, qui est ma gloire, ma joie augmente, en remarquant que la plupart des exercices me sont adressés par des enfants, ce précieux espoir de l'avenir : aussi je prie les parents de vouloir agréer mes bien sincères remerciements et l'expression de ma gratitude pour la bienveillance qu'ils accordent à mes travaux.

Je voudrais pouvoir encourager séparément chacun des jeunes élèves : toutefois je puis les prier de porter les plus grands soins dans la formation des lettres afin d'acquérir une souplesse dans les doigts qui leur permettra par la suite de pratiquer avec fruit une écriture capable de faire l'admiration de nos contemporains qui regretteront de n'avoir pu jouir des mêmes bienfaits.

La pratique de la nouvelle méthode donnera à ceux qui auront réussi à se l'approprier une supériorité incontestable sur ceux qui n'auront pas voulu croire et qui auront repoussé le véritable bienfait que j'apporte.

Je ne puis assez recommander de ne point chercher d'abord à écrire vite, de tracer les lettres très-distinctement, de bien former les traits.

L'*Écriture universelle* donnera assez de promptitude et permettra d'exprimer avec assez de rapidité pour qu'on puisse se résigner à écrire d'abord lentement et sans précipitation.

Courage donc, petits amis, courage et persévérance! Vous êtes les champions du progrès contre la routine et vos efforts seront couronnés d'un succès inappréciable.

P. Coulange.

AVIS DE L'ÉDITEUR.

Messieurs les abonnés dont l'abonnement expire avec la cinquième livraison sont priés de le renouveler pour n'éprouver aucune interruption dans l'envoi de celles qui continuent de paraître chaque semaine.

Le mode le plus simple d'abonnement est d'adresser un bon sur la poste, à l'ordre de M. P. Coulange, rue de Vaugirard, 194, à Paris, ou bien simplement de joindre à sa lettre un nombre de timbres-poste de 20 et de 10 centimes d'une valeur égale à celle de l'abonnement que l'on désire souscrire.— Avoir le soin d'écrire lisiblement son nom et son adresse pour éviter toute erreur.

On peut également s'adresser à Mme Bréauté, libraire, passage Choiseul, 28, dépositaire de cet ouvrage, soit pour prendre livraison par livraison à mesure qu'elles paraissent, soit pour s'abonner à un nombre quelconque d'exemplaires.

Le prix de la livraison est de 50 centimes, rendue *franco* à domicile dans Paris et pour toute la France. — On peut continuer l'abonnement pour cinq livraisons seulement à la fois.

L'ouvrage complet comprendra 25 livraisons, ce qui en mettra le prix à 12 fr. 50. Pour les abonnés des pays étrangers le prix de la livraison est de 0,60 c. au lieu de 0,50 c.; cette légère augmentation est due aux frais de poste qui sont doubles pour l'envoi *franco*.

Paris — Imprimé chez Bonaventure et Ducessois, 55, quai des Augustins.

ÉCRITURE DES SONS

OU

L'ART D'ÉCRIRE TOUTES LES LANGUES

PRESQUE AUSSI VITE QUE LA PAROLE.

Nouvelle Découverte à ajouter aux nombreuses inventions du XIXe siècle

Par **D. A. P. COULANGE**,
MÉTAPHYSICIEN,
INVENTEUR D'UN ALPHABET UNIVERSEL
COMBINÉ DE MANIÈRE A POUVOIR REPRODUIRE
TOUS LES SONS
DE LA VOIX HUMAINE.

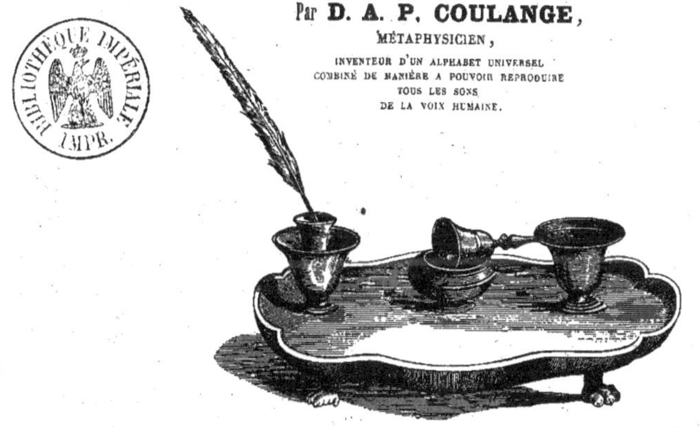

PARIS
ON S'ABONNE CHEZ L'AUTEUR, RUE DE VAUGIRARD, 194,
IMPASSE DE L'ENFANT-JÉSUS, 3.

1857.

AVIS IMPORTANT.

Cette œuvre n'est pas une spéculation mercantile; en conséquence :

Les abonnés qui, après avoir souscrit, trouveraient que ce livre ne s'adresse pas à leur intelligence et auraient dès lors quelque regret de leur souscription, peuvent, même après avoir pris connaissance des deux premières livraisons, les renvoyer, et ils seront remboursés intégralement.

Cette facilité est réservée à tout le monde jusqu'au quinzième jour de la souscription; passé cette époque seulement, on sera considéré comme maintenant son abonnement.

Cette condition a pour but de ne surprendre personne et d'éviter la vente de cet ouvrage livraison par livraison, vu qu'il ne sera tiré qu'un nombre d'exemplaires égal au nombre des souscripteurs.

Paris. — Imprimé chez Bonaventure et Ducessois, quai des Augustins, 55.

ÉCRITURE UNIVERSELLE

OU

CLEF DE LA FUSION DES LANGUES.

Bien des personnes, s'imaginant que notre alphabet et notre orthographe sont ce qu'ils doivent être, ne comprendront pas l'utilité de cet ouvrage.

Quelques-unes pour un tout autre motif, contesteront la nécessité d'un nouvel alphabet et d'une orthographe perfectionnée.

Les amis de la science et du progrès pourront seuls agréer cette découverte et comprendre tous les avantages qu'il y a à retirer d'un alphabet qui, ayant la puissance de noter la prononciation de tous les peuples, pourra, de même que la musique, rendre lisibles toutes les langues répandues sur le globe.

Eux seuls accueilleront favorablement une méthode pour laquelle ce qu'on nomme vulgairement l'orthographe est désormais chose inutile, une écriture que parviendront à lire et à écrire en moins de deux mois, en sacrifiant seulement quelques heures par semaine, les personnes qui savent déjà un peu manier la plume et que l'on pourrait apprendre à lire en un mois environ aux enfants qui ne savent ni lire ni écrire.

Le but de la science est que tout le monde sache écrire; le but de l'écriture universelle est que tous connaissent l'*orthographe* sans études; la méthode que contiendra cet ouvrage approfondira un moyen simple, pour que du moment où l'homme connaîtra les lettres de l'alphabet composant sa langue il lui soit impossible de mal écrire, lors même qu'il voudrait le faire exprès.

L'alphabet est tout, l'orthographe n'est rien.

AVANT-PROPOS.

ENFIN le problème cherché par la science depuis bien des siècles est aujourd'hui un problème résolu; la célèbre méthode d'écriture perfectionnée par Cicéron, quelques années avant J.-C., et perdue dans les premiers siècles de l'ère vulgaire, est en quelque sorte appelée à revivre parmi nous, non dans la reproduction des signes primitifs de la méthode tyronienne, mais dans leur application comme pouvant représenter la peinture de la parole, telle qu'elle sort de la bouche, et retracer l'image fidèle de tous les sons et articulations de la voix de l'homme, d'une manière simple, expéditive, expressive et pour lors plus parfaite que ne le peuvent toutes les méthodes connues et actuellement en usage.

« Par une combinaison merveilleuse, chacun pourra désormais, seul et sans effort d'intelligence, sans le secours d'aucun professeur et en peu de temps, apprendre l'art sublime d'écrire presqu'aussi vite que la parole.

« Mise à la portée de tout le monde, cette méthode, qui n'est pas de la sténographie ainsi qu'on serait tenté de le supposer, est le fruit de nombreuses années d'étude et d'un travail de persévérance et de patience incalculables.

« Elle est tellement claire et positive, qu'un enfant, dès l'âge de 11 à 12 ans, peut en faire par lui-même l'application, sans y rencontrer la moindre règle difficile.

« Cette méthode, entièrement neuve et distincte de toutes celles connues, démontre les véritables causes pour lesquelles l'orthographe offre aujourd'hui d'immenses difficultés, et elle les applanit totalement, en prouvant que tout le monde peut acquérir sans études l'orthographe naturelle de tous les mots composant sa propre langue.

« En outre, par un principe de raisonnement appuyé sur le plus simple bon sens, il sera prouvé que, dès que l'on saura écrire convenablement sa langue maternelle, il sera tout aussi facile de pouvoir écrire et bien prononcer le nombre immense de toutes celles qui sont parlées et répandues sur le globe, sans pour cela devoir faire aucune étude spéciale; et les résultats que l'on en obtiendra seront bien différents de ceux que l'on obtient actuellement, même après de longues années d'études, puisqu'on pourra, *son pour son*, rendre l'image exacte de la prononciation de chaque peuple.

« Ceci est un progrès immense, qui paraîtra même fabuleux, puisqu'aucune méthode d'écriture, aucun alphabet, aucun professeur de langues n'ont jamais pu atteindre ce résultat : donner à chaque *mot*, n'importe à quelle langue il appartienne, sa véritable prononciation, sa prononciation telle qu'il se trouve accentué dans le pays d'où il dérive.

« La conséquence d'une combinaison capable de former un tel édifice est d'autant plus importante que, par la suite, l'écriture seule suffira pour lever tous les obstacles qu'offre la prononciation des langues qui nous sont étrangères ; elle facilitera même l'étude de ces langues en nous les rendant simples et faciles, et enfin abaissera une des plus fortes limites qui jusqu'ici s'interposaient pour nuire aux communications des peuples entre eux.

« La méthode d'écriture universelle, aussi simple que claire dans ses combinaisons, est appelée à produire, dans un temps donné, une de ces immenses révolutions bienfaisantes que font à diverses périodes les lettres, les arts et les sciences, pour généraliser de plus en plus dans toutes les classes de la société les bienfaits de l'instruction.

« Cette méthode forme un ouvrage qui paraît par livraisons.

1° Afin de le rendre accessible à toutes les fortunes, pour que chaque famille où brille quelque lueur d'intelligence puisse accueillir les fruits d'un travail consciencieux, et pour que chacun puisse apprendre à ses enfants un art bien supérieur à la sténographie, le seul qui jusqu'ici indiquait, mais incomplétement, l'art d'écrire presque aussi vite que la parole ;

« 2° Afin que l'abonné, suivant chaque exercice livraison par livraison, puisse étudier sans efforts les règles qui y sont contenues, de manière qu'arrivé à la fin de l'ouvrage, il soit au courant de cet art nouveau appelé à rendre de grands services au monde entier, services tels que chacun finira par juger quelle en peut être l'importance.

« La partie principale s'étendra spécialement sur la langue française, et la suite développera les principaux éléments des langues usitées chez nos voisins. »

PRÉLIMINAIRES.

Tel est l'avant-propos, sous forme d'annonce, que je fus obligé de livrer à la publicité pour faire connaître une entreprise digne du XIXe siècle.

La première livraison fut tirée à un petit nombre d'exemplaires (1,000 seulement), et aussitôt on commença par s'emparer des quelques lignes que contenait cet avant-propos pour dénigrer un système que nul ne connaît, et que par conséquent personne ne doit encore pouvoir apprécier.

Décidé à combattre la critique injuste par la simple voie du raisonnement et du bon sens, en faisant usage de mots et d'expressions à la portée de tout le monde, et en évitant surtout l'emploi d'expressions techniques et scientifiques ; voulant, dis-je, répondre à toute critique dirigée par la malveillance, la seule capable d'employer de sourdes attaques contre ma méthode, je répondrai simplement, aux épigrammes qui me furent adressées, que l'on a mal compris, mal interprété ce que j'ai avancé, parce qu'on n'a conçu ni l'utilité de cette invention, ni sa possibilité, ni les difficultés sans nombre que je dus surmonter.

J'ai reproduit textuellement cet avant-propos, pour que la fin de l'ouvrage puisse seule faire juger si, fidèle à ma promesse, j'aurai, oui ou non, tenu les engagements que j'ose prendre en toute confiance et sans hésitation, ayant obtenu des résultats irréfragables.

« L'écriture universelle, me dit-on, ne peut tout au plus être qu'un perfectionnement apporté à la sténographie. » La réponse est simple : Je ne donne pas mon système comme devant remplacer l'art sténographique usité par quelques praticiens habiles pour reproduire le mieux possible la parole et les discours prononcés en public :

cet art est unanimement reconnu inapplicable pour toutes les intelligences et est, par sa nature même, impraticable pour remplacer l'écriture généralement adoptée.

J'observerai aussi que je n'ai pas non plus la folle prétention d'apprendre ou de démontrer à écrire tout aussi vite que l'on peut parler, parce que cela est matériellement impossible, ainsi que je le prouverai mathématiquement ; mais j'ai la conviction, appuyée également par des preuves mathématiques, comme quoi tout le monde pourra écrire par la suite avec une vitesse qui nous est inconnue, et dont nous sommes loin de pouvoir aujourd'hui présumer quelle sera la possibilité.

En conséquence, je préviens que l'*Écriture universelle* n'a aucun rapport avec la sténographie.

Maintenant, parce que j'ai osé prononcer ces mots : *clef de la fusion des langues*, je fus assailli de mille manières, on me demanda si j'avais « la prétention de refondre toutes les langues en une seule, si j'allais composer une nouvelle langue, si mon intention était d'inventer un nouveau langage ? »

La dispute des mots me répugne, cependant il faut nécessairement répondre quelques lignes aux intentions que l'on peut me présumer. Or ma réponse sera simple.

Ma méthode est tout simplement une combinaison comme le système décimal en est une, et non une baguette magique, ayant la puissance de faire sortir d'un mortier plus de 1,200 langues diverses, après les avoir pilées, broyées et mélangées, pour en faire paraître une plus ou moins parfaite du jour au lendemain, une langue ayant la puissance de pénétrer dans chaque cerveau et de se classer en faisant oublier celle qui formait le principal élément de notre existence.

Non, je laisse ce rêve à ces natures qui dans leur ignorance vivent d'imaginations stupides et drôlatiques, en se berçant sans cesse d'idées utopiques.

Le but de cet ouvrage n'est pas d'amener une réforme immédiate dans l'écriture et l'orthographe consacrées par l'usage, vu qu'on ne réforme pas par enchantement ce qui se trouve établi depuis des siècles ; c'est pourquoi je ne donne ma méthode que comme susceptible de pouvoir un jour ouvrir une large voie à la centralisation générale, ce qui signifie tout simplement qu'elle contient en elle le principe d'un vaste système et non la prétention de vouloir inventer une fusion, une langue universelle, comme Leibnitz l'avait projeté, projet qui pour réussir eût exigé que chacun eût un génie transcendant, une supériorité marquée, en un mot une tête aussi encyclopédique que la sienne.

Inventer une nouvelle langue n'est pas une de ces choses qui soient susceptibles de pouvoir sortir parfaites du cerveau d'un seul homme.

Quant à ce qui est de ces paroles creuses et vides de sens : « inventer un nouveau langage, » je devrais prendre cela pour une plaisanterie, qui, de mode au XVIIIe siècle, n'a plus cours aujourd'hui.

Je conçois que lorsqu'on voulut abaisser l'homme au niveau de la bête, et ne considérer en lui que la matière animale, on fut obligé, pour soutenir son opinion, de donner à son origine l'état sauvage, cet état sans cesse en opposition avec notre raison et notre esprit, qui élèvent l'espèce humaine vers la source de toute vérité.

Mais comme ce n'est pas en avilissant l'homme, ni en détruisant de fond en comble le grand édifice social, que l'on travaille aux progrès de la science, je ne m'amuserai pas à répondre à la ridicule présomption de voir l'homme inventer le langage ; voir l'homme première espèce de singes que l'état social aurait perfectionnée, voir ce singe-homme trouver une puissance quelconque capable de le métamorphoser de l'état brut à l'état spirituel : quelle absurdité !...

La raison nous dit clairement que si l'homme parle aujourd'hui c'est parce qu'il a toujours parlé, et ce n'est pas lui qui a donné à sa langue la puissance d'exprimer ses pensées.

Comme la raison manifeste à nos yeux des vérités confirmées par le témoignage des siècles, nous devons tous nous figurer que la première langue, la langue primitive seule, a dû être parfaite ; d'abord parce que tout ce qui sortit de la main du créateur put seul être scellé de perfection ; en outre, parce que tout témoigne que l'esprit humain a dû commencer par l'intelligence.

Si l'homme se trouva, on ne sait comment, ni depuis quand, ni pour quelle cause positive, soumis à une marche continuelle que nous envisageons être tantôt progressive et tantôt rétrograde, cherchons à pénétrer nos regards le mieux que nous le pouvons à travers le rideau épais de l'histoire ; mais considérons avant tout quels peuvent être les effets qui nous font voir l'espèce humaine perdre, par ses courses vagabondes sur la terre, les premiers et brillants éléments de la langue une et primitive.

Et si on dit que l'homme peut inventer des langues, alors nous serons d'accord, parce que, pressé par ses besoins, poussé par diverses particularités, la nécessité aura fait naître de nouvelles dénominations et ainsi de nouvelles langues se formèrent par le concours indispensable de nombreuses et diverses circonstances.

Aussi profondément qu'il nous soit possible de pouvoir pénétrer dans l'histoire, nous remarquons que le beau jardin des connaissances utiles, ce jardin sans limite, où la vérité et la science règnent comme deux sœurs bienfaisantes, sans cesse occupées à procurer à l'humanité l'aisance et la vertu, a toujours contenu deux espèces d'hommes : les bons et les mauvais; aussi le fratricide de Caïn doit-il être une des plus belles allégories poétiques qui aient puêtre imaginées pour dépeindre la désunion et la discorde qui troublèrent les familles et divisèrent les races dès l'origine des sociétés humaines.

Depuis les temps historiques, on voit les bons et humains s'épuiser par des efforts inouïs pour pénétrer le plus avant possible dans les terres fertiles de ce vaste jardin, et ce, pour y découvrir sans cesse de nouveaux fruits, de nouvelles lumières, afin de tâcher que chacun puisse profiter de leurs découvertes; mais les portes en sont gardées soigneusement par les autres, méchants et inhumains, qui, dominant et étendant leur puissance ignorante, cueillent les fruits de l'arbre de la science, mais pour en jouir seuls, et sans que personne autre que les leurs ne puisse en profiter.

Toute l'histoire de l'humanité n'offre qu'un vaste tableau de bons et de mauvais cœurs.

Les bons, actifs et laborieux, appelant sans cesse à eux les amis de la science et du progrès, se font un plaisir de les initier dans tous les secrets de leurs découvertes.

Les méchants, au contraire, paresseux, jaloux et envieux, élèvent obstacles sur obstacles, tâchent d'empêcher la généralité des voyageurs qui voudraient aller visiter ce beau jardin des connaissances utiles à l'homme, de pouvoir y pénétrer, et de cette manière mettent un frein au progrès.

Telle est la marche de l'histoire depuis les temps les plus reculés jusqu'au siècle dit des lumières, dit siècle éclairé, parce que le zèle et la persévérance des uns l'ayant emporté sur le nombre et la puissance des autres, finirent, à l'aide des arts, par frayer une voie à la science. Depuis lors, la sphère des connaissances humaines s'étendit, et s'agrandit même au point qu'aujourd'hui de nouveaux besoins de connaître font sentir à l'homme la nécessité de répandre partout la civilisation, et alors l'esprit humain tente par des efforts prodigieux à récupérer une langue susceptible de pouvoir être comprise par tous les peuples.

Ces efforts de la science, qui sont un ensemble d'observations, de longues études et de circonstances accumulées, qui se poursuivent depuis des semaines de siècles, ont pour but d'atteindre cet état primitif de simplicité, cette jouissance paisible du bonheur champêtre, cet Éden rêvé et aperçu par le génie des poëtes, en un mot cet état de béatitude duquel l'homme est sorti depuis le même nombre de semaines de siècles.

Et c'est dans cet enchaînement d'efforts et de circonstances que les hommes parviennent à pouvoir inventer des langues sans en avoir la volonté, ainsi que le prouve l'origine connue de la plus grande partie de celles qui se trouvent actuellement répandues sur notre globe.

C'est ainsi qu'on sait, par exemple, que le commencement de la langue française ne remonte pas au delà de 700 ans et ne se fixa même bien chez nous que vers le XVIIe siècle, qu'elle fut en partie formée de la langue latine, venant de celle des Grecs qui occupaient la partie méridionale de l'Italie, langue que les Grecs eux-mêmes avaient reçue des Phéniciens et des Égyptiens.

Il résulte que personne n'a inventé la langue française, elle se trouve due à une réunion de circonstances dont on ne peut débrouiller les divers éléments qui la composèrent; or, inventer une langue universelle ne pourrait être que le rêve creux d'un esprit creux; et il en est identiquement de même de celui qui voudrait inventer, imaginer d'avance une fusion de langues.

Mais il y a une énorme différence entre ce que j'appelle la clef d'une fusion, et ce qu'on nomme la fusion même : la clef est une série de moyens, un ensemble de combinaisons approfondies, pouvant produire de grands résultats dans un temps plus ou moins considérable, un temps inappréciable et indépendant de notre volonté, pour ouvrir une voie nouvelle au domaine de nos connaissances, afin que les hommes puissent s'entendre entre eux et ce, n'importe quel puisse être le pays, la contrée qu'ils habitent.

Est-ce que l'électricité appliquée à la télégraphie n'offre pas déjà quelques moyens produisant des effets analogues pour la transmission des idées, à travers les plaines et les mers?

MÉTHODE.

Fruit de longues années d'études sérieuses sur l'art merveilleux de peindre la parole sur le papier, cette Méthode fut considérée sous toutes les phases de l'art grammatical et de l'art graphique, et ce n'est qu'après avoir vaincu tous les obstacles, après qu'elle eut atteint le degré de perfection nécessaire pour pouvoir résoudre toutes les objections de la science, pouvoir répondre à toutes les exigences de la calligraphie et de la typographie, que l'auteur se décida à la livrer à la publicité.

Considérée comme œuvre scientifique, l'*Écriture universelle* est la première qui paraisse ayant la force de dire aux savants : Toutes les écritures actuellement usitées, toutes les méthodes anciennes ou modernes connues ne pourront jamais reproduire que des mots longs à tracer; des mots combinés d'avance nécessitant un travail continuel de mémoire pour se rappeler pendant toute la vie la manière de les écrire; des mots dont il est indispensable d'apprendre préalablement par cœur la manière de les peindre et de les composer imparfaitement(1); tandis que moi, ce ne sont plus les mots par eux-mêmes que je trace, ce sont les paroles telles qu'elles sortent de la bouche, c'est l'image exacte ou la représentation vivante de tous les sons et modifications de la voix de l'homme, sans aucune exception.

Considérée comme œuvre artistique, l'*Écriture universelle* dit : Voici mon nouvel alphabet, comparez vos caractères aux miens, examinez mes déliés et jugez sévèrement quels sont les plus gracieux, en prenant pour modèle la nature, la nature image de la simplicité et par conséquent de la rapidité.

Considérée comme œuvre utile à la civilisation, l'*Écriture universelle* appelle à elle les petits enfants pour leur dire : Désormais, mes amis, plus de leçons de mémoire ennuyeuses et inintelligibles pour apprendre par cœur comment les mots doivent s'écrire; plus de ces règles d'orthographe qui deviennent entièrement inutiles pour graver sa pensée sur du papier, afin de la communiquer à son prochain; oui, dorénavant vous pourrez facilement faire usage d'une méthode simple comme la nature, belle comme elle, et puissante comme la voix.

Et comme chacun sait que rien n'est si beau que ce qui est simple et naturel, chacun conviendra également que plus une méthode se trouve dégagée de toutes les règles arides et inutiles qui l'entravaient, plus elle est parfaite.

Considérée comme œuvre consciencieuse (1), l'*Écriture universelle* s'adresse modestement au monde entier et dit : Je ne suis pas une écriture ni sténographique ni hiéroglyphique, comme le feront supposer à première vue mes caractères, je suis tout simplement une *écriture alphabétique*, la seule et véritable écriture des sons.

Généralement, tout ce qui est en dehors de nos habitudes nous semble difficile, ou compliqué, ou impraticable; aussi dès qu'il tombe sous nos yeux une écriture différente de celle à laquelle on nous accoutuma depuis notre enfance, il est de notre nature de s'écrier que cette écriture est de l'arabe ou du chinois.

(1) Je donnerai une preuve identique comme quoi les 50,000 mots de la langue française sont des mots savamment combinés et non la représentation des sons; dès que nous ne les voyons plus écrits comme on nous y habitua dès notre enfance, nous ne pouvons plus les reconnaître; aussi c'est avec peine que nous pourrions lire couramment les écrits de cuisinières qui, sans mettre l'orthographe, écrivent :

Jéa mi dan seci dè zartichô é jan fiuŋpla ècsèllan,

Ou bien : Jai mi den ceci des articheau et gen fis un pla ekcèlen ;

Ou : Gé mis dant cesi dèz artichaus é jant fit un plas exselan.

Les sons, demandera-t-on, sont-ils rendus ci-dessus d'une manière intelligible ?

Non, tout cela est mal, ce ne sont que des à-peu-près, et il est impossible de faire bien du moment où on peut peindre un son de mille manières différentes, comme par exemple : *an*, qui en français s'écrit de trente manières diverses et toutes distinctes les unes des autres, comme dans b*anc*, att*end*, m*angeant*, p*aon*, har*eng*, ex*empt*, t*emps*, *en*, d*ans*, p*endant*, *hangar*, *empêchement*, ch*amp*, pl*an*, march*and*, s*ang*, etc., etc.

Il faut que tout le monde écrive bien, c'est le but de la science; trouver le moyen d'empêcher de mal écrire, lors même qu'on voudrait le faire exprès, est le but de l'*Écriture universelle*.

Ceci n'est pas un rêve, c'est une chose identique.

(1) Pas un seul mot de toute la langue française n'a pu échapper à la combinaison nouvelle; tous ont subi une épreuve raisonnée, et toutes les prétendues difficultés se sont évanouies comme par enchantement.

Si ensuite on parvient à prouver, avec les points sur les *i*, que cette écriture peut représenter textuellement nos mots *son pour son*, alors on s'empresse de conclure que c'est de la sténographie; et cela faute de savoir ou de réfléchir que la sténographie est l'art d'écrire à peu près aussi vite que la parole, mais à la condition d'employer des signes susceptibles d'abréviations.

Et qu'entend-on par abréviation?

On entend par abréviation un retranchement de lettres et particulièrement la suppression des voyelles médiales, c'est-à-dire la suppression des voyelles qui se trouvent dans le milieu des mots.

Un exemple suffira pour donner une idée de cet art, en apparence fort simple et en application presqu'impraticable.

Admettons que nous voulions écrire le mot *bâtir*, on commencera par supprimer *a* et *i*, puis on prendra les signes représentant les consonnes *b t r* que l'on tracera dans un seul ensemble.

Or, si nous admettons que ce trait \ représente *b*, que celui-ci — fasse *t* et que / fasse *r*, si on réunit les trois traits ensemble on obtiendra cette figure _/ qui fera *b t r*, mais qui, au dire des sténographes, signifiera *bâtir*.

Le vulgaire en voyant ce dessin dira que ce signe représente une auge à gâcher le plâtre, et ce disant il n'aurait pas tout à fait tort; car c'est une véritable auge de laquelle on peut faire sortir les mots *butor*, *bouture*, *bâtard*, etc., tout aussi bien que *bâtir*, vu que du moment où les voyelles médiales se trouvent supprimées ou sous-entendues, il ne reste plus de ces mots que *b t r*.

A cette lacune de ne pouvoir représenter fidèlement un mot, le praticien objectera que le sens de la phrase indique par lui-même quelle peut être la définition du mot que l'on cherche.

Cela est un talent, fort rare il est vrai; mais enfin à semblable objection chacun conviendra que nécessairement, là où il faut une dépense aussi extraordinaire d'intelligence pour la recomposition des mots, ainsi que le nécessite la lecture, il y a imperfection, défaut de précision; vu qu'une chose parfaite n'admet point de tours de force semblables, une tête énigmatique qui, s'occupant sans cesse de charades, finit par découvrir dans chaque mot un jeu de mots; aussi tout le monde ne pourrait pas à première vue dire que *m n r q* puisse faire *monarque*; *b l* fera pour celui-ci *bal*, pour celui-là *bel* aussi bien que cela peut faire *bile*, *bol*, *boule*, *bulle*, etc.

Ainsi on voit qu'il ne suffit pas d'écrire vite, il faut, et c'est la chose essentielle, qu'on puisse lire très-facilement ce que l'on a écrit, car la lecture est la condition indispensable pour rendre l'écriture à la portée de toutes les intelligences.

L'*Écriture universelle*, accompagnée de son alphabet, arrive avec des éléments plus simples, avec des armes loyales, non pour combattre la sténographie, avec laquelle elle n'a aucun rapport, mais pour lutter contre un ennemi redoutable, un ennemi de tous les temps et de tous les pays, et qu'on nomme *la routine* ou *nos préjugés*.

Mais si puissante que soit la routine, attaquée vivement avec les armes qu'on appelle la raison, elle ne pourra résister aux coups *fatals* ou *fataux* qui lui seront portés par le plus gros bon sens.

Et que dit le plus simple bon sens?

« L'écriture fut une invention qui eut pour but de peindre sur le papier l'image des mots que la bouche prononce; pour lors il faudrait faire usage de lettres simples, faciles à tracer, claires et précises, pour qu'on puisse les lire aussi facilement qu'on les aura écrites.

« En outre, il faudrait annuler toutes les lettres qui ne se prononcent pas, vu que c'est faire des traits qui ne servent à rien, et ce qui ne représente rien n'a nullement besoin de venir surcharger l'écriture. »

Ainsi, comme il faut peindre textuellement l'image de la parole, comme l'écriture est la reproduction visible de tous les sons et modifications de la voix, il faut faire usage d'une méthode n'admettant pas la moindre abréviation, comme en revanche n'acceptant aucun trait inutile; par conséquent rien de sous-entendu, pas de lettres retranchées pour peu qu'elles puissent être utiles, pas de lettres employées inutilement pour peindre les mots.

Telles sont les conditions avec lesquelles se présente la nouvelle méthode, et, ainsi que nous serons à même de l'apprécier, l'*Écriture universelle* reproduira des sons et non des mots, et pourra par le moyen de *neuf caractères* seulement, écrire les moindres nuances que renferme la prononciation de toutes les langues répandues sur le globe, quoique le nombre de ces nuances soit immense pour le français, l'anglais, l'allemand, l'espagnol, l'italien, le hollandais, l'hébreu, le turc ou le chinois, etc.

Nous verrons qu'un Français avec 25 lettres ne peut produire que 90 sons différents : l'*Écriture universelle*, avec ses neuf caractères en produira **216**, que ce même Français rendra parfaitement et sans le moindre effort.

LES CARACTÈRES.

Les neuf caractères à l'aide desquels nous pourrons écrire toutes les langues sans aucune exception, sont :

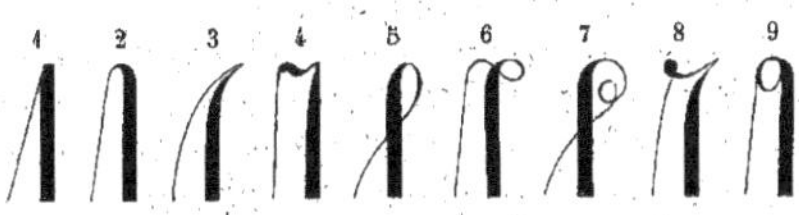

1 2 3 4 5 6 7 8 9

(Ces modèles sont les caractères typographiques (1), c'est-à-dire ceux qui représentent l'imprimerie comme en français les lettres :

a e m r g, etc.

Quant aux modèles calligraphiques représentant l'écriture à la plume, ils sont penchés comme pour l'écriture anglaise, et pour lors offrent des déliés plus gracieux, ainsi que nous le verrons plus loin.)

C'est de la combinaison de ces neuf caractères entre eux que dépend l'art de former les lettres susceptibles de peindre toutes les flexibilités de la voix.

Mais comme un Français ne peut pas rendre toutes les nuances de la voix humaine, vu que faute d'habitude il y a quelques sons qu'il ne pourrait prononcer, tel que le *th* dur et doux des Anglais, le *iota* guttural espagnol, etc., il ne sera dès lors pas nécessaire pour la langue française de nous attacher aux neuf figures que nous avons vues, attendu que les sept premières sont plus que suffisantes pour peindre tous les mots contenus dans le dictionnaire de notre langue.

Par conséquent nous ne nous occuperons ni du n° 8 ni du n° 9, lesquels caractères appartiennent aux langues anglaise, espagnole, hébraïque, polonaise, etc.

Nous commencerons au premier exercice par apprendre la manière de former ces sept caractères français.

1 2 3 4 5 6 7

Et à cet effet nous indiquerons plus loin quelles sont les règles qu'il faudra suivre pour les tracer.

L'écriture n'est rien autre qu'un dessin ; c'est l'image de la parole tracée sur du papier, du parchemin, ou l'image de nos pensées gravées sur le marbre, la pierre, les métaux, etc.

Comme dans toute espèce d'art il y a nécessairement des règles à observer pour arriver à un certain degré de perfection, l'écriture étant un art, l'art de dessiner des paroles et des pensées, il y a donc des règles inévitables de proportions à suivre, desquelles on doit peu s'écarter, puisqu'elles ont pour but de déterminer la hauteur, la courbe, la pente ou la distance des traits.

Ces mesures, en quelque sorte invariables quant à leur parfaite exécution par les artistes en calligraphie, sont cependant variables pour se plier aux aptitudes vulgaires, vu que les uns écrivent plus ou moins penché, les autres plus ou moins fort, etc.

Les caractères que nous emploierons pour écrire sont combinés de manière à pouvoir présenter aux yeux l'image fidèle des sons du langage, c'est-à-dire rendre sensibles à notre vue les traits invisibles de notre plus belle faculté de l'âme, *la pensée*.

Comme image représentative de cette faculté intellectuelle, dont la grandeur et la puissance nous offrent chaque jour des témoignages éclatants de son immense étendue, l'homme doit s'habituer à bien former les traits qui doivent peindre avec des couleurs brillantes toutes les riches et sublimes créations de son imagination.

Et lors même que l'écriture ne serait qu'un art capable de reproduire un dessin agréable à la vue, l'homme ne devrait-il pas s'attacher par esprit de contemplation pour tout ce qui est beau, à posséder une belle écriture, comme tout artiste s'attache à ne produire que des œuvres dignes de lui ?

(1) Pour commencer, tous les modèles seront en grands caractères, afin qu'ils soient bien sensibles à la vue.

L'auteur prie le lecteur de bien se garder de se prévenir contre cette méthode à la vue de ses caractères, car de même qu'il est de toute impossibilité de pouvoir apprécier les résultats de la musique à la vue d'un cahier de gammes, de même il serait impossible d'apprécier la rapidité qu'offrira cette écriture, par la simple inspection des éléments composant son alphabet.

L'ÉCRITURE.

De tous les arts, l'écriture est le plus sublime; aussi est-il à juste titre nommé l'art des arts, l'art par excellence, vu qu'il tient le premier rang dans les connaissances humaines comme étant la clef de toutes les sciences.

L'écriture a la puissance de peindre avec de vives couleurs l'image invisible de nos pensées les plus profondes, et c'est par elle seule que nous pouvons communiquer à distance toutes les vives impressions qui agitent notre âme.

Avant de pénétrer dans les secrets de cet art, avant d'apprendre à écrire, il est indispensable de jeter un rapide coup d'œil sur les effets immenses que produit ce génie merveilleux qui a la puissance de peindre la parole et de parler aux yeux.

Les hommes, nés pour vivre en société, ayant besoin de communiquer leurs idées les uns aux autres, trouvèrent dans leurs organes un moyen commode pour échanger de près leurs pensées : ce moyen est ce qu'on appelle la parole.

C'est à la parole que l'homme doit la conservation de la société et de la vérité, et pour lors c'est à elle qu'il doit son intelligence et sa supériorité sur tous les êtres.

Par elle-même, la parole se trouve bornée à de bien étroites limites dans le temps comme dans l'espace, aussi ne put-elle seule satisfaire aux besoins de la civilisation, qui fit sentir de bonne heure à l'homme la nécessité de transmettre ses idées à de grandes distances et faire passer aux générations futures les connaissances qu'il acquit par l'observation, ainsi que les lois établies pour la conservation de l'espèce humaine.

L'homme reconnut donc bientôt qu'il avait besoin d'un auxiliaire pour étendre la puissance de la parole, auxiliaire qui soit capable de pouvoir la fixer et la perpétuer.

Il trouva ce secours précieux dans l'écriture : avec elle la sphère où la parole se produisit, s'agrandit, s'étendit et n'eut plus de bornes ; en sorte que la parole et l'écriture, s'associant l'une à l'autre, devinrent les plus grands instruments de l'intelligence humaine.

Quelle puissance la parole, considérée comme lien social, aurait-elle sans l'écriture?

Elle ne pourrait établir entre les hommes qu'un commerce passager, auquel le temps et l'espace seraient un obstacle continuel et insurmontable.

Mais avec l'écriture tout change : ni le temps ni l'espace ne peuvent plus imposer leurs limites à l'homme et les connaissances des peuples deviennent l'héritage de tous, l'héritage des générations contemporaines comme des générations qui se trouvent séparées de nous par l'intervalle des années, des siècles.

Que de bienfaits l'homme ne doit-il pas à cet art sublime qui a pour base l'invention de l'alphabet? c'est à la découverte de ces quelques petits signes insignifiants que le monde doit ce salut qui chaque jour le tire un degré de plus de cet état de misère, d'ignorance et de barbarie où il se trouva plongé pendant de si longs siècles.

Grâce à cet art divin, aux merveilles de l'écriture, la race humaine se trouve ne plus être qu'une vaste famille, dont tous les membres, aussi dispersés qu'ils soient les uns des autres, peuvent s'interroger et se répondre.

Grâce à cet art, la parole de nos aïeux n'est pas morte pour nous, la parole des génies qui se sont illustrés dans l'antiquité se trouve encore vivante; la parole des grands hommes formant les anciens monuments de la vieille Égypte, de la célèbre Grèce et de la mémorable Asie, est encore chaque jour sous nos yeux.

Si cette invention admirable a produit de si grands résultats, que de richesses n'aurait-elle pas produites si, semblable aux autres arts, l'écriture se fût perfectionnée, puisque c'est à elle que sont dus les progrès et le développement de la civilisation? puisque c'est par elle seule que l'homme peut propager les lumières de l'esprit, lumières appelées à éclairer chaque jour davantage le genre humain, en répandant, par la lecture des œuvres morales et scientifiques, ce qu'on nomme la vraie instruction, l'instruction, source réelle du bonheur général des hommes, naturellement nés pour vivre en société?

Notre siècle sent tellement bien les effets que doit produire l'instruction, il en comprend si bien le besoin que chacun semble avoir une voix intérieure qui lui crie : « Marchez et vous trouverez. »

De là cette avidité de connaissances, la nécessité de savoir chaque jour davantage, ce besoin d'approfondir toutes choses, ce penchant naturel qui dicte aux parents de ne reculer devant aucun sacrifice en leur puissance pour soigner l'éducation de leurs enfants; tout cela tient à ce que chacun est persuadé par l'expérience que le bonheur réside là où se trouvent les fruits de la lumière, source de toute moralité.

L'écriture est par conséquent le moyen le plus puissant de féconder l'intelligence humaine; tout l'atteste et tout prouve qu'il n'y a et ne peut y avoir de civilisation sans elle; que les peuples qui en sont privés sont des peuples qui ne peuvent récupérer l'état primitif de l'homme jusqu'à ce qu'on vienne à leur secours, et apparaissent alors aux yeux des peuples civilisés comme des populations encore réduites à l'état d'enfance, peuples que nous qualifions du nom de sauvages.

C'est pourquoi aussi les hommes qui ne savent ni lire ni écrire n'arrivent qu'à un bien faible degré de développement intellectuel.

ÉDUCATION.

OMME il fut mille fois prouvé qu'un individu qui n'a pas reçu d'instruction ne sait rien, ne connaît rien et ignore ce qu'il pourrait savoir, ce n'est donc que l'éducation qui peut compléter l'homme par le développement de ses facultés intellectuelles, et successivement les unes aux autres; la société se perfectionne.

Mais l'éducation n'est rien si elle ne se trouve associée à l'instruction, à l'instruction solide de la morale et de la science; car il est évident que nous voyons chaque jour toute la difficulté qu'on a de contenir ceux qui, malgré la bonne éducation qu'ils ont reçue, ne se méfiant pas assez du pouvoir des sensations, tombent dans le domaine des individus qui, n'ayant reçu d'éducation que du mauvais exemple ou du faux savoir, ne pensent qu'au mal, ne font que le mal, de même qu'un champ mal cultivé ne produit que des ronces.

C'est ainsi que les hommes qui ne se trouvent guidés que par leur égoïsme et leur imagination, n'ayant pour but que la vanité et le plaisir, méconnaissent tout, détruisent tout.

Que deviendrait la société si chaque membre qui la compose se laissait entraîner à ce vice démoralisateur qu'on nomme l'égoïsme? l'histoire ne le démontre malheureusement que trop; que de peuples connus ont perdu ainsi leur civilisation primitive!

Je ne m'amuserai pas, à l'exemple de quelques grands philosophes, à vouloir rechercher l'origine du langage, l'invention de la parole par l'homme étant une idée puérile, rejetée par la raison et le bon sens.

Comme la nature nous a donné l'organe de la parole ainsi que la faculté de penser, il est certain qu'elle a voulu que nous communiquassions nos idées les uns aux autres, par le moyen de cet instrument admirable que nous nommons la *voix*.

C'est à l'aide de cet instrument que l'homme articule des mots variés bien supérieurs aux hurlements des loups, aux croassements des corbeaux, aux hennissements des chevaux, animaux qui ont un langage suffisant pour répondre aux vœux de l'Être Suprême qui les créa, et ce qui prouve que la langue de l'homme est, je le répète, supérieure à celle des animaux, c'est que dans notre langage, les mots correspondant aux cris des bêtes ne sont que des cris qui sortent subitement de la bouche pour manifester des sentiments de joie, d'amour, de surprise, de crainte, de souffrance, d'épouvante ou de douleur; telles sont les interjections: *oh! ah! ouf! hé! aill! oh, ia-i-aill!* etc.

Si on objecte que quelques animaux profèrent des sons articulés, on ne peut pas déduire de cela que ce soit pour exprimer des idées, vu que nous ne pouvons le savoir, et au contraire tout nous prouve qu'aucune espèce n'a pu changer, varier ou maîtriser soit son cri naturel, soit sa position sociale.

Si on dit que le langage des oiseaux parle au cœur, on peut répondre: Oui, il parle comme un instrument de musique parle à l'oreille, et nous ne pouvons savoir ce qu'il dit à l'esprit; d'où nous concluons qu'il n'y a pas d'animal qui n'ait occasion de dire à ses pareils: *oui, non, je t'aime, aime-moi, prends garde, sauvons-nous,* etc., absolument comme nos interjections manifestent des sentiments de crainte, de prudence ou autres, ayant pour principe l'instinct ou esprit de conservation.

J'ai cru devoir émettre ici quelques pensées philosophiques pour me détacher une fois pour toutes du matérialisme s'acharnant constamment à vouloir confondre l'esprit de l'homme avec l'instinct des animaux.

Cet ouvrage, qui s'adresse à la raison humaine seule, ne peut avoir aucun rapport avec ces faux savants qui prétendent expliquer tout, tout en général, par le seul aspect de notre organisation, ou de l'organisation terrestre.

Cette Méthode s'adresse à l'intelligence et non à la matière, à cette intelligence humaine susceptible d'un grand développement, et non à l'animal qui ne peut se perfectionner et qui, au bout de mille ans, sera ce qu'il était le premier jour de ces mille ans.

En un mot, elle s'adresse à la raison, qui seule peut combattre la routine, et non à l'ignorance, vu que ce ne sont pas les animaux qui contemplent la nature et les cieux, qui étudient le cours des astres, qui prédisent les éclipses, qui cultivent la terre, qui parcourent les mers, qui connaissent l'ordre en sachant le distinguer du désordre, qui peuvent admirer la beauté et l'utilité de cet ordre qui nous environne ; non, ce n'est pas la brute qui peut voir Dieu, c'est l'homme !... l'homme dégagé de la matière, l'homme dont la vie principale est l'esprit, la raison, la vérité !...

INVENTION DE L'ÉCRITURE.

Les sons que produit notre voix forment à notre oreille des sensations auxquelles nous donnons le nom de *mots*, en sorte qu'en parlant nous exprimons des mots.

Les mots que nous traçons en écrivant sont un dessin, une figure qui a pour but de représenter sur le papier les sons qui sortent de notre bouche ; c'est ainsi qu'on est convenu que le dessin O serait la représentation du son O, que A représenterait la voix A, etc.,

Il a fallu une bien longue suite de siècles pour inventer le peu de lettres nécessaires pour former l'image des mots, ou pour mieux dire l'image de la parole, puisqu'aujourd'hui même elles sont encore réduites à un état d'imperfection telle, qu'elles ne peuvent représenter que la plus faible partie des sons que nous sommes susceptibles d'exprimer.

Effectivement, tous les savants s'accordent pour convenir que depuis les siècles les plus reculés, il n'exista jamais un alphabet complet, c'est-à-dire un ensemble de caractères égal aux sons que produisent nos organes vocaux.

En sorte qu'il est à remarquer que l'homme, qui est si ingénieux lorsqu'il s'agit d'arts d'agrément, de luxe ou de frivolité, se trouve avoir négligé la plus heureuse et la plus belle de ses découvertes : *l'invention de l'alphabet,* cet art sublime qui est actuellement si loin de son origine qu'il se perd dans la nuit des temps ; cette découverte que la philosophie voit à une si prodigieuse distance de sa perfection, qu'il n'y a, dit-elle, « pas d'homme assez hardi pour entreprendre le perfectionnement qu'elle réclame depuis des siècles, vu que cette tâche est tellement immense, que lors même que toutes les révolutions que le temps amène nécessairement seraient suspendues en sa faveur, lors même que les préjugés sortiraient des académies ou se tairaient devant une si grande chose, il y aurait encore la routine à combattre pendant des siècles entiers sans interruption. »

Et c'est dominé par cette pensée fatale que l'homme laissa l'alphabet traverser des semaines de siècles dans un état continuel d'enfance, sans oser secouer ce vieux préjugé ; et cela pourquoi ?

Parce que, généralement, c'est le besoin seul qui presse l'homme d'inventer, parce que tout inventeur est pressé de jouir de sa découverte, enfin parce qu'il est positif que celui qui se serait occupé sérieusement de l'étude des sons, n'aurait pu profiter lui-même des avantages devant découler du perfectionnement de l'écriture, s'il eût voulu en faire l'objet d'une spéculation pécuniaire ; tandis qu'au contraire, les inventions les plus frivoles ont fort souvent fait la fortune de leur auteur.

Il est évident que l'homme, malgré ses protestations démonstratives en faveur de l'humanité et de la postérité, n'aime guère travailler et sacrifier sa vie entière pour ses descendants indirects. Cependant, cet art divin ne pouvait se perfectionner qu'à cette condition indispensable : travailler ni pour soi, ni pour les siens, mais pour les enfants des enfants de ses enfants.

Si nous ouvrons l'histoire, il semblerait que nous marchons en rétrogradant, puisque le nombre de lettres paraît être aujourd'hui plus incomplet qu'il ne le fut jadis ; effectivement, Pline dit qu'Aristote prétendait que Cadmus importa dix-huit lettres en Grèce ; Plutarque de son côté, il est vrai, prétend qu'il n'en importa que seize, savoir :

Alphabet importé en Grèce par Cadmus, 1550 ans avant J.-C.

	1	2	3	4	5	
5 voyelles.	Α	Ε	Ι	Ο	Υ	lettres majuscules.
	α	ε	ι	ο	υ	lettres minuscules.
Valeur actuelle	*a*	*e*	*i*	*o*	*u*	

	6	7	8	9	10	11	12	13	14	15	16
11 consonnes	Β	Κ	Δ	Γ	Λ	Μ	Ν	Π	Ρ	Σ	Τ
	ϐ	ϰ	δ	γ	λ	μ	ν	π	ρ	ς	τ
Valeur actuelle	*b*	*c*	*d*	*g*	*l*	*m*	*n*	*p*	*r*	*s*	*t*

250 ans après Cadmus, l'alphabet s'enrichit de quatre lettres que Palamède ajouta pendant la guerre de Troie, savoir :

	17	18	19	20
Majuscules	Θ	Ξ	Φ	Χ
Minuscules	θ	ξ	φ	χ
Prononciation présumée	*th*	*cs* ou *x*	*f* ou *ph*	*ch*

Plus tard Simonide ajouta de nouveau quatre lettres à cet alphabet, qui était composé de vingt lettres :

	21	22	23	24
Majuscules	Ζ	Η	Ψ	Ω
Minuscules	ζ	η	ψ	ω
Prononciation présumée	*z* ou *ds*	*eu*	*ps*	*au*

Il résulte que les Grecs eurent en totalité vingt-quatre lettres, ou un alphabet composé de vingt-quatre signes représentatifs des sons.

Les Romains changèrent l'ordre ci-dessus, la valeur, la figure et le nom des lettres grecques subirent une métamorphose complète : renversant le *g* Γ, ils en firent la lettre L ; de l'*é* long, ils firent H ; renversant la lettre *l* Λ, ils firent V ; de l'*r* P, ils firent P ; du *ch* X, ils firent X, etc., et enfin on arriva à l'alphabet actuel.

Aujourd'hui, de combien de lettres se trouve composé notre alphabet ?

Ne nous hâtons pas de répondre en les comptant une à une que nous possédons vingt-cinq lettres ; mais auparavant observons attentivement quelle est leur valeur, vu que deux signes ne font logiquement qu'un du moment où ils servent à représenter un seul et même son.

Cet examen fait, nous remarquerons qu'effectivement nous avons bien vingt-cinq signes en apparence, mais dont le nombre en réalité se réduit à vingt, ainsi que nous allons le démontrer clairement, sans avoir besoin d'entrer dans aucune définition métaphysique pour nous faire comprendre.

ALPHABET POSITIF.

1	2	3	4	5	6	7	8	9	10	11	12	13	14	15	16	17	18	19	20
a	*b*	*d*	*e*	*f*	*g*	*i*	*j*	*k*	*l*	*m*	*n*	*o*	*p*	*r*	*s*	*t*	*u*	*v*	*z*

Quant à ce qui concerne les cinq autres lettres, qui sont les consonnes

21	22	23	24	25
c	*q*	*h*	*x*	*y*

chacun conviendra que ce sont des lettres entièrement inutiles, puisqu'elles sont incapables de rendre le moindre service à l'écriture positive, ainsi :

C peut toujours être remplacé par *k* ou *s*, exemple : *circonstance*, sirkonstanse.

Q peut toujours être remplacé par *k*, exemple : *coq*, kok.

X peut toujours être remplacé par *z*, *ss*, *ks*, *kz*, ou *gz*, exemple : *dix*, diz ; *soixante*, soissante ; *extra*, ekstra ; *examen*, ekzamen ; *Xavier*, Gzavier.

Y représente ou le son de deux *i* ou celui d'un *i* seulement, exemple : *moyen*, moi-ien ; *hypocrite*, ipocrite.

Enfin, la lettre *h* n'est, à proprement parler, qu'un accent d'expiration, ainsi que nous devrons le démontrer d'une manière claire et positive.

Or peut-on prétendre, à la vue de vingt-quatre lettres citées d'une part et à la vue de vingt lettres positives d'autre part, que l'homme a fait des progrès sur la composition de l'alphabet ?

Mais ne nous hâtons pas de répondre, car cette question est insoluble, vu qu'on manque de documents, de données certaines sur la prononciation positive des signes représentatifs employés par les anciens; en sorte que ce problème, qui serait un des plus intéressants de l'histoire, ne peut se résoudre.

Voyons à quelle époque on peut rapporter l'invention de l'écriture.

L'invention des lettres se perd dans la nuit des temps, ce qui fait que, d'un côté, les Grecs attribuaient cette invention aux Égyptiens et aux Phéniciens ; tandis que d'un autre côté, quelques modernes enlevant la puissance de cette invention à l'homme, supposent l'écriture révélée aux Hébreux, en se fondant sur l'impossibilité radicale de l'invention d'un alphabet par l'intelligence humaine

Ces deux opinions sont fort respectables, mais comme elles ne se trouvent pas appuyées par des raisons frappantes, la question de l'invention de l'écriture ne peut se trouver résolue, d'autant plus que ces deux opinions différentes viennent en quelque sorte se confondre devant l'histoire.

Effectivement, lorsqu'on réfléchit que les anciens confondaient assez souvent les Égyptiens et les Phéniciens avec les Hébreux, soit parce qu'ils eurent avec les premiers des rapports longs et fréquents, soit parce que les Hébreux habitaient une contrée voisine de l'Égypte et de la Phénicie, il se pourrait que les Hébreux eussent l'honneur de cette invention.

Alors les historiens, partant de ce principe, disent que l'écriture fut révélée à l'homme, et, la faisant naître chez les Hébreux, en rapportent le premier usage au temps de Moïse.

Mais voilà maintenant que ces conjectures se détruisent de nouveau, puisqu'on sait que Moïse sortait d'Égypte, qu'à l'âge de quarante ans il vivait dans tout l'éclat de la cour de Pharaon, et que tout est miraculeux dans la manière dont il poursuivit sa mission pendant les quarante ans qui suivirent sa sortie d'Égypte.

Ainsi, ou la question est insoluble, ou bien l'Égypte paraît être le berceau des lettres.

LES DIFFÉRENTES SORTES D'ÉCRITURES.

L'ÉCRITURE alphabétique dut commencer par une savante analyse, par la décomposition des sons de la voix humaine, afin de pouvoir représenter chacun de ces sons par une figure spéciale ; on dut ainsi obtenir le résultat le plus merveilleux que puisse offrir l'histoire du génie de l'homme : *rendre visible une chose invisible.*

Il y a deux sortes d'écritures : l'écriture des idées et l'écriture des paroles.

La première, connue sous le nom d'écriture hiéroglyphique, traduit pour les yeux l'idée même, en dessinant les objets sous leurs formes naturelles, ou bien en les représentant par des emblèmes lorsqu'ils n'ont rien de sensible.

La seconde, l'écriture alphabétique, fut imaginée non pour traduire l'idée même, mais pour représenter les sons de la voix, la parole, c'est-à-dire le son devenu signe nominatif de l'idée.

On ignore de ces deux sortes d'écritures quelle est la plus ancienne.

Les uns prétendent que l'écriture alphabétique précéda l'hiéroglyphe ; comme rien ne peut ni prouver ni justifier cette prétention, ils donnent aux lettres de l'alphabet une origine divine, en s'appuyant sur ce que la peinture des objets n'a pas pu produire un système de peinture des sons.

En sorte que, selon eux, le dessin et l'écriture formaient, dans les temps anté-historiques, deux arts distincts l'un de l'autre, comme cela existe encore aujourd'hui parmi nous : l'écriture ou la calligraphie, le dessin ou la peinture.

Ceux qui au contraire prétendent que l'écriture hiéroglyphique précéda l'alphabet, disent que d'abord pour exprimer l'idée d'un objet, tel qu'un homme, un cheval, un arbre, on en traçait grossièrement le dessin. (Cela fait également supposer que telle dut être l'origine de l'art du dessin et de la peinture, puisque l'homme avait devant les yeux la nature elle-même pour modèle, soit dans les ombres produites par la lumière du soleil, soit par le reflet des objets dans l'eau.)

Partant de ce principe assez naturel, puisqu'on avait dans les ombres des contours tout tracés et par conséquent les traits qu'il suffisait de suivre, on prétend que ces dessins servirent d'écriture pour représenter directement les idées; puis, partant de là, on ajoute que, plus tard, le génie des Égyptiens, simplifiant ce genre d'écriture peinte, imagina de représenter plusieurs choses en une seule figure et que cela donna naissance à l'art des hiéroglyphes; puis des hiéroglyphes on arriva successivement aux lettres de l'alphabet importées en Phénicie, et de l'Asie en Grèce par Cadmus.

Ainsi voici l'idée de ce que les uns disent qu'on imagina : les Égyptiens représentaient ce dessin pour la lune; plus tard, annulant les traits du milieu et conservant le cercle, ils formèrent la lettre O; puis prenant les yeux, le nez et la bouche ils réunirent ces traits ensemble et formèrent la lettre T.

On voit donc qu'il est certain que tout n'est que conjectures, puisque d'une part on ne sait à qui attribuer l'honneur de l'invention de l'écriture, et que d'autre part il est impossible de la suivre dans sa marche soit progressive ou rétrograde.

Enfin, quoi qu'il en soit, de nos jours il n'y a plus guère que les Chinois qui aient conservé des signes hiéroglyphiques; et, à la vue et analyse de leur écriture, il est incontestable que l'écriture alphabétique est plus parfaite que tous les hiéroglyphes vantés des Égyptiens.

Elle est plus parfaite en ce qu'elle exprime son objet d'une manière plus claire, bien plus complète et surtout plus rapide.

Aussi riche que les langues dont elle est l'interprète, la prompte écriture est aussi claire que la parole, plus claire même puisqu'elle se fixe; et c'est à cette puissance de se fixer et se perpétuer de siècle en siècle, c'est à ce moyen merveilleux de fixer la parole aussitôt qu'elle sort de la bouche que nous devons notre développement intellectuel.

C'est donc à ces petits signes que l'homme doit la civilisation; car, réfléchissons-y bien, que saurions-nous sans ces petites pattes de mouche que renferment tant de manuscrits précieux? quelles seraient nos relations commerciales sans écriture? Enfin, que serions-nous sans bibliothèque mettant sans cesse devant nos yeux l'histoire du passé? sans ces précieux recueils de lois qui garantissent l'ordre social? sans ces livres de morale qui nous relèvent à nos propres yeux? sans mathématiques, sans littérature, sans dictionnaire, sans physique, sans chimie, sans imprimerie, etc., etc.?

L'écriture alphabétique présente un grand nombre de variétés que l'on ramène à deux sortes principales :

1° L'écriture indienne, qui est la plus parfaite et la plus régulière;

2° L'écriture phénicienne, incomplète en Asie, peu perfectionnée en Europe, et aujourd'hui en usage chez tous les peuples de race européenne.

De ce qui précède, il résulte que notre écriture actuelle est l'écriture phénicienne perfectionnée; mais il se peut aussi qu'elle soit l'écriture phénicienne, comme l'Égypte paraît être le berceau des lettres, parce que Moïse sortant de cette contrée introduisit les lettres en Asie, lettres que Cadmus importa en Grèce.

Lorsqu'on veut remonter à l'origine des choses, on est obligé de tout observer, et alors tout donne lieu aux conjectures. C'est ainsi que les uns attribuent au génie des Phéniciens l'invention de l'écriture, parce que ce peuple est cité dans l'histoire pour avoir été un des premiers peuples industrieux.

C'est encore ainsi que les caractères grecs primitifs regardés à l'inverse, étaient, assure-t-on, les mêmes que les caractères hébraïques.

Et en outre, on sait que les Grecs écrivaient d'abord de droite à gauche, comme les Israélites écrivent encore actuellement l'hébreu; puis qu'ils écrivirent alternativement de droite à gauche et de gauche à droite, et enfin définitivement de gauche à droite, comme nous le faisons généralement tous aujourd'hui; ce qui paraît le plus certain c'est que de l'alphabet grec dériva l'alphabet latin, qui a formé la majeure partie de ceux qui s'emploient maintenant en Europe et chez plusieurs peuples de l'Asie.

Dans la plupart des écritures inventées pour représenter les diverses langues que les hommes parlent, on fait usage de bien des moyens différents : ici ce sont plusieurs lettres qui tantôt se prononcent et tantôt ne se prononcent pas; chez un peuple, *a* se prononce *a*, *u* se prononce *u* et chez son voisin *a* se prononce *è*, *u* se prononce *ou*, etc.; chez les uns, un mot s'accentue d'une certaine manière, tandis qu'il s'accentue d'une manière toute différente chez les autres ; en sorte que les écritures, quoique partant d'un principe unique, l'alphabet, forment un amalgame, une confusion, dont la tour de Babel est l'allégorie la plus ingénieuse et la plus vraie qui ait pu être imaginée pour expliquer le pourquoi et le parce que de l'origine de la diversité des langues.

Aujourd'hui, à la vue du nombre des lettres ne se prononçant pas et auxquelles on donna le nom de lettres muettes, à la vue de ces lettres tracées sans aucune utilité puisqu'elles ne se prononcent pas, on pourrait supposer que l'homme possède un alphabet trop riche, vu qu'il est sensé devoir utiliser tous ses caractères pour déployer tout son luxe, afin d'étaler toutes ses richesses.

Eh bien ! du tout, ce cortége splendide démontre au contraire toute notre pauvreté. Ce luxe que nous déployons ne fait que jeter un faux éclat, une lumière incapable d'éblouir et de cacher entièrement à l'œil attentif le cachet d'imperfection qui préside à nos alphabets.

On déploie beaucoup de lettres et on se figure être riche ; pour mieux briller on fait supposer qu'on en a de trop, et ce trop en réalité n'est qu'un manque du nécessaire.

Examinons l'alphabet français et il sera facile de nous convaincre qu'on manque de lettres, ou d'une combinaison capable de perfectionner l'alphabet : avons-nous des signes particuliers pour représenter les sons positifs de : *oi, an, in, un, on, ou, eu, oin, ui, ion, ian, ien*, etc. ?

Non certes, et cependant il est naturel que si notre alphabet était complet, nous devrions posséder un signe représentatif de chacun de ces sons, afin d'éviter l'emploi de deux ou trois lettres, l'union de deux caractères n'ayant aucun rapport entre eux et qui, soumis à une analyse logique, ne peuvent pas former par leur union le son qu'ils sont sensés exprimer, vu que *oi* ne dérive ni du son *o* ni du son *i*, et il en est de même pour chacune des diphthongues, dont le nombre est considérable.

En un mot, il est positif que l'alphabet traversa des siècles entiers sans se perfectionner, car on ne peut pas nommer perfectionnement les quelques changements qui eurent lieu dans l'orthographe des mots depuis deux cents ans, changements consistant surtout dans la suppression d'une lettre, comme par exemple la lettre *s* en français, remplacée parfois par un accent circonflexe, comme dans les mots *bête, tâche, apôtre, prêtre*, etc., mots qui s'écrivaient beste, tasche, apostre, prestre.

Enfin ne nous arrêtons pas à de si petites choses, puisque nous verrons plus loin s'établir l'orthographe parfaite et naturelle des mots, orthographe qui, soumise à l'examen des savants de tous les pays, devra nécessairement sortir victorieuse de toute critique sévère, sérieuse et loyale.

D'après le temps qu'il faut pour arriver à la perfection d'une chose, on peut juger à combien de puissantes conditions se trouve soumis le premier des arts, l'art par excellence, l'art dont le but positif est de peindre tous les sons sans aucune exception, et de dessiner nos paroles telles qu'elles sont formées par nos organes vocaux.

Et quelle forme pouvoir donner à cette parole ?

Notre bouche s'ouvre pour laisser sortir tout vivant de cette retraite mystérieuse un son subtil qui a la puissance de pouvoir frapper immédiatement et à la fois dix, vingt, cent, mille tympans ; une chose invisible ayant une force immense, une chose dont pour en saisir l'image il faudrait nécessairement surprendre sa figure ; mais le passage qu'elle se fait est prompt comme l'éclair, et de ce passage il ne reste aucune trace dans l'air qui fut cependant ébranlé !

Ne pouvant considérer la cause qui produit la voix, considérons donc quels en sont les effets, puisque ce sont ces effets qu'il s'agit de représenter :

Dès que les organes de l'ouïe se trouvent impressionnés de la sensibilité qu'excite en nous le son de la voix d'une personne qui nous parle ou qui, supposons, nous dicte un discours, cette sensibilité émue d'un pouvoir électrique se manifeste de l'ouïe au cerveau, au jugement et à notre volonté ; aussitôt notre volonté commande au tact, notre main obéit et peut, au moyen de l'écriture, peindre brillamment ce son vivant et invisible, avec des traits visibles et froids, capables de parler à tous les yeux.

Et tout cela a lieu avec une vitesse, une rapidité telle, qu'on pourrait croire que c'est la main, que ce sont nos doigts qui ont des oreilles pour entendre le son qu'il s'agit de tracer sur le papier, vu que le mot n'est pas sitôt expiré des lèvres que déjà il se dessine.

Que de conditions, hélas ! ne faut-il pas pour faire le portrait de cette puissance majestueuse qui à elle seule définit toute la grandeur de l'intelligence humaine !

Comme un portrait est d'autant plus ressemblant alors qu'il représente fidèlement non-seulement les traits d'une personne, mais encore l'expression invisible et animée qui illumine le visage de chaque individu, de même l'écriture sera naturellement d'autant plus parfaite, qu'elle représentera plus fidèlement les divers sons, articulations et modifications dont la voix est susceptible.

L'écriture doit donc, avec des signes de convention, atteindre le but que se propose la science; elle doit reproduire des traits non-seulement susceptibles encore de pouvoir parler à nos propres yeux, mais ayant la puissance de parler également aux yeux de nos semblables.

Que de conditions réunies pour trouver des traits pouvant se tracer subitement et n'offrant aucun obstacle qui puisse interrompre la course rapide de nos pensées et de nos paroles !

Que de moyens impuissants furent employés pour atteindre ce but, que de combinaisons bizarres furent imaginées, que de signes singuliers sont aujourd'hui mis en usage par les divers peuples habitant notre planète !

Et si on examine l'un après l'autre chaque moyen, si on analyse chaque signe, si on décompose chaque combinaison, alors on est bien obligé malgré soi de reconnaître que l'homme est loin de posséder la perfection à laquelle il est appelé, puisqu'il ne sait encore tracer que des mots savamment combinés d'avance, et non des sons tels qu'ils sortent de sa bouche.

Cette imperfection donna lieu à la naissance de l'art sténographique.

LA STÉNOGRAPHIE.

L'homme en avançant dans la civilisation sentit croître de nouveaux besoins; possédant l'écriture alphabétique, il remarqua bientôt que cet art ne pouvait répondre aux exigences qu'il était et est en droit de réclamer de sa raison pour étendre ses connaissances.

De nouveaux besoins lui firent inventer de nouveaux moyens, pour pouvoir transmettre ses idées avec une grande rapidité.

Tels sont les arts de la sténographie pour l'écriture, et de la télégraphie pour les signaux; mais nous n'avons pas ici à nous occuper du télégraphe. (Cette invention ingénieuse des anciens, grâce aux perfectionnements qu'elle adopta de nos jours en faisant un accueil favorable à l'application de l'électricité, a la puissance de communiquer l'écriture à de grandes distances, en ne trouvant plus d'obstacles qui puissent, nous le savons, l'empêcher de traverser et les plaines et les mers) (1).

Après l'écriture alphabétique apparaît donc l'écriture sténographique, moyen merveilleux qui rendit d'éminents services et qui consiste, comme nous l'avons déjà dit, à reproduire la parole dès qu'elle est émise, en tâchant d'écrire aussi vite que l'on parvient à parler.

A cet effet, plusieurs moyens furent mis en usage, dont les principaux furent l'emploi de signes entièrement distincts de ceux employés pour l'écriture ordinaire.

Les modernes s'attachèrent surtout au système des abréviations.

On présume que cet art est fort ancien et qu'il date des temps les plus reculés, parce qu'on ne peut indiquer l'époque de son origine ; en sorte que tous les principaux arts dont l'homme jouit vont s'éclipser dans l'antiquité.

On n'a pas pu découvrir l'origine de la navigation, et on prouve que les anciens la connaissaient parfaitement.

Les astronomes avouent aussi que cette science nous vient de l'antiquité la plus reculée.

La peinture, la musique, la poésie, la littérature datent des temps précédant l'histoire des peuples (1).

Ainsi, il résulte de l'origine inconnue des choses, par

(1) Il serait à désirer pour l'humanité que l'*Écriture universelle* reçût le même accueil dont l'électricité fut honorée. Mais hélas!... tout le monde ne comprendra pas les bienfaits que peut répandre cette méthode, et je ne me fais pas d'illusion à ce sujet.

Pour notre génération, je sais fort bien que tout ce que je pourrais dire et faire serait prêcher dans le désert. Car, comment serait-il possible de faire comprendre à chacun que la prompte écriture, jointe à un alphabet parfait, peut faire faire à la jeunesse studieuse des progrès étonnants en atteignant bien plus vite qu'autrefois les bornes des connaissances humaines, malgré même que ses limites reculent considérablement chaque jour?...

(1) Tout ce qui concerne les anciens arts et les sciences a donné lieu à bien des conjectures. Que de milliers de livres ne furent pas écrits sur l'état physique de la terre, la population, la longue vie des hommes, les races de géants, les arts cultivés des temps anté-diluviens, la cause du déluge et les changements qu'il a produits ! Tout reposant sur des conjectures, on conçoit que tout ce qui fut écrit repose ou sur des systèmes ou sur peu de fondement; que d'efforts les savants ne firent-ils pas pour remonter à l'origine de tout ce qui s'attache à notre existence!...

les principales que nous connaissons aujourd'hui, que tout atteste l'antique civilisation des anciens peuples, puisque tous leurs arts nous apparaissent comme les merveilles du génie de l'homme.

Et ces merveilles suffisent à elles seules pour ôter de notre esprit cet état sauvage de l'homme et de la nature que des historiens romantiques modernes nous font envisager, au lieu de nous dépeindre tout simplement l'état dégénéré de l'homme.

L'état dans lequel nous voyons les premiers peuples historiques présente à nos yeux cet abrutissement ou cette nullité dans laquelle l'homme civilisé peut tomber lorsqu'il devient un être dégradé par le matérialisme joint à l'ignorance, à la cupidité, à l'égoïsme ou aux habitudes stupides.

Lisons attentivement l'histoire ; elle nous montrera les Juifs comme étant le seul peuple qui, de tous les peuples de la haute antiquité, n'ait pas disparu comme l'ombre ; le seul peuple qui, conservant quelques maximes de morale, put traverser avec sa belle littérature tous les siècles et toutes les barbaries.

Il suffit de pénétrer dans l'histoire de leurs persécutions pour reconnaître quelles étaient ces barbaries.

Cet état barbare fut bien long, puisque ce n'est que de nos jours seulement, grâce à la civilisation, qu'il est permis à cette race antique de se regarder comme des hommes ; aujourd'hui seulement nous pouvons voir aussi que ce peuple haï avait des maximes morales bien supérieures à celles des autres peuples leurs contemporains, puisque tous les poëtes anciens et modernes ont rendu un tribut d'hommages à la majesté de la poésie hébraïque.

L'histoire du Christ est frappante : Jésus-Christ sacrifie sa vie pour le salut des hommes ; il est condamné et crucifié pour avoir fait entendre au milieu des barbares pharisiens et romains des paroles de paix et de réconciliation, en appelant à lui les petits enfants, en leur disant de s'aimer les uns les autres.

Je demande pardon au lecteur de m'être laissé entraîner hors du sujet que je traite, vu que cet ouvrage n'est pas un livre de littérature, auquel mon talent se refuserait ; ce n'est pas non plus un roman attrayant que j'écris, c'est un art que je dois faire valoir dans toute sa portée et je suis obligé de l'envisager sous tous ses rapports.

En conséquence, si j'ai parlé de l'histoire juive, c'est parce que l'origine de la sténographie semble naître chez ce peuple, car on sait que les prophètes faisaient usage d'*écritures secrètes* pour se cacher aux yeux des tyrans qui les persécutaient.

La sténographie prend sa naissance dans ce qu'on appelle proprement *les écritures secrètes*. Jérémie changeait l'ordre des lettres(1) ; Enée le tacticien inventa ou accueillit plusieurs moyens d'écrire en chiffres ; enfin l'antiquité cite Xénophon comme étant le premier qui fit usage de signes chez les Grecs, peuple qui eut des écrivains habiles pour recueillir les discours qui se prononçaient en public.

De la Grèce cet art passa en Italie, et de nombreuses écoles furent ouvertes à Rome pour le démontrer.

Il paraît que les signes et les combinaisons des anciens avaient atteint un grand degré de perfection, puisque la sténographie, qui chez eux portait différents noms, était tellement en honneur, que les Grecs et les Romains la regardaient comme un présent des dieux, un hommage de la divinité (2).

Cicéron fut un sujet de vénération parmi les Romains pour avoir apporté de nouveaux perfectionnements à cet art, et Tyron, un de ses élèves, devint même si habile, que la méthode qu'il enseigna prit le nom de méthode tyronienne.

Comme la parole se trouvait représentée par des notes ou des sigles expéditifs, les écrivains qui par la suite firent usage de ces notes prirent le nom de notaires.

Aucune des méthodes qui furent employées avant J.-C. n'est parvenue jusqu'à nous ; on trouve bien à la Bibliothèque impériale de Paris quelques manuscrits présumés être écrits d'après l'une d'elle ; mais comme ces copies n'en donnent pas l'intelligence, elles sont restées indéchiffrables, ensevelies.

Dans les premiers temps du christianisme, les pères de

(1) De ce temps, l'alphabet hébreu était composé de 22 lettres; le livre de Jérémie est divisé en 22 strophes ou périodes marquées en tête par les lettres alphabétiques : *aleph*, *beth*, *guimel*, *daleth*.

ר ג ב א

(2) Observons que la sténographie et les écritures secrètes se confondent dans l'origine, aussi les trouve-t-on en usage chez tous les peuples ; les persécuteurs et les persécutés, en faisant emploi de signes de convention, pouvaient cacher leurs projets.

Aulu-Gelle donna sur les écritures secrètes connues de son temps des détails curieux.

Jules César se servait de la 4e lettre de l'alphabet au lieu de la première et mettait *d* pour *a*, et ainsi de suite.

L'empereur Auguste écrivait *b* pour *a*, *c* pour *b*, et transpo sait ainsi toutes les lettres les unes après les autres.

l'Église sachant apprécier les ressources immenses que peut offrir une écriture abréviative, en firent usage pour correspondre entre eux et cacher leurs desseins aux persécuteurs des chrétiens, afin de propager les maximes évangéliques, ainsi que le démontrent quelques actes des martyrs et quelques prédications des docteurs de la foi, écrits en sigles (signes ou écritures de convention).

Enfin cet art qui jadis était si en honneur chez les Grecs, les Romains et les premiers apôtres du christianisme, finit, on ne sait au juste comment, par tomber dans l'oubli et se trouver perdu dans les premiers siècles de l'ère vulgaire. La sténographie fut ensevelie dans les ténèbres de ce temps.

Ce n'est qu'au moyen âge qu'on en retrouve quelques traces; alors l'art d'écrire aussi vite que la parole attira de nouveau l'attention de quelques savants; mais l'aveuglement et l'ignorance, considérant l'écriture abréviative comme étant une écriture secrète, cherchèrent un prétexte pour mettre un frein à ce genre d'études, et ceux qui recherchaient les moyens d'inventer une nouvelle méthode furent accusés de magie; c'est ainsi que Trytème, auteur d'un ouvrage intitulé *Polygraphie*, vit son ouvrage brûlé en place publique comme œuvre de sorcellerie.

Les écritures secrètes ou par signes furent usitées, du xve au xviiie siècle, par les ambassadeurs des principales puissances de l'Europe pour correspondre avec leurs cour; elles étaient composées de signes ou chiffres de convention, dont les plus célèbres sont les chiffres adoptés par les cours d'Espagne et de France.

Enfin au xviiie siècle, l'art sténographique, dégagé de toute idée *secrète*, c'est-à-dire nuisible, reparut en Irlande; des cours s'ouvrirent à Dublin, et Taylor écrivit un ouvrage qui fut assez goûté et estimé.

L'ouvrage de Taylor fut traduit en français et publié à Paris, en 1792, par Bertin.

Depuis cette époque, plusieurs tentatives faites en vue de répandre cet art dans l'instruction restèrent infructueuses; de nombreux traités furent publiés, mais les résultats obtenus pour répandre la sténographie n'ayant pas répondu aux conditions voulues pour une chose applicable à l'instruction générale conjointement avec l'écriture alphabétique, elle fut repoussée à l'unanimité; en sorte que l'on s'en occupa fort peu, d'autant plus que toutes les méthodes imaginées étaient sinon inintelligibles, du moins inapplicables.

Comme aujourd'hui le talent du sténographe dépend de l'état lucide de son esprit plutôt que de la perfection des signes qu'il emploie pour représenter les sons, il est naturel que tout homme ne possède pas cet état de lucidité qu'offrent par-ci par-là quelques praticiens habiles. (Rappelons-nous ce que j'ai dit page 8.)

Il est naturel que les signes devraient être clairs et précis, simples et faciles à tracer, puisque la parole, qui est le modèle vivant que l'on doit suivre, s'exprime avec une simplicité et une facilité extrêmes.

Si l'homme ne pouvait pas obtenir le résultat qu'il cherchait par le moyen des signes ou figures géométriques, il devait changer de méthodes et recourir à un système de combinaisons ayant la puissance de multiplier ses moyens de production; mais on n'y songea pas.

Il suffit de lire les principaux ouvrages qui furent écrits sur cette matière pour voir dépeintes les difficultés de toute sorte que rencontrèrent le nombre de ceux qui cherchèrent à perfectionner l'écriture; on peut juger par leurs travaux quels durent être les écueils que rencontrèrent les grammairiens, qui, après s'être essayés longtemps à la recherche de nouveaux caractères, reculèrent devant les mille obstacles qui s'élevaient au fur et à mesure qu'ils pensaient découvrir un nouveau signe.

Aujourd'hui que chacun peut comprendre toute l'importance d'une écriture prompte à tracer, que chacun pourrait comprendre tous les avantages à retirer d'une méthode qui serait parfaite, nul ne pourrait méconnaître que ce serait un bonheur inouï pour la postérité de posséder un art qui puisse rendre l'image de la pensée aussi vite que la parole, et ce, d'une manière positive, claire et intelligible.

Mais jusqu'ici, aucun procédé sténographique ne put réunir les conditions voulues pour être accessible à tous et surtout pour répondre aux exigences que réclame l'art typographique.

ESSAIS INFRUCTUEUX DES MODERNES

POUR PERFECTIONNER L'ALPHABET.

Les signes faisant défaut, les traits que peut former la plume pour tracer des petites figures capables de se lier entre elles ne pouvant se multiplier en assez grand nombre, on ne s'y attacha pour ainsi dire plus et tous les efforts tendirent à l'emploi d'autres moyens.

C'est ainsi qu'on formula l'opinion de pouvoir écrire tous les mots sans faire usage de voyelles, c'est-à-dire écrire tous les mots avec des consonnes seulement.

Cette idée bizarre et puérile eut de nombreux admirateurs, et ce qui est le plus fâcheux, c'est de voir les savants mêmes s'être laissé glisser et entraîner sur la pente d'une telle erreur.

Comme on supposait qu'il fallait de 41 à 72 lettres, toutes différentes les unes des autres, pour perfectionner l'alphabet et le rendre complet, en évitant l'emploi des lettres doubles, on recula devant cette difficulté apparente, parce qu'il fut géométriquement prouvé qu'il était de toute impossibilité de pouvoir atteindre le chiffre fabuleux de 72 avec la plume.

On examina alors attentivement l'alphabet, qu'on trouva être composé de 19 consonnes et 6 voyelles seulement, et les sténographes se demandèrent lesquelles de ces deux sortes de lettres il fallait chercher à retrancher.

Les consonnes se trouvant au nombre de 19, les voyelles eurent naturellement (1) la préférence.

Les voyelles *a, e, i, o, u, y,* furent condamnées à mort. Quel aveuglement! six lettres à supprimer! quel petit nombre! quelle séduction!

Mais si avant de songer à retrancher des lettres on eût fait une étude sérieuse et approfondie de tous les sons de la voix, on eût vu dans quelle fausse route on allait se trouver engagé, et on eût reculé d'effroi devant le tableau qui se serait présenté d'une manière frappante aux yeux.

Et alors on eût reconnu qu'il aurait été bien plus logique de transformer les consonnes en voyelles, afin de les compléter; puis chercher un moyen quelconque pour pouvoir se passer de consonnes.

Je dis que cela eût été plus logique, non pas parce que je veux employer un tel moyen; non, pour moi il me faut des consonnes et des voyelles, car dans notre voix il y a des sons et des articulations; aussi je n'ai jamais admis l'hébreu, l'arabe et quelques langues orientales, comme susceptibles de s'écrire sans voyelles, ainsi qu'on nous dépeint le Koran, qui fut écrit tout en consonnes.

Nous verrons plus tard que le nombre des consonnes est bien inférieur au nombre des voyelles (simples et accentuées); en attendant, voici une légère preuve comme quoi on ne peut pas se passer de voyelles dans l'écriture.

Prenons la voyelle A et la consonne P pour exemple.

La consonne *p* en se prononçant ne peut constamment offrir à l'oreille qu'une seule et même articulation, qu'elle se trouve placée soit avant ou après une voyelle, soit avant ou après une autre consonne; ainsi, que l'on dise *ap, arp, pa* ou *pra*, etc., c'est toujours *p* se prononçant du bout des lèvres, et ne donnant de la flexibilité au son positif *a* que par rapport aux articulations qui précèdent ou suivent cette voyelle.

Au contraire la voyelle *a*, représentant par elle-même une seule émission de voix, peut se plier avec une infinité de nuances sensibles que nous allons trouver dans les mots suivants (1):

a bref,	dans *cacao*,	*a.*
a long,	dans *plâtre*,	*â.*
a mouillé,	dans *fiacre*,	*ia.*
a fort,	dans *continua*,	*wa.*
a aspiré,	dans *haricot*,	*ha.*
a aspiré et mouillé,	dans *hiatus*,	*hia.*
a long et fort,	dans *joie*,	*wâ.*
a aspiré et long,	dans *hâvre*,	*hâ.*
a surmouillé,	dans *travail*,	*ail.*
a nasal,	dans *montagne*,	*agne*, etc.

(1) Je dis naturellement, parce qu'il est logique que, sur deux nombres donnés, on doit attaquer le plus petit comme devant être le plus faible.

C'est ainsi qu'on conclut de ne pas attaquer les consonnes comme représentant le chiffre le plus fort.

(1) Ne nous effrayons pas de ce tableau aride et difficile à comprendre pour le moment; nous le rendrons intelligible lorsque nous arriverons aux exercices, qui sont excessivement simples dans la Méthode universelle.

Par les exemples qui précèdent on voit qu'il est tout aussi impossible de se passer de la consonne *p* que de la voyelle *a*; en outre, serait-il possible de métamorphoser *p* en autant de manières que nous venons de le faire avec *a*? Pourrions-nous rendre cette consonne tantôt longue, tantôt mouillée, tantôt aspirée, etc.? Non, tout ce qu'il est possible de pouvoir faire c'est de la doubler; et encore, je me trompe: ce n'est pas la consonne qui devient double, c'est la syllabe qui précède qui se termine par la consonne dont la syllabe suivante commence, ainsi qu'on le voit dans le mot *appât*, dont *ap* forme la première syllabe ayant pour finale *p*, et *pa* la seconde syllabe, dont l'initiale est *p* également.

Nous verrons que pour la langue française, il y a douze voyelles racines, dont on ne peut se départir.

Il est évident pour celui qui fit l'étude spéciale de la voix, que les *supprimeurs* de voyelles firent juste le contraire de ce qu'ils eussent dû tâcher de faire; aussi, au lieu d'agrandir la sphère de leurs recherches, ils se trouvèrent concentrés dans un cercle d'où, tournant sans cesse, ils ne pouvaient plus sortir.

S'ils eussent dit: Supprimons les consonnes et remplaçons-les par des accents, ils auraient fait un pas progressif; mais ils n'osèrent franchir la limite indiquée par leurs devanciers; ils se firent un fantôme de l'inconnu, et c'est l'inconnu seul qui pouvait relever l'art de la sténographie.

Séduits par le chiffre 6, qui leur revenait constamment à l'idée, ainsi que le prouvent leurs traités, ils ne virent partout que la supression des voyelles; tandis que s'ils eussent pris la raison et le bon sens pour guides, ils auraient pris une autre voie et découvert qu'il fallait tout simplement:

1° Annuler dans l'alphabet les lettres inutiles;

2° Augmenter le nombre des voyelles;

3° Conserver les consonnes;

4° Donner aux accents une valeur efficace.

Les sons représentés par les voyelles sont la base fondamentale de nos organes vocaux: pas de voix, pas d'articulations; pas d'articulations, pas de mots; or, chercher à se passer de voyelles pour écrire, c'était marcher contre nature, c'était rentrer dans un labyrinthe pour ne pouvoir plus jamais en sortir.

Oui, prétendre pouvoir écrire sans voyelles c'est comme si on voulait prétendre pouvoir marcher sans jambes; si quelques génies supérieurs ont pu y arriver, n'avons-nous pas aussi des invalides qui, sans jambes, finissent par marcher à l'aide de béquilles?

Si quelques savants ont élevé ces prétentions, qui subsistent encore aujourd'hui avec assez de force, c'est parce qu'amateurs outrés de tout ce qui sent l'antiquaille et le bouquin, ils prenaient pour modèle l'écriture hébraïque, cette écriture dont nous examinerons d'une manière logique quels sont les véritables éléments qui la composent (1).

J'ai appuyé longuement sur la sténographie, trop longuement même, car cela aura dû ennuyer le lecteur; mais j'y suis obligé, parce que, je le répète, cette méthode que je présente entendra sans cesse corner à son oreille ces mots: *C'est de la sténographie.*

Mais, je le dis une fois pour toutes, l'*Ecriture universelle*, avec son alphabet parfait, n'a aucun rapport ni avec les écritures secrètes, ni avec la sténographie, cet art qui à mes yeux n'en fut jamais un; cet art qui, à proprement parler, n'est pas un art, si on le désigne comme ayant la puissance de pouvoir écrire tout aussi vite que l'homme peut parler.

L'*Écriture universelle* n'admet ni fard, ni mensonge, ni tour de force; elle ne veut pas user de charlatanisme pour se faire accepter: c'est une lumière que prendra qui voudra, mais une lumière qui, si elle n'a pas la force d'éclairer la civilisation actuelle, rejaillira dans un temps donné comme les mathématiques rejaillissent aujourd'hui parmi nous.

L'*Écriture universelle* ne se flatte pas, comme l'orgueilleuse sténographie le prétend, de pouvoir obtenir des résultats matériellement impossibles et dont je vais donner une preuve aussi simple qu'évidente:

Chacun sait que, de tous les traits, le bâton / est le plus simple et le plus facile à tracer avec la plume.

Pour lors, faisons un petit jeu d'enfant qui puisse servir d'expérience irréfragable: qu'une personne parle vite, ou, prenant un livre, fasse une lecture à haute

(1) On dit que l'hébreu et l'arabe ne marquent pour ainsi dire que les consonnes: mais les voyelles qui se placent au-dessus et au-dessous des mots à quoi servent-elles? Si on les omet souvent, souvenons-nous aussi qu'on omet quelquefois de mettre, chez nous, des points sur les *i*.

Si le Koran fut écrit sans voyelles, il faut convenir aussi de la quantité de mots obscurs qu'il contient, sur lesquels on ne s'accorde pas et l'on ne s'accordera peut-être pas encore de sitôt.

voix à une autre personne; que celle-ci, avec du papier et une plume, trace aussi rapidement que possible une suite non interrompue de bâtons à peu près comme ceci :

//////////////

Que cet essai dure seulement cinq minutes, puis comptant d'une part (sur le livre), non pas le nombre de *lettres* prononcées à haute voix, mais seulement le nombre de *syllabes* sorties de la bouche, exemple :

Les-Ro-mains,-con-traire-ment-aux-Grecs,-vi-vaient-en-com-mun, etc.,
1 2 3 4 5 6 7 8 9 10 11 12 13

tandis que d'autre part (sur le papier), on comptera le nombre de bâtons qui auront été tracés, exemple :

/////////////
1 2 3 4 5 6 7 8 9 10 11 12 13

Quel sera le résultat de cette expérience aussi simple que persuasive? Je l'ai essayé vingt fois, et avec toute la vitesse possible : je n'ai jamais pu obtenir plus de moitié des traits que le nombre de syllabes que mes enfants débitaient en lisant.

Maintenant, ajoutons et réfléchissons-y bien : qu'eût-ce été si, au lieu de former toujours un seul et même trait pour représenter un seul et même mot, comme si on avait prononcé avec précipitation et sans discontinuer : *tatatatatatatata*, il eût fallu tracer un dessin, c'est-à-dire un ruban de traits différents, comme notre voix représente une chaîne de sons articulés dont les anneaux varient à l'infini sans jamais se confondre ensemble? anneaux représentés par des boucles, des lignes droites, courbes, etc., comme le sont à peu près nos lettres.

Telle doit être cependant l'image de la chaîne de nos paroles :

Ne cherchons donc pas l'impossible, c'est-à-dire ce qui ne se peut mathématiquement pas, et disons tout simplement qu'avec l'*Écriture universelle* on pourra fort bien écrire trois fois plus vite qu'avec l'écriture actuelle, c'est-à-dire écrire presqu'aussi vite que la parole, mais, bien entendu, à condition de ne pas parler avec cette volubilité familière à certaines personnes, ou avec cette vitesse telle que l'on peut obtenir en lisant.

J'allais oublier de dire que le plus grand inconvénient qui existe dans tous les systèmes connus de sténographie, c'est de ne pouvoir se lire qu'avec excessivement de peine, au point qu'on voit souvent les maîtres les plus habiles ne pouvoir venir à bout de déchiffrer leur écriture.

La *Méthode universelle* n'offrira pas cet inconvénient, qui est immense, et nous verrons que toutes les difficultés de l'art sténographique se trouveront aplanies par une nouvelle méthode qui n'a aucun rapport avec lui.

RÈGLES D'ÉCRITURE.

Nous avons vu que les caractères nécessaires pour l'écriture des sons sont au nombre de neuf : c'est avec eux que nous composerons un alphabet complet, et comme nous n'en avons que sept qui doivent nous occuper sérieusement pour la reproduction de tous les mots composant la langue française, nous allons examiner les premières notions devant précéder l'art d'écrire.

Les premiers exercices que nous établirons plus loin auront pour but de déterminer la manière de tracer ces sept caractères, que je reproduis encore une fois, afin de tâcher de nous habituer à leurs figures rébarbatives; figures chinoises qui ont quelque chose d'effrayant pour nos faibles yeux :

1 2 3 4 5 6 7

Pour bien tracer l'écriture anglaise, la seule qui soit aujourd'hui enseignée par les professeurs d'écriture, chacun sait qu'il y a des règles à observer et qu'on recommande aux enfants de suivre avec beaucoup d'attention.

Ces règles, que les enfants apprennent en peu jours, peuvent se résumer comme suit :

1° Tenir le plus légèrement possible la plume avec trois doigts (le pouce, l'index et le médius, ou majeur), de manière qu'elle soit entre les deux doigts et le pouce; éviter de serrer la plume et avoir soin que l'index et le médius se trouvent allongés pour qu'il n'y ait pas de jour entre eux ; le pouce doit être un peu courbé ;

2° Pour ne pas écrire du poignet, il faut que les deux tiers seulement du coude reposent faiblement sur la table; puis il faut qu'il n'y ait que le bout du petit doigt seul qui appuie sur le papier (le bout du petit doigt seulement et non le milieu, et encore moins le petit doigt entièrement) ;

3° Tenir le papier droit devant soi, en posant la main gauche presque tendue dessus, afin de l'empêcher de glisser.

Relativement à la question hygiénique, on ne saurait trop recommander aux enfants un bon maintien, lequel consiste :

1° A s'asseoir posément et non sur le bord de la chaise; se tenir de manière à ce que les pieds posent à terre, le pied gauche en avant, sous la table sur laquelle on écrit, et le pied droit reposant au pied de la chaise sur laquelle on se trouve assis ;

2° Ne pas se pencher en écrivant et avoir le soin de conserver une distance convenable entre le papier et le menton (distance qu'on ne peut déterminer, vu que cela dépend de la taille de l'élève.)

L'*Écriture universelle* étant une écriture plus courante encore que l'anglaise, on peut observer en tout point les règles ci-dessus (1).

Il n'est aucun art qui ne soit assujetti à des règles et à des proportions que le bon goût a fait éclore et que l'usage a consacrées.

Celui de l'écriture en a de moins compliquées que les

(1) Pour que ces principes n'ennuient pas l'élève, j'ai été le plus bref et le plus clair possible, n'ayant pas voulu faire une description complète de l'art d'écrire comme on faisait au XVIIe et au XVIIIe siècles, époques où cet art formait des volumes entiers fournissant une matière abondante, dont le recueil de Paillasson offre un exemple précieux, qui démontre combien on attachait peu d'importance à l'art calligraphique dans ce temps où « *les personnes de distinction écrivoient peu*, époque où, dit l'artiste, une bonne méthode était indispensable *pour le cas qu'une demoiselle écrivît de l'écriture françoise comme il s'en voit déjà plusieurs* ; » enfin il fallait, dit Paillasson, une méthode pour que rien ne gênât les mouvements « *des demoiselles que l'on assujettit dès le bas âge, à des corps de baleine ou d'autre matière aussi peu flexible et pour lesquelles il faut chercher une position convenable, parce que les mères, pour conserver la taille de leurs filles, les privent la plus part d'une connoissance utile dans quelque état qu'elles se trouvent.* »

autres, car tout s'y mesure par lignes, et c'est de la précision et de la justesse que dépend la régularité d'une belle page écrite.

L'art d'écrire l'anglaise a des éléments primitifs dont l'analyse est indispensable ; ces éléments se réduisent, ainsi que dans le dessin, à deux lignes, qui sont la droite et la courbe ; et c'est par le moyen de ces lignes qu'on trace les pleins et les liaisons, c'est-à-dire les déliés, les traits fins qui attachent les lettres les unes aux autres.

Dans l'écriture, ce sont les liaisons qui donnent du mouvement, du feu, et cette vivacité qui fait tout le mérite de l'écriture expédiée ; des mots figurés par des traits non liés ensemble offrent aux yeux une image semblable à celle que traceraient sur du papier des mouches ayant les pattes remplies d'encre.

Toutes les écritures en général ont pour principe de se tracer entre deux ou plusieurs lignes, lignes que l'on finit peu à peu par négliger et pouvoir supprimer ; ainsi l'art graphique exige pour l'écriture anglaise, bâtarde, ronde et cursive, une portée composée de quatre lignes, formant trois intervalles, dont celui du milieu est moindre que les deux autres, exemple :

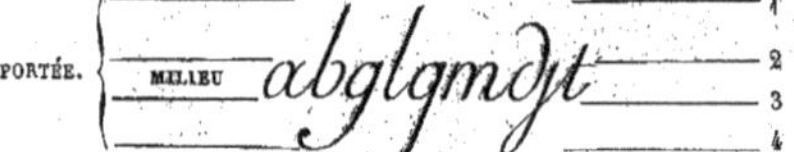

L'écriture musicale emploie une portée de cinq lignes, formant quatre intervalles, comme ceci :

De même que l'écriture musicale, l'*écriture universelle* s'écrit entre cinq lignes ou quatre intervalles ; la ligne du milieu se nomme ligne centrale ; celles au-dessus et au-dessous s'appellent ligne supérieure, ligne inférieure.

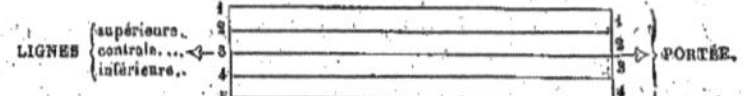

La ligne centrale joue un fort grand rôle dans cette écriture, ainsi que nous le verrons lorsque nous déterminerons les règles à suivre pour bien écrire.

Il est donc indispensable, pour bien apprendre, de commencer par régler son papier comme s'il s'agissait d'écrire de la musique.

Puis, pour apprendre le délié des doigts, on devra s'exercer par écrire en gros caractères d'abord, pour passer insensiblement du gros au moyen, du moyen au grand fin et en définitif au fin.

Les premiers exercices en gros se feront entre cinq lignes parallèles ayant entre elles sept millimètres de distance :

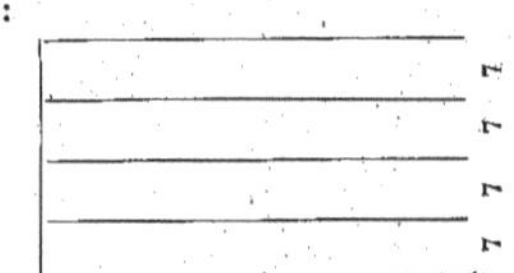

Puis, plus tard, on passera au demi-gros, c'est-à-dire aux lignes distancées entre elles de 6 millimètres ; puis au moyen, de 5 ; au petit moyen, de 4 ; au grand fin, de 3 ; au fin, de 2 ; et enfin à la mignonne, de 1 millimètre. Mais la mignonne ne viendra qu'après une pratique non interrompue et équivalente au temps que nous consacrons actuellement à apprendre à écrire l'anglaise en très fin :

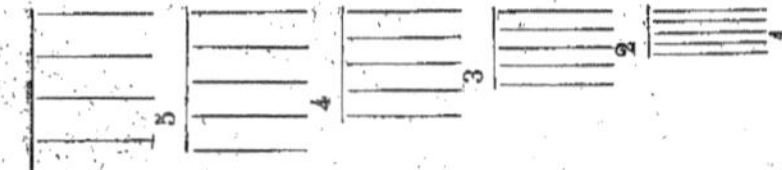

Le papier se trouvant réglé, on fera bien (pour les deux premiers exercices principalement), de tracer également la *pente* de l'écriture, afin d'obtenir des caractères bien proportionnés et bien réguliers.

A cet effet on peut adopter une pente de 0,12 centimètres sur 0m,27 (plus ou moins, bien entendu, ne ferait absolument rien) ; pour obtenir cette pente, on prend un morceau de carton de 27 centimètres de longueur, sur 12 centimètres de largeur : on trace un trait d'angle en

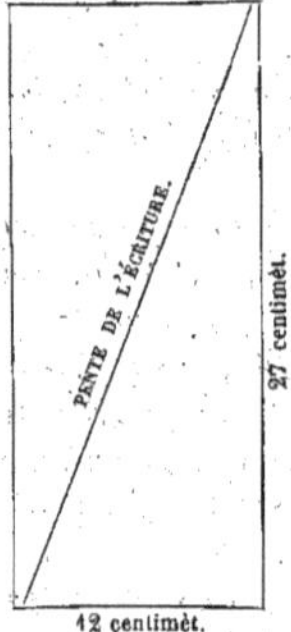

angle et on le coupe, en sorte que l'on a deux guides, dont l'un est inutile.

Ce carton peut servir pour le gros, le moyen et le fin.

L'intervalle entre chaque ligne de pente doit toujours être égal à celui des lignes parallèles primitivement tracées, en sorte que si la distance entre chaque ligne horizontale est de 6 millimètres, la distance entre chaque ligne oblique ou de pente sera également de 6 millim. ainsi que l'indiquent les modèles ci-dessous :

PREMIÈRE RÉGLURE.

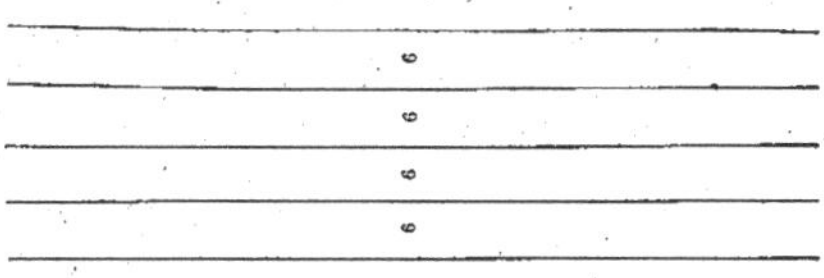

6
6
6
6

SECONDE RÉGLURE.

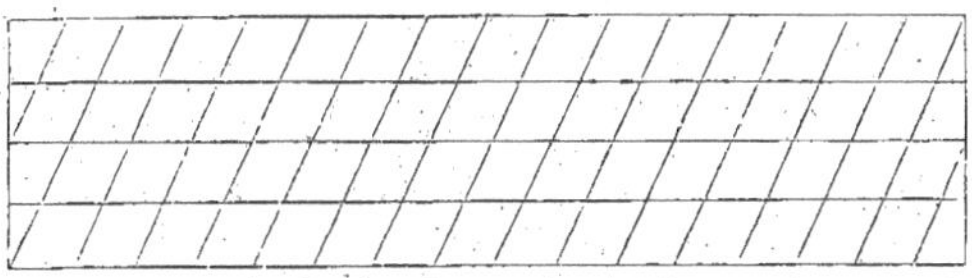

MODÈLES DE PAPIER RÉGLÉ POUR LES COMMENÇANTS.

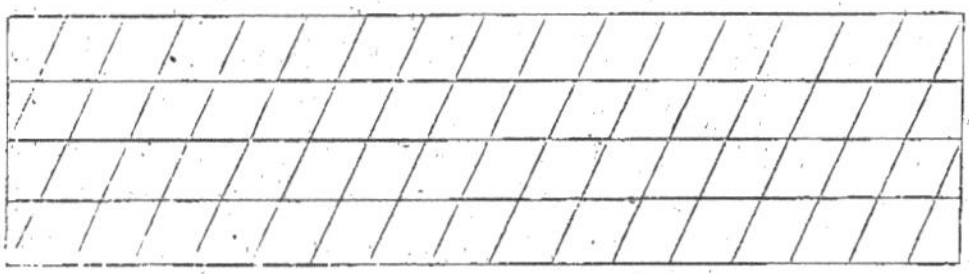

Par la suite, il viendra un temps où les papetiers vendront des papiers tout réglés, ce qui est à désirer, vu que la réglure seule ennuyera beaucoup d'élèves pour commencer ; mais, en attendant que ce progrès s'introduise dans nos usages, on pourrait se faire une règle en carton ou en bois comme on en faisait anciennement pour régler la musique :

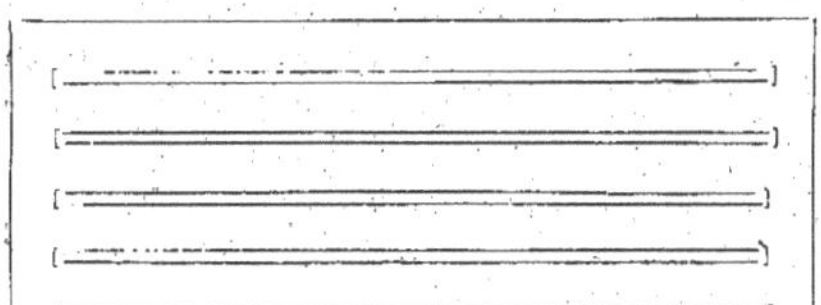

Cette règle servirait pour tracer les lignes horizontales comme celles en pente ou obliques.

Enfin, pour aller plus à l'économie encore, pour éviter de régler du papier chaque fois que l'on veut écrire, on pourra apprendre avec un guide-âne, dont on se servira comme transparent, et alors on fera usage d'un papier à lettre de bonne qualité et assez mince pour qu'il puisse produire l'effet voulu.

GUIDE-ANE.

J'ai insisté sur la réglure du papier, parce que c'est un point important qui fut toujours fort négligé pour apprendre l'écriture anglaise ; que d'enfants furent grondés pour ne pas avoir bien proportionné leurs lettres, pour avoir écrit des pages offrant à la vue de l'irrégularité ! Et cela faute souvent par les professeurs de réfléchir qu'un enfant a besoin d'un mentor qui dirige sa main, attendu qu'il ne peut pas pencher régulièrement son écriture s'il n'est convenablement démontré.

On doit naturellement commencer par apprendre quelle est la règle positive des proportions à donner aux caractères que l'on apprend à dessiner, vu que sans cette règle de proportions, il est impossible par la suite de pouvoir obtenir de bons résultats, surtout encore si l'enfant n'a dans son papier aucun tracé qui puisse le guider lorsqu'il commence à apprendre.

Nous savons tous qu'il n'y a pas d'art qui ne réclame un apprentissage plus ou moins long; l'écriture, étant un art, nécessite comme tous les autres de bons principes.

EXERCICES.

MAINTENANT que notre papier se trouve convenablement préparé, nous allons passer au tracé des caractères.

Le premier exercice a pour objet de tracer les sept caractères que nous connaissons et qui sont relatifs à la langue française.

A la première vue il faut nous attendre à ce que ces figures vont nous paraître difficiles, très-difficiles à former, parce que nous n'en avons pas l'habitude et en outre parce que nous aurons l'air d'écrire des signes arabes ou chinois.

Proposant aujourd'hui une nouvelle écriture, une écriture parfaite sous tous les rapports, ainsi que nous serons bientôt à même de pouvoir en juger, je suis obligé d'être long et d'indiquer tout, point par point; du reste, c'est le moyen indispensable pour former de bons élèves, et je ne dois rien omettre pour qu'ils ne se dégoûtent pas d'une étude qui ne doit durer que quelques mois seulement, en sacrifiant dix minutes au plus par jour.

Appliquons-nous donc, en commençant, à former le plus parfaitement possible les quelques caractères dont nous pourrons faire usage pendant tout le cours de notre existence.

Réfléchissons que le nombre de sept figures est un chiffre bien restreint et tellement limité qu'on peut en quelques jours seulement apprendre à les former parfaitement.

Souvenons-nous que, si on commence mal, jamais on ne pourra se défaire des mauvaises habitudes que l'on aura contractées, et il suffit pour s'en convaincre de voir l'écriture d'un homme de l'âge de 25 ans : si elle est griffonnée, il griffonnera pendant le reste de ses jours.

Comme il n'en coûte pas plus de faire bien que de faire mal, faisons donc bien, car le bien est beau en tout et pour tout.

Je sais aussi qu'aujourd'hui, sous le prétexte qu'il faut écrire vite, qu'il faut se hâter dans tout ce que l'on fait, on n'attache plus beaucoup d'importance à l'écriture, et, pour peu que cela se continue de la sorte pendant quelques générations encore, on finira par ne plus rien savoir faire autre que de tracer des pattes de mouche et noircir du papier; alors, marchant à reculons, les écrivains habiles reviendront ce qu'ils étaient autrefois, des artistes spéciaux en calligraphie; tandis que la généralité des hommes se retrouvera incapable de produire avec les doigts la belle et sublime image de leurs pensées et de toutes les impressions qui agitent leur âme.

Rappelons-nous que c'est cependant à ces petites pattes de mouche que nous devons le développement de notre intelligence, le progrès des arts, de ces arts dont nous aimons tant jouir.

Jusqu'ici, nous pouvions prendre pour prétexte qu'il fallait écrire rapidement, parce que nos besoins l'exigeaient; mais ce prétexte ne sera désormais plus valable puisque nous posséderons un instrument démontrant la manière de faire vite et bien.

Toute l'*Ecriture universelle* consiste dans la combinaison des neuf caractères entre eux, et cette combinaison est bien plus simple que les quatre règles de l'arithmétique, base fondamentale du calcul des nombres.

Et comme pour le français il ne faut que sept caractères, naturellement la méthode ne s'en trouve encore que plus simplifiée.

Souvenez-vous donc que, si le commencement vous paraît drôle, ce ne sera que parce que cette écriture n'a aucun rapport avec toutes les choses connues; en un mot, c'est un autre genre de dessin à produire et rien de plus.

Et si le découragement vous prend au bout de deux ou trois jours, pensez à l'auteur, à l'inventeur, qui a sacrifié douze années de sa vie pour trouver ce qu'il ne faudrait pas un mois à un élève studieux pour bien apprendre.

PREMIER EXERCICE.

Pour ce premier exercice, il s'agit tout simplement de tracer à la plume les sept caractères que nous avons vus représentés en caractères typographiques; ces caractères se tracent au-dessus de la ligne centrale, ainsi que le représente clairement le modèle suivant :

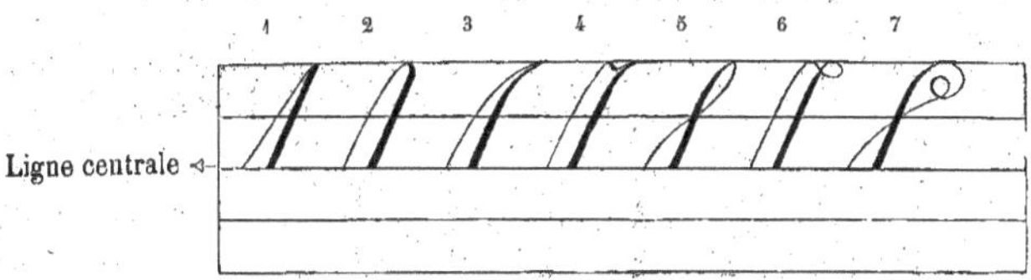

Ces caractères étant ainsi tracés, prennent le nom de grandes consonnes et sont la représentation des articulations *d, p, ch, j, l, b* et *f,* savoir :

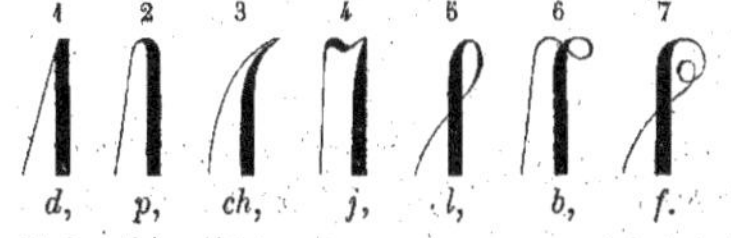

(Il est inutile de retenir de mémoire les n[os] placés au-dessus des caractères, vu qu'ils sont mis tout simplement pour l'ordre et ne signifient absolument rien.)

Nous remarquerons que chacun de ces caractères se trouve avoir une grande analogie avec nos caractères français :

Ainsi, le premier caractère est le bâton connu de tout le monde :

Le deuxième est tout simplement le premier jambage de la lettre *m* :

Le troisième est la partie du haut ou la moitié de la lettre *s* :

Le quatrième est la moitié de la lettre *z* ou le haut de la majuscule *J* :

Le cinquième est le haut ou la moitié de la lettre *l* :

Le sixième est le haut de la majuscule anglaise *T* :

Enfin le septième est la partie du haut de la lettre *f*, mais dans la liaison de laquelle on forme une petite boucle.

Ce dernier caractère va nous sembler excessivement difficile à tracer, surtout pour commencer.

Enfin on voit que tous ces caractères ne sont en quelque sorte que des moitiés ou autrement dit l'ombre de ceux dont nous nous servons journellement.

RÈGLE GÉNÉRALE.

Le plein de chaque caractère doit, lorsqu'on écrit sur du papier réglé, toujours suivre le milieu de la ligne de pente, et les déliés être très-fins, comme cela a lieu pour l'écriture anglaise; chaque délié doi s'arrêter sur la ligne centrale, toujours entre deux lignes de pente, ainsi que le démontre clairement le modèle suivant :

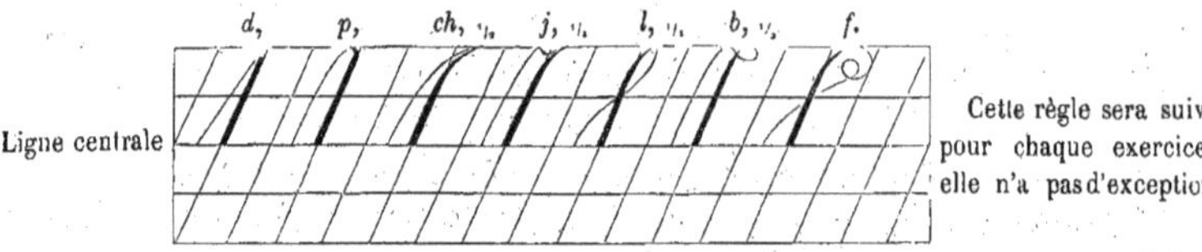

Cette règle sera suivie pour chaque exercice ; elle n'a pas d'exception.

On remarquera qu'il y a des petits points, dans le haut, qui indiquent la place où le délié s'arrête ou bien prend sa courbe; soit entre deux lignes, soit au tiers.

Attachons-nous à ce premier exercice, portons-y tous nos soins et, pour bien nous graver dans la mémoire quelle est la valeur de chaque consonne, au fur et à mesure que nous les traçons disons comme en français :

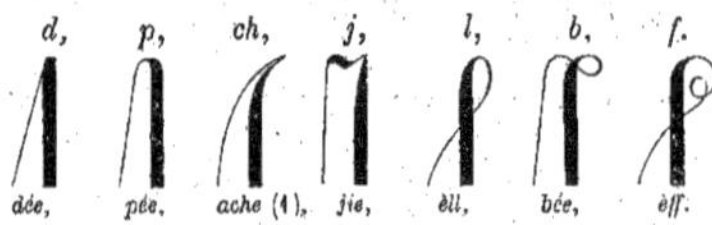

Cet exercice est le plus difficile de tous ceux que nous aurons à passer en revue; comme étant le plus difficile, portons-y la plus grande attention ; c'est la pierre fondamentale sur laquelle doit reposer tout l'édifice.

RÉFUTATIONS.

Pendant que vous vous exercez je vais répondre aux attaques dirigées contre ma méthode :

1° Par un fort long discours mêlé de latin on prétend que ma méthode « n'est point celle de Cicéron. » Voici ma réponse :

Peu importe d'abord au siècle actuel et aux siècles à venir que ma méthode ressemble ou ne ressemble pas à a méthode tyronienne, chose que nul ne peut prouver aujourd'hui, vu que nul n'en a l'intelligence.

On dit que cette méthode si célèbre chez les Latins comprenait environ 5,000 signes.

Si c'est dans le nombre de signes que l'on trouve une différence entre nous, naturellement mon système serait plus parfait, car moins on a de signes à devoir se graver dans la mémoire et mieux cela vaut.

Mais ne jugeons pas si légèrement la célèbre méthode de Tyron, vu que cette méthode ne devait pas être si vénérée des Grecs et des Romains à cause du nombre de signes qu'elle contenait, nombre qui, selon moi, se trouve être exagéré d'une manière considérable.

Lorsque nous n'avons pas l'habitude d'une chose, nous nous en faisons un fantôme et alors nous voyons un bœuf là où il n'y a en réalité qu'un œuf, surtout en fait d'idées nouvelles ou de choses neuves qui nous apparaissent.

Quant à moi, si, ainsi que j'ai tout lieu de le supposer, nos méthodes ont entre elles quelque analogie, je dis que ce n'est pas de 5,000 signes que celle du célèbre Tyron se trouvait composée et j'ajoute que l'on se trompe énormément, puisqu'elle devait contenir 20, 40, 50, 100 mille signes et même davantage, ainsi que je le prouverai en démontrant que chaque syllabe, que chaque mot, forme une image sensible à la vue, tellement qu'il finit par y avoir autant d'images diverses dans le dictionnaire de chaque langue qu'il se trouve y avoir de mots différents.

En sorte que le nombre de mots que l'on peut former par le moyen de neuf caractères seulement est infini, comme les nombres que l'on peut tracer avec neuf chiffres et un zéro, puisqu'on peut toujours ajouter l'unité à elle-même.

Du reste, je n'ai jamais prétendu faire usage des mêmes signes que les anciens employaient, parce que le trait de toute écriture n'est rien par lui-même, vu qu'il est une chose arbitraire et de pure convention, tandis que la combinaison est tout.

Est-ce que le système décimal serait anéanti si au lieu

(1) Je remarquerai que *ch* dans cette écriture prend le nom de *h*, lettre qui n'existe pas dans l'écriture des sons, vu que nous verrons qu'elle est entièrement inutile dans la composition d'un alphabet parfait. L'aspiration plus ou moins prononcée forme un accent et non une consonne.

de se servir des chiffres arabes 1, 2, 3, 4, 5, etc., on substituait à leur place d'autres signes équivalents, comme par exemple les lettres hébraïques, qui représentent les chiffres chez les Hébreux, où א fait 1, ב 2, ג 3, ד 4, etc. ? Non certes; le caractère change, la combinaison reste, et dès lors le système conserve toute sa force et sa puissance.

Oui, les signes ne sont rien autre que des dessins de pure convention et arbitraires; ce qui le prouve c'est que moi-même, qui propose modestement une combinaison universelle capable de noter la prononciation de tous les peuples, c'est, dis-je, que je pouvais changer à volonté la valeur représentative de mes signes.

Tant que ces signes ou caractères étaient dans mon cerveau ou sur mes cahiers, à l'état d'isolement, quelqu'un pouvait-il m'empêcher de donner

à ∩ le nom de *b*, à ρ le nom de *j*, ou bien d'autres?

Non certes, et si j'ai assigné les noms que nous avons vus, je l'ai fait de mon propre arbitre, de ma pure et unique volonté; mais il est vrai de dire que je fus guidé par la raison découlant de mes études, qui me dicta l'emploi définitif que j'ai fait, pour assigner à chaque caractère la place qu'il devait occuper dans l'alphabet.

Or, admettons que mon écriture soit connue et en usage depuis un siècle, alors ce que je viens de dire démontrera que les lettres sont et ne seront toujours que des signes arbitraires et conventionnels.

2° On me demande de quel secours immédiat ma méthode pourra être pour l'industrie et le commerce?

Est-ce à moi de résoudre cette question; puis-je indiquer d'avance toutes les applications industrielles auxquelles donnera lieu par la suite une écriture pouvant reproduire tous les sons et éviter l'emploi d'un grand nombre de lettres inutiles pour la composition des mots?

Est-ce que celui qui inventa la vapeur eût pu définir les milliers d'applications auxquelles les arts doivent aujourd'hui de si merveilleux effets?

Infailliblement l'industrie, qui réclame constamment des améliorations sous le rapport de l'économie et de la vitesse, pourra puiser dans un système aussi bien applicable aux arts qu'aux sciences des combinaisons susceptibles d'accroître ses moyens de production et pour lors ses richesses.

Le commerce pourra, ainsi que nous le verrons positivement, profiter de cette découverte pour étendre ses relations avec les étrangers; car, de même que le système décimal et le système métrique ont répandu la lumière des mathématiques dans toutes les branches du commerce et de l'industrie, de même ma combinaison par sa simplicité est appelée à jouer un rôle équivalent dans les communications.

L'*Écriture universelle* est, je le répète, à l'écriture actuelle ce que les chiffres arabes furent aux chiffres romains.

Les anciens possédaient la science de l'écriture expéditive et abrégée et ne connaissaient pas les chiffres arabes avec leur sublime combinaison; aussi, ouvrons l'histoire comparée des temps anciens et modernes, et nous verrons qu'ils firent peu de progrès dans la science des mathématiques.

Nous, au contraire, qui allons posséder l'un et l'autre, ne pourrons-nous pas, aidé de cette nouvelle lanterne, marcher à la découverte d'autres sciences?

Mais en attendant que cette méthode pleine de progrès soit appliquée à l'instruction, l'instruction morale qui a pour but de nous rendre meilleurs, plus utiles à nous-mêmes et à la société, le négociant pourra profiter de diverses combinaisons qu'il saura mettre à profit soit pour ses marques de fabrique, soit pour ses écritures, ses registres, ses inventaires, sa correspondance, etc., de même la télégraphie (1) électrique, les chemins de fer, les grandes entreprises soit publiques, soit privées, pourront y puiser des signaux prompts et rapides (2), pouvant être à la portée de toutes les intelligences.

Enfin ma méthode viendra en aide aux arts qui veulent épargner des moments précieux d'études; elle sera favorable à la science parce que, cultivant une écriture pour laquelle il ne faut point de mémoire, elle ne perdra plus un temps précieux soit à tracer des lettres tout à fait inutiles, soit à orthographier des mots capables de refouler nos idées et pouvant parfois arrêter nos inspirations.

Elle procurera aux savants une nouvelle source d'études, et dont les premiers ouvrages et les plus précieux

(1) Aujourd'hui, pour expédier cette dépêche : « Nous voulons deux chiens de montagne au lieu de ceux que nous vous avions demandés, » il faut 67 lettres; demain il n'en faudra que 20 avec l'*Écriture universelle*. Puisse ce demain ne pas être une semaine de siècles!

(2) J'ai fait une petite application fort curieuse pour la transmission des signaux que je me propose de faire connaître lorsque j'aurai terminé mes travaux : c'est un petit automate ou bonhomme de bois, qui parle un langage mimique, très-intelligible au moyen du nouvel alphabet.

seront sans contredit la recomposition des grammaires et des vocabulaires de chaque langue, avec la prononciation parfaitement annotée des termes usités par chaque peuple et le tout combiné de manière à former les anneaux de la grande chaîne qu'on appelle la voix humaine.

Puis, plus tard, elle fournira une besogne abondante capable d'occuper des millions de bras, après avoir creusé des milliers de cerveaux, pour la recherche et la traduction de toutes les œuvres créées et jugées dignes de passer aux générations futures.

En un mot, l'*Écriture universelle* est une source de progrès, une lueur nouvelle qui brille à l'horizon de la civilisation, pour le développement de l'intelligence humaine et la généralisation de l'instruction.

Appelé à tourner au profit de l'instruction, l'alphabet nouveau sera désormais une arme pour combattre l'ignorance, source de tous les maux qui affligent notre pauvre humanité.

D'autres, il est vrai, diront, en lisant les lignes qui précèdent, que « cet ouvrage est, en outre de ce que l'auteur en dit, l'œuvre d'un enthousiaste, d'un aliéné, d'un fou qu'il faudra mettre à Bicêtre ; » mais soit, toute preuve devant être positive, passons en attendant au deuxième exercice, et nous verrons lequel des deux rira le dernier.

DEUXIÈME EXERCICE.

Nous connaissons les grandes consonnes françaises, maintenant nous allons passer aux grandes voyelles.

Aussi bien que nous avons tracé dans le premier exercice nos grandes consonnes sur la ligne centrale, il s'agit de tracer nos caractères au-dessous de la même ligne.

Par conséquent il faut apprendre à les écrire en sens inverse, de manière que si on retourne le papier, on retrouve les figures telles que nous les avons vues précédemment.

En faisant cet exercice nous remarquerons que les caractères sont bien plus faciles à tracer de cette manière qu'ils ne l'étaient autrement, et si j'ai fait commencer par les consonnes, c'était afin d'attaquer tout d'un coup le plus difficile.

Les caractères tracés en sens inverse représentent les figures suivantes, formant les six grandes voyelles françaises savoir :

ou, *un*, *an*, *é*, *in*, *on*, —

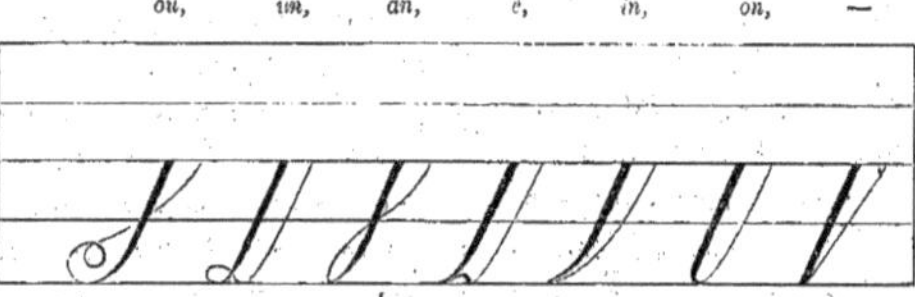

Avoir bien soin que le plein soit toujours au milieu de la ligne de pente et le délié venant finir entre deux lignes, sur la ligne centrale, exemple :

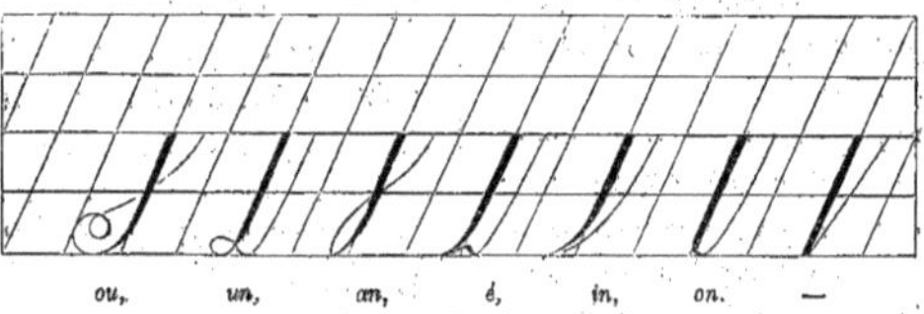

ou, *un*, *an*, *é*, *in*, *on*. —

On remarquera qu'il n'y a pas de nom au-dessous du dernier caractère ci-dessus, parce que, représentant une voyelle étrangère à la langue française, nous n'avons pas à nous en occuper ; par conséquent on pourra se dispenser d'apprendre à le former, quoique cette voyelle soit très-facile, vu que ce n'est tout simplement que le bâton renversé; peu importe, elle nous est inutile, laissons-la pour lors de côté et tenons nous aux six voyelles, savoir :

ou, un, an, é, in, on.

Voilà en quoi consiste tout le deuxième exercice, que l'on fera bien, vu son extrême simplicité, de perfectionner le plus que possible, en ayant le soin de se graver dans la mémoire la valeur représentative du son à laquelle chaque figure correspond.

REMARQUE.

Observons attentivement la formation de nos lettres et nous reconnaîtrons le même principe, nous verrons que le même effet se reproduit chez nous ; ainsi la lettre *y* n'est rien autre que la lettre *h* renversée, de même que l'*u* est la lettre *n* tracée au sens inverse, etc.

Si on prend les caractères d'imprimerie le **p** est positivement le **d** à l'envers, le **q** est le **b**, l'**u** est l'**n**, le **j** est l'**f** : voilà ce que le vulgaire ne sait pas, faute d'attention, mais que le typographe connaît parfaitement et que tout le monde saura en le démontrant. Exemple :

un, pied, béquille, juif.

Lettres renversées *n u d p q b f j*

LE PROGRÈS

OU QUELQUES MOTS SUR UNE IDÉE NOUVELLE.

Nous avons vu, par les deux exercices qui précèdent, que la première combinaison de l'*Écriture universelle* consiste tout simplement à reproduire les caractères, sens dessus dessous.

Si nous examinons attentivement la formation des lettres anciennes et modernes nous trouverons la même analogie dans l'origine de tous les alphabets :

Le lambda grec λ est le gamma renversé γ.

La lettre L est en quelque sorte le gamma majuscule grec renversé Γ.

Le V latin est tout à fait le lambda grec renversé Λ.

Mais ne remontons pas à des époques si éloignées ; voyons les modèles artistiques du XVIIIe siècle et nous verrons que notre *g* actuel était positivement le *b* renversé qui alors s'écrivait 𝔤, que le *j* était *l* renversé ℑ; puis nous verrons que l'écriture bâtarde de cette époque contenait des lettres que nous ne retrouvons plus dans les lettres anglaises, telles que ɿ pour *r*, (c'est-à-dire que l'anglaise a accepté la lettre *r* en sens inverse.)

En ronde on avait *ſ* pour *s*, *ᵥ* pour *v*, etc.; nos anciens à la vue de ces caractères les reconnaîtront parfaitement. Enfin voilà comme tout change avec le temps et nous ne sommes pas à cent ans de l'époque où ces écritures jouissaient de la plus grande estime.

Le progrès puise dans les coins et recoins de la science pour étendre la sphère des connaissances; souvent on ne le comprend pas et plus tard c'est une énigme de savoir les pourquoi et les parce que de tel ou tel effet qu'on remarque.

Ainsi pourquoi l'alphabet grec comparé à l'alphabet romain offre-t-il tant de différence entre eux ? pourquoi les Romains changèrent-ils la valeur des lettres grecques, puisqu'ils empruntèrent leur alphabet des Grecs habitant la partie méridionale de l'Italie ?

Pourquoi fit-on ?

du *g* grec gamma Γ la lettre romaine L

é	—	êta	H	—	H	
l	—	lambda	Λ	—	V	
p	—	pi	π	—	*n*	minuscule
m	—	mu	μ	—	*p*	minuscule
n	—	nu	ν	—	*v*	minuscule
r	—	rho	P	—	P	

Il est à présumer que c'était pour éviter l'emploi des caractères ζ θ ξ φ χ ψ ω etc.

z th x f ch ps au ; images difficiles à former pour produire une écriture expéditive, surtout dans les lettres liées ensemble qui, écrites à la plume, sont en quelque sorte des figures indéchiffrables.

Plus tard lorsqu'aura lieu la comparaison de mon alphabet avec tous ceux connus, tant anciens que modernes, nous pourrons juger des avantages que j'ai annoncé.

Nous verrons que le troisième exercice sera bien plus simple que les deux premiers et pour lors n'offrira aucune difficulté; et, au bout de compte, nous aurons une méthode raisonnée sur l'art graphique, offrant la combinaison la plus simple qu'il soit possible d'imaginer pour peindre avec facilité tous les sons de la voix, pour pouvoir communiquer nos pensées, nos inspirations et nos paroles, d'une manière claire, positive et expéditive.

L'homme, pour peindre la parole, ne peut employer que des signes de convention, c'est-à-dire, des signes que l'on convient d'avance devoir représenter telle ou telle émission de voix, présenter aux yeux tel ou tel son du langage.

L'écriture étant une chose conventionnelle a besoin, pour être parfaite, de pouvoir se plier à toutes les exigences que nécessite un art qui a pour but de peindre une chose puissante, flexible et invisible, avec des caractères froids et immobiles.

C'est ainsi que j'envisageai cet art.

Obligé d'employer les traits les plus simples possibles, il fallut bien en imaginer de nouveaux n'ayant aucun rapport avec l'écriture usitée, présentant des caractères trop longs à tracer, écriture qui n'a la faculté de peindre que des mots et qui n'a pas la puissance de peindre des sons.

En conséquence il me fallait des caractères qui n'eussent aucun rapport avec les difficultés que présentent :

Les caractères grecs, romains, ou hébreux.
Les hiéroglyphes égyptiens,
Les quipos péruviens,
Les peintures mexicaines,
Les tribunols chinois, etc.

Donc pour suppléer aux traits que réclame un alphabet complet, il fallait en quelque sorte les abandonner tous et résoudre une combinaison mathématique, combinaison capable d'arriver à reproduire fidèlement les mêmes sons chez tous les peuples de la terre, aussi positivement que les chiffres arabes peuvent exprimer partout les mêmes nombres et les mêmes quantités.

C'est aux chiffres arabes que nous sommes redevables d'une partie des progrès dont s'honore la science; depuis l'heureuse introduction de ces caractères en Europe, le progrès s'accrut petit à petit et il arriva un temps où on ne fit plus usage des chiffres romains.

Pourquoi les abandonna-t-on?

Parce que chacun dut convenir que non-seulement ils étaient trop longs à tracer, mais encore parce qu'ils étaient incapables de pouvoir se plier aux exigences des mathématiques; mis en présence du système décimal, ils succombèrent.

Aujourd'hui tous les peuples civilisés font usage de ces signes conventionnels arabes; les Français comme les Anglais, les Anglais comme les Allemands, les Allemands comme les Américains, etc., les ayant adoptés en comprennent la signification et chacun dans le même ordre d'idées.

Effectivement, ouvrons un livre anglais, allemand, espagnol, etc.: avons-nous besoin de connaître ces langues pour savoir que nous avons sous les yeux telle ou telle page? Non, le chiffre qui est en tête nous l'indique; de même que l'Américain, en ouvrant un de nos livres, saura être à telle ou telle page de ce livre qu'il ne comprend pas.

Voilà donc des petits signes qui savent parler aux yeux de tous les peuples civilisés; pourquoi l'écriture ne devrait-elle pas avoir la même puissance, puisque tous les hommes peuvent avoir les mêmes idées?

Ainsi il suffit de voir un nombre écrit en chiffres, pour nous représenter l'idée de la quantité qu'il peint; un simple coup d'œil jeté sur un livre indéchiffrable, suffit pour déterminer en nous une chose compréhensible.

Les chiffres arabes, en faisant avancer les mathématiques, agrandirent le domaine de la science et propagèrent d'eux-mêmes le goût de l'étude, ce qui contribua à rendre l'écriture des caractères arabes l'écriture numérique universelle.

Et grâce à quoi? à leur simplicité et aux combinaisons auxquelles ils sont susceptibles de se plier.

Effectivement les chiffres romains étaient multiples, tandis qu'eux étaient *uns* pour représenter une idée complète, claire et précise, et pour lors pouvoir facilement pénétrer dans toutes les intelligences.

Uns, ils n'avaient pas besoin de se faire escorter d'une suite embarrassante comme les chiffres romains III-3, IV-4, VIII-8, etc.

Il est donc positif que le système décimal avec l'alphabet numérique arabe, eut la puissance de détrôner le vieux système des anciens ; ils combattirent contre la routine, remportèrent la victoire et l'écrasèrent ; et ce, remarquons-le bien, malgré même cette facilité avec laquelle on pouvait tracer les chiffres romains qui ne sont en quelques sortes que des bâtons, c'est-à-dire, tout ce qu'il y a de plus aisé, de plus commode à pouvoir tracer, I, II, IV, V, X, XL, L, C, M.

Le bon sens eut donc cette fois le dessus?

Oui, parce que la raison reconnut que cette facilité de bâtonner n'avait qu'une apparence trompeuse, vu que si dans sept cas seulement, on n'employait qu'un seul signe I, V, X, L, C, D, M, dans les milliers de cas suivants, il fallait en tracer un nombre considérable et tel que pour écrire 38 il fallait une complication de sept traits au lieu de deux, XXXVIII.

Aujourd'hui quel est l'écrivain qui, consciencieusement, ne reconnaît pas que l'écriture en usage parmi nous ressemble aux chiffres romains des anciens? La plupart des auteurs célèbres sont d'accord pour en convenir.

Qui oserait nier que l'écriture alphabétique, telle qu'elle se trouve combinée, n'arrête pas nos inspirations en refoulant nos idées, ainsi que le disait Voltaire, à cause de la grande dépense de traits inutiles qu'exige la formation des lettres, et surtout, oui surtout, par l'emploi si souvent répété de celles qui ne se prononcent pas ?

La parole se compose d'une suite de sons variés et distincts, se multipliant par les articulations formées par les organes de notre voix ; l'écriture a pour objet principal de tracer l'image de ces sons, par le moyen de signes qu'on est convenu d'appeler lettres ou caractères, et l'image qui se trouve dessinée doit, dès lors, être illuminée de toute la force d'expression dont la parole est susceptible.

Le nombre de paroles que l'homme peut proférer est immense, mais le nombre de sons qui sortent de sa bouche pour composer ces paroles est fort limité.

Si nous prenons la nature pour modèle, nous remarquerons que, lorsque nous parlons, nous n'exprimons aucune nuance de *son* qui soit inutile, chaque articulation est nette et correcte ; or, devons-nous faire le contraire de ce que nous observons, de ce que nous dicte la raison ? L'homme doit-il, en écrivant, faire usage de lettres ou traits inutiles, puisque ces traits doivent devenir la fidèle expression de ses pensées ?

Chaque mouvement de la langue, ou, pour mieux dire, chaque son sensible qui sort du gosier ne devrait-il pas pouvoir être gravé par un mouvement manuel, correspondant et analogue ?

Partant de ce principe naturel, je fis une étude approfondie de tous les sons principaux que l'homme est susceptible de proférer, en me disant : Lorsque je dis *dieu*, il n'y a dans ma bouche qu'un simple mouvement vocal ; donc, pour écrire le mot *dieu*, il doit y avoir un moyen quelconque de pouvoir représenter ce son, reproduire ce son complet par un seul trait, un trait unique, c'est-à-dire en employant une seule lettre au lieu de quatre, comme nous sommes obligés de le faire à cause de la composition vicieuse de notre alphabet et de notre orthographe actuels.

Persuadé que tel est le but que se propose la science : n'employer dans l'écriture qu'un nombre de lettres égal au nombre de syllabes que l'on prononce réellement, je me mis à la recherche pénible et épineuse de nouveaux caractères susceptibles de pouvoir s'analyser, c'est-à-dire, ayant la puissance de se transformer, métamorphoser, composer et décomposer à volonté, en un mot, pouvant se plier, se modeler tantôt d'une manière et tantôt d'une autre.

A force de recherches, de patience et de persévérance, j'eus enfin le bonheur de voir mes études couronnées d'un plein succès, et c'est pourquoi je puis dire modestement au monde entier, et ce sans vanité, sans en imposer même à un enfant, je puis, dis-je, prouver que l'*Écriture universelle* est à l'écriture actuelle, ce que les chiffres arabes furent aux chiffres romains.

Au premier aspect, une chose nouvelle effraie parce que chacun tient à ses vieilles habitudes, et c'est pourquoi mon écriture semblera bizarre, paraîtra originale et fort drôle ; aussi commencera-t-on, je n'en doute pas, par s'écrier que l'on ne pourra jamais s'accoutumer à une nouvelle manière d'écrire, à apprendre à former de nouvelles figures.

Des trois âges de la vie je ne puis nécessairement m'adresser qu'au premier, l'enfance, la jeunesse ; mais ce faisant, il est nécessaire, indispensable d'avoir l'appui des deux âges mûris par l'expérience du passé, par la conscience du progrès.

Je n'ai pas le dessin d'amener une réforme immédiate

dans l'écriture usitée; je ne suis pas un utopiste, et je comprends fort bien que personne ne consentirait à faire de nouvelles études pour apprendre à lire et à écrire, et on aurait parfaitement raison, car on ne réforme pas à volonté ce qui est établi depuis des siècles.

Les vrais amis du progrès savent que la science est lente, mais néanmoins progressive et ne s'impose jamais; aussi, mon intention, certes, n'est pas de dire aux hommes faits ou à ceux blanchis par le nombre des ans de changer leurs habitudes.

Ce serait une stupidité de proposer une nouvelle méthode aux hommes dont chaque moment de la vie est rempli par les tracas qu'exigent leurs affaires privées ou commerciales, comme ce serait de l'idiotisme de venir parler aux vieillards d'apprendre à écrire; car il est naturel que l'homme mûr a besoin de la plus parfaite tranquillité d'esprit, comme le vieillard a droit à un repos indispensable pour jouir paisiblement du peu de temps qu'il lui reste à passer ici-bas.

Aussi, aux hommes qui ont passé vingt ans, je dirai: Gardez vos usages, conservez vos habitudes acquises par un travail pénible, par des études dont il vous serait bien difficile aujourd'hui d'oublier; pour vous, pas de réformes; continuez d'écrire comme vous l'avez fait jusqu'ici, car ce n'est pas pour vous que j'ai travaillé, sacrifié mes veilles et fait blanchir mes cheveux, pour me mettre à la recherche d'une science inconnue; non, ce n'est pas pour vous que je me suis épuisé à chercher le moyen de représenter, bien plus fidèlement que par l'alphabet romain, tous les sons de la voix humaine; non, ce n'est pas pour mes contemporains, c'est pour leurs enfants peut-être, mais ce qui est certain, c'est que ce sera pour leurs petits-enfants.

C'est pour vos petits-enfants, c'est pour eux seuls que j'ai cherché à résoudre le problème que je trouvais tracé depuis une immensité de siècles et dont la solution était cachée sous le voile épais de l'inconnu.

Aujourd'hui ce rideau est ouvert, chacun peut puiser toutes les richesses que renferme le temple de la raison.

Je m'adresse donc aux pères de famille, aux personnes d'un âge où l'expérience, ayant consolidé notre jugement, s'oppose aux erreurs et aux préjugés pour leur dire:

Hommes sensés et raisonnables qui savez que c'est à l'instruction bien dirigée et appliquée à des objets d'utilité générale que nous devons les progrès de l'industrie, que nous devons le confortable qui nous entoure, c'est-à-dire l'agrément d'être mieux vêtus, mieux logés (1) que

(1) Je possède un précieux manuscrit, écrit par une main digne de foi (M. Grasset de Saint-Sauveur, ex-vice-consul de France en Hongrie), et établissant des impressions de voyage qui dépeignent les us et coutumes d'une partie de la France en 1785. Ce manuscrit contient un voyage *fait à pied* dans la Lorraine, l'Alsace, les Vosges, etc., où chaque page est écrite sur les lieux mêmes, et contient les costumes des habitants.

Voici le passage écrit le 3 avril 1785.

L'auteur en quittant Strasbourg, parcourt plusieurs bourgs et villages de la haute Alsace et arrive enfin à Moutzig, à environ neuf lieues de Strasbourg et douze lieues de Saverne. Je copie textuellement :

« Moutzig est un bourg à peu de distance de Rodeau : on trouve dans les ruisseaux qui baignent Moutzig un poisson dont la chair est exquise. Ce poisson est tout blanc, mais une fois dans l'eau bouillante, il devient bleu. Me voici au pied des Vosges, qui servent de retraite à beaucoup de sangliers très-sauvages, à une quantité de lièvres et à une immensité d'oiseaux; on y trouve une foule de renards et de loups; ces loups, une fois forcés par la faim, sont hardis et entreprenants ; ils pénètrent, sans que rien les arrête, dans les villes et villages. Ici, un soldat hussard fut trouvé mangé des loups ; sept de ces animaux, morts, étaient alentour de lui ; l'un d'eux avait son sabre cassé dans le corps : on présume qu'il fut dévoré par d'autres loups qui probablement vinrent au secours de leurs camarades. »

L'auteur, après avoir exprimé son opinion sur la corvée consistant en travail gratuit que les paysans d'une seigneurie devaient au seigneur, pour l'exploitation de ses propriétés rurales, corvée qui est peut-être le souvenir le plus odieux qu'ait laissé l'ordre de choses aboli par la révolution de 1789, continue en disant :

« J'ai déjà beaucoup voyagé, beaucoup vu (il revenait de l'Amérique, de la Norwége et de la Hongrie avant d'entreprendre le tour de la France à pied), mais je n'eusse jamais cru trouver en France un peuple sauvage. »

« Le Lapon, l'Ostyak, le Samoïde, sont pour moi maintenant un peuple civilisé : les Vosges nourrissent des êtres plus farouches. »

« Ces habitants ont pour tout aliment du lait et des pommes de terre ; jamais de lumière : au lieu de chandelles, qu'ils ne connaissent pas, ils se servent d'un bois qu'ils appellent welkolder : la clarté en est éblouissante ; sitôt que la nuit est venue, ils vont se coucher, mais auparavant, quoique sans lumière, ils font des contes entre eux, parlent de l'avenir et jamais du passé ; ils croient aux vampires (revenants) ; ils sont couchés pêle-mêle, hommes, femmes, enfants, vieillards, tous ensemble, dessus de simples nattes de jonc recouvertes de quelques peaux de mouton ; ils sont très-sales ; l'intérieur de leurs cabanes est infect; elle n'est supportable qu'à eux seuls. Ils ne se déshabillent jamais et ne connaissent point les chemises ; ils sont aussi sauvages dans leur physique que dans leur moral. N'admettant jamais l'étranger dans leurs maisons souterraines pendant la nuit, il fallut me décider à passer les nuits dans des troncs d'arbres pour connaître leurs mœurs. »

« La terre est leur mortier, mêlé avec de la paille hachée ; leurs cahutes sont couvertes de fumier : elles n'ont point de fenêtres. »

« Deux trous en forme de cheminée, voilà le seul jour que reçoivent leurs habitations, creusées en terre de 12 à 15 pieds ; une échelle leur sert d'escalier ; leur table n'est autre chose qu'un monceau de terre surmonté d'une ou deux mauvaises planches. »

« Ils fument des feuilles de chêne comme nos nègres de l'Amérique ; ils font cuire leur viande au bout d'un bâton et la mangent à demi crue comme les cannibales. »

« Les enfants vont nus comme la main et rarement ils sont vêtus d'une petite souquenille noire, etc., etc. »

Il est inutile d'aller plus loin : il suffit de voir aujourd'hui ce pays pour apprécier toutes les douceurs et les bienfaits qu'apporta en soixante-dix ans la civilisation dans une contrée dont le récit offre des détails semblables aux Indiens de l'intérieur de l'Amérique du sud ou de l'Australie.

Et cela en France, entre Strasbourg et Lunéville, à quatre-vingt-dix lieues de Paris !

ne l'étaient nos aïeux, que c'est à l'instruction morale que nous devons nos mœurs nouvelles, qui, n'en déplaise aux enthousiastes du soi-disant bon vieux temps, sont certes généralement meilleures que les anciennes; hommes de la civilisation, hommes du XIXe siècle, ne repoussez pas le progrès qui s'offre à votre progéniture; amis des sciences et de l'humanité, ne déchirez pas sans le plus sévère examen l'œuvre d'une vie de recherches; soyez juges rigides et sévères autant qu'on le peut être; soyez excessivement durs pour l'examen des pièces que vous aurez sous les yeux; mais en même temps soyez justes et impartiaux devant une des plus grandes questions du siècle; lisez, approfondissez cette nouvelle méthode sous toutes ses phases, et nul doute que cette grande attention vous en fera connaître de plus en plus toute la beauté, car elle n'est pas l'œuvre d'un étourdi, elle peut répondre aux plus grandes exigences.

Si après l'avoir bien examinée et approfondie, vous y rencontrez une règle, une seule règle qui soit contraire au bon sens, comme nos règles d'orthographe actuelle, alors brûlez-la, déchirez le tout sans pitié, comme étant l'œuvre d'un insensé, d'un rêveur, d'un utopiste.

Mais si, ainsi que j'ose l'espérer et que j'en ai la conscience, vous reconnaissez que la saine raison préside à la formation de toutes les règles nouvelles que j'ai dû créer et imaginer pour la mise en application de ce système, oh! alors, ne l'acceptez pas pour vous, mais laissez vivre cette méthode pour vos petits-enfants.

Confiez-la à vos enfants qui se feront un plaisir, un jeu de l'étudier, parce qu'ils n'y rencontreront pas la moindre difficulté, vu que tout repose sur un principe solide et tel, que leur intelligence s'élèvera tout d'abord au-dessus de l'art même.

Je ne viens pas avec impudence proposer un cours complet d'utopies; j'ai trop dû étudier notre organisation pour ne pas savoir juger l'homme et ses habitudes, l'homme tenant à ses mœurs, à ses usages, à ses préjugés, voire même à ses erreurs, comme l'arbre fortement enraciné tient au sol qui le nourrit bien ou mal.

La moindre chose qui vient contrarier nos habitudes nous produit un effet désagréable. Aujourd'hui il s'agit d'un art sublime: nous en connaîtrions même la perfection que nous n'en voudrions pas, et cela est naturel, parce que, du moment qu'il s'agit d'étudier, notre nature indolente, insoucieuse et paresseuse pour apprendre, s'y refuse.

Nous voudrions bien tous pouvoir écrire aussi vite que nous parlons, mais nous voudrions que cela s'opérât en nous comme par enchantement, sans étudier, sans apprendre; en un mot, nous voudrions acheter la science comme au moyen âge on achetait un élixir que, disait le corrupteur adroit, il suffisait d'avaler pour le voir aussitôt produire l'effet demandé: avoir de l'esprit.

Mais il n'en est pas ainsi; l'homme doit acquérir en s'en donnant la peine tout ce qui doit servir à ses besoins et il n'y parvient que par l'étude et la raison, heureux pour lui s'il sait profiter des bons instruments que d'autres lui fabriquèrent en se creusant la tête pour les inventer, afin de le faciliter à acquérir les connaissances qui lui servent chaque jour.

Il résulte de notre organisation paresseuse, et, je le répète, que nous voudrions bien savoir écrire aussi vite qu'on parle, parce que nous sentons combien cette chose pourrait être utile et agréable; mais nous le voudrions à deux conditions: la première, savoir sans apprendre; la seconde, écrire en conservant nos habitudes, c'est-à-dire, les lettres auxquelles nous sommes accoutumés.

Nous voudrions bien également aussi connaître, sans étude, la parfaite orthographe de tous les mots tels qu'ils sont écrits dans le dictionnaire de l'Académie et non autrement; en sorte que l'homme enclin au merveilleux voudrait l'impossible: écrire vite sans apprendre, écrire vite avec des lettres longues à tracer, connaître parfaitement l'orthographe sans étudier la composition bizarre de tous les mots et sans réfléchir qu'on les écrit aujourd'hui d'une manière toute différente qu'on ne les écrivait hier et qu'on pourra les écrire demain; en un mot, nous voudrions tout savoir, tout connaître sans nous en donner la peine.

Et si un moyen assez puissant, assez bien combiné pour atteindre une grande partie de ces résultats, vient à éclore et nous arrive, alors au lieu de l'accueillir comme un bienfait, nous le regardons avec méfiance, puis la méchanceté et l'ignorance s'unissent pour crier gare, retirez-vous; nous sommes prêts à le renvoyer impitoyablement sans examen préalable, et tout cela parce que l'homme sait que la société forme un tableau qui, dans son ensemble, ne représente que dupeurs et dupés; parce que l'homme est si souvent trompé, si souvent victime d'adroits charlatans, si souvent la dupe de chevaliers d'industrie qui en veulent à sa bourse, qu'il ne voit que fripons partout et qu'il craint sans cesse d'être trompé de nouveau.

Rappelons-nous les paroles de Cicéron : « Plus on est honnête homme, plus on a de peine à se persuader que les autres ne le soient pas. » Cette application est-elle générale parmi nous ?

Enfin prenons les hommes pour ce qu'ils sont ; la science de les moraliser est un trésor qui s'accroît lentement, mais qui progressera d'elle-même dès que la société aura la force d'anéantir les préjugés qui mettaient un frein au progrès.

Le système décimal eût-il été jamais praticable, si chacun eût voulu conserver l'emploi des caractères romains ? Non.

Pouvais-je, moi, par une combinaison, ainsi que nous le verrons bientôt, employer ces lettres romaines auxquelles nous sommes habitués ?

Pouvais-je, dans ces lettres, trouver un moyen pour, je le répète, écrire avec une seule d'elles, des monosyllabes entiers composés de plusieurs lettres, tels que : *chiens, points, vignes, vieilles, etc. ?* non, mille fois non.

Et, remarquons-le, lors même que j'eusse pu le faire, lors même que j'eusse trouvé ce moyen (1), l'inconvénient de le faire accepter n'aurait point disparu, il se serait maintenu avec la même force, il fût resté identiquement le même.

Ainsi, d'une manière comme d'une autre, j'ai, devant moi un redoutable ennemi à combattre, un ennemi terrible, et cet ennemi s'appelle la routine, les habitudes, l'erreur et les vieux préjugés.

Pour preuve que ce sont là mes véritables ennemis, je vais appuyer d'un exemple, une supposition inspirée par le plus simple bon sens, et démontrer que l'emploi de nos caractères n'eût pas affaibli la difficulté.

Chacun sait que la langue française est composée d'un alphabet de vingt-cinq lettres, et que dans cet alphabet, nous avons des lettres inutiles, entr'autres *c* qui peut toujours se remplacer par *k* ou *s* ; *q* qui peut toujours se remplacer également par *k* ; *x* qui peut toujours se remplacer par *z*, *cs*, *cz*, etc.

Chacun sait que l'alphabet serait meilleur si nous avions des lettres spéciales pour représenter les sons *ou*, *an*, *on*, etc., qui exigent l'emploi de deux lettres.

Personne ne peut nier, parce que cela est évident, que si on le voulait, *coq* pourrait s'écrire *kok ; ciel, siel ; dix, diz*, etc., et que, ce faisant, rien ne se trouverait changé dans la véritable prononciation française de ces mots.

Or admettons, pour un moment, que le bon sens présidant à une revue de l'orthographe tienne ce langage :

Comme il est reconnu, d'une part, que les lettres *c*, *q* et *x* sont tout à fait des lettres inutiles dans l'alphabet, comme d'autre part il est reconnu que les sons *ou*, *an* et *on*, n'ont point de caractères spéciaux, dorénavant on fera usage des lettres *c*, *q*, et *x* pour représenter les voix *ou*, *an* et *on*.

Certes, cela serait on ne peut plus logique ; mais je demande comment on accepterait en France ce changement de trois lettres seulement dans tout l'alphabet, et si chacun ne jetterait pas de hauts cris en voyant cette nouvelle orthographe :

kckc *jqbx* *scvq.*
pour coucou, jambon, souvent, etc.

Il est positif que trois lettres seules changées dans l'écriture, produiraient un singulier effet, une perturbation dans les esprits, une étrange confusion dans la lecture, et cela jusqu'à ce qu'on soit habitué au nouvel ordre de choses ; habitudes que ne pourraient jamais contracter l'homme mûr et le vieillard.

Et cependant, en y réfléchissant bien, on reconnaîtra qu'il est positif que, lorsqu'on apprend les lettres à un enfant, si, en lui montrant la lettre *c*, on lui dit que ce caractère se prononce *ou*, que la lettre *q* se prononce *an*, que *x* se prononce *on* ; il est naturel que l'enfant en voyant écrit *kckc*, *jqbx*, lirait *coucou*, *jambon* ; et le même enfant par la suite, trouverait bien ridicule celui qui voudrait représenter les sons simples *ou*, *an*, *on*, avec deux lettres n'ayant entre elles aucun rapport.

Eh bien ! tel fut le cas où je me trouvai pour la combinaison de l'*Écriture universelle* ; tout me démontrait que, pour produire un alphabet parfait, il ne suffisait pas de faire du replâtrage, mais qu'il fallait chercher, inventer de nouveaux caractères, qui ne fussent ni français, ni grecs, ni allemands, ni chinois, ni hébreux, ni arabes ; qu'il fallait changer le tout pour le tout, seul moyen de réussir dans la voie où je m'engageais avec une volonté ferme, cuirassée par la force de la raison ; l'avenir (mais l'avenir au temps où nous ne serons plus

(1) Nous verrons plus loin que, par un changement dans l'alphabet actuel, je suis cependant parvenu à obtenir un nouvel alphabet complet avec nos lettres, un perfectionnement immense ; mais nous verrons aussi pourquoi je n'ai pas voulu admettre ce moyen comme parfait.

bien entendu), l'avenir, dis-je, pourra seul prononcer si mon invention aura été bonne ou mauvaise.

Je le répète, mon dessein n'est point d'amener une réforme immédiate et complète dans l'écriture et l'orthographe d'usage; ce que je demande, pour le siècle actuel, est bien peu de chose et se résume à ceci :

Reconnaissez, après examen sérieux, les grands services que peuvent rendre une écriture exacte et un alphabet parfait, puis ne les substituez pas tout à coup dans l'enseignement à l'ancienne écriture, quelque défectueuse qu'elle soit, mais du moins faites marcher l'une et l'autre de front dans l'instruction primaire.

Il n'est pas nécessaire que la nouvelle méthode dispense de connaître et de pratiquer l'ancienne; une fois en marche, elle aura bien la force nécessaire pour vaincre tous les obstacles et pour marcher en première ligne.

Si j'ai la présomption de croire que mon écriture renversera un jour l'écriture romaine, je n'ai pas la prétention de hâter ce jour que l'avenir seul pourra décider et ce pour plusieurs raisons faciles à comprendre.

1° Bien peu de personnes consentiraient (et elles auraient raison) à faire de nouvelles études; car on ne réforme pas en un jour ce qu'il a fallu des siècles entiers pour établir.

2° Le monde entier contient une masse trop inerte et trop puissante d'esprits routiniers qui, joints aux obscurants, triompheraient facilement du bien que mon système peut répandre par les larges canaux de l'instruction publique.

3° Ces obscurantins élèveraient contre ma méthode un système d'opposition telle que, si elle venait à être goûtée et appréciée, aussitôt ils chercheraient à l'étouffer.

L'histoire tout entière ne démontre-t elle pas que les obscurantins, en opposition sans cesse avec la nature humaine destinée à se perfectionner afin de récupérer son état primitif d'intelligence, croient devoir, pour subsister, repousser toute lumière, épaissir les ténèbres et lutter incessamment contre le vrai, le bien, la raison et le bon sens, pour ensuite conclure que le sens commun est la raison même? (Bien entendu le sens commun qu'ils auront dirigé à leur gré.)

C'est ainsi qu'ils démontreraient aux écrivains qu'il leur faudrait de nouveau apprendre à lire et à écrire, et recopier leurs œuvres, s'ils ne veulent pas les voir tomber dans l'oubli ou les ténèbres.

Ils s'indigneraient en exagérant outre mesure le sort des instituteurs, qui, diraient-ils, seront désormais inutiles (absolument comme si les enfants ne fréquentaient les classes rien que pour apprendre à lire et à écrire; comme si, après l'instruction primaire, il n'y avait pas l'instruction secondaire et l'instruction supérieure; comme si le rôle de l'instituteur se bornait au métier ingrat d'ouvrir les petites intelligences, en faisant épeler des lettres, tracer quelques bâtons, vérifier les quatre règles de l'arithmétique, etc. ; sans tenir compte de la réunion des belles qualités que rend indispensable le rôle humble et intéressant d'instituteur de la jeunesse, ce rôle pour lequel il fallut sacrifier une partie de la vie, afin d'acquérir, par d'arides études, le degré de capacité nécessaire pour former des jeunes gens de manière à en faire des hommes).

Ces obscurantins pèseraient de tout leur poids sur les décisions supérieures, en démontrant l'inutilité d'un changement, et ce, parce que jamais ils ne voulurent admettre que l'éducation publique d'un pays doit être constamment tenue en rapport avec son état social : le Progrès.

Ils passeraient alors aux petits moyens qu'ils savent si bien manœuvrer :

Ils crieraient aux typographes qu'on en veut à leur fortune et qu'on porte atteinte à leur droit de propriété, parce qu'on cherche à les obliger de refondre tous leurs caractères d'imprimerie.

Ils prêcheraient aux libraires qu'ils sont à deux pas de leur ruine, qu'ils sont perdus et ruinés à tout jamais, parce que leurs livres seront désormais invendables.

Ils démontreraient avec adresse aux nombreux ouvriers que l'art de l'imprimerie occupe chaque jour, que le travail va se trouver anéanti, et, en conséquence, les jeter dans la plus profonde misère, sans travaux, sans pain, et ce, jusqu'à ce qu'on ait fondu et reforgé de nouveaux savants, etc., etc., etc.

Ainsi l'anathème serait lancé contre une méthode *utopiste, antisociale*, la terreur s'emparerait des esprits faibles par des axiomes lancés adroitement pour dépeindre un ordre de choses contraire au droit de propriété ; partout on crierait que c'est la suppression du travail, l'anéantissement des bibliothèques, en un mot, le retour à la barbarie.

Le parti menaçant emploierait en outre ses petites armes lançant des flèches envenimées, plus terribles que les dards qu'on voit venir et qu'on peut pour lors parer; il s'attacherait aux jeux d'esprit de toute sorte, aux caricatures ; il créerait des chimères, des fantômes, des épouvantails.

Et l'ignorance, prête à se laisser diriger au gré des vents, au lieu de rire de tous les contes ridicules qui l'entoureraient, se sentirait saisie de crainte et frémirait!

Et c'est précisément parce qu'elle aurait peur, parce qu'elle frémirait au lieu de rire, que tout serait perdu.

Ah ! c'est que la peur et la terreur sont les mauvaises conseillères, les ennemies de la société, vu que ce sont elles qui font le malheur des hommes.

Quand un progrès immense s'avance respectueusement pour apporter à l'humanité de nouvelles lumières, quelques esprits se roidissent et s'élèvent aussitôt pour lui barrer le passage, et la société, arrêtée par l'ignorance ou la méchanceté, recule d'effroi au lieu de continuer tranquillement sa marche paisible. C'est ainsi que, profitant de son moment de trouble, on peut la repousser dans une ignorance plus profonde encore qu'elle ne se trouvait auparavant.

Cela est l'histoire de tous les progrès, de la succession des victoires remportées sur l'ignorance, une des sources générales du mal, mal qui sera définitivement vaincu par l'instruction.

Il s'agit aujourd'hui de la découverte la plus importante de l'esprit humain, de l'écriture, mère de tous les arts et de toutes les sciences; de l'écriture, qui a la puissance de séparer la vie humaine en deux vies : la vie intellectuelle et la vie de la brute; en un mot, d'un art qui, comme la géométrie, l'astronomie, la poésie, la médecine, la peinture, la musique, les métiers, la navigation, etc., ces merveilleuses productions du génie de l'homme, remonte à des temps qui précèdent les époques historiques.

Si l'homme réfléchit bien à tout ce que contient cette méthode, il se convaincra qu'elle sera pour l'avenir un bien immense, un bienfait pour la civilisation de nos descendants.

Enfin, je reconnais qu'un succès immédiat est impossible, et c'est pourquoi je n'ai cessé de dire depuis douze ans, que je travaillais pour les enfants de nos enfants, et c'est pour cela qu'après l'étude des sons, l'étude des traits applicables à ma méthode fut pour moi une grave question à résoudre.

Je ne pouvais pas accepter les caractères usités, et si je m'attachai encore en quelque sorte à leur ombre, c'était afin que ceux qui voudraient, en attendant (1), faire usage de cette écriture, pussent retrouver une partie de leurs anciennes habitudes, telles que la moitié des lettres *n, l, s, r, z*, etc., ainsi que nous l'avons vu précédemment.

Enfin il fallait changer tous les systèmes en vigueur pour arriver à ce que chaque son pût être représenté par une lettre spéciale ; pour qu'aucun trait, pas même un délié, ne se trouvât jamais employé inutilement ; en un mot, pour que chaque coup de plume correspondît au son invisible provenant des mouvements de la langue, des lèvres et du nez pour sortir du gosier par la bouche.

TROISIÈME EXERCICE.

Nous avons dans l'alphabet actuel plusieurs lettres qui sont en petit ce que d'autres sont en grand.

Ainsi la lettre *e*, se trouve être le diminutif de la lettre *l*.

e l

La lettre *n* est un diminutif de la lettre *p*.

n p

La lettre *a* est en petit ce que le *d* est en grand.

a d

La lettre *b* est formée de la lettre *o*.

o b

Il en est de même dans l'*Écriture universelle*, mais à la différence près que la ressemblance se trouve parfaite

(1) Il est naturel que je puisse espérer qu'une écriture perfectionnée marche à côté de l'écriture d'usage, et ce comme la sténographie, quoique dans un but différent, soit 1° pour rendre les principes de lecture plus accessibles à toutes les classes de la société et particulièrement à l'enfance; 2° soit pour noter dans les dictionnaires des langues étrangères la vraie prononciation des mots, d'une manière qui n'a aucun rapport avec tous les moyens imparfaits usités jusqu'à ce jour, et dès lors nous rendre l'étude de ces langues agréable et en même temps beaucoup plus facile.

entre les grands et les petits caractères; en sorte que, sachant bien tracer les grandes consonnes et les grandes voyelles, on sait naturellement les tracer en petit.

Par conséquent cet exercice, qui est le dernier relatif à la formation des caractères, sera un vrai jeu n'offrant rien de difficile.

Connaissant la manière de former les grands caractères allant de la ligne centrale à la ligne du haut, il sera bien facile de les former en petit, c'est-à-dire allant de la ligne centrale aux lignes supérieure ou inférieure.

Or, puisque les grandes consonnes partent de la ligne centrale pour monter jusqu'à la ligne du haut, les petites consonnes vont simplement de la ligne centrale à la ligne supérieure et sont :

EN CARACTÈRES TYPOGRAPHIQUES.

n m s z c v

Et il en est de même pour l'écriture à la plume.

CARACTÈRES CALLIGRAPHIQUES.

Ligne du haut. . . .
Ligne supérieure. . .
Ligne centrale. . . .
Ligne inférieure . . .
Ligne du bas. . . . .

n m s z c v

Ainsi la seule différence qui existe entre les grandes et les petites consonnes consiste au point d'arrêt ou le caractère prend sa courbe.

Grande consonne — petite consonne — ligne du haut. ligne supérieure. ligne centrale.

Il ne faudra pas oublier la règle générale que nous avons vue et qui dit que, pour apprendre à écrire, chaque plein doit toujours être tracé sur la ligne oblique et que le délié doit toujours partir de la ligne centrale (entre deux lignes de pente) comme le représente le modèle suivant :

n m s z c v

Les petites voyelles se forment de même que les petites consonnes, c'est-à-dire que les unes tracées à l'inverse des autres partent de la ligne centrale pour aller à la ligne inférieure et revenir à la ligne centrale, par le moyen du délié ; les petites voyelles sont :

EN CARACTÈRES TYPOGRAPHIQUES.

e o è i a u

EN CARACTÈRES CALLIGRAPHIQUES.

e o è i a u

Il faut avoir soin en s'exerçant de toujours prononcer la lettre qu'on écrit afin d'en retenir la valeur.

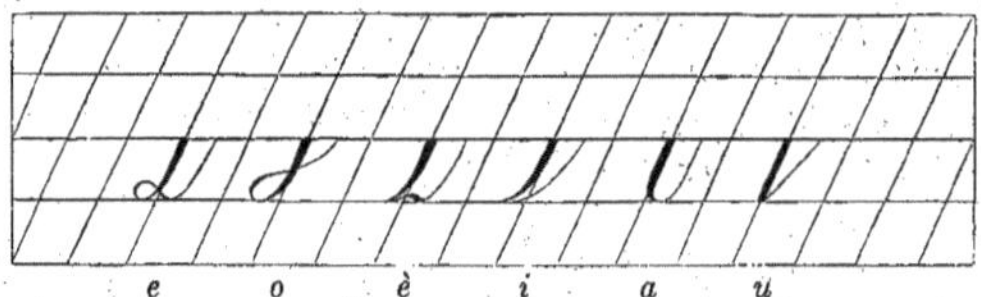

e o è i a u

On remarquera bien que le 7me caractère ne se trouve pas figuré ci-dessus ni dans les petites consonnes ni dans les petites voyelles ; cela tient à ce qu'en petit il appartient aux langues étrangères et qu'il est inutile d'apprendre à le tracer pour l'écriture française.

Il résulte donc que cet exercice a pour but de tracer les caractères en petit, absolument de la même manière qu'on les traça en grand dans les deux premiers exercices, ce qui certes n'est pas bien difficile.

Et lorsque nous serons bien exercés à produire les consonnes et les voyelles en grand et en petit, les grandes difficultés seront entièrement vaincues, c'est-à-dire que tout le plus difficile étant fait, le reste ne sera plus qu'un amusement.

Ainsi, jusqu'à présent, nous n'avons pas trouvé de règles bien compliquées à se graver dans la mémoire, et par la suite, nous en aurons encore moins pour savoir écrire, et pas davantage pour apprendre parfaitement l'orthographe naturelle de tous nos mots, vu que j'ai dit que pour apprendre il fallait une méthode simple, qui aplanisse toutes les difficultés et soit à la portée de toutes les intelligences. En attendant le quatrième exercice, on fera bien de renouveler plusieurs fois les trois premiers, et ce jusqu'à ce qu'on soit bien familiarisé avec ces nouvelles figures barbares qui, en définitive, n'auront plus, dans quelques jours, rien de rébarbatif.

Les autres exercices ne seront tout simplement qu'un jeu de combinaison.

PERFECTION DE L'ALPHABET ET DE L'ORTHOGRAPHE

EN CONSERVANT LES CARACTÈRES ACTUELLEMENT USITÉS DANS L'ÉCRITURE.

S'il eût suffi de rechercher le moyen d'apporter une grande amélioration dans l'écriture de la langue française et de faire de notre alphabet un alphabet susceptible de pouvoir reproduire tous les sons de la voix humaine, en employant les signes aujourd'hui en usage, cela eût été pour moi un travail bien simple, dès que j'eus terminé l'étude des sons.

J'observerai même que je me fis un plaisir de faire cet essai, qui réussit d'une manière parfaite, 1° en changeant la valeur de la plupart de nos lettres ; 2° en faisant usage de quelques caractères de l'écriture bâtarde du XVIIIe siècle.

Enfin, j'arrivai avec vingt-neuf lettres à pouvoir composer un nouvel alphabet, qui aurait fait la joie de plus d'un de nos illustres grammairiens.

Mais cette perfection ne pouvait convenir à une nature qui, ayant posé un problème aussi difficile qu'il puisse être, ne veut pas abandonner le terrain qu'il ne soit résolu, parce que la solution doit dériver de la manière dont la question a été posée.

Je connais en outre le devoir et le droit de la science, de la science, ce trésor inépuisable des connaissances dans lequel il est donné à l'homme de pouvoir puiser sans cesse.

La vraie science, ennemie du moindre désordre et entièrement dégagée de cette vanité de vouloir se faire un nom ou se faire encenser, comme fâcheusement on le voit à chaque pas dans la vie.

Il ne s'agit pas, pour produire une œuvre utile, de rechercher cette gloire que tentent des esprits avides de renommée, qui, pour mettre en relief quelque petite découverte imperceptible, font paraître des travaux médiocres, afin de tâcher d'attirer sur eux l'attention publique.

Il ne s'agit pas de cette gloire tentée par ces écrivains qui se mettent à l'œuvre pour faire sortir de leurs cerveaux des théories absurdes ou des systèmes ridicules ; non, la science n'ouvre pas son grand livre à ceux qui peuvent multiplier les préjugés ou retarder le progrès ; les théories hâtivement construites sont renversées avec la même facilité qu'elles ont été élevées ; les systèmes établis contre le bon sens sont bientôt jetés dans l'oubli.

Celui qui veut le progrès réel n'envisage que son œuvre et les effets qu'elle peut produire ; jamais il ne substitue la conjecture à l'observation ; avant d'établir un principe, il en pèse toutes les conséquences : alors son travail devient épineux et exige la connaissance la plus approfondie des faits soumis à son analyse, qui doit être de la plus grande exactitude ; amoureux de son entreprise, il se fait une idole de son œuvre ; il met tous ses soins à la créer ; il la dérobe à la vue de tous ; il craint qu'on ne surprenne son amante chérie, dans ce long négligé que réclament ses études ; il ne parle pas de son travail, parce qu'il dédaigne la flatterie ; il ne se hâte pas, car il veut que tout soit parfait avant de se produire, et lorsque le jour de la publicité est arrivé, il hésite encore ; il épluche tout d'un œil sévère et c'est avec un sentiment de regret qu'il confie à la presse son nom, car peu lui importe cette célébrité qu'il sait parfaitement n'être que chose passagère et dont sa courte vie ne peut lui faire profiter, et s'il jouit enfin, s'il sourit, c'est à la pensée seule du bien qu'il pourra produire pour ses descendants.

Lisant dans l'avenir et non dans le présent, il ne craint pas d'être incompris ; fort de lui, il sait que si on ne le comprend pas aujourd'hui on le comprendra demain ; enfin, libre et indépendant, il n'a aucun intérêt qui vienne lui opposer des obstacles : son but est de faire une chose utile à la société, et aussitôt faite, il est prêt à en recommencer une autre, sans attendre d'autres louanges que celles du cri de sa conscience, qui lui dit : C'est bien.

Pardon de toujours me laisser entraîner loin du sujet que je traite ; j'en étais à la perfection de l'écriture, j'y reviens en disant qu'avec vingt-neuf lettres, nous aurions pu voir apparaître dans toute sa splendeur un alphabet complet et tel qu'il n'en existe aucun sur le globe : un alphabet contenant, dans son sein, la parfaite écriture des sons, cette écriture restée jusqu'ici à l'état de problème et qu'une simple combinaison finit par faire éclore dans toute sa force et tout son éclat.

Je vais tracer cet alphabet, que nous ne pourrons pas encore comprendre, il est vrai, mais qui, sous peu, nous démontrera que l'écriture des sons était chose possible avec nos caractères actuels. (J'engage à ne pas s'arrêter à cet alphabet incompréhensible et de le conserver pour y revenir après l'étude des sons, ainsi que je l'indiquerai, vu que ce n'est qu'alors que nous pourrons juger du progrès considérable qu'il eût pu faire faire à l'orthographe).

Par conséquent je ne m'y arrêterai pas, je ne ferai que de le tracer à la hâte sans donner la moindre explication, d'abord parce que cela serait trop long, ensuite parce que sous peu chacun pourra le comprendre rien qu'en le voyant.

IDÉE D'UN NOUVEL APHABET FRANÇAIS.

a	*b*	*d*	*e*	*f*	*g*	*i*	*i*	*k*	*l*	*m*	*n*	*o*	*p*	*r*
1	2	3	4	5	6	7	8	9	10	11	12	13	14	15

s	*t*	*u*	*v*	*z*	*é*	*è*	*an*	*in*	*on*	*un*	*ou*	*ch*	*gn*
16	17	18	19	20	21	22	23	24	25	26	27	28	29

On observera seulement que cet alphabet, composé de vingt-neuf lettres, contient dix-sept consonnes qui sont plus grandes que les voyelles et douze voyelles qui sont toutes de la même hauteur, savoir :

LES 12 VOYELLES SONT :

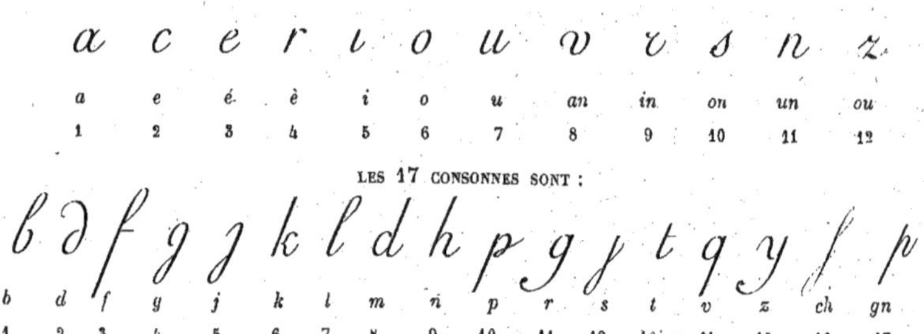

En outre on se servirait du point (.), de l'accent aigu (´), de l'accent grave (`), de l'accent circonflexe (^), du tréma (¨), et enfin du trait d'union (-) que nous avons en français, pour les accents long, fort, mouillé, nasal et aspiré, dont nous parlerons plus loin.

Cet alphabet, dis-je, eût pu rendre un service éminent à l'écriture, anéantir toutes les règles d'orthographe dont le nombre est si considérable et si inintelligible, aplanir toutes les difficultés de la grammaire, et ce, parce que le nombre des caractères se trouve égal à celui des sons et articulations de la voix, bien entendu pour la prononciation française seulement.

Mais, je le répète, mon but ne pouvait pas être atteint par l'emploi de ces caractères : 1° parce qu'ils ne peuvent pas peindre toutes les nuances de la voix humaine et ne se plient qu'à l'étendue d'une seule langue, quoiqu'il soit vrai qu'on pourrait facilement en augmenter le nombre selon les besoins ; 2° parce qu'ils sont par leurs formes beaucoup trop longs à tracer ; 3° parce que pour peindre un son complet, il ne me fallait qu'une seule lettre par syllabe et non plusieurs.

Ces conditions fondamentales sont impossibles avec l'alphabet que je viens de tracer, et bientôt nous pourrons tous le reconnaître en le comparant avec les caractères combinés pour l'univers entier.

Ainsi comme il s'agit de simplifier l'écriture, afin de donner à l'image de la parole toute la rapidité possible, je n'ai fait mention de cet alphabet que pour prouver que nos célèbres grammairiens anciens et modernes n'ont pas tout vu, et que l'homme est loin d'être arrivé à cet apogée que quelques esprits envisagent, parce qu'ils s'effrayent des progrès constants de la science.

Oui, l'alphabet que nous venons de voir serait, par la simplicité de sa combinaison, mille fois supérieur à celui que nous possédons actuellement, parce qu'il commencerait à éviter les règles d'orthographe pour l'écriture des mots, et en outre parce qu'il rendrait déjà l'écriture quatre fois plus expéditive.

En voici une preuve frappante (1) :

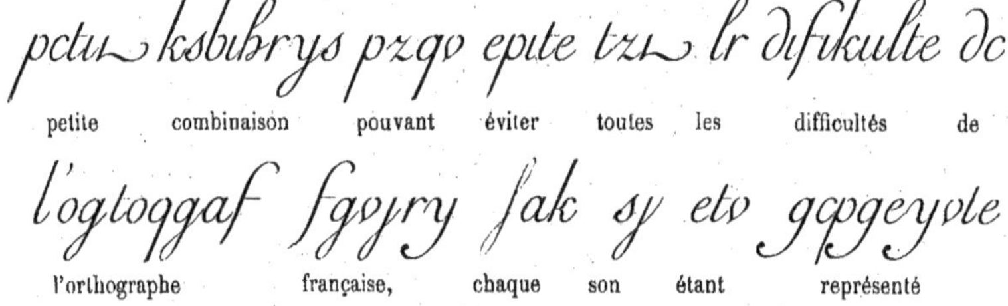

(1) Ce n'est que plus loin que nous trouverons une clef pour comprendre ces lignes inintelligibles, quoique parfaitement écrites, mais qui ne servent ici que pour un calcul mathématique. Du reste cet alphabet n'ayant aucun rapport avec l'*Écriture universelle*, nous ne nous y arrêterons pas.

pag uh lrtg jpejal

par une lettre spéciale

Examinons la question de la rapidité, la seule à envisager en ce moment : comptons les lettres, et pour résultat nous en trouverons quatre-vingt-cinq employées d'une part contre cent dix-sept de l'autre, ce qui fait une économie de trente-deux lettres.

Il est évident, puisque ce sont les caractères usités qui se trouvent employés, qu'il faut un quart moins de temps pour tracer quatre-vingt-cinq lettres que cent dix-sept, c'est-à-dire que l'on pourrait écrire en une heure ce qui, actuellement, réclame une heure vingt minutes.

Mais ce qui est le plus précieux, c'est qu'avec cet alphabet un enfant apprendrait à lire et à orthographier en très-peu de temps, vu que ce serait l'annulation complète de toutes les règles et difficultés.

Il est positif aussi que si on disait à un enfant que la figure *h* fait *n*, que *c* fait *e*, que *n* fait *un*, que *z* fait *ou*, l'enfant retiendrait tout cela aussi bien que *h*, *c*, *n*, *z*, etc.

Ce simple moyen serait déjà un progrès immense pour répandre l'instruction facilement dans la classe non privilégiée par la fortune, et rien que pour cela cette question mériterait la peine d'être examinée, ce qui réclamerait du reste fort peu de temps puisque deux heures suffiraient pour développer ce projet à une commission spéciale.

Mais comme nous obtiendrons des résultats bien supérieurs avec l'*Ecriture universelle*, ne nous occupons pas davantage de cette combinaison quelque simple qu'elle puisse être. (1).

CONDITIONS DE L'ÉCRITURE.

Pour réunir tous les avantages du problème que j'avais résolu, il fallait nécessairement composer un nouvel alphabet.

Sans avoir aucun égard à l'écriture vulgaire, à l'alphabet actuel, il fallait destiner à chaque voyelle et à chaque consonne un caractère quelconque, une forme qui pût se plier à mes combinaisons, et que cette forme fût en même temps la plus avantageuse, relativement à la lecture, à l'écriture et à la typographie.

Il fallait donc consulter les différentes lignes et figures géométriques les plus simples et les plus faciles à pouvoir tracer.

Ensuite il fallait donner à chaque figure le rapport conventionnel du son ou articulation qu'elle était destinée à représenter, et ce, en suivant les règles voulues par le bon goût, exigeant un ensemble de traits gracieux, dégagés et agréables à la vue ; le tout enfin de manière à ce que l'écriture eût le mérite important d'être bien claire et bien lisible.

Afin de ne point multiplier les formes à l'infini et compliquer inutilement l'art du dessin, il fallait sans hésiter se servir, pour représenter les consonnes, des mêmes caractères que j'avais adoptés pour les voyelles.

Nécessairement toutes ces conditions exigeaient de nombreux essais et conduisaient naturellement à assigner une place dans la hauteur seule de l'écriture, en sorte que cette hauteur, divisée en deux parties égales et partagée par une ligne centrale, assignât, ainsi que nous l'avons vu dans les trois premiers exercices, le rang de dessus pour les consonnes et le rang de dessous pour les voyelles

Par cette combinaison, l'écriture atteignait les premières qualités indispensables consistant à être très-prompte et très-lisible ; et le grand problème se trouvait résolu : *l'écriture des sons était désormais une vérité.*

Je ne me fais point d'illusions, ainsi qu'on pourrait se l'imaginer par la lecture de quelques passages, qui peuvent sembler écrits sous l'impression de la chaleur qui

(1) Je tâcherai de ne plus fouiller dorénavant dans mes cahiers et paperasses pour y rechercher les matériaux qui me servirent dans mes études, et cela afin de ne plus mettre sous les yeux du public des choses aussi arides que celles qui précèdent et qui pourraient trop l'ennuyer.

sort du cerveau d'un inventeur (tolérez quelques mots échappés à l'ouvrier devant son ouvrage), je ne me fais aucune illusion et sais fort bien que l'on me supposera posséder cet amour enthousiaste pour une découverte dont on pourra dire en commençant qu'elle peut être magnifique, mais dans mon imagination seulement, ainsi que généralement cela arrive pour toute invention, parce que toute œuvre créée produit des effets analogues aux yeux de leur auteur.

Non, je sais fort bien que la forme des caractères que j'ai définitivement adoptée se trouvera, par le seul fait qu'elle offre de la nouveauté, assujettie à la critique, surtout à la critique moqueuse de quelques esprits toujours disposés à tourner en ridicule toute innovation, sans même se rendre compte des mille difficultés que rencontre celui qui se met à la recherche de l'inconnu, sans savoir même apprécier quelle route remplie d'épines il s'agit de déblayer, pour se frayer un petit chemin au bout duquel on n'arrive qu'à force de sueurs.

La critique m'importe peu, un sévère examen artistique pourra seul juger si l'élégance des traits de plume qu'offre une page entière d'écriture universelle, comparée à l'écriture anglaise actuelle, présente à la vue un ensemble de déliés aussi gracieux, dénotant une méthode courante, présentant aux yeux l'image agréable de la rapidité, en un mot, un tracé offrant le dessin vivant de la vitesse et pour lors supérieur aux écritures connues.

D'autre part, je pense me trouver à l'abri de la célèbre critique de Molière, relative à la formation prétendue des lettres et de la manière de les exprimer; car je ne fais pas de mon invention une chose secrète, je ne donne pas pour principe de mes caractères les traits du visage, traits plus ou moins allongés suivant l'ouverture plus ou moins grande de la bouche, le serrement des lèvres, l'élargissement des narines, etc.; le tout enluminé de mots techniques et d'expressions faussement dites scientifiques, comme plusieurs instituteurs font envisager aux enfants l'invention des lettres, aussi c'est bien ce qui fait dire à Molière dans son *Bourgeois gentilhomme*, acte II, scène VI :

« Les lettres sont divisées en voyelles et en consonnes, on dit consonnes parcequ'elles sonnent avec les voyelles.

« *A* se forme en ouvrant fortement la bouche, *a*.

« *E* se forme en rapprochant la mâchoire d'en bas de celle d'en haut, *e*.

« *I* se forme en écartant les deux coins de la bouche vers les oreilles, *i*.

« *O* se forme en rapprochant les lèvres par les deux coins, le haut et le bas, en sorte que l'ouverture de la bouche fait alors comme un petit rond qui représente justement un *o*.

« *U* se forme en allongeant les deux lèvres en dehors, les approchant sans les joindre tout à fait, *u;* les deux lèvres s'allongent comme si on faisait la moue, d'où vient que si on veut la faire à quelqu'un, on ne saurait lui dire que *u*. »

Passons à la prononciation des consonnes :

« *D* se prononce en donnant du bout de la langue au dessus des dents d'en haut, *d*.

« *F* en appuyant les dents d'en haut sur la lèvre de dessous, *f*.

« *R* en portant le bout de la langue jusqu'au haut du palais, de sorte qu'étant frôlée par l'air qui sort avec force, elle lui cède et revient au même endroit faisant une manière de tremblement, *r*, *ra ra*, *ra*, *ra*, ou un roulement général, *rrrrrra*, etc. »

Je dis donc que je n'ai nullement été chercher de concordance dans les lignes de notre physionomie. Non, je n'ai pas été prendre pour modèle les expressions de notre visage, afin de composer tel ou tel caractère, de même que je n'ai pas été visiter l'intérieur de notre oreille, pour donner une description radicale de la manière avec laquelle les sons viennent frapper notre tympan.

J'avais à envisager des conditions bien autrement sérieuses que celles-là :

D'abord il fallait, il était indispensable, que je me rapprochasse des habitudes contractées par presque tous les peuples, et par conséquent chercher des formes :

1° Pouvant facilement se tracer en allant de gauche à droite.

2° Pouvant s'écrire perpendiculairement comme la ronde.

3° Pouvant être peu penchées sur la droite comme la bâtarde.

4° Pouvant être plus ou moins maigres comme la cursive, qui est plus maigre que la bâtarde.

5° Pouvant être fort penchées comme l'anglaise, qui est aujourd'hui à peu près la seule écriture admise et la seule enseignée par les professeurs d'écriture.

6° Enfin ayant la condition principale, indispensable,

celle que n'offre aucun système sténographique, condition consistant à pouvoir se plier à toutes les exigences de l'art typographique, le seul art capable de répandre l'instruction par les larges canaux de l'imprimerie.

Telles sont les conditions premières de l'art graphique, de l'art d'écrire accessible à tous, en s'étendant à toutes les intelligences par le moyen d'une méthode mise à la portée de tout le monde, du petit comme du grand, du faible comme du fort, du pauvre comme du riche, de l'enfant comme de l'homme. (1)

Après les conditions de l'art graphique, il fallait d'autres conditions encore pour la composition d'une écriture universelle; il fallait un alphabet universel.

C'est-à-dire posséder des caractères en quantité suffisante pour représenter fidèlement tous les sons qu'est susceptible de produire la voix de l'homme.

Ce n'est donc qu'après avoir fait une étude approfondie de tous ces sons, qu'après en avoir fait une ample provision, que je pouvais espérer composer un alphabet véritablement universel.

A cet effet il fallait, non pas observer le mécanisme intérieur de notre organisation, aspirant et repoussant l'air qui produit ce que nous appelons un son; mais observer attentivement les effets et non la cause, afin de ne pas tomber dans le ridicule; il fallait considérer le son en lui-même selon la sensibilité qu'il présente à notre organe auditif, et c'est à quoi je me suis attaché spécialement, comme étant la seule voie ouverte pour aller à la découverte des prononciations.

Il existe peut-être quelques voix et consonnes étrangères que des peuples hors d'Europe peuvent exprimer et que nous ne connaissons pas, mais ce nombre doit être dans tous les cas bien limité. Du reste, la combinaison que j'ai faite est si puissante, que quel qu'en soit le nombre, on trouverait dans les neuf caractères que nous avons vus le moyen de les représenter lorsqu'elles apparaîtront.

Quel est l'observateur qui, en étudiant les langues étrangères, n'ait pas senti la nécessité de posséder un dictionnaire de la prononciation, c'est-à-dire un ouvrage ayant la puissance de dire : tel mot se prononce de telle manière chez tel peuple et de telle autre chez un autre; enfin un ouvrage pouvant noter les mots tels qu'ils doivent être prononcés, et non avec ces *à peu près* comme nous l'avons fait jusqu'ici faute de mieux!

Ce besoin étant senti, je dis que l'utilité d'un semblable ouvrage, où la prononciation de chaque langue serait indiquée d'une manière précise, ne tarderait pas à être appréciée, et que son auteur comme l'imprimeur qui, à mon exemple, ferait graver des poinçons et fondre des caractères exprès, seraient à coup sûr récompensés de leurs peines et de leurs dépenses par le débit qu'ils en trouveraient infailliblement.

Munis d'un alphabet universel complet, les savants de chaque partie du monde pourraient noter les divers éléments des sons assignés à leur pays, enseigner comment ils se prononcent réellement chez eux, et, de la réunion de ces connaissances, on obtiendrait par la suite, pour résultat définitif, le vrai dictionnaire des dictionnaires; alors le marchand pour son industrie, comme le savant pour sa science, pourraient, munis de cette œuvre, explorer toutes les contrées du globe.

C'est alors aussi qu'on reconnaîtra que la conformité des organes de la voix, chez toute l'espèce humaine, offre un ensemble de sons et d'articulations susceptibles d'être exprimés aussi bien par l'Indien que par l'Européen.

(1) L'art de lire et d'écrire est loin d'être généralement connu. Quand on réfléchit que pour la France, le pays de la civilisation, il découle d'un travail fait minutieusement que près du tiers des hommes et plus de la moitié des femmes qui se sont mariés en 1833 ne savaient ni lire ni écrire on se dit avec raison qu'il reste beaucoup à faire pour la civilisation, pour l'instruction.

HISTOIRE TRÈS-ABRÉGÉE

DE LA LANGUE FRANÇAISE OU PLUTOT DE SON ORTHOGRAPHE.

Les idées que j'émets de temps à autre peuvent sembler bizarres, mais tout aussi hardies qu'elles puissent paraître, elles sont cependant appuyées sur le raisonnement.

Il s'agit de résoudre les questions suivantes, pour comprendre la nécessité d'un nouvel alphabet, d'une nouvelle écriture et de nouvelles règles grammaticales.

La langue française a-t-elle toujours été ce que nous la voyons être aujourd'hui, a-t-elle toujours été ce qu'elle est actuellement?

Notre langue est-elle arrivée à un tel degré de perfection qu'il est impossible de pouvoir y apporter le moindre perfectionnement?

L'orthographe des mots était-elle hier ce qu'elle est aujourd'hui, et n'est-elle plus sujette à changer?

Nos grammairiens ont-ils tout vu, tout connu, et ont-ils pu arriver à concentrer des règles arrivées à une telle perfection, qu'il est impossible d'y apporter quelque amélioration?

A de telles questions il est impossible de répondre autrement que par l'histoire : interrogeons donc les précieux monuments de l'antiquité.

Nous savons que l'origine des sciences et des arts est environnée de ténèbres si épaisses qu'il existe à peine quelques monuments sur lesquels on puisse établir des conjectures probables.

Comme on aime succéder à tout ce qui est grand, beau et propre à honorer l'espèce humaine, les peuples civilisés font descendre le plus que possible leur langue de la langue grecque, parce que le nom des Grecs de l'antiquité suffit à lui seul pour réveiller dans l'homme les plus nobles idées, l'enthousiasme du courage et de la liberté, l'amour ardent de la patrie, l'amour de la philosophie et l'amour des arts et des sciences.

Aussi les peuples modernes sont-ils glorieux de comparer leur langage à celui des grands hommes de l'antiquité, de ces génies qui s'illustrèrent par la grandeur de leur âme, toute remplie de sentiments héroïques.

La langue de ce peuple réputé ingénieux et actif se trouvait composée de plusieurs dialectes [1], dont l'attique, comme le plus pur, jouissait d'une abondance de mots harmonieux et d'un charme tel que les Romains s'y laissèrent entraîner, séduits par l'éloquence des Grecs qui habitaient une partie de l'Italie.

La langue romaine, grossière alors, se trouva polie, civilisée par cette jeunesse de Rome, qui, s'impressionnant de toutes les grâces, de toutes les délicatesses du grec, prit un tel goût pour les œuvres d'éloquence, que, suspendant tous les plaisirs, elle se livra ardemment à l'étude de l'attique, source du bon goût.

C'est ainsi que Cicéron alla puiser à Athènes cette richesse d'expressions qui donna à ses écrits une éloquence telle qu'aucun traducteur ne put jamais se vanter d'avoir rendu fidèlement l'harmonie si abondante dont chaque page de ses œuvres est empreinte.

C'est dans le grec que les Romains puisèrent toutes les connaissances qu'ils avaient voulu prendre à leur origine, parce que c'est en Grèce que les arts et les sciences se perfectionnèrent; c'est là qu'on trouve la morale unie à l'éloquence, la poésie, l'histoire, la philosophie, en un mot tout ce qui peut élever la dignité de l'homme.

Les Romains firent donc dériver leur littérature de la langue grecque.

Voyons le français dériver maintenant du latin :

Les Gaulois parlaient la langue celtique lorsque les Romains firent, sous Jules-César, la conquête des Gaules.

L'invasion de ce peuple apportant avec lui les mœurs, le langage, les usages, les coutumes et les lois romaines, étouffa bientôt toute pensée de révolte et de liberté chez les vieux Gaulois, en introduisant dans l'instruction la langue latine, et en exigeant surtout que tous les actes publics fussent rédigés en latin.

En sorte qu'en quelques siècles les Gaulois, oubliant insensiblement la langue de leurs pères, arrivèrent à ne plus faire usage que du latin des Romains.

(1) Les dialectes grecs remontent à la plus haute antiquité, et on trouve le dorien, l'éolien et l'ionien dans Homère, qui écrivit, présume-t-on, 200 ans après la guerre de Troie (1,500 ans avant J.-C.)

Après J.-C., lorsque le génie universel fut étouffé par un odieux despotisme, les écrivains subirent une si cruelle persécution qu'on vit de toutes parts le flambeau des arts et des sciences s'éteindre, puis ne plus jeter que par intervalles de faibles éclairs d'une lumière pâle, languissante et sans force d'attraction.

Pendant les premiers siècles de l'ère vulgaire, tout dans l'histoire n'offre plus qu'un vaste tableau de confusion, de désordre et de despotisme; tous les monuments de l'époque brillante des arts sont détruits; les peuplades du Nord inondent le Midi, apportant avec elles l'ignorance et la barbarie; alors l'intelligence humaine se trouva de nouveau captivée, pour s'engourdir pendant plusieurs siècles.

Les Francs, venus du fond de la Germanie vers le cinquième siècle, firent leur invasion dans la Gaule belge et menacèrent alors d'enlever aux Romains la partie qui est aujourd'hui la France, en s'emparant de quelques provinces.

Ces peuples agirent avec une politique habile, en ne se conduisant pas en vainqueurs impitoyables, en n'imposant ni leur langue ni leurs lois, comme les Romains l'avaient fait; aussi les Gaulois durent-ils voir presque sans regret la domination des Francs s'établir au milieu d'eux.

Les Francs et les Gaulois, se confondant en un seul et même peuple, virent leurs langues se fondre pour donner naissance à la langue romane, composée du latin et du franco-gaulois.

Dès cette époque, il y eut deux langues distinctes, la langue romane ou vulgaire et la langue latine, conservée encore comme officielle et ecclésiastique.

Mais la langue vulgaire finit par dominer, le latin dégénéra, et c'est à peine s'il fut encore connu par les ecclésiastiques eux-mêmes, en sorte que le roman fut la seule langue usitée.

On possède deux monuments authentiques qui sont les plus anciens de cette langue franco-gauloise latinisée; voici comment ils commencent :

1° Serment prêté à Strasbourg, l'an 842, par Louis le Germanique, frère de Charles le Chauve :

« *Pro Deo amor et pro xristian poblo et*
Pour de Dieu l'amour et pour chrétien le peuple et
nostre commun salvament, etc. »
notre commun salut.

2° Epitaphe de Bernard, tué par Charles le Chauve l'an 844 :

« *Assi jay lo comte Bernard;*
Ici gît le comte Bernard;
Pregu'en la divina bontat. etc. »
Prions la divine bonté.

Cette langue commença à se perfectionner un peu dans le xe siècle, ainsi que le prouve la traduction du Symbole, attribuée à saint Athanase.

« Devant totes choses besoing est qu'il tienget la commune fei.

Iceste est à certes la commune fei que un's Dieu en trinitet é la trinitet en unitet aorum's, ne mie confundanz le personnes, ni la substance dezeurang, altre est à décertes la personne del Perre, altre del Sainz-Espiriz; mais del Perre é del Fils et del Sainz-Espiriz une est divinitet, etc. »

Dans le xie siècle, la langue s'éloigne encore un peu du latin, suite inévitable de plusieurs dialectes.

« Quels mestiers est de entremettre de tel ovre, mais il Reis volt que faite fust sa volonté. »

Ouverture de la châsse de saint Denis :

« Furent trové li os dou préciex martyr en drap si viel et porri que il s'esvanoissoit et devenoit poudre.... tuit furent raempli de si grand oudor que nule espice ne nule oudor aromatique ne pooit si souef flairier. »

Dans le xiie siècle, le latin cessa d'être compris du gentilhomme comme il l'était depuis longtemps du peuple proprement dit, et à partir de cette époque, l'instruction fut donnée en roman au lieu de l'être en latin exclusivement.

Voici les premiers vers composés en 1155, où figure Merlin, un des personnages populaires du moyen âge :

Qui veut oir, qui veut savoir,
De roy en roy, et d'hoir en hoir,
Qui cils furent et d'où cils vinrent, etc. »

Siége de Montmorency :

Louis entra et gasta tout, fors son chastel.

Les progrès de la langue sont marqués dans le xiiie siècle, ainsi que le prouve l'édit de saint Louis contre les blasphémateurs, dont voici un extrait :

« Si aucune personne de l'âge de quatorze ans, ou de

plus, fait chose et dit parole en jurant ou autrement qui tourne à despit de Dieu, ou de Nostre-Dame, ou des sainz, et qui fust si horrible qu'elle fut vilaine à recorder, il poira 40 livres ou moins, selon l'estat de la condition de la personne et la manière de la vilaine parole ou du vilain fait; et ce à sera contraint, se mestier est.

« Et s'il était pour que, il ne peut poyer la poine des susdites, ne n'eustre autre pour li la voussiste poyer, il sera mis en l'eschielle l'erreure d'une luye, en lieu de nostre justice, et puis sera mis en la prison pour six jours ou huit au pain et à l'eau. »

Rutebeuf, pour reprocher aux religieux d'être devenus riches, d'avoir renoncé aux ânes et pris des chevaux pour montures, dit :

Cil de la trinité,
Ont grand fraternité,
Bien se sont aquité ;
D'asnes ont fait roncin ;

Débordement de la Seine en janvier 1280, qui détruisit tous les ponts de Paris.

L'an mil deux cent et quatre vins
Rompirent li pont de Paris,
Pour Sainne qui crût à outrage,
El fit en main lui grand domage.

Témoignage d'une procession au XIVe siècle.

« Quart quand il sortoit celx de Nostre-Dame (la châsse) celx des autres collèges et Sainz-Thomas de Lovre et Sainz-Nicolas de lez li, ils alloient tous nuds pieds. »

Les érudits attribuent la renaissance des lettres à la prise de Constantinople, événement qui, arrivé vers l'an 1453, força les Grecs à se refugier en Italie.

Ne serait-il pas plus raisonnable de l'attribuer à une autre cause, à celle de la sublime invention de l'imprimerie, qui date de l'an 1440, c'est-à-dire treize ans avant prise de Constantinople ?

Cette invention, une des plus heureuses du génie humain, ne devait-elle pas contribuer à faire éclater la révolution qui se préparait dans les lettres ?

Il n'existait effectivement pas alors de grammaire pour les langues modernes, et c'est à peine si les principes élémentaires des langues grecque et latine étaient encore connus.

A la vue des premiers ouvrages imprimés, n'était-il pas naturel que l'on dût rougir des ténèbres et de l'ignorance dans laquelle on croupissait ?

Il fallait bien qu'il en fût ainsi, puisque c'est dès cette époque qu'on voit le goût de l'instruction commencer à se répandre partout; on voit des illustres écrivains rechercher avec avidité les anciens livres des Grecs et des Romains de l'antiquité, et se livrer avec ardeur vers la lumière qui peut et doit éclairer l'humanité en dissipant les nuages épais qui l'obstruaient.

Alors commence une ère nouvelle que l'ignorance et la barbarie ne viendront plus interrompre, car les progrès de l'esprit humain feront sortir les arts et les sciences dans tout l'éclat de leur majesté.

Enfin l'Europe sortait victorieuse de la barbarie dans laquelle elle se trouvait plongée depuis quinze siècles.

Si dans le commencement les progrès furent lents pour le perfectionnement des langues modernes, c'est qu'à partir de l'invention de l'imprimerie, les livres étaient non-seulement fort coûteux et hors de la portée du peuple, mais encore parce que le monde savant, à l'image du clergé, avait contracté l'habitude de n'écrire qu'en latin, afin de favoriser les relations scientifiques entre les savants des diverses nations.

Néanmoins, de son côté, la langue vulgaire ou romane tendait à s'adoucir et à déposer ses formes roides et rudes, ainsi qu'on le voit dans ce chant poétique du printemps, qui date du XVe siècle :

Il n'y a ni beste, ni oyseau,
Qui en son jargon ne chante et crye ;
Le temps a laissé son manteau
De vent, de froidure et de pluye.

Voici en outre un passage en prose de Philippe de Comines :

« Il a-t-il reine ni seigneur sur terre qui ait pouvoir, outre son domaine, de mettre un denier sur ses subjets, sans onctroy et consentement de ceux qui le doivent payer, sinon par tyrannie ou violence ? »

Alors commence à paraître, dans presque toutes les parties de l'Europe, cette foule innombrable de traducteurs qui, s'attachant, à l'exemple de leurs devanciers, à reproduire les auteurs anciens, devaient avec une noble persévérance commencer à débrouiller le chaos de l'antiquité.

Leurs talents furent goûtés par François Ier, qui fit à ces savants un accueil fort distingué. Alors on revint au grec et au latin, ces langues furent enseignées dans toutes les écoles publiques, et ce prince fut surnommé depuis le Restaurateur des lettres, l'Ami des arts et des sciences.

Les arts, et les sciences marchant dans le progrès, eurent naturellement besoin de nouveaux mots pour exprimer les nouvelles idées, les nouvelles choses, aussi puisèrent-ils dans le latin et le grec cette foule de racines que nous trouvons aujourd'hui dans la composition de la plupart de nos mots.

A la vue du progrès, le fanatisme, alors dépositaire de la science et la voulant pour lui seul, suscita entraves sur entraves, et c'est ainsi que l'on vit un fameux théologien du temps déclarer hérétique celui qui savait du grec et du latin.

Un moine prêchait en chaire : « On vient de trouver une langue nouvelle que l'on appelle *grec*, il faut s'en garantir avec soin, cette langue enfante toutes les hérésies, et quant à la langue hébraïque, tous ceux qui l'apprennent deviennent juifs aussitôt. »

Les lettres et les arts prirent néanmoins leur essor en France ; la peinture et la poésie, la sculpture et l'agriculture s'unirent pour tempérer, autant que possible, le spectacle atroce des persécutions religieuses et des fanatiques exécutions dont le XVIe siècle offre le tableau le plus triste qu'on puisse imaginer; époque où le libertinage le plus dégradant se mêlait à la dévotion la plus superstitieuse ; époque où l'on vit se renouveler contre les réformés toutes les atrocités du moyen âge et où le monarque prenait plaisir à assister au supplice des infortunés ; époque où, pour étouffer toute liberté de discussion, on proscrivit pour un moment l'imprimerie ; époque enfin où la débauche et la galanterie prenaient une large part dans les intrigues d'une cour corrompue.

En 1529, toujours sous François Ier, on vit abolir l'usage du latin dans les actes publics ; ce fut là un palliatif aux souffrances du peuple, vu que cette proscription fermait la porte à ces abus et à ces fraudes sans nombre, commises au détriment des simples citoyens qui ne comprenaient pas le latin ; de même que ce fut en même temps un immense service rendu à la langue nationale, qui de cette époque prit le nom de langue française.

Le latin étant proscrit, tous les hommes publics furent obligés d'étudier sérieusement la langue française, et le français fit de rapides progrès, ainsi qu'on le voit dans le passage suivant de Montaigne, célèbre philosophe qui, traduisant les œuvres de l'antique Rome, rapporte la particularité suivante relative à Caton :

« Ce consul estant au gouvernement de Sardaigne, faisoit ses visitations à pied, n'ayant avecques lui aultre suitte qu'un officier de la chose publique qui lui portoit sa robe et un vase à faire des sacrifices, et le plus souvent il portoit sa male luy mesme. »

« Il se vantoit de n'avoir jamais eu robe qui eust coutés plus de dix escus, ny avoir envoyé au marché plus de dix escus pour un jour, et de ses maisons aux champs qu'il n'en avoit aucusne qui fust crepie et induiste par dehors. »

Autres fragments du temps :

Découverte d'une tombe lors du pavement de la rue Saint-Victor à Paris.

« En pavant icelle rue, qui ne l'avoit onc été, nous fust monstré, au milieu d'icelle, un sépulcre. »

Récit d'un ouragan :

« A la mi-aoust fist tel tonnoyre, que une image de Nostre-Dame, qui estoit de pierre, fut du tonnoyre tempestié et rompue. »

Enfin, au milieu des désordres et des guerres civiles du XVIe siècle, la langue française put néanmoins se perfectionner de nouveau, parce qu'il fallait en présence de l'ambition des Guises, de l'animosité des catholiques et des protestants, discuter ses droits et ses prétentions, publier des manifestes intelligibles : en un mot, il fallait écrire français pour les Français, soit pour intéresser le public à sa cause, soit pour défendre la religion de ses pères ou celle qu'on avait forcément embrassée, pour garantir sa vie, sa liberté, son honneur et ses biens.

Quoique les persécutions religieuses et la Ligue n'eussent pas seulement divisé notre pays, mais qu'elles l'eussent ruiné, épuisé, affamé, la langue cependant n'en continua pas moins de s'adoucir :

« On apportoit de tous les côtés, dans l'Hôtel-Dieu de Paris, les pauvres membres de Jésus-Christ, si secs et si atténuez, qu'ils n'y estoient plustôt entrés qu'ils ne se rendissent l'esprit. (1) »

Premier mars 1596 « fut brûslée à Paris une femme vis-à-vis Saint-Nicolas des Champs, pour avoir tué et défait de ses propres mains deux de ses enfans, y ayant esté induitte, ainsi qu'elle disoit, par la faim. »

Henri IV en parlant du parlement dit : « La justice se vend, qui donne deux mille escus l'emporte sur celui qui donne moins ; je le sais parce que j'ai aidé autrefois à boursiller. »

(1) C'est cette année que la famine fut telle à Paris, que du 1er janvier au 10 février 1596, quatre cent seize personnes succombèrent de faim, et plus de six cents moururent également de faim en avril suivant.

Enfin, arrive le XVIIe siècle dans le milieu duquel Pascal dans ses fameuses *Provinciales*, déploie toutes les richesses de la langue française et semble ouvrir les portes du temple du bon goût.

Effectivement, à la fin de ce siècle, on arrive à cette époque brillante de la littérature où l'on voit s'élever sur le piédestal de l'immortalité ces écrivains célèbres, ces poëtes qui vont porter chez toutes les nations civilisées la gloire de la langue française; ces célébrités qu'on nomme les Corneille, Molière, Racine, Boileau, La Fontaine; ou bien les Bossuet, Bourdaloue, Fénelon, Fléchier, Massillon, etc.

Il semble alors que la littérature est arrivée à son plus haut degré d'élégance, et que le siècle suivant ne devra plus gagner qu'en richesse d'expressions.

De ce moment le domaine de la science s'agrandit, la sphère des connaissances s'étend, et la science se glorifie des noms illustres qui l'honorent.

Au XVIIIe siècle, toute l'Europe civilisée est en mouvement pour enfanter des génies. Aux philosophes du XVIIe siècle, Descartes, La Bruyère, Locke, Malebranche. Leibnitz, Newton, etc., succèdent bientôt les philosophes et poëtes, Fontenelle, J.-J. Rousseau, Lavater, Voltaire, Crébillon, Gœthe, Chénier, Delille, etc.

Enfin apparaît le vaste tableau des mathématiciens, astronomes, physiciens, chimistes, etc.; à Galilée succèdent Halley, Euler, Lagrange etc.; à Franklin, Volta, Lavoisier et tous ces génies dont on n'épuiserait pas le catalogue, qui va en s'enrichissant chaque jour de nouvelles célébrités.

Alors la langue française était fixée; l'Académie de Paris qui avait été instituée à la fin du XVIIe siècle, allait de ce moment conserver le dépôt de cette langue dans sa pureté, et depuis elle travaille sans relâche à ce monument national.

Mais il ne faut pas croire que les illustres écrivains dont nous admirons chaque jour les chefs-d'œuvre, écrivaient les mots comme nous les voyons tracés aujourd'hui; non, bien s'en faut, car voyons Boileau écrire :

« Je croïois ne pouvoir estre senti que par des gens nez en France, je voy bien que vous n'estes pas estranger et que par l'estendue de vos connoissances vous estes de toutes les cours. »

« Quand je dis cela néanmoins, je suppose que vous sçachiez la langue de ces autheurs. Car si vous ne la sçaviez point et si vous ne vous l'estes point familiarizée, je ne vous blasmeray pas de n'en point voir les beautez, je vous blasmeray seulement d'en parler, et c'est en quoy on ne sçaurait trop admirer ce que luy en dit. »

Il est inutile de nous étendre davantage sur ce sujet et cherchons comment il put se faire que les mots subirent avec le temps une telle métamorphose que de latins ils devinrent français.

Il est présumable que cela tient aux dialectes; ainsi en France nous voyons encore aujourd'hui certains patois remplacer les consonnes *b* et *f* par *p* et *v*, *c* par *ch*, *s* par *z*, *d* par *t*, etc.

Pour donner une idée de cette métamorphose prenez le mot CHEF qui vient dit-on de *Caput* qui signifie tête en latin.

1° On retrancha la finale *ut* et il resta CAP.

Il en fut de même pour *totus*, tout; *lupus*, loup; *bonus*, bon; *malus*, mal; etc.

2° Plus tard on changea *c* en *ch* et on eut CHAP.

Il en fut de même de *campus*, champ; *cantus*, chant; *caritas*, charité; *candela*, chandelle.

3° Puis on changea *a* en *e* et on obtint CHEP.

On fit de même pour *mare*, mer; *camisia*, chemise.

4° On changea *p* en *v* et alors on eut CHEV.

On fit de même de *sapor*, saveur; *sapo*, savon; *sapa*, séve.

5° Enfin on changea, *v* en *f* et on arriva à CHEF.

On trouve de même *activus*, actif; *bove*, bœuf; *nove*, neuf; etc.

Il est vrai que tout cela est tiré de loin et n'est qu'une hypothèse, mais comment donner différemment l'étymologie d'un mot ne présentant aucune trace de la racine primitive qui se trouve indiquée?

Que de points dans l'histoire ne peuvent s'éclaircir et s'expliquer que par des moyens analogues?

Heureusement que l'orthographe des mots entre pour fort peu dans ce qui concerne le développement de l'esprit humain, car telle fut l'influence de la science et de la littérature, que la langue française, dure et barbare dans les temps de ténèbres, devint, avec la civilisation, claire, pure et douce comme la langue attique si vantée des Grecs.

Puissante dans ses expressions, douce dans sa prononciation, elle atteignit peu à peu ce degré de délicatesse, de douceur et d'élégance que nous lui reconnaissons; c'est pourquoi toute l'Europe lui donne à juste titre la renommée d'être une des plus riches langues du globe; devenue enfin dans le XIXe siècle, celle qui exerça le plus d'influence sur la civilisation générale, elle fournit au monde entier des œuvres de morale, de bon goût, tant en arts qu'en sciences, et attire maintenant à elle les étrangers de tous pays, de tout âge, de tout sexe et de toute condition, qui se font aujourd'hui un honneur et un mérite de la connaître.

Puisque les étrangers sentent tant le besoin de connaître la langue française, amis de la science et du progrès, accueillez donc un alphabet et une méthode capables de leur en rendre l'accès facile.

Académiciens, agréez une invention que vous attendez depuis des siècles pour noter la véritable prononciation de tous les mots composant le plus beau monument national que nous possédions, et dont vous êtes les dépositaires, afin que vous puissiez déterminer quelle est la bonne ou la mauvaise prononciation, par une annotation exacte, capable d'indiquer à chaque Français, comment il faut exprimer chaque mot pour bien parler.

Et ce faisant, nul n'osera plus dire que la docte assemblée de l'Académie française, qui tient entre ses mains le précieux dépôt de la langue, est une société antipathique à tout changement, qui voudrait étouffer le progrès, continuer le passé, éterniser le présent, et nullifier l'avenir; ainsi que quelques-uns le disent tout haut et comme d'autres le pensent tout bas.

C'est à ce premier corps littéraire, non pas de la France, mais du globe entier, de fixer le langage, sans avoir égard à quelques susceptibilités personnelles que le nouvel ordre des choses pourrait froisser; c'est à ce corps de savants qu'appartient de peser et de mesurer sagement les règles contenues dans cette méthode; règles qui vont jeter un nouveau jour sur la beauté de notre langue; règles qui effrayeront tout d'abord quelques esprits, mais qui, mûrement approfondies et jugées, devront jeter un nouvel éclat sur les richesses que nous possédons.

Ce trésor, que nos illustres grammairiens n'avaient pas découvert, est enfin à vos pieds comme une source inépuisable de progrès.

Pour prouver qu'il y a tout lieu d'espérer de grandes améliorations, et que mon projet n'est pas une chimère, il suffit de prendre le dictionnaire qui date d'un siècle seulement, et le comparer au dictionnaire actuel de l'Académie :

On trouvera : *sçavoir* pour *savoir*,
— *sçavant* — *savant*,
— *il sçaurait* — *il saurait*,
— *il sçeûst* — *il sut*.

On voit que la cédille sous le *c* se mettait aussi bien devant *e* que devant *a*; et puisqu'on reconnut nécessaire de supprimer *c, e, s*, dans *il sçeûst*, pourquoi ne reconnaîtrait-on pas que le *t* est encore inutile, et que *su* suffit pour faire *sut?*

On écrivait : *dixiesme* pour *dixième*,
— *onziesme* — *onzième*,
— *mesme* — *même*,
— *goust* — *goût*,

Depuis, on supprima la lettre *s* dans *goust*, pourquoi ne pas espérer qu'on supprimera également le *t* à son tour pour faire *gou?*

On écrivait :

quoy	pour	*quoi*,	*soy*	pour	*soi*,
roy	—	*roi*,	*loy*	—	*loi*,
moy	—	*moi*,	*foy*	—	*foi*.

On ne savait pas encore comment écrire le son *oi*, pourquoi n'accepterait-on pas un signe qui fasse *oi*, comme le signe unique *a* fait *a?*

On formait le pluriel en ajoutant un *x* dans certains mots; en changeant l'*x* en *s*, aujourd'hui on écrit :

les lois pour *les loix*,
bontés — *bontez*,
propriétés — *proprietez*,
volontés — *volontez*.

On ne savait pas encore comment faire un bon usage des accents, aussi trouve-t-on une orthographe fort bizarre dans

reüssi	pour	*réussi*,	*loüange*	pour	*louange*,
loüer	—	*louer*,	*joüa*	—	*joua*,
insinüe	—	*insinue*,	*estendüe*	—	*étendue*,

L'*y* était fort usité, puisqu'on écrivait :

icy	pour	*ici*,	*luy*	pour	*lui*,
celuy	—	*celui*,	*voicy*	—	*voici*,
vray	—	*vrai*,	*ny*	—	*ni*,
j'ay		*j'ai*,	*cecy*	—	*ceci*.

Mais l'*y* alors ne remplaçait pas deux *i* comme actuellement : *moïen* pour *moyen*,
je croïais — *je croyais*,

Enfin, le vrai est qu'on ne savait comment faire pour peindre les sons; ainsi que le démontrent les quelques mots suivants :

desjà pour *déjà*,
néantmoins — *néanmoins*,
aprés — *après*,
naturellemant — *naturellement*,

on a l'aissé	pour	*on a laissé,*
fidelle	—	*fidèle,*
vanger	—	*venger,*
estoit	—	*était,*
vostre, nostre	—	*vôtre, nôtre,*
mocquer	—	*moquer,*
aisle	—	*aile,*
autheur	—	*auteur,*
apprentif	—	*apprenti,*
il fist	—	*il fit.*

On faisait un grand abus de lettres pour peindre les sons, ce qui du reste n'étonne nullement, car le commencement des arts est un tâtonnement continuel, et si nous avons encore les restes de ces vieilleries, tels que *descendre, ascension, ascendant,* rappelons-nous que c'est une suite de l'orthographe de nos pères, qui écrivaient :

respondre	pour	*répondre,*
escrire	—	*écrire,*
escriture	—	*écriture,*
escolier	—	*écolier,*
escole	—	*école,*
estudier	—	*étudier,*
prester	—	*prêter,*
adjouster	—	*ajouter,* etc.

Enfin, je regrette dêtre obligé de me renfermer dans des bornes aussi étroites, relativement à l'histoire de l'orthographe française, qui offre au compilateur des vieux manuscrits, le moyen d'apprécier les progrès de l'homme dans l'art d'écrire et d'exprimer ses pensées. Le temps nous fait faire chaque jour un pas vers l'entente cordiale alors que les peuples sentiront battre leurs cœurs de plus en plus pour s'aimer et s'unir. Insensiblement les âmes se rejoignent ; attirées par l'esprit de lumière, elles rapprochent les distances afin de vaincre les obstacles, et franchir les barrières que la haine des siècles passés sut élever et que soutiennent seuls le préjugé et l'ignorance, ces ennemis de l'humanité traqués de toutes part par l'instruction qui tend de jour en jour à se généraliser davantage.

Chaque mot est une histoire, aujourd'hui la particule *de* s'écrit *de*, qui peut dire que demain on n'écrira pas *d'*, pour il vient *d'Paris*, un mot *d'deux syllabes*, etc. ? Voyons la dernière lettre grecque qui fut inventée Ξ, ξ ou *x*, n'est-elle pas une lettre abréviative remplaçant le *cs*, *gs*, comme si on inventait aujourd'hui une lettre qui représente *dv* pour écrire *adverbe?* Tout n'est que convention, aussi est-ce à l'Académie de redoubler constamment d'efforts pour ne pas laisser la langue se dégénérer au point de mâcher les paroles à force d'abréviations dans l'expression des mots. Conservant dans son sein un dépôt précieux, il est de son devoir d'accepter une combinaison pleine de progrès, si cette combinaison est assez ingénieuse pour mettre un frein à la licence ; les générations futures lui sauront gré de cet acte national.

Si nos grammairiens modernes ne découvrirent pas cette vérité, c'est parce qu'ils pensèrent qu'il suffisait de succéder aux grands maîtres de l'art grammatical, aux Girard, Court de Gébelin, Beauzée, Domergue, Condillac, Dumarsais, etc. ; c'est parce qu'ils se figuraient qu'il suffisait de ne faire qu'analyser leurs opinions, en présentant les résumés des principes qui avaient été émis.

S'ils ont négligé en quelque sorte cette science, qui aurait dû marcher de front avec les autres ; s'ils se sont arrêtés au lieu de suivre le progrès, c'est parce qu'ils ont été assez aveugles pour se croire à l'apogée, et se figurer qu'avant eux tout avait été dit, vu et connu.

Alors ils firent comme les ignorants qui pensent qu'il ne reste plus rien à découvrir et répètent ces mots tristes à entendre :

« Nos pères ont tout approfondi, tout vu, tout fait ; ils ne nous ont rien laissé de grand, de digne d'être découvert, donc il ne nous reste plus qu'à jouir de leurs œuvres et à nous reposer. »

C'est ainsi que le corps immense des grammairiens, au lieu de chercher à perfectionner l'alphabet et de s'attacher à l'écriture, bases fondamentales de l'art grammatical, dédaigna l'art calligraphique.

Et pourquoi ? Parce que l'origine de l'alphabet et de l'écriture se perd dans la nuit des temps, parce que ces arts n'ont de rapport ni avec le grec ni avec le latin, et dès lors ne sont pas dignes de prendre rang parmi ceux qui peuvent élever des génies sur les fauteuils de l'Académie.

Cependant tous savaient que notre alphabet est incomplet, tous les auteurs n'ont cessé et ne cessent encore de le répéter chaque jour, mais les plus hardis disaient de l'alphabet, ce qu'on dit de la grammaire : « il y aurait bien moyen de simplifier les règles de la grammaire française, mais pour cela, il faudrait innover ; pour innover, il faudrait oser, et comment oser contre l'académie, contre l'université, contre les routines ? »

A ces mots, hier Bescherelle ajoutait « et ce novateur est encore à paraître ; espérons pourtant. »

Aujourd'hui voilà notre espérance réalisable en une vérité, le novateur apparaît et son nom est :

L'ÉCRITURE UNIVERSELLE !

Maintenant que nous sommes convaincus que l'orthographe française est une de ces choses soumises à une marche progressive comme tout ce qui est art et science, nous ne craindrons pas d'envisager cette méthode sous toutes ses faces et dans toute son étendue.

Si je suis assez téméraire pour oser mettre à jour une œuvre digne du XIXe siècle, cette entreprise est naturelle en présence des paroles de Sa Majesté Impériale, qui manifestant le désir « d'agir partout en faveur de l'humanité et de la civilisation, » dit à la France : « La civilisation, qui a pour but l'amélioration morale et le bien-être matériel du grand nombre, marche comme une armée. Ses victoires ne s'obtiennent pas sans sacrifices et sans victimes : ces voies rapides, qui facilitent les communications, ouvrent au commerce de nouvelles routes, déplacent les intérêts et rejettent en arrière les contrées qui en sont encore privées.

« La France peut se livrer avec sécurité à tout ce que produit de grand le génie de la paix. »

(L'empereur NAPOLÉON, *Discours d'ouverture de la session législative, le 16 février 1857.*)

En présence d'un tel encouragement au progrès, d'un tel appel à tous les sentiments nationaux, ne devais-je pas me décider sans hésiter à publier le fruit de mes études? Oui, je le devais, c'était mon devoir et c'est pourquoi je l'ai osé ; je l'ai osé, parce que ma méthode s'attache à l'instruction qui a pour but cette amélioration morale si désirée par la civilisation universelle et à la tête de laquelle se trouve l'empereur des Français.

Parce qu'elle ne contient en elle rien qui puisse froisser les droits de qui ce soit, vu qu'elle ne réclame pas des choses impossibles et qu'elle n'a pas la stupidité des rêveurs utopiques, de vouloir s'imposer.

Parce qu'elle n'a pas la prétention de vouloir amener une réforme immédiate dans nos mœurs et dans nos usages; enfin parce qu'elle ne réclame aucune faveur autre que celle de voir la lumière, de vivre en paix, et de ne pénétrer que chez les personnes qui daigneront lui donner l'hospitalité.

Je passe par conséquent au quatrième exercice.

QUATRIÈME EXERCICE.

Maintenant que nous connaissons la manière de tracer avec la plume nos caractères en quatre manières différentes, je pense qu'il est tout à fait inutile de nous étendre davantage sur la manière de les former ; c'est pourquoi nous abandonnerons tous les modèles calligraphiques, pour nous en tenir purement et simplement aux caractères typographiques (1).

Comme nous savons que la seule différence qu'il y a entre les uns et les autres consiste à ce que les caractères d'imprimerie sont tracés perpendiculairement au lieu de se trouver penchés comme ceux de l'écriture, il nous sera facile de reproduire avec la plume chaque figure que nous rencontrerons ; en ayant le soin surtout : 1° de consulter de temps à autre les premiers exercices (pages 27, 28, 30, 39 et 40); 2° en commençant à nous habituer de voir à la base de chaque voyelle ou consonne *la ligne centrale*, qui désormais ne sera plus qu'une ligne imaginaire, c'est-à-dire une ligne non tracée, une ligne existant dans notre mémoire seulement.

Comme cette ligne ne sera plus tracée sur les modèles que nous allons voir, cela ne veut pas dire qu'il faille l'abandonner en écrivant. Non, il ne faut pas renoncer à l'emploi du papier réglé; il faut le conserver, car pour bien apprendre, le papier réglé, comme pour la musique, est tout à fait indispensable; et à cet effet rappelons-nous que les enfants qui étudient l'anglaise, conservent longtemps l'habitude de tracer leurs pages, avant d'écrire droit et régulièrement.

Peu à peu on arrivera à supprimer d'abord deux lignes, puis deux autres, et enfin la dernière ; mais il faut faire chaque chose en son temps, selon les règles, et non vouloir passer à l'inconnu, comme celui qui, montant à une échelle, voudrait atteindre le haut d'un seul bond, sans aller échelon par échelon.

Je disais donc qu'à partir de ce moment, la ligne cen-

(1) Je conserverai provisoirement les modèles typographiques à déliés prononcés, afin de continuer à avoir sous les yeux la figure calligraphique.

Pour qu'on puisse bien saisir les moindres détails, je continuerai à employer les caractères en gros, tels que nous les avons vus précédemment.

Ce ne sera donc que plus loin que nous arriverons aux modèles en moyen, puis en fin, et alors seulement nous verrons les vrais caractères d'imprimerie relatifs à l'impression des livres.

trale ne se trouverait plus figurée, et qu'elle consisterait en une ligne imaginaire; cependant, pour me faire bien comprendre, je conserverai encore cette ligne en blanc dans cet exercice seulement, bien entendu.

Il n'est pas douteux que chacun ait deviné, à la vue des voyelles et des consonnes, que leurs formes étaient destinées à s'unir les unes aux autres, et pour lors il ne sera pas nécessaire de donner une grande explication à ce sujet.

Effectivement, de la position que les caractères occupent dans l'écriture dépend leur valeur nominale : tous ceux tracés au-dessus de *la ligne centrale*, représentent les consonnes, tandis que ceux tracés au-dessous représentent les voyelles.

Leurs formes sont combinées de manière à ce qu'il soit excessivement facile de pouvoir les joindre, les uns aux autres, et il suffit pour ainsi dire de les mettre bout à bout, de manière à ce que les bases semblent soudées ensemble, pour former une lettre complète.

En sorte que si nous voulons joindre la consonne *m* à la voyelle *a*, il n'y a qu'à les unir et on aura une lettre parfaite qui produira un son complet, *ma* :

m *a* *ma*

Et il en sera de même pour la composition de toutes les lettres simples, c'est-à-dire la représentation de toutes les syllabes simples ou monosyllabes composées d'une consonne et d'une voyelle quelconque.

Je vais donner trois modèles pour bien faire comprendre ce que j'entends par ligne centrale imaginaire :

1° La ligne centrale est positive, lorsqu'elle est réellement tracée sur le papier :

2° La ligne centrale est blanche, lorsqu'elle est indiquée par un vide :

3° La ligne centrale est imaginaire, lorsqu'elle n'existe en réalité que dans notre imagination :

La ligne centrale en blanc ne sera employée que dans cet exercice démonstratif seulement. Jamais l'élève ne doit en faire usage; elle ne sert ici que pour frapper la vue d'une manière sensible, afin de bien faire comprendre la formation des lettres.

L'élève devra donc se rappeler que le vide laissé en blanc indique qu'il faut en écrivant joindre la consonne à la voyelle, comme ceci :

et non comme cela :

En un mot, il faut que la consonne et la voyelle se tracent ensemble d'un seul trait, sans aucun point d'arrêt.

Nous allons tracer quelques monosyllabes français pour servir d'exemples et démontrer l'union des caractères.

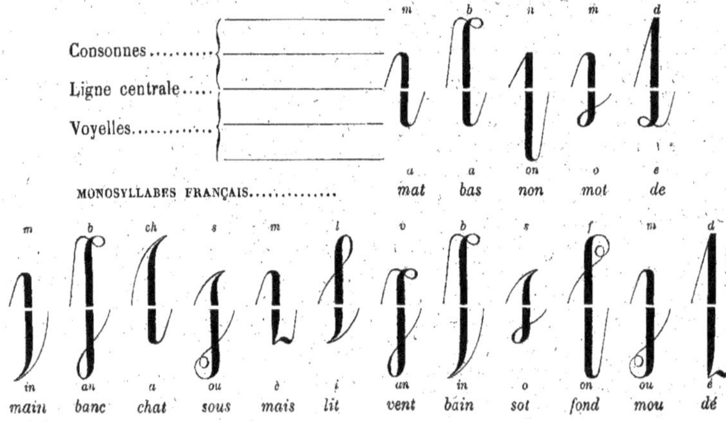

Comme cet exercice est très-important, vu qu'il est le *ba, be, bi, bo, bu* indispensable pour apprendre à lire et à écrire, et, en outre, parce qu'il est le meilleur moyen de faciliter le délié des doigts, on devra s'appliquer pendant plusieurs jours à composer les cent cinquante-six monosyllabes suivants :

	a,	*e,*	*é,*	*è,*	*i,*	*o,*	*u,*	*an,*	*in,*	*un,*	*on,*	*ou,*
b,	ba,	be,	bé,	bè,	bi,	bo,	bu,	ban,	bin,	bun,	bon,	bou,
c,	ka,	ke,	ké,	kè,	ki,	ko,	ku,	kan,	kin,	kun,	kon,	kou,
d,	da,	de,	dé,	dè,	di,	do,	du,	dan,	din,	dun,	don,	dou,
f,	fa,	fe,	fé,	fè,	fi,	fo,	fu,	fan,	fin,	fun,	fon,	fou,
j,	ja,	je,	jé,	jè,	ji,	jo,	ju,	jan,	jin,	jun,	jon,	jou,
l,	la,	le,	lé,	lè,	li,	lo,	lu,	lan,	lin,	lun,	lon,	lou,
m,	ma,	me,	mé,	mè,	mi,	mo,	mu,	man,	min,	mun,	mon,	mou,
n,	na,	ne,	né,	nè,	ni,	no,	nu,	nan,	nin,	nun,	non,	nou,
p,	pa,	pe,	pé,	pè,	pi,	po,	pu,	pan,	pin,	pun,	pon,	pou,
s,	sa,	se,	sé,	sè,	si,	so,	su,	san,	sin,	sun,	son,	sou,
v,	va,	ve,	vé,	vè,	vi,	vo,	vu,	van,	vin,	vun,	von,	vou,
z,	za,	ze,	zé,	zè,	zi,	zo,	zu,	zan,	zin,	zun,	zon,	zou,
ch,	cha,	che,	ché,	chè,	chi,	cho,	chu,	chan,	chin,	chun,	chon,	chou.

Après avoir tracé ces cent-cinquante-six monosyllabes une dizaine de fois dans l'ordre ci-dessus, on les tracera une dizaine de fois dans l'ordre inverse :

bou, bon, bun, bin, ban,
kou, kon, kun, kin, kan,
dou, don, dun, din, dan, etc.,

puis enfin on fera un mélange du tout, et on écrira sans ordre *la, pon, min, chou, né, dé, si,* etc.: il n'en faudra pas davantage pour être bien au courant des figures représentant les premiers sons articulés.

C'est à la suite de ce travail que l'on sera convaincu que jusqu'ici nulles difficultés ne se seront rencontrées, difficultés qui, je le promets, n'augmenteront pas; car nous allons bientôt savoir écrire, vu que peu à peu nous marchons du connu à l'inconnu.

SIMPLICITÉ DES CARACTÈRES.

Je vais ennuyer un moment le lecteur en l'initiant dans les choses arides que j'ai dû passer en revue, et je lui demande pardon à l'avance de ce chapitre.

Par le *ba, be, bi, bo, bu* que nous venons de voir précédemment, on doit bien penser que l'étude des sons a dû être une étude spéciale pour poser un principe solide.

Effectivement, je m'étais tracé un problème mathématique qu'il s'agissait de résoudre; je m'étais dit : Neuf caractères et un zéro ont la puissance de pouvoir exprimer tous les nombres possibles ; neuf caractères ne devraient-ils pas avoir la puissance de peindre tous les sons de la voix de l'homme ?

Le point de départ était donc de travailler à la recherche exacte de ces sons, base fondamentale du problème à résoudre.

Les sons étant déterminés, ainsi que nous le verrons plus loin, je commençai alors l'étude des caractères, pour savoir quelle était la forme que je devais leur assigner, forme devant répondre aux exigences résultant de mes combinaisons.

J'ai dit que je ne pouvais pas adopter les lettres alphabétiques connues, parce que, obligé de me plier aux conséquences de la situation, je ne pouvais avec elles peindre des mots entiers, des mots de une, deux, trois ou quatre syllabes, avec une, deux, trois ou quatre lettres seulement; au fait, je ne pouvais avec deux de nos lettres écrire des mots tels que *oiseaux, tombeaux, moutons,* etc.

Décidé à ne pas m'écarter de mon principe fondamental et de chercher jusqu'à ce que j'eusse trouvé, je poursuivis cette tâche pendant douze ans consécutifs et usai des monceaux de papier, pour, d'une part peindre les sons, et d'autre part, dessiner des lignes géométriques de cinquante mille manières.

Que me disait le principe fondamental de mes recherches?

1o Une lettre simple doit toujours représenter un son simple, une syllabe simple, un monosyllabe simple; en un mot, une émission de voix complète, c'est-à-dire un son unique ou bien un son modifié par une articulation.

A, in, o, an, etc., sont des sons uniques que j'appelle voyelles racines, parce qu'elles représentent une seule émission de voix.

Ma, pin, so, lan, etc., sont des sons simples également, parce qu'ils expriment une seule émission de voix, modifiée par une articulation (une voyelle précédée d'une consonne).

2e Une lettre composée doit représenter un son composé, c'est-à-dire un monosyllabe formé d'une lettre simple soit précédée, soit suivie de une ou plusieurs consonnes.

A est un son simple, *ar* est un son composé.
Ra — *dra* —
Arb — *arbr* est un son plus composé encore.

Il résulte que tous les sons, soit simples, soit composés, ont pour base *une voyelle,* toujours une seule voyelle et jamais deux; ainsi dans le mot *moyen* il y a deux sons positifs: *moi,* premier son, et *ien,* deuxième son.

Tout le monde sera bien obligé de convenir avec moi que là où il n'y a qu'un son, il ne devrait y avoir qu'une seule lettre pour le représenter, mais que le tout consistait à trouver cette lettre pouvant jouir d'une aussi grande propriété.

Il est clair que lorsqu'on dit *bon,* il n'y a qu'une seule émission de voix, et que au contraire lorsqu'on dit *bonbon,* il y en a deux: donc il faut une lettre pour bon et deux lettres pour bonbon,

Si, au contraire, on dit *bonbonnière,* on reconnaît que dans ce mot il y a plus que trois émissions de voix, et qu'il n'y en a pas quatre; par conséquent les deux premiers sons sont simples, et le troisième est composé; en sorte que pour écrire *bon-bon-nière,* il faut employer deux lettres simples et une lettre composée, ce qui, à la rigueur, pourrait se dénommer trois lettres et demie.

Choisissons le mot *inconcevable* pour nous faire mieux comprendre, ce mot étant décomposé représente bien quatre sons et demi:

*in-con-ce-va-*ble
1 2 3 4 ½

Or il faut quatre lettres et demie pour écrire ce mot; et cela est positif, et ne réclame pas une analyse métaphysique bien difficile à faire comprendre, puisque la finale *vable* se décompose par *va,* qui sort entièrement de la bouche, et un petit *ble* qui tourne au-dessus de la langue, se faisant à peine entendre et ne pouvant sortir de la bouche, comme si cette finale se trouvait retenue prisonnière. En effet *ble* est un petit prisonnier, puisque les portes (les lèvres) de sa prison (la bouche) se ferment aussitôt sur lui, comme pour l'empêcher de sortir avec *va,* qui a pris la fuite et retentit à travers les airs.

Pour qu'une seule lettre puisse exprimer un son complet, il faut nécessairement qu'elle soit parfaite, et la perfection exige la simplicité et la précision.

Pour résoudre le problème de la simplicité, il fallait un dessin quelconque dont le tout formant un entier pût se partager, se couper en deux, de manière que le haut figurât une consonne et le bas une voyelle.

Ainsi le bâton, point de départ de toute écriture, comme la ligne est le point de départ de toute espèce de dessin, présente le trait simple que voici:

ce bâton coupé en 2 parties forme: consonne — articulation; voyelle — son

Les deux parties se rejoignant forment: articulation, son — son articulé.

Si, me disais-je, nous nommons $n \frac{\text{la consonne}}{\text{la partie du haut}}$ et $u, \frac{\text{la voyelle}}{\text{la partie du bas}}$, nous avons *nu* pour son articulé mais comment faire *un?* (non pas *un* comme dans brun, mais *un* comme *une* dans *brune* c'est-à-dire *u n*).

Nécessairement, il fallait faire usage du moyen naturel des déliés pour renverser l'ordre primitif, et substituer à sa place un autre son également articulé, tel que:

J'arrivai de la sorte, à trouver qu'il fallait tracer les voyelles dans le bas et les consonnes dans le haut.

Maintenant il suffisait de couper la liaison en deux pour retrouver le trait primitif, et le problème se trouvait résolu.

n

u

Mais un seul caractère ne suffisait pas, le principe était posé et l'étude des sons me disait qu'il me fallait neuf caractères, jouissant des mêmes propriétés; neuf caractères distincts les uns des autres et dont chacun d'eux renfermât les mêmes conditions, c'est-à-dire la possibilité de former une chaîne, la chaîne des paroles articulées sortant de la bouche.

A force de persévérance, à force de tracer et retracer une infinité de figures, je m'arrêtai enfin à celles que nous connaissons, lesquelles étant réunies forment la chaîne suivante :

J'avais réussi, je voyais que par le moyen de la réunion des consonnes aux voyelles, il était possible de former une chaîne, une chaîne immense, pouvant subir plus de deux cents métamorphoses, deux à trois cents lettres toutes différentes les unes des autres et ayant la facilité de se composer et décomposer à volonté, ainsi que nous l'a démontré le *ba bé bi bo bu* du 4e exercice, ou bien la grande chaîne que voici :

1 2 3 4 5

Dès que nous con nais sons ce ci com men çons à com po ser des mots.

Mais cette phrase est mal rendue et il se trouve cinq sons imparfaits, cinq fautes de prononciation.

1° On ne dit pas *co-nè*, mais *con-nè ;*
2° — *nè-son*, — *nès-son*;
3° — *co-man*, — *com-men* ;
donc, il y a une faute, entre *co* et *nè*;
— *nè* et *son* ;
— *co* et *man*;

4° On ne dit pas *commençon à*, mais *commençons à*; comme s'il y avait un *z* entre *son* et *a*, donc, il y a une faute de liaison à corriger.

5° On ne dit pas *compozé*, mais *zée* avec une finale presque insensible *r*, *composer*; donc il y a une faute dans la voyelle *é*.

La suite de mes études triompha de toutes ces difficultés de langage, ainsi que nous en ferons bientôt l'analyse d'une manière simple et naturelle sur laquelle il est inutile de nous étendre ici, vu qu'il faut éviter les choses arides.

Certainement ces caractères nous paraissent singuliers, bizarres même, malgré leurs formes gracieuses, offrant des déliés qui, s'ils ne sont pas agréables à la vue, ne sont pas plus désagréables que ceux de l'écriture anglaise, mais au premier aspect tout nous paraît drôle.

Comment pourrait-il en être autrement, puisque moi-même je trouvai en commençant que mon écriture avait un cachet baroque, quelque chose d'arabe et offrant un effet de chinoiserie ?

Cependant tâchons de nous reporter au temps de nos aïeux et de nos grands parents, habitués aux chiffres romains, accoutumés à ces chiffres si faciles à tracer et ne représentant à proprement parler qu'une série de bâtons (I, II, VI, V, X, XI); nos grands parents, dis-je, durent aussi trouver bien singuliers, bien bizarres, bien chinois, les chiffres arabes dès leur apparition ; eux aussi durent, en les voyant, dire qu'ils ne pourraient jamais arriver à tracer avec facilité des courbes, des arrondis venant déranger des habitudes séculaires.

Certes, tel dut être le premier effet des chiffres arabes **1, 2, 3, 4, 5, 6, 7, 8, 9.**

Tout artiste sait fort bien que l'inventeur d'une chose, le créateur d'un système, n'est pas toujours libre de choisir les formes qu'il voudrait; surtout lorsqu'il s'agit d'un système compliqué qu'il faut rendre simple, surtout lorsqu'avec neuf caractères il faut en former plus de deux mille, faciles à énoncer, simples à saisir, aisés à tracer, et le tout ne s'élevant pas audessus de la petite intelligence d'un enfant.

Il a fallu des siècles pour composer un alphabet de vingt-quatre lettres; pendant des semaines de siècles on a cherché le moyen de pouvoir ajouter six, douze ou dix-huit lettres à cet alphabet, et tous ces essais ont été infructueux.

On n'a pas pu trouver trente, trente-cinq ou quarante lettres qu'on pensait être nécessaires, et tout à coup en voilà trois cent vingt-quatre qui paraissent à l'horizon; voici un alphabet qui va bientôt se montrer avec son brillant cortége ($9 \times 2 \times 2 \times 9 = 324$.)

Mais ne nous effrayons pas du nombre, car le nombre par lui-même ne signifie rien, absolument rien, vu que c'est tout simplement une affaire de numération.

Chacun sait qu'il est très-facile d'exprimer un nombre quel qu'il puisse être, dès que l'on connaît la valeur des chiffres arabes, ou, pour mieux dire, l'*a b c d* de la science arithmétique, la simple numération; chacun sait qu'il est aussi facile d'écrire avec les chiffres **2** et **4**, les nombres **2**, **4**, **24**, **42**, qu'il est aisé de lire et écrire **224**, **422**, **242**, **244**, **424**, **442**, etc.

Il en est de même pour l'écriture universelle, le tout consiste à se familiariser avec les neuf caractères que nous avons vus; en un mot, il faut bien lorsqu'un pianiste veut apprendre à sonner du cornet à piston, qu'il s'habitue à ce nouvel instrument, qui est un nouvel art pour lui; il en est de même pour le nouvel alphabet que nous avons passé en revue, et avec lequel il faut nous familiariser.

Quelque simples que soient mes neuf caractères, quelque parfaits qu'ils soient, puisqu'ils peuvent remplir toutes les conditions voulues pour l'art d'écrire, j'eusse cependant désiré mieux encore, j'eusse même désiré en quelque sorte trouver l'impossible, c'est-à-dire pouvoir réunir neuf dessins différents entre eux, et dont les déliés ne passassent point sur le plein du caractère, enfin neuf caractères dans le genre de ceux-ci :

Cette recherche fut une de mes plus pénibles, car, épuisant toutes les ressources géométriques que peut offrir le trait de plume pour la prompte écriture, mes figures durent s'arrêter devant l'impossible, et je fus obligé, en fin de compte, d'adopter le passage des déliés sur le plein de la lettre, comme ceci :

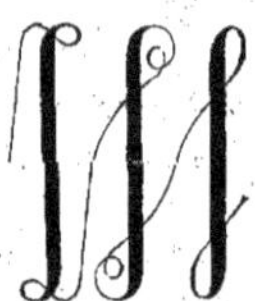

Ce n'est pas que je cherchasse à éviter ce passage, comme une chose pouvant offrir de la difficulté pour écrire rapidement : oh! non, au contraire, l'écriture ne s'en trouve que plus rapide; mais c'est qu'il fallait considérer avant tout la grande question de l'art typographique, art que je dus envisager sous tous ses rapports, et qui, à cause de ces déliés passant sur le plein de quelques caractères, sera obligé de faire emploi de poinçons en biais, comme ceux dont on se sert actuellement pour imprimer l'anglaise, alors qu'on veut employer les mêmes modèles pour la typographie que pour l'écriture à la plume.

Quant à l'imprimerie ordinaire, les caractères mobiles restent carrés, c'est-à-dire qu'ils conservent leurs formes actuelles.

Du reste, tout ceci, il est vrai, n'offre plus de difficultés aujourd'hui que l'art du fondeur en caractères d'imprimerie a atteint le degré de perfection voulu pour se plier à des combinaisons bien plus compliquées que celles qu'offre l'écriture universelle, ainsi que le prouvent l'écriture anglaise, d'une part, pour les moules en biais, et d'autre part, les vignettes articulées pour la soudure ou la réunion des filets.

J'en finis avec cette dissertation, qui ne peut qu'ennuyer le lecteur, vu que peu lui importe de connaître les moyens qu'on emploie pour obtenir un résultat; pour lui, le principal est l'évidence d'une amélioration; aussi, pressé d'arriver à la conclusion, il crie : Assez! arrivez au but!

Néanmoins, je vais encore être obligé de l'ennuyer d'un chapitre aride : l'étude des sons; mais je ferai en sorte d'être le plus bref possible.

ÉTUDE DES SONS.

Pour étudier la voix humaine, il faudrait, en quelque sorte, se figurer voir un géomètre, un mathématicien ou un mécanicien en train de construire un automate parlant.

Il est naturel que ce géomètre s'étudiera d'abord lui-même, et par conséquent épiera attentivement et avec beaucoup de soin les différentes modifications de ses organes vocaux, afin de pouvoir donner à son automate le mécanisme des sons pour qu'il puisse parvenir à parler.

Pour celui qui étudie attentivement la voix humaine, il y a pleine conviction que la parole n'est qu'une musique, dont chaque mot forme plusieurs temps se succédant avec une extrême rapidité.

Quoique la voix soit invisible, il est cependant possible de la soumettre à une observation attentive, et alors on lui reconnaît des règles de proportions telles que pour ainsi dire on pourrait mesurer chaque son avec un compas.

Il suffit de prononcer *a*, *ar*, *arm*, *arbr*, pour se convaincre que dans *a* il y a une mesure complète, dans *ar* une mesure et quart, dans *arm* une mesure et demi, dans *arbr* une mesure trois quarts; au contraire si on prononce *armée* on trouve deux sons ou deux mesures distinctes *ar* et *mée* de même qu'on trouvera trois mesures dans *armoirie*, chaque syllabe formant une mesure complète.

Il découle de ce principe que nos organes vocaux produisent :

1° Des sons positifs, simples et racines d'autres sons, comme *a*, *e*, *é*, *è*, *i*, *o*, *u*, *an*, *in*, *un*, *on*, *ou*.

2° Des sons positifs, simples et dérivant de la racine première, comme *pa*, *de*, *né*, *lè*, *si*, *co*, *vu*, *tan*, *min*, *son*, *lou*, etc.

3° Des sons positifs, composés et dérivant de la racine première, comme *ar*, *èr*, *arm*, *ark*, *arbr*, *car*, *pla*, *stra*, etc.

En conséquence, les sons *a*, *e*, *é*, *è*, *i*, etc., se nomment *voix*, parce que ces sons, en sortant de notre bouche, peuvent se prolonger aussi longtemps que notre expiration peut fournir d'air, c'est-à-dire qu'on pourrait pousser la prononciation *a* pendant quelques minutes, tant que notre haleine ne ferait pas défaut.

Dans l'écriture, on appelle voyelles (1) les caractères que l'on dessine pour représenter ces voix.

---

(1) On sera très-étonné de voir, dans l'analyse que je fais des voyelles, les sons *an*, *in*, *un*, *on*, *ou*.

Mais si on considère attentivement ce que j'appelle voix, on observera que ces sons : 1° sont inarticulés, c'est-à-dire peuvent s'exprimer sans le secours des articulations; 2° ne dérivent d'aucune des racines *a*, *e*, *é*, *è*, *i*, *o*, *u*.

En sorte que ces voix deviennent elles-mêmes racines d'autres sons, puisqu'elles peuvent être longues, mouillées, aspirées, etc. : ainsi on peut dire : *â* et *oue*, *ia* et *ion*, *ha* et *hou*, etc, dans *plâtre*, il *joue*, *diacre*, *action*, *haricot*, *housse*.

Il est donc évident que ces voix *an*, *in*, *un* et *on*, dites nasales par nos grammairiens, sont et doivent être représentées par des voyelles simples.

Ou n'est pas un son nasal, pourquoi n'a-t-il jamais eu un caractère particulier comme *u*, avec lequel il a un rapport frappant dans la manière d'être prononcé?

Je n'ai donc pas admis douze voyelles françaises pour le simple plaisir d'innover; non, j'ai voulu étudier la nature, et c'est elle qui m'a répondu.

Si on me demandait pourquoi *oi* et *oin* n'entrent pas dans les voyelles, la raison en est simple, dirai-je, c'est parce que *oi* dérive de la racine *a*, comme *oin* de la racine *in*. Effectivement, quelle est et quelle peut être la différence sensible à l'oreille entre ces mots *toi* et il se *tua* (en prononçant *tua* comme le vulgaire qui dit *twa* au lieu de *tu-a*) *oi* et *ua* dans *noix* et *continua* n'ont-ils pas une consonnance identique lorsqu'on réunit, *u* à *a*?.

Un exemple sera plus frappant : admettons que toutes les voyelles couronnées de cet accent (`) soient fortes, c'est-à-dire se prononcent comme si elles étaient précédées d'un *w*. Alors *à* fera *wa* ou *oi*, *è* fera *wè* ou *uè*; *ì* fera *wi*, ou *ui*; *ìn* fera *win*; *àn* fera *wan*, etc. Serait-il possible de pouvoir obtenir le même résultat avec *oì*, *uì*, *oìn*, etc.? non *woi* ou *oi*, *wui* ou *ui* *win* ou *oin* conservent la même prononciation dans l'un et l'autre cas, seulement ces voyelles peuvent devenir longues comme dans *joie*, *pluie*, etc.; mais le principe n'en continue pas moins d'exister dans toute sa force, dans toute sa vigueur.

Comme je possède douze voyelles au lieu de six, naturellement je fais écrouler tout cet échafaudage de doubles et triples voyelles qui pullulent dans notre langue et auxquelles on a donné le nom de diphthongue; je démontrerai clairement que cette combinaison de plusieurs voyelles pour représenter une voix est le résultat d'un faux principe.

Non, il n'existe pas une seule diphthongue, ni dans la langue française, ni dans aucune langue étrangère; elle n'existe pas comme les grammairiens ont dû le supposer, non pas toujours par conviction, mais par nécessité, et ce, afin de ne pas avoir à reconnaître hautement toutes les lacunes de l'alphabet actuel.

A cause de la rapidité de la parole, à cause de la vitesse de la prononciation, s'imagine-t-on que l'observateur attentif ne pourrait pas parvenir à saisir chaque son successif? Erreur : il suffit d'analyser chaque mot avec la plus grande attention, pour reconnaître que les grammairiens ont eu tort de vouloir faire deux sons là où il n'y en avait réellement qu'un seul.

Lorsqu'on prononce les mots *potion*, *position*, la syllabe finale *tion* ne forme qu'une seule émission de voix, comme dans *lieu*, *continua*, *chien*; et *ion*, *ieu*, *ua*, *ien*; sont des sons dérivant des racines *on*, *e*, *a*, *in*; pour lors, *ion*, *ieu*, *ien*, sont tout simplement les voix *on*, *in*, *e*, qui se trouvent mouillées, comme *ua* est la voix *a*, rendue plus forte, *wa* ou *oi*.

Cela a tellement été senti par plusieurs instituteurs qu'aujourd'hui on commence à ne plus faire épeler les mots comme il y a quelques années, où on épelait *po-si-ti-on*, *cré-a-ti-on*, comme si ces mots renfermaient quatre sons, quatre syllabes.

Les sons *pa, tán, par, pla, arm*, etc., se nomment *voix articulées*, c'est-à-dire que la voix subit une modification par un mouvement prompt et spontané (dépendant de notre volonté) de nos organes vocaux (soit la langue, les dents ou les narines, etc.).

En sorte qu'indépendamment des voix, il y a dans nos organes une puissance indescriptible que nous nommons articulations.

Contrairement aux voix, les articulations ne peuvent pas se prolonger autant que notre respiration fournit d'air, et elles sont tellement subites, qu'elles ne peuvent se prononcer sans le secours d'une voix.

Ainsi, *l, m, n, r, s*, etc., qui sont des signes servant à représenter les articulations, ne pourraient pas se prononcer isolés, il faut nécessairement les accompagner des voyelles *è, ée, i*, etc., pour que nous puissions dire : *èl, èm, èn, èr, ès, tée, bée, ji*, etc.

Èl, èm, sans *è* (*l, m*) n'est pas prononçable; si on ôte la voyelle, la prononciation de *l, m, n, r, s, t, b, j*, etc., est de toute impossibilité.

Or, dans l'écriture on appelle consonnes les caractères que l'on dessine pour représenter les articulations.

Telle est la définition longue, il est vrai, mais la plus exacte que je puisse donner des mots voyelles et consonnes (1).

Passons maintenant à un point important, aux diphthongues :

(1) Ici, je contrarie Messieurs les grammairiens qui donnent de ces deux mots une fausse définition.

« Les voyelles disent-ils sont ainsi appelées, parce qu'elles forment une voix, un son. »

Il me semble qu'il serait bien préférable de dire tout simplement que les voyelles sont des caractères qui servent à représenter les voix, parce qu'il est évident que ce ne sont pas les voyelles qui forment les sons, mais bien notre bouche.

Puis ils ajoutent : « Les consonnes sont ainsi nommées, parce qu'elles ne peuvent exprimer un son qu'avec le secours des voyelles. »

L'observation est ici la même, ce ne sont pas les consonnes qui peuvent exprimer des sons, c'est notre bouche seule, ce sont nos organes vocaux.

Ils auraient donc dû dire que les consonnes sont des caractères qui servent à représenter les articulations.

Ni les voyelles ni les consonnes ne pouvant former des sons, ne peuvent que les représenter, puisque ce sont des signes conventionnels employés dans l'écriture.

Cette observation s'étend aux grammairiens modernes, qui, après avoir copié en quelque sorte les œuvres des prétendus maîtres de l'art, ne peuvent offrir de définitions plus exactes pour ces deux mots. La signification des mots est une de ces choses principales que tous les professeurs de langue doivent rendre intelligible. Possédant l'art d'instruire les hommes et chargés de leur apprendre à parler avec cette élégance de style qu'exige la civilisation, ils doivent leur indiquer les moyens d'éviter ces expressions vicieuses, qui rendent des phrases incorrectes.

On aura beau prétexter des diphthongues, c'est-à-dire une réunion de voix dans une seule syllabe, plusieurs voix se fondant ensemble pour en former, en composer une, n'ayant aucun rapport entre elles, cela ne sera jamais naturel, et c'est pourquoi je dis que l'homme ne pourra pas découvrir trois sons là où il n'y en a que deux, ou bien deux là où il n'y en a évidemment qu'un seul.

Quand je dis *Dieu, ieu* dans ma bouche ne forme qu'une seule émission de voix et non un amalgame composé de *i, e* et *u; Dieu* sort tout en entier sans le moindre moment d'arrêt autre que celui de mouiller rapidement le son racine, qui est *e* pour faire *ie*.

Partant de ce principe naturel, jamais une syllabe ne doit se trouver composée de deux voyelles, sous quelque prétexte que ce soit.

Or plus de diphthongues.

Les monosyllabes *chiens, vignes, lieux, vieilles*, etc., sont des mots qui ne forment qu'une seule émission de voix, donc ces mots doivent s'écrire avec une seule lettre, avec une lettre aussi simple que les sons articulés *ma, le, ri, do*, etc., et non avec une composition de cinq, six ou huit lettres, comme on le fait actuellement.

Il est donc évident, et on doit le concevoir, qu'avant toute chose, j'ai dû produire un tableau de tous les sons de la voix humaine (sons susceptibles d'être connus), pour résoudre mon problème, et le vaste tableau dans lequel j'ai recueilli plus de deux cents nuances de sons offre trois cadres distincts :

Le premier se trouve composé de tous les sons qu'un Français exprime journellement, et qui se trouvent représentés dans les mots composant le dictionnaire de l'Académie française, lesquels sons forment un ensemble de :

12 voyelles racines	produisant	70 articulations.
17 consonnes	id.	17 articulations simples et des milliers d'articulations composées.
	Total	87 caractères qui se-

raient indispensables pour composer un alphabet français complet, si on voulait éviter les accents, pour représenter chaque son sensible.

Le deuxième cadre est composé de quarante accentuations, dérivant des douze voyelles racines, et entièrement distinctes de celles contenues dans le premier.

Ces quarante accentuations, représentent des sons qu'un Français peut exprimer avec facilité, exprime même quelquefois, mais dont aucun mot de sa langue n'offre d'exemples à pouvoir citer.

Ainsi il est positif que nous prononçons parfaitement :

*ou*ille dans *grenouille*   *e*ille dans *feuille*,
èille dans *groseille*   ille dans *fille*, etc.

Or nous pourrions prononcer *o*ille, *u*ille, etc., si nous avions des mots dont la finale fût *o* ou *u* surmouillé, c'est à dire *o* et *u* suivis de *ille* comme en hébreu *Goille* (chrétien).

Nous prononçons bien *ion* dans *notion*, *ien* dans *chien*, nous pourrions donc bien prononcer *un* mouillé, qui fait *iun*.

Il en résulte que beaucoup de mots étrangers peuvent être prononcés en français, puisqu'ils se trouvent en général renfermés dans ces deux premiers cadres.

Enfin le troisième cadre est incomplet et composé d'environ soixante-quinze sons, divisés en consonnes et en voyelles, dont la prononciation se trouve intraduisible en français.

Tels sont entre autres le *th* doux et dur des Anglais, se prononçant par un glissement de la voix resserrée entre le bout de la langue et les dents; le *j* guttural ou *iota* espagnol; les voix pleines d'aspiration des Allemands et des Hébreux; les singuliers claquements que produit, suivant le dire des voyageurs, la langue chinoise, celle des nègres et particulièrement celle des Hottentots, qui, selon Pline et Hérodote, ressemble aux cris d'une pie, aux gloussements des dindons ou aux huées d'un chathuant.

J'épargnerai au lecteur ces vastes et arides tableaux, qui sont plus curieux qu'utiles, et je me bornerai à lui donner le résumé de ce qui le concerne particulièrement; je pense que c'est bien assez de mettre sous ses yeux le premier cadre, qui est relatif à la langue française, lequel déjà est destiné à être attaqué par du grec et du latin, moyen précieux pour éluder les grandes questions.

Je le donne complétement, pour attirer la critique sévère, la discussion; car la science ne peut que gagner à ces luttes engagées entre la raison et les vieux principes réputés immuables; de la discussion résulte presque toujours la connaissance de la vérité, et la vérité engagera les esprits à approfondir l'étude de la langue française, sous un autre point de vue qu'on ne l'a fait jusqu'à présent, et cette langue pourra désormais reposer sur des bases solides et indestructibles.

CADRE DES SONS ET ARTICULATIONS DE LA LANGUE FRANÇAISE.

	Voix racines.	Nos d'ordre.	Vraie prononciation.	Exemples à l'appui.
1.	A	1	a	papa, acajou.
		2	â	plâtre, mâche.
		3	ha	*ha*ricot.
		4	hâ	*hâ*ve.
		5	ia	f*ia*cre.
		6	hia	*hia*tus.
		7	wa	l*oi*, b*oi*s.
		8	wâ	j*oie*, s*oie*.
		9	aill	trav*ail*.
2.	E	10	e	j*e*, m*e*, d*e*.
		11	ê	f*eu*, j*eu*.
		12	he	*heu*rter.
		13	ie	D*ieu*.
		14	iê	l*ieue*.
		15	wê	spirit*ueux*.
		16	e-ill	*œil*, f*euille*.
3.	É	17	é	d*é*, f*é*licit*é*.
		18	ée	f*ée*, n*ée*.
		19	hé	un *hé*ros.
		20	hée	une *haie*.
		21	ié	p*ie*d, botti*er*.
		22	iée	pl*ier* (pli-iée.)
		23	hié	*hié*rarchie.
		24	éill	p*aye*.
		25	wé	contin*ué*.
		26	wée	contin*uée*.
4.	È	27	è	fid*è*le.
		28	èe	b*ê*te, f*ê*te.
		29	hè	*her*nie.
		30	iè	b*ie*rre.
		31	èill	or*eille*.
		32	wè	contin*uait*.
		33	wèe	ils contin*uaient*.
		34	ièill	v*ieille*.

5.	I	35	i	*fini.*
		36	î	*gîte.*
		37	ii (1)	*failli.*
		38	hi	*hibou.*
		39	ill	*famille.*
		40	wi	*suivant.*
		41	wî	*pluie, suie.*
		42	hwi	*huitaine.*
6.	O	43	o	*polonais.*
		44	ô	*beau, peau.*
		45	ho	*homard.*
		46	hô	*hauteur.*
		47	io	*violon, fiole.*
		48	iô	boyau (boi-iau *ou* bo-iau.)
7.	U	49	u	*du, vu.*
		50	û	*vue, rue.*
		51	hu	*humer.*
		52	iu	*sciure.*
8.	AN	53	an	*enfant.*
		54	han	*hangar.*
		55	ian	*viande.*
		56	wan	contin*uant.*
9.	IN	57	in	*fin, grain.*
		58	ien	ch*ien, rien.*
		59	win	l*oin, foin.*
10.	UN	60	un	br*un.*

11.	ON	61	on	bonb*on.*
		62	hon	*honte.*
		63	ion	act*ion.*
		64	won	contin*uons.*
12.	OU	65	ou	*loup, chou.*
		66	oue	*moue, joue.*
		67	hou	*hou*blon.
		68	iou	*caillou* (ca-iou.)
		69	ouill	gren*ouille.*
		70	wou	*wou* (cri des enfants en jouant au loup.)

CONSONNES.

Prenant pour principe la prononciation connue, il est inutile d'entrer dans aucun détail; les quelques exemples qui suivent suffiront :

1	B	babin,	bombe.
2	D	dedans,	dinde.
3	F	feu,	fief.
4	G	goût,	grog.
5	J	joujou,	juge.
6	K	coco,	coq.
7	L	la loi,	halle.
8	M	maman,	même.
9	N	nôtre,	nonne.
10	P	papa,	pape.
11	R	rat,	rare.
12	S	soin,	sauce.
13	T	toi,	tarte.
14	V	voix,	vive.
15	Z	maison,	rose.
16	CH	chuchoter,	bâche.
17	GN (1)	montagnard,	montagne.

Ce premier tableau suffit pour démontrer clairement que j'avais raison de dire en traitant l'article intitulé : *la Sténographie*, que le nombre des voyelles supposé par les Sténographes est bien supérieur au chiffre qu'ils se sont figuré jusqu'ici, et qu'au lieu de six *a, e, i, o, u, y,*

a,	*e,*	*i,*	*o,*	*u,*	*y,*
1	2	3	4	5	6

il y en a positivement douze pour la langue française, lesquelles sont :

a,	*e,*	*é,*	*è,*	*i,*	*o,*	*u,*	*an,*	*in,*	*un,*	*on,*	*ou.*
1	2	3	4	5	6	7	8	9	10	11	12

Ces douze voyelles racines produisent ensemble

(1) Ce son est intraductible en français, il faut mouiller le second *i* par le premier, ce qui fait à peu près *ii* comme *illite* dans *fa-illite*; avec l'orthographe actuelle il est impossible d'écrire en français le mot hébreu *illitte* (israélite) qui est la syllabe finale de *fa-illitte*, parce que dans la lecture on dirait *il-litte*; si on écrivait *llitte*, on ne comprendrait pas non plus qu'il faut mouiller les deux *ll*, attendu qu'aucun mot français ne commence par *ll* mouillé.

(1) A vrai dire le *gn* n'est pas toujours une consonne, il n'est consonne que lorsqu'il précède une voix, c'est à dire lorsqu'il détermine une syllabe bien distincte; en sorte que le plus souvent *gn* n'est qu'un accent nasal (ainsi si on suppose un accent nasal figuré par une barre (-) il est positif que *montā* ferait *montagne*, *Polō* ferait *Pologne*, mais ces idées sont tellement neuves, jettent un jour si nouveau sur la prononciation, que j'ai l'air moi-même d'être ébloui de cette nouvelle lumière, puisque je semble craindre de les émettre; aussi n'ai-je pas osé figurer tout d'abord l'accent nasal dans le cadre précédent que j'offre au lecteur, et mettre à la suite du nº 9 *agne, montagne.*

— 42 *igne, vigne.*

— 48 *ogne, Gascogne.*

Cependant là est réellement leur vraie position :

En sorte que cela nous eût donné un résumé incontestable de 90 caractères, pouvant s'analyser comme suit :

73	accentuations dérivant de	12	voyelles racines.
17	consonnances ou	17	consonnes produisant
—		—	nos diverses articulations.

Total. 90 nuances positives à produire par 29 caractères.

soixante-treize accentuations sensibles, faisant sensation à l'ouïe par le moyen des articulations, qui aident à faire sonner les voix comme le marteau d'une cloche.

Or, j'étais donc dans le vrai en disant qu'il eût plutôt fallu que la sténographie cherchât à supprimer les consonnes, que de chercher à supprimer les voyelles, afin de former une écriture abréviative.

Du nombre de quatre-vingt-dix il est plus logique, mathématiquement parlant, de supprimer dix-sept que soixante-treize (voir à cet effet ce que j'ai dit page 20, relativement aux essais infructueux des modernes).

Je répète que, sans les voyelles, il est tout aussi impossible de pouvoir peindre les paroles sur le papier, qu'il serait impossible d'exprimer un son articulé sans le secours d'une voix.

Le rôle des articulations consiste : 1° A former des intonations diverses; 2° A donner de la force à la voix humaine, afin qu'elle ne se trouve point bornée aux interjections seulement, comme les animaux qui ne prononcent que *ou! o! wo! an!* etc; 3° Enfin à donner de la douceur, de l'éclat et de la grâce au plus brillant don que l'homme tient de la nature.

Si on prétend que quelques peuples se bornent à écrire les consonnes, sans noter à peine les voyelles, convenons que ces peuples sont ou incompris, ou très-loin d'être arrivés à la perfection de l'écriture, et ne nous laissons pas, comme les savants l'ont fait, aller jusqu'à l'admiration, pour des ouvrages qu'ils croient écrits sans voyelles, parce qu'ils n'ont pas l'intelligence parfaite des chefs-d'œuvre de l'antiquité.

Aujourd'hui ne pourrions-nous pas aussi écrire bien des phrases forcées sans voyelles, des jeux de mots comme ceux-ci, en prononçant chaque consonne successivement :

	l, r, s, t,	*l, m, h, t,*	*g, c, d,*	
pour :	*elle est restée,*	*elle aime acheter,*	*j'ai cédé,*	etc.

mais serait-il possible de prononcer *l* sans *è*, *r* sans *è*, *s* sans *è*, *t* sans *ée*, pour faire *èl, èr, ès, tée*, etc., donc les voix sont les éléments primitifs qui constituent la parole.

Convenons donc tout simplement que ces jeux de lettres peuvent attirer l'admiration des imaginations fantastiques, mais non développer l'intelligence humaine comme l'exige la civilisation.

Ne nous laissons pas entraîner à de plus longues démonstrations aussi vaines qu'inutiles, afin de ne pas tomber dans le ridicule.

Je n'ai pas offert le tableau des articulations composées, parce qu'il est inutile de donner une analyse que chacun peut saisir avec une extrême facilité.

Qui ne sait que *br*, dans *sabre*, est un composé de la consonne *r* jointe à la consonne *b*, et qu'il en est de même de *pl* dans *plume*, *rbr* dans *arbre*, *str* dans *ek-stra* (*extra*)? etc., etc.

Ce que je tiens à faire remarquer, c'est que le tableau que nous avons vu, le nombre qui semble immense des inflexions de la voix, est le point de départ d'où découla cette infinité de règles d'orthographe qui nous entravent aujourd'hui, règles difficiles à faire comprendre, règles imparfaites, règles qui seront désormais inutiles.

Oui, si nous possédons aujourd'hui mille manières différentes d'écrire les sons, nous ne pouvons consciencieusement l'attribuer qu'au défaut d'une étude parfaite et approfondie des sons de la voix humaine.

Le dix-septième siècle principalement, époque où la langue française se fixa, pour ainsi dire, d'une manière définitive, n'ayant pu trouver une combinaison convenable pour pouvoir représenter les nuances flexibles que déterminent nos organes vocaux, a reculé devant la possibilité de produire, soit tous les caractères, soit toutes les lettres nécessaires pour la composition d'un alphabet complet.

Effrayé du nombre considérable de dessins que l'on supposait nécessaires, on se jeta dans un labyrinthe dont on ne sortira qu'en acceptant courageusement ce que le progrès du dix-neuvième siècle vient de faire éclore, une méthode simple, logique et puissante, une combinaison assez forte pour pouvoir reproduire non pas quatre-vingt-dix nuances de sons, mais plus de deux cents, s'il le faut, par le moyen de neuf caractères, simples, nets, clairs, précis, et accessibles à toutes les intelligences.

Si je n'ai donné que soixante-treize exemples relatifs aux voyelles, rappelons-nous que c'est parce que je n'ai pas trouvé de mots français pour en donner davantage, et non parce que je crains une discussion à cet égard. Non, cette discussion pouvant tourner au profit de la science, je l'appelle de tous mes vœux pour résoudre la question imposante démontrée par cette méthode, qui prétend, qui ose dire, pouvoir figurer tous les sons et toutes les articulations de la voix de l'homme, sans aucune exception, sans distinction de race, sans que la moindre flexibilité ne soit peinte trait pour trait.

Je désire donc voir les principes nouvellement établis trouver des contradicteurs, parce que la science y gagnera, parce que c'est toujours du choc des opinions que jaillit la vérité.

J'observerai que cette méthode, en ce qu'elle donne la définition des sons, ne peut pas être appréciée par les académiciens ou par les grammairiens seulement; elle réclame un autre concours pour décrire les voix et les cas où telles ou telles lettres doivent se trouver employées pour déterminer quelle est la bonne prononciation; en conséquence, elle s'adresse, indépendamment du bon goût, à l'oreille sensible des artistes, des poëtes, des musiciens, vu que c'est eux principalement qui pourront, dans bien des circonstances, résoudre les difficultés qu'offre l'orthographe actuelle des mots.

Je ne doute nullement de l'éclat de rire que messieurs les savants vont jeter à la lecture de ce passage (si, bien entendu, ils daignent prendre connaissance de cet ouvrage) relatif à la recomposition inévitable du dictionnaire, dans un temps plus ou moins éloigné de nous. Effectivement, l'idée est bizarre, originale : le dictionnaire de l'Académie des lettres, vu, revu et corrigé, par les membres de l'Académie de musique!

Cependant le fait est positif : réfléchissons sérieusement au nombre immense de questions qu'il y aura à résoudre dans le genre de celles-ci : doit-on dire *continua* en trois syllabes (*con-ti-nua*), ou bien en quatre (*con-ti-nu-a*)? Devra-t-on dire, pour bien parler, *mè-zon* ou *mée-zon* pour *maison?* Doit-on dire *è-mon* ou *ée-mon* dans cette phrase : *aimons-nous tous?* Doit-on prononcer ou ne pas prononcer la finale *r* dans les verbes de la première conjugaison se terminant en *er*, comme *chercher, pleurer, aimer*, etc.?

Enfin, quelle que soit la décision de nos doctes assemblées, l'*Écriture universelle* s'engage à s'y conformer, à figurer le son tel qu'il sera arrêté, car cette écriture est la seule qui puisse se plier à toutes les exigences, et résoudre ainsi toutes les questions, sans avoir besoin de recourir au grec et au latin de nos aïeux, pour reproduire l'image véritable de la composition des mots employés par nos contemporains.

RICHESSES DES LANGUES.

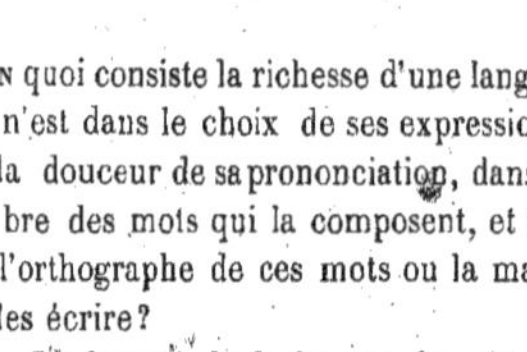

En quoi consiste la richesse d'une langue, si ce n'est dans le choix de ses expressions, dans la douceur de sa prononciation, dans le nombre des mots qui la composent, et non dans l'orthographe de ces mots ou la manière de les écrire?

La beauté de la langue française repose sur de larges bases, sur des faits bien observés et sur des règles qui, en dehors de toute grammaire, se conforment au génie de cette langue, mère de la civilisation.

Il n'est pas rare aujourd'hui d'entendre émettre l'opinion que tout en général a une tendance à l'unité. Malheureusement on ne réfléchit pas assez que ce jour est encore bien éloigné de nous, et qu'il s'écoulera peut-être des siècles avant qu'on atteigne ce que la science entrevoit, avec les yeux de l'ordre et du progrès, comme un petit point lumineux qui brille à l'horizon de la raison humaine, et que la folie, au contraire, toujours imprudente et toujours pressée, voit à quelques pas d'elle, parce qu'elle se trompe de verre pour regarder dans la grande lunette des connaissances utiles.

Les bienfaits répandus par l'écriture, par le progrès des sciences, des arts et de l'industrie, font désirer une langue qui puisse étendre les bienfaits de la civilisation sur le globe entier; une langue qui finisse par s'étendre et par tout envahir; en un mot, une langue une, universelle.

Cette perception dans l'avenir fait que chaque jour on entend des personnes tenir ce langage : « Il viendra un temps où il n'y aura plus sur le globe qu'une seule langue parlée; » et celle qui dominera doit être, selon les uns, le français; et selon les autres, l'anglais ou l'allemand.

Il est naturel que l'esprit de nationalité fasse croire à chaque peuple qu'il possède une langue plus riche que celle de son voisin : l'Indien croit son langage plus pur que celui de l'Arabe, l'Arabe se croit supérieur à l'Hébreu, et celui-ci rivalise avec le premier. De son côté, l'Européen prétend avoir des expressions plus claires et plus précises que celles de l'Asiatique; l'Allemand rivalise avec l'Anglais; l'Anglais avec le Français; le Français avec l'Allemand; de sorte qu'en résumé chacun tient à sa langue maternelle et a raison d'y tenir, puisque c'est celle avec laquelle il a été bercé, à l'aide de laquelle il a vu se développer son intelligence.

La question des langues, telle qu'elle se trouve le plus souvent posée, n'est qu'une question de goût : pourquoi le nègre aime-t-il le nez aplati de sa négresse, et préfère-t-il ses cheveux crépus aux cheveux soyeux des races blanches?

Il est évident que si chaque peuple croit posséder une langue plus riche que celle de son voisin, c'est parce qu'il croit pouvoir exprimer ses idées d'une manière aussi parfaite que possible; c'est parce que, si on lui signale une imperfection quelconque, il peut aussitôt de son côté en opposer d'équivalentes, capables de rétablir l'équilibre.

J'ai dit qu'il ne fallait pas, dans la marche du progrès, confondre le langage avec l'écriture.

Le langage se perfectionne, s'adoucit par la civilisation, par les relations des peuples entre eux, ainsi que nous l'avons vu dans l'histoire de l'orthographe; tandis que l'écriture, ce précieux dépôt de nos connaissances, qui naturellement eût dû progresser aussi, au lieu de se perfectionner chez les nations les plus industrieuses du monde, qui sans contredit sont les Français et les Anglais, s'embrouilla au contraire au point, qu'au lieu d'être la représentation fidèle de la langue parlée, elle n'offre plus qu'un ensemble bizarre de règles, rendant l'art de lire et d'écrire le plus difficile qui existe en fait d'art intellectuel.

Ainsi l'écriture, qui devrait en toute logique représenter fidèlement le langage des sons, se trouve en réalité n'être rien autre qu'un ensemble de signes représentant l'image de mots combinés d'avance, que l'on est convenu d'écrire de telle ou telle manière.

Tout dérive donc de la même source, de l'alphabet empreint de la plus grande imperfection, de l'alphabet incomplet chez tous les peuples.

Effectivement, si on passe en revue chaque vocabulaire, chaque dictionnaire l'un après l'autre, on verra que chaque langue nationale présente un monument magnifique quant aux expressions, mais dont l'écriture offre aux étrangers un labyrinthe qui exige une dépense énorme d'intelligence pour pouvoir y pénétrer.

Si un Anglais ouvre le dictionnaire français, il trouve peints les signes auxquels il est habitué, mais il ne peut parvenir à saisir la prononciation des mots qui y sont contenus, parce que chaque signe représente chez lui un son différent que chez nous; en sorte que l'image qu'il voit n'a pas la puissance de parler à ses yeux.

On dirait, en voyant ce qui existe, qu'on a pris à tâche de tout défigurer dans la représentation de la parole : l'alphabet est le même chez l'Anglais que chez le Français; les traits qu'on dessine avec la plume sont les mêmes; l'image produite offre les mêmes lignes, les mêmes contours, les mêmes proportions; tout est identiquement pareil, sauf......... la chose principale, la chose invisible et essentielle, la *prononciation*, ou, pour mieux dire, la valeur des lettres.

Si, de son côté, un Français ouvre un livre allemand, il perd son temps à chercher la véritable prononciation des mots qui sont sous ses yeux. Il verra écrit *heut,* mais il s'épuisera en vain pour prononcer ce mot comme il doit l'être. S'il exprime son mécontentement de ne pouvoir parvenir à lire convenablement trois mots à la file l'un de l'autre, ne lui répliquera-t-on pas aussitôt que lui-même prononce mille fois par jour le mot *monsieur,* et qu'en le prononçant il dit *mossieu,* qui n'a aucun rapport avec la manière dont il se trouve écrit?

Bref, en devrait-il être ainsi? Le bon sens repond que non, mais la routine dit qu'on ne peut rien y faire, et que, lors même qu'on pourrait faire mieux, on n'y arriverait jamais.

Jamais est un mot que la science n'aime pas entendre résonner à ses oreilles, parce qu'elle sait qu'elle a déjà vaincu des préjugés considérés comme immuables, qui étaient tellement enracinés dans les usages, qu'on doutait de les déraciner jamais; enfin, qu'à force de persévérance, elle est parvenue à extraire quelques racines de la routine, qui est la dent de l'ignorance.

Est-ce que l'emploi des mêmes caractères pour l'écriture ne devrait pas chez tous avoir la même signification? A ne devrait-il pas être *a* partout, comme une fourchette est un objet d'utilité, un instrument dont l'usage est le même chez tous les peuples civilisés?

Dans l'état actuel des choses, il eût beaucoup mieux valu que chaque peuple eût une écriture différente, et dont les signes n'eussent chez les uns aucun rapport avec ceux usités chez les autres; parce qu'alors l'homme pourrait apprendre bien plus facilement chaque axiome. Pour preuve, il suffit de voir avec quelle facilité relative un Israélite apprend l'hébreu, et, d'autre part, avec quelle difficulté un Français apprend l'anglais.

Cela tient à ce que l'homme contracte des habitudes dont il ne peut se défaire qu'en se faisant une violence extrême à lui-même. Lorsqu'on a bien observé et étudié une chose dans la jeunesse, on finit par la connaître ; en sorte que celui qui sait lire aurait beau faire, il ne pourrait arriver à se déshabituer de savoir lire : or, s'il voit *u*, *a*, dans un livre anglais, les sons que ces signes représentent en français lui reviennent sans cesse à l'esprit, et il a de la peine à se caser dans la tête qu'il faut changer *a* en *è*, ou bien *u* en *ou*, etc. S'il ouvre un livre grec, il a de la peine à se caser dans la mémoire que la figure *p* représente le son *r*, que *n* représente le son *p*, que *v* représente le son *n*, etc. ; car les rapports qu'il y a entre ces lettres et les nôtres viennent sans cesse se rattacher à la valeur qu'elles ont chez nous.

Je pense être dans le vrai en disant qu'il est bien plus facile de contracter de nouvelles habitudes que de rejeter les anciennes ; et, partant de ce principe, je dis qu'un Français apprendrait bien plus facilement à parler anglais, si on lui disait que ce signe signifie *tou*, que si on lui dit que *to* se prononce *tou* ; parce qu'habitué à lire *total*, *tolérer*, *tonique*, etc., *t* et *o* pour lui font toujours *to*, *to*, *to*.

Réfléchissons à la puissance de cette belle faculté qu'on appelle la mémoire, qui nous permet de reconnaître facilement les choses qui viennent frapper notre attention, et nous serons convaincus que de nouvelles images, au lieu de l'obscurcir, peuvent au contraire développer prodigieusement notre intelligence.

Cette question ainsi envisagée, et bien développée par de plus érudits que moi, est appelée à jeter un nouveau jour sur l'étude des langues étrangères, et à faire changer entièrement de face l'instruction.

Il ne faudrait qu'un ou deux savants pénétrés de ce que je ressens, et que je ne puis définir comme je le désirerais ; deux savants dans chaque pays, qui, reconnaissant toutes les propriétés contenues dans l'*Écriture universelle*, en fassent l'application pour la traduction de leur langue nationale, et les fondements de l'édifice le plus solide que l'homme ait jamais pu élever seraient enfin jetés.

L'*Écriture universelle* fait un appel à la science pour élever sur son vrai piédestal le monument indestructible qu'on appelle l'écriture, l'art des arts, cet art qui est la clef de toutes les sciences, cet art à qui nous devons tous, sans exception, notre développement intellectuel.

Jusqu'ici l'homme pouvait objecter qu'il ne possédait pas l'alphabet complet ; mais aujourd'hui ce prétexte n'a plus de raison d'être. Il ne pourra plus dire qu'il lui manque des caractères susceptibles de peindre les moindres flexibilités de la voix, et dont les nuances forment un nombre qui semblait en imposer, puisqu'une nouvelle méthode se présente à lui avec le cortége de l'évidence, de la raison, de la simplicité et de la vérité.

Cette méthode vient modestement et respectueusement dire au monde entier : « Donnez-moi l'hospitalité. » Forte d'elle-même, elle ne s'impose à qui ce soit et elle prend le simple nom de l'*Écriture des sons*, parce qu'elle peut rendre l'image parfaite, exacte et sensible, de la prononciation de tous les mots usités chez tous les peuples.

Sans rien changer au langage de chacun, elle peut dire que *a* sera *a* partout, *è* sera *è* partout ; et, de cette manière, elle a la force de pouvoir faire rejaillir l'éclat brillant de sa lumière jusque dans la plus faible intelligence, même celle de l'enfant qui, sans effort, saura la comprendre.

Tels sont les éléments que contient le nouvel alphabet appelé tôt ou tard à jouer un grand rôle dans la civilisation.

C'est par l'intermédiaire de l'ouïe que la parole se transmet à nous à travers les airs, et que les relations les plus intimes s'établissent entre les individus, et c'est par les relations qui s'établissent que l'intelligence humaine se développe chaque jour davantage.

Par malheur, on a l'habitude de considérer l'organe auditif comme un simple instrument de la transmission des sons, sans considérer que nous devons à cet organe une infinité de bienfaits.

Il est vrai que c'est aussi par habitude, par des vieux préjugés qui continuent de subsister, que souvent on considère le développement considérable d'un grand nombre de facultés chez un même individu comme l'effet d'un heureux hasard, et cependant il est positif que le hasard n'entre pour rien dans la vie de l'homme, car l'homme doit tout à son intelligence personnelle, et aux circonstances qui entourent sa frêle existence.

Ce n'est pas le hasard qui a fait apparaître de loin en

loin ces hommes qui étonnent et leur siècle et la postérité, en se plaçant par l'étendue de leur esprit en dehors de la foule; tels sont Christophe Colomb, Guttenberg, Bernard de Palissy, Stevin (belge, né à Bruges en 1548, à qui revient l'honneur de l'invention du système décimal), Cuvier, Volta, Francklin, Watt et les mille célébrités dont s'honorent la science, les arts et l'industrie. Est-ce au hasard (1) que l'on doit l'invention de la poudre, de la vapeur, des machines et de toutes les mécaniques appelées un jour par l'esprit de l'ordre, à centupler nos forces et à soulager nos bras? Est-ce au hasard qu'on est redevable de ces découvertes admirables qui démontrent que toutes les richesses de la nature sont mises à la disposition de l'homme?

L'instruction commence par vaincre les éléments et soumettre toutes les forces de la nature; de là ces miracles de la science et de l'industrie. C'est par la même raison que si l'homme devient une célébrité, un génie, il le doit à lui-même, aux circonstances, à l'étude, c'est-à-dire aux habitudes spéciales qu'il a contractées de réfléchir et de méditer, habitudes capables de déterminer dans son esprit un grand développement.

Tels sont les résultats de la méditation, qui se rapportent aux organes de l'ouïe pour les poëtes et les musiciens,

Aux organes de la vue pour les peintres,

Aux organes du tact pour les artistes que l'habitude d'une grande attention a produits.

Tout homme a des idées. Ces idées se forment par le jugement, soit à la vue, soit au souvenir d'une chose ou d'un objet qui réveille sa sensibilité, soit enfin par la méditation; et ces idées, il peut les communiquer à son semblable à l'aide d'un appareil auquel on a donné le nom de voix, de parole.

La voix de l'homme se prête admirablement à l'expression de tout ce qui affecte son âme, et particulièrement à tout ce qui tient à ses besoins ou à ses désirs; mais ce qui est remarquable, c'est qu'elle peut aussi se perfectionner par l'attention. C'est pourquoi les mères habituent leurs enfants à articuler nettement les mots dès qu'ils commencent à pouvoir prononcer.

Une autre chose qu'on peut aussi remarquer, c'est que les organes vocaux doivent bien facilement impressionner l'enfant dès son bas âge, puisque l'accent particulier d'une localité s'efface rarement; puisque l'accent d'une langue se conserve presque toujours, au point que nous pouvons assez souvent, rien que par cet accent, dire à une personne qui nous parle de quelle partie du globe elle est.

En outre, les sons les plus simples et les plus faciles à rendre par ceux qui sont habitués à les produire ne peuvent souvent être qu'imparfaitement imités par d'autres: telle est, par exemple, l'articulation du *iota* espagnol ou du *th* dur et doux des Anglais pour les Français, ou bien la voix *u* et le *du tout du tout* accéléré des Français pour les Anglais.

(1) Le hasard! le hasard! que signifie donc ce grand mot? quelle est cette influence accidentelle, sans cause, sans loi, sans direction, sans but, à laquelle on donne ce nom magique?

Le hasard n'est autre chose qu'un événement fortuit, que le vulgaire nomme le sort, la destinée, la fortune, la chance, mots vagues qui ont une cause aveugle, qui ne servent qu'à perpétuer l'ignorance, et qui, en réalité, ne sont que des chimères.

Il y a des événements que nous n'approfondissons pas assez, comme d'autres dont nous ne pouvons approfondir la cause: si les dés ou les cartes d'un joueur se tournent de telle ou telle manière, il est certain que c'est parce qu'il les remue de telle ou telle manière, et il en est ainsi du reste.

La morale détruit toutes ces idéalités dont la cause est en dehors de notre volonté et dont les effets sont tout autres que nous l'eussions désiré ou que nous nous y attendions; la morale nous peint des vérités solides, parce que, puisant sa force dans la raison, elle nous montre clairement que le Créateur n'a voulu faire de nous ni des automates, ni des mécaniques parlantes, ni des bêtes féroces, et que celui qui forma notre corps avec tout l'ordre que nous pouvons admirer, ne pouvait donner au monde cet esprit de désordre appelé hasard, qui, à proprement parler, n'est que mensonge et ignorance.

La première vérité qui s'offre à l'homme c'est l'existence. Nous existons est une vérité incontestable; chacun de nous provient d'autres êtres tout formés est encore une chose que l'on ne peut nier: donc celui qui créa les premiers êtres de notre espèce leur donna tout le savoir nécessaire pour exister. La conséquence de la première vérité est donc Dieu et l'homme; l'homme, dérivant de la source divine, s'offre alors comme un être spirituel; dérivant de la nature, c'est un animal, ainsi que la raison nous le démontre.

Spirituelle, la raison s'offre à nous pour diriger notre conduite, comme les yeux pour voir, comme les jambes pour marcher, et c'est de cette rectitude naturelle caractérisant l'espèce humaine que viennent les sciences exactes, le progrès des arts, en un mot la connaissance de l'ordre.

Le hasard, s'il existait dans la nature, serait donc un désordre, une cause aveugle.

Mais alors, comment cette cause aveugle ou matérielle aurait-elle pu produire des ouvrages aussi parfaits que ceux qui sont en nous, qui nous environnent et qui manifestent à nos yeux la main d'un ouvrier habile?

Comment une chose ou le concours fortuit de plusieurs choses sans intelligence aurait-il pu créer une intelligence, l'intelligence humaine?

Les matérialistes croient avoir tout dit en soutenant que la matière est susceptible de modification, et que cette modification est sans bornes.

Mais comme la raison dit à l'homme que tout ce qui existe a été produit, que tout ce qui est produit a une cause, que cette cause est un auteur capable de produire, il est évident que tout ce qui porte en soi les combinaisons d'une intelligence doit provenir d'une intelligence; or tous les effets attribués au hasard, à la fatalité, à la destinée, à la chance, sont, je le répète, de vains mots ayant pour principe l'ignorance, capable d'aveugler l'homme, en substituant au langage du bon sens, naturel et simple, un langage obscur et compliqué.

Tout langage obscur ne peut contribuer qu'à nous égarer et à nous avilir; la raison seule nous éclaire, nous trace nos devoirs, tout ce qui peut contribuer à notre bien-être en nous faisant admirer la toute-puissance du Créateur, et dès lors la foi en la Providence éloigne toute idée de hasard et de fatalité.

Il est naturel que de même que la parole demande de l'attention, de l'exercice, pour atteindre un certain degré de perfection dans la prononciation; de même pour pouvoir bien la saisir, l'homme devrait exercer l'appareil de l'audition, qui est l'ouïe.

L'ouïe peut, par un exercice modéré, acquérir une excessive sensibilité, ainsi qu'on l'observe chez les aveugles et chez les musiciens, ou bien encore par certains sons aigus qui rendent parfois cet organe douloureux, tels sont l'égrenage des murs, le déchirement des étoffes, etc., qui arrivent à nous faire, comme on le dit vulgairement, grincer les dents. Ce qui est positif, c'est que chez des personnes délicates, un bruit qui est insensible pour d'autres affectera leur oreille d'une manière désagréable, le frôlement de la soie, par exemple, mais principalement les tons faux pour un musicien.

L'ouïe pouvant se perfectionner par l'exercice, l'habitude de faire attention à la prononciation une fois contractée, l'écriture des sons peut prétendre devenir un aide, un secours précieux, pour le perfectionnement de notre oreille, et dès lors faciliter l'étude des langues qui nous sont étrangères; langues qui aujourd'hui nous effrayent, parce que lorsqu'il s'agit de les apprendre, nous les voyons apparaître à nos yeux suivies ou escortées d'une infinité de difficultés.

Habitués comme nous le sommes aujourd'hui à écrire les mots tout différemment que nous les prononçons, nous comprendrons bien difficilement comment une méthode d'*écriture des sons* pourra perfectionner notre oreille; accoutumés de même depuis notre enfance à écrire des mots savamment combinés d'avance, nous ne pouvons pas nous expliquer ce prodige, ni nous figurer qu'il viendra un temps où un enfant français pourra lire et écrire aussi facilement l'anglais, l'allemand, l'arabe, l'espagnol, l'hébreu, etc., que sa propre langue, sa langue maternelle.

Cependant c'est une chose évidente, la raison le dit et il suffit de réfléchir, de méditer sur l'effet que peut produire l'habitude d'écrire des sons seulement, pour être convaincu que ce ne sera plus des mots que l'on tracera sur le papier, mais bien l'image exacte de la parole, l'image des sons tels qu'ils sortent de la bouche pour venir frapper le tympan.

De son côté, la prononciation continuera de se perfectionner au lieu d'avoir une tendance à se corrompre, ainsi que l'observent les personnes qui s'occupent de l'étude des langues. L'habitude de mâcher nos paroles perdue, l'orthographe sera pour nous une chose toute simple, toute naturelle, c'est-à-dire que l'orthographe des mots, la manière de les écrire parfaitement, se présentera seule et d'elle-même à l'esprit.

D'elle-même, parce que l'organe de l'ouïe atteindra une finesse, une sensibilité jusqu'ici inconnues pour nous, qui sommes accoutumés à ne pas saisir clairement le son de la voix, dans toutes ses nuances et dans toute sa flexibilité.

L'écriture universelle est donc appelée à devenir un bienfait pour l'humanité, parce qu'elle fournira le moyen de rendre la voix de l'homme de plus en plus harmonieuse; attendu que son oreille, sans cesse attentive, lui indiquera clairement les défauts, les fautes qu'il commet en prononçant, et l'écriture aura la puissance de les lui rendre palpables, visibles, en lui démontrant le moyen positif d'y remédier.

Je laisse aux académiciens le soin d'étudier cette question, qui doit piquer leur curiosité; car si, en général, ils s'étonnent avec raison que le peuple parle mal, c'est parce qu'il y a une quantité innombrable de mots, dont il a été impossible de pouvoir noter la bonne ou la mauvaise prononciation, au point que si on continue à étendre des mots imparfaits, cela seul suffirait pour anéantir notre belle langue. Nous en avons pour preuves les définitions défectueuses, les monstrueux barbarismes, les locutions vicieuses ou triviales, le dévergondage de style, qui infectent parfois notre littérature, dans cette fourmilière d'écrits dits populaires, répandus à profusion sur la voie publique.

Voilà, certes, une réaction à opérer, mais que nous ne verrons pas; car je ne puis espérer voir substituer de sitôt l'écriture des sons, que je propose, à l'écriture d'usage.

N'importe, j'écris selon ma conscience, je trace ce qu'elle me dicte, parce que le progrès marche; parce que tout concourt à rendre l'avenir supérieur aux temps précédents.

ORTHOGRAPHE UNIVERSELLE.

SOUVENONS-NOUS que l'écriture, cet art de peindre et de dessiner des mots ou des paroles, doit être simple et précise.

Chaque lettre (1), pour atteindre la perfection voulue, doit reproduire l'expression fidèle d'un son, et aucun trait ne doit jamais se trouver employé inutilement.

Il découle de ce principe fondamental qu'il ne faut jamais, sous quelque prétexte que ce puisse être, qu'une lettre représente tantôt un son, tantôt un autre. Aucun trait inutile ne devant être tracé, il est évident qu'il ne doit exister dans l'écriture aucune lettre muette.

(1) Cherchons la définition du mot *lettre*. Qu'est ce qu'une *lettre?* Les grammairiens disent : « Pour parler et pour écrire on se sert de mots, et les mots sont composés de lettres. »

Je suis fâché d'analyser cette phrase rendue d'une manière incorrecte :

Si en parlant nous prononçons des mots, en écrivant nous reproduisons sur le papier l'image des mots que nous avons prononcés; mais dire que les mots que nous prononçons pour parler sont composés de lettres, comme les mots que nous écrivons, c'est exprimer une idée vide de sens.

Est-ce que les sauvages de l'Afrique, de l'Australie ou de l'Amérique, qui ne connaissent pas l'écriture, ne parlent pas? Il est prouvé qu'ils parlent, ils prononcent donc des mots sans avoir besoin de lettres.

Or, puisque pour parler on ne se sert nullement de mots composés de lettres, il vaudrait mieux dire aux enfants :

En parlant on exprime avec la langue, les dents, les lèvres et les narines, des sons qui forment des mots : ainsi *papa* est un mot composé de deux sons, *pa-pa*. Pour écrire on fait usage de plume, de papier, d'encre, etc., afin de dessiner l'image des sons, c'est-à-dire représenter d'une manière visible les mots invisibles que nous exprimons en parlant ; ainsi cette image *papa*, est un mot qui représente les deux sons que nous avions exprimés avec la bouche.

Les mots que nous formons en dessinant sont composés de lettres.

Dans l'écriture universelle seulement, chaque lettre représente un son complet.

Les traits qu'on emploie pour dessiner les lettres se divisent en voyelles et en consonnes, etc., etc. Cette définition, il est vrai, serait plus longue, mais aussi plus claire, plus intelligible, parce qu'elle donnerait à l'enfant une idée nette et précise de l'écriture.

A quoi servent les livres élémentaires ? n'est-ce pas pour préparer les enfants à l'étude ? n'est-ce pas pour leur faire prendre goût à l'instruction ?

Or, si la définition des mots doit être courte, faut-il encore qu'elle soit complète, afin que si l'élève veut se passer de professenr, il puisse, à l'aide de son livre seul, se préparer à développer son intelligence.

La raison dit qu'un livre d'instruction ne doit rien dire de trop, mais, en revanche, ne rien omettre qui puisse être utile.

De là la grande difficulté des dictionnaires parfaits, pour la définition précise des mots. Que l'on cherche le mot LETTRE dans le dictionnaire, et l'on trouvera pour définition : *caractère de l'alphabet*. Alors on va au mot CARACTÈRE, et on trouve : *signe pour l'écriture*. On va au mot ALPHABET, et on trouve : *ensemble des lettres d'une langue*. On passe au mot ÉCRITURE, et on a : *caractères écrits*, en sorte que pour définir un mot il faut en analyser vingt, et encore n'y arrive-t-on quelquefois pas.

Or, la règle générale et unique de l'*Écriture universelle* est qu'il faut toujours écrire chaque mot tel qu'il doit se prononcer, et, si on n'en connaît pas la prononciation exacte, l'écrire tel qu'on l'entend prononcer.

(Cette règle existe aujourd'hui, mais seulement pour l'écriture des noms propres, qui, à proprement parler, n'ont pas d'orthographe. Voilà qui prouve combien j'ai raison de dire que nous ne faisons qu'écrire des mots dont nous avons appris d'avance par cœur le mode de composition, et que l'écriture usitée n'atteint pas le but que se propose la science, qui veut que l'écriture soit la fidèle représentation de la parole exprimée.)

En conséquence, nous démontrerons l'application graduée de cette règle de l'*Ecriture universelle*, puis par des moyens simples et naturels nous écrirons parfaitement, sans avoir égard aux règles d'orthographe actuellement établies, tant pour la langue française que pour les langues étrangères ; règles savamment imaginées par les grammairiens anciens et modernes de tous les pays, et combinées comme nous les trouvons, parce qu'ils n'avaient pas de signes représentatifs en quantité suffisante pour pouvoir peindre tous les sons vocaux.

Partant d'un principe qui est dicté par le plus simple bon sens, je dis que l'homme, n'ayant pas dans les organes de la voix différentes manières d'exprimer ou de produire un son, ne doit pas non plus faire usage de plusieurs manières pour le représenter.

Ainsi *o* doit toujours représenter le son *o*; *u*, être toujours *u*; et *o* joint à *u* représenter deux sons *o-u*, et non le son unique *ou*, etc.

Quels résultats ne devra pas offrir une règle d'une aussi simple application, de laquelle il découle naturellement que quiconque entendrait prononcer les mots *maison*, *rose*, tels que nous devons les prononcer, emploierait un *z* et non un *s*, comme nous le faisons actuellement ? S'il arrivait que par suite de notre ancienne habitude on écrivît ces deux mots en employant un *s* à la place d'un *z*, aussitôt la lecture du mot, sa vue seule suffirait pour faire reconnaître l'erreur, puisqu'on se trouverait avoir écrit *mè-son*, *ros*, prononcez *mèsson*, *rosse*; donc il est évident que la lettre *son* employée pour *zon* rendrait à l'oreille un ton faux, une fausse note choquant notre sensibilité auditive comme dans la musique.

L'Écriture universelle est tellement d'accord avec le bon sens, tellement simple tant sous le rapport des caractères que sous le rapport de la composition des lettres ou syllabes formant le *ba, bé, bi, bo, bu,* qu'elle s'adresse à toutes les intelligences, mais d'une manière spéciale et toute particulière aux mères de famille, aux mères qui s'adonnent à l'éducation de leurs enfants.

Il appartient à la mère chargée d'élever et de chérir l'enfance d'apporter son concours puissant à la propagation d'une œuvre d'humanité contenant le germe de l'instruction générale, de cette instruction morale surtout, qui est la seule chose capable de développer et de rectifier l'esprit de l'homme-enfant.

Cette méthode ne s'impose pas, elle supplie; elle demande une petite place dans le foyer domestique; elle se recommande principalement à la femme, parce que la femme est le grand mobile du genre humain, parce que partout où son esprit est cultivé, partout où elle prend rang dans le monde spirituel, la société se perfectionne.

Mères, avec cette méthode vous vous éviterez tous les ennuis que vous rencontrez aujourd'hui lorsque vous voulez apprendre vous-mêmes à lire et écrire à vos enfants, afin de ne pas les livrer dès leur bas âge à des mains étrangères, parce que vous trouverez effacées toutes les règles arides actuellement en usage. Vous vous ferez un jeu de remplir la belle et noble tâche qui vous est échue, la tâche honorable de développer l'esprit humain, l'esprit de vos enfants, par des connaissances toutes à leur portée et graduées d'après les premiers soins dont vous les avez entourés dès le berceau, car si l'homme doit à l'écriture le développement de son intelligence, c'est à la femme, sa mère, qu'il doit un principe de vie plus précieux encore, le principe des sentiments qui font l'ornement de son âme et l'excellence de son cœur.

Avec l'*Écriture universelle*, plus de règles d'orthographe obligeant à apprendre par cœur la manière dont on doit écrire les quarante à cinquante mille mots de notre langue. Avec cette écriture, plus de grammaires compliquées pour aucune langue nationale : tout devient simple, facile, naturel, et la simple intelligence de l'enfant se trouve constamment en présence d'une science à son niveau, et lui, enfant, se trouve planer au-dessus de l'art même.

Souvenons-nous qu'on arrive à force de soins à faire réciter aux enfants des fables, et souvent des histoires qu'ils ne comprennent pas : que sera-ce dès lors d'une méthode d'orthographe naturelle qui ne cessera de lui répéter sous tous les tons : Mon ami, tel mot se prononce de telle manière, écrivez donc ce mot tel que vous l'entendez prononcer ?

Et l'enfant qui parvient à se graver dans la mémoire l'alphabet actuel, accompagné de sa nombreuse suite de soi-disant diphthongues, n'arrivera-t-il pas bien plus vite encore à apprendre un alphabet combiné seulement de quelques signes pour représenter tous les sons de la voix ?

On arrive très-facilement à inculquer aux enfants les vingt-cinq lettres de l'alphabet, mais que de patience ne faut-il pas à un maître d'école pour leur faire comprendre ensuite que *a* et *u* font *au*; que *o* et *i* font *oi*; que *o* et *u* font *ou*; *u* et *n*, *un*; *oi* et *n*, *oin*; *ai* et *n*, *in*; *i* et *n*, *in*; *ei* et *n*, *in*; etc. ! On finit pourtant, mais à force de persévérance, par y arriver (1).

Puis on obtient d'eux des choses bien plus difficiles encore : on arrive à leur démontrer que *c* se prononce ici comme *s* et là comme *k* (*concevoir*); que tantôt une lettre doit se prononcer et tantôt être muette (*grog, sang*); que deux mots, quoique écrits de la même manière, peuvent représenter deux sons différents (*ils couvent, un couvent*); que le *t* dans un même mot se prononce et ne se prononce pas (*tout*), ou qu'il prend le son de l'*s* (*attention*), etc., etc. ; bref, malgré mille difficultés, on arrive enfin à les faire lire.

Réfléchissons un peu à ceci : puisqu'une méthode

(1) Voici comment un grammairien osa s'exprimer pour dépeindre le mal que les instituteurs se donnent pour apprendre aux enfants à parler correctement :

« Ce n'est point la métaphysique de la langue qu'il faut d'abord enseigner aux enfants, c'est la langue elle-même. On a bien la patience d'apprendre à parler aux serins; ayons assez de philanthropie pour apprendre à parler aux hommes ! »

Est-il possible de voir faire une comparaison semblable par un grammairien, homme appelé par le talent à devoir produire des hommes ?

Dites que vous avez beaucoup de peine à faire comprendre aux enfants que *an*, *en*, *ant*, *han*, *ent*, *anc*, *ans*, etc., sont des images qui toutes représentent le son *an*; dites que l'enfant ne peut s'expliquer pourquoi on représente ce son de trente manières différentes et qui finissent par l'embrouiller; mais ne le comparez pas aux serins, car vous vous dégradez ainsi vous-même en vous comparant à cet instrument de musique qui apprend à chanter aux oiseaux, et que l'on nomme *serinette*.

semée d'une infinité de choses inintelligibles arrive à se graver dans la tête de l'enfance, que de progrès ne pourra-t-on pas obtenir de la force immense de l'intelligence naissante, lorsqu'elle sera vis-à-vis d'une méthode dont tout est simple, naturel, facile à comprendre (1)! d'une méthode ayant un alphabet composé de douze voyelles et de dix-sept consonnes en tout et pour tout, et dont chaque signe conserve toujours la représentation de la même émission de voix, ne variant jamais et produisant sans cesse aux yeux l'image d'un même son! d'un alphabet dont *a* est toujours *a*, *o* toujours *o*, *u* toujours *u*, et dont les voyelles ne s'unissent jamais que pour tracer une double émission de voix, comme *a-u* dans *Saül*, et non comme *au* français faisant *ô* dans *aucun*!

Passez en revue tous les vocabulaires, tous les dictionnaires du globe, tous vous offriront mille manières différentes de représenter les sons, aucun ne s'accordera; cependant la bouche de l'Anglais, du Français, de l'Allemand, etc., ne présente chez l'un comme chez l'autre qu'une seule et même manière d'énoncer un son, et cela pour le monde entier, n'importe à quel climat il appartienne, parce que tout homme appartient à une seule et même race, la race humaine.

Si, par exemple, on ouvre le dictionnaire français, on se demande avec raison pourquoi on écrit *tabac*, *drap*, *soldat*, *gras*, etc., c'est-à-dire le son *a*, tantôt avec un *c*, un *p*, un *t* ou un *s*, tandis que la voyelle *a* par elle seule est suffisante, puisque les consonnes finales dans certains cas ne se prononcent pas.

Lorsqu'on dit *soldat*, *drap*, *repas*, *avocat*, prononce-t-on la voyelle *a* différemment que *a* dans *papa?* prononce-t-on *soldate*, *drape*, *repace*, *avocate?* Non, on prononce ces mots comme s'ils étaient écrits tout simplement *solda*, *dra*, *repa*, *avoca*.

Puisque nous, Français, qui, à force d'entendre sonner les mêmes mots à notre oreille, finissons par savoir quand il faut faire sonner la consonne finale ou ne pas la prononcer; nous qui reconnaissons qu'il vaudrait mieux que ces lettres, dites muettes, ne fussent pas incorporées dans la composition des mots, puisqu'elles sont tout à fait inutiles; convenons que pour un étranger qui n'a pas comme nous l'habitude d'entendre fréquemment ces mots, qui nous sont devenus familiers; convenons, dis-je, que ce doit être une bien terrible affaire pour lui que d'apprendre ce que nous nommons l'orthographe française.

Et comment pourrait-il en être autrement, puisque la même chose nous frappe à notre tour, lorsque nous examinons attentivement la composition des mots, c'est-à-dire l'écriture des mots dans les langues anglaise, allemande, hollandaise, etc.?

Pour nous édifier sur les difficultés que doivent rencontrer les étrangers et nos propres enfants, rappelons-nous les difficultés que nous avons eu à vaincre nous-mêmes pour apprendre l'orthographe; à cet effet, jetons un rapide coup d'œil sur ces règles immenses que l'*Écriture universelle* se charge de réduire à néant.

(1) En général, on ne sait pas assez combien est vaste la capacité d'une jeune intelligence, combien elle pourrait embrasser à la fois d'idées nouvelles, si nos méthodes d'enseignement étaient plus conformes à la marche spontanée de l'entendement dans l'acquisition des connaissances.

Les notions de géographie et de sphère introduites dans les écoles du peuple prouvent la compréhension intellectuelle, puisqu'elles deviennent familières à un grand nombre de jeunes enfants.

TABLEAU RÉSUMÉ DE L'ORTHOGRAPHE FRANÇAISE OU DE LA REPRÉSENTATION DES SONS.

VOYELLES.

A.

Il y a 12 manières de peindre le son *a*, savoir (1) :

a	se prononce *a* dans	*papa, acacia.*
ac-acs	—	*estomac, tabacs.*
ap, aps	—	*baptême, draps.*
ach, achs	—	*almanach, almanachs.*
as	se prononce *a* dans	*gras, repas.*
at-ats	—	*avocat, chats.*
ha	—	*habit, haricot.*
ea	—	*songea, mangea.*
eât	—	*qu'il mangeât.*

(1) Malgré le nombre considérable des mots que je pourrais donner à l'appui de la prononciation, j'en donnerai le moins que possible pour chaque son.

É.

Il y a 18 manières de peindre ce son, savoir :

é	se prononce *é* dans	*fidélité, hérédité.*
és	—	*bontés, cavités.*
ed	—	*il s'assied, pied.*
eds	—	*les pieds.*

et	se prononce *é* dans	*bonnet, corset.*
er	—	*bottier, boulanger.*
ez	—	*nez, assez.*
ets	—	*gilets, corsets.*
ers	—	*cordonniers, savetiers.*
hé	—	*héritier, héritage.*
œ	—	*fœtus, OEdipe.*
ait	—	*lait, qu'il ait.*
ée	—	*journée, fée.*
er	—	*pleurer, estimer.*
ées	—	*années, journées.*
éent	—	*ils créent.*
ai	—	*j'ai.*
aient	—	*qu'ils aient.*

È.

Il y a 18 manières de peindre ce son, savoir :

e	se prononce *è* dans	*cruel, grec.*
è	—	*sévère, fière.*
ê	—	*être, bête.*
es	—	*les, mes, tes.*
est	—	*il est.*
ei	—	*reine, peigne.*
et	—	*tablette, palette.*
ect	—	*aspect, respect.*
he	—	*herbe, hernie.*
hê	—	*hêtre.*
ef, efs	—	*clef, chefs.*
ai	—	*maison, aimer.*
aî	—	*naître, paître.*
ait	—	*trait, disait.*
aix	—	*paix, portefaix.*
aits	—	*portrait, des traits.*
aient	—	*ils chantaient.*
hai	—	*la haine.*

I.

Il y a 14 manières de peindre le son *i*, savoir :

i	se prononce *i* dans	*joli, poli.*
is	—	*Paris, tapis.*
it	—	*lit, profit.*
iz	—	*riz.*
il	—	*outil.*
ic	—	*cric.*
ix	—	*prix.*
its	—	*fruits, confits.*
ils	—	*les fusils.*
id, ids	—	*nid, les nids.*
hi	—	*hibou, trahi.*
hy	—	*hypocrite.*
y	—	*tyran.*

O.

Il y a 23 manières de peindre ce son, savoir :

o	se prononce *o* dans	*potage, coco.*
oi	—	*oignon.*
op	—	*galop, trop.*
ops	—	*des sirops.*
ot	—	*fagot.*
ots	—	*des pots.*
os	—	*vos, os, repos.*
on	—	*monsieur.*
oc	—	*croc.*
ocs	—	*des brocs.*
ho	—	*horizon.*
ô	—	*le nôtre.*
hô	—	*hôtel.*
au	—	*autour, aucun.*
aud	—	*chaud.*
auds	—	*réchauds.*
aut	—	*levraut.*
auts	—	*défauts.*
aux	—	*chaux.*
aulx	—	*faulx.*
hau	—	*hauteur.*
eau	—	*beau, veau.*
eaux	—	*eaux, châteaux.*

U.

Il y a 10 manières de peindre ce son, savoir :

u	se prononce *u* dans	*du, pointu.*
us	—	*abus, refus.*
ud	—	*nud, crud.*
ut	—	*but, salut.*
ul	—	*cul-de-sac.*
ux	—	*flux, reflux.*
hu	—	*humide, cohue.*
eus	—	*j'eus, tu eus.*
eut	—	*il eut.*
eu	—	*ils eurent.*

AN.

Il y a 30 manières de peindre ce son, savoir :

an	se prononce *an* dans	*plan.*
and	—	*gland.*
ans	—	*dans.*
ant	—	*gant.*
ants	—	*méchants.*
ands	—	*marchands.*
anc	—	*blanc.*
ancs	—	*bancs.*
ang	—	*sang.*
angs	—	*étangs.*
han	—	*hangar.*

amp	se prononce *an* dans	*camp.*
amps	—	*champs.*
am	—	*amphithéâtre.*
aen	—	*Caen.*
aon	—	*Laon.*
aons	—	*des paons.*
ean	—	*Jean.*
eant	—	*mangeant.*
en	—	*en, enfin.*
ens	—	*les gens.*
end	—	*il attend.*
ends	—	*tu entends.*
ent, ents	—	*dent, bâtiments.*
eng	—	*hareng.*
engs	—	*des harengs.*
hen	—	*appréhender.*
ems, emps	—	*tems* ou *temps.*
empt, empts	—	*exempt, exempts.*

IN.

Il y a 18 manières de peindre ce son, savoir :

in	se prononce *in* dans	*crin, chagrin.*
yn	—	*syndic, syncope.*
ins	—	*lapins, fins.*
ingt	—	*vingt francs.*
ingts	—	*quatre-vingts.*
inq	—	*cinq cents.*
ain	—	*grain, pain.*
aim	—	*faim.*
aint	—	*il craint.*
ains	—	*mains, vilains.*
aims	—	*des daims.*
aints	—	*des saints.*
ainc	—	*il vainc.*
aincs	—	*tu vaincs.*
ein	—	*frein.*
eins	—	*les reins.*
eint	—	*teint, peint.*
eing	—	*seing.*

ON.

Il y a 16 manières de peindre ce son, savoir :

on	se prononce *on* dans	*son, bâton.*
hon	—	*Honfleur, honte.*
ond	—	*blond, plafond.*
ont	—	*front.*
onc	—	*tronc.*
ong	—	*long, oblong.*
om	—	*nom, pompe.*
omb	—	*plomb, aplomb*
ons	—	*sons, chansons.*
onds	—	*ronds, blonds.*
onts	—	*ponts, fronts.*
oncs	—	*joncs.*
oms	se prononce *on* dans	*prénoms.*
ompt	—	*rompt, prompt.*
unch	—	*punch.*
und	—	*le Sund.*

OU.

Il y a 11 manières de peindre ce son, savoir :

ou	se prononce *ou* dans	*coucou, joujou.*
oup	—	*loup.*
out	—	*bout.*
oût et août	—	*égoût, goût, août.*
ous	—	*nous, vous.*
oups	—	*coups.*
outs	—	*bouts.*
ouls	—	*pouls.*
oug	—	*joug.*
hou	—	*houblon.*
houx	—	*houx.*

UN.

Il y a 8 manières de peindre ce son, savoir :

un	se prononce *un* dans	*chacun, brun.*
unt	—	*défunt, emprunt.*
um	—	*parfum.*
uns	—	*les uns, bruns.*
unts	—	*des emprunts.*
ums	—	*parfums.*
eun	—	*à jeun.*
hum	—	*humble.*

Il resterait encore bien des exemples à donner, tels que E dans *le, jeu, pleut, queue, monsieur, œil, bœuf*, etc., A dans *loi, joie, tua, voix, poids*, etc.

Mais il est inutile de nous étendre davantage sur ce sujet ; nous serions entraîné trop loin, et ce que nous dirions ne serait pas compris pour le moment à cause de notre manière actuelle d'envisager le langage.

On voit que les difficultés qu'offre l'orthographe française sont nombreuses, évidentes : aussi, je le répète, pour un étranger, c'est une tâche presque insurmontable que celle d'apprendre parfaitement cette langue, une des plus simples et des plus riches du monde.

Si nous résumons le tableau qui précède, nous remarquerons que nous avons tracé 11 voyelles qui peuvent s'écrire de 178 manières différentes, tandis qu'il serait logique de n'en avoir que 11, c'est-à-dire de ne posséder qu' une seule manière pour écrire chacune d'elles.

Ainsi, convenons que pour qu'un enfant apprenne l'orthographe, il lui faut énormement de travail, d'efforts, de peines et de temps.

Cet enfant voit des mots écrits, et dans ceux-ci, il faut

prononcer ce qu'il faut faire dans ceux-là; dans quelques-uns il doit employer 3, 4, 5, 6, et jusqu'à 8 lettres pour représenter un son simple, tels sont *chiens* qui a 6 lettres, et *vieilles* qui en a 8, tandis que ces mots devraient logiquement être représentés par une seule lettre, puisqu'ils ne renferment qu'un son. Et, ce qu'il y a de plus fâcheux, c'est que toutes ces manières différentes d'écrire les mots ne peuvent s'expliquer que par le grec ou le latin, c'est-à-dire par des langues mortes que le vulgaire ne peut comprendre, mais que messieurs les savants mâchent à tout propos, souvent par pédantisme et afin de se faire passer pour plus instruits qu'ils ne le sont réellement.

En un mot, l'orthographe ne peut s'expliquer qu'à l'aide de raisons inintelligibles dont le résultat est d'offrir une écriture toute différente de la prononciation.

En effet, la même image peut parfois peindre deux sons tout à fait différents, ainsi :

On écrit *ils président* et on prononce *ide*, puis on écrit *un président* et on prononce *an*.
— *ils couvent* — *ouve*, — *un couvent* — *an*.
— *il devient* — *ien*, — *ils dévient* — *i*.
— *excellent* — *sélan*, — *ils excellent* — *sél*.
— *nos intentions* — *sion*, — *nous intentions* — *tion*.
— *ils diffèrent* — *ère*, — *c'est différent* — *ran*.
— *il ment* — *man*, — *ils aiment*, et la finale *ent* est une terminaison muette qui ne se prononce pas.

Que d'exemples de cette sorte fourmillent dans le vocabulaire de la langue française ! Si après avoir considéré les voyelles, on passe aux consonnes, alors recommence une nouvelle série de nombreuses difficultés.

On écrit *qualité, calicot, chaos*, et on emploie *qua, ca* ou *cha* pour *ca*.
— *ils aiment, ils nomment*, d'une part avec un *m*, et d'autre part avec deux.
— *calomnie, Amsterdam*, où l'on prononce la consonne *m*, puis on ne la prononce pas dans *automne*.
— *filou, philosophie*, à l'un *f*, à l'autre *ph* pour remplacer l'*f*.
— *une date, une chatte*, et la prononciation est la même, bien qu'on emploie un ou deux *t*.
— *lard, boulevart* et *art* se prononcent comme s'il y avait ni *d* ni *t*.
— *partie, partial*, on prononce *ti* et *si*.
— *rose, maison*, et on prononce ces mots comme s'ils étaient écrits avec un *z*.
— *sortie, prophétie*, ici deux finales identiquement semblables peignent deux sons différents *tie* et *sie*.
— *patient, soutient* et *tient* se prononce *sian* et *tien*.

Enfin, pourquoi prononce-t-on *ié* dans tous les noms qui finissent par *ier*, et qui désignent un métier, comme *bottier, chemisier, chapelier*, et prononce-t-on *i-iée* dans les verbes en *ier*, comme *lier, plier, nier?* etc.

En un mot, le plus simple bon sens démontre que c'est là, pour un étranger, une vraie tour de Babel, et pour un enfant une telle confusion de caractères, qu'il faut que l'homme emploie les plus heureux jours de la vie (l'enfance) à se creuser la tête pour se fourrer dans l'esprit, à grand renfort de travail, des images inintelligibles; il faut qu'il charge son cerveau de règles bizarres et difficiles, règles qu'il devra retenir pendant toute la vie sous peine de les voir disparaître de sa mémoire; et, quand il atteint un certain âge, il lui sera presque impossible de les apprendre s'il ne les a déjà sues.

Il est certain que les enfants seuls peuvent parfaitement et complétement atteindre le but que l'on se propose : écrire des mots savamment combinés, et pourquoi le peuvent-ils?

Parce qu'au sortir du berceau, ils ont l'esprit encore neuf et dispos, l'imagination ardente, une extrême facilité à se laisser entraîner sur le chemin qu'on leur trace, car ils ne connaissent pas d'autres routes; ils ont de plus une heureuse disposition à croire tout ce qu'on leur dit.

Tandis que l'homme mûr, dont le développement intellectuel est, avec l'âge, devenu à peu près complet, ne peut plus caser dans sa tête les mille manières d'écrire des mots si artistement arrangés; aussi, si à vingt ans il ne connaît pas l'orthographe, il ne la connaîtra jamais; passé cet âge il est trop tard, on dirait (et remarquez bien quel contraste?) que l'âge de conception est passé pour lui; plus il a de bon sens et de jugement, moins il peut y parvenir; à ses yeux, l'orthographe est non-seulement une inextricable dédale, c'est encore un véritable épouvantail; on dirait qu'une voix intérieure lui crie :

Laissez donc cela, toutes ces choses sont bonnes pour les enfants seulement.

En est-il de même de l'orthographe naturelle? Non, certes : celui qui a huit ans aurait appris à écrire, et serait resté sans écrire pendant cinquante ans, le ferait cependant encore avec facilité. Si on lui disait : écrivez *tabac*, il écrirait *taba*, parce que *a* est toujours *a* pour lui.

Hâtons-nous de dire que toutes les difficultés que je viens d'énumérer n'existent pas pour la langue française seulement; non, ces difficultés se rencontrent plus ou moins grandes, plus ou moins nombreuses dans toutes les autres langues, et c'est pour cela qu'on arrive si difficilement à apprendre l'anglais, l'allemand, l'hébreu, etc., et surtout à prononcer correctement ces langues.

L'Écriture universelle est appelée à résoudre le plus grand problème que la science ait pu imaginer : un mot quelconque étant donné, trouver le moyen de rendre par la simple lecture la prononciation exacte et positive de ce mot, tel qu'il est énoncé dans le pays où il se trouve usité.

Le moyen est trouvé; oui, la science atteindra son but, car il est certain que cette méthode peut donner à tout le monde le moyen de se faire comprendre, c'est-à-dire de commencer à pouvoir lire toutes les langues parlées sur la terre.

ALPHABET

DE L'ÉCRITURE UNIVERSELLE.

L'alphabet est l'ensemble des voyelles et des consonnes nécessaires pour représenter la parole, et comme tel est la base fondamentale de l'écriture.

Les voyelles et les consonnes dérivent, comme nous l'avons vu, des neuf caractères (racines premières ou traits que l'on doit employer en dessinant) qui sont :

1 2 3 4 5 6 7 8 9

Ces neuf caractères, dont nous connaissons la combinaison, prennent, selon la place qu'ils occupent dans l'écriture, le nom de voyelles ou le nom de consonnes.

Tracés comme ci-contre, au-dessus de la ligne centrale, ces caractères forment neuf grandes et neuf petites consonnes.

Tracés en sens inverse, au-dessous de la ligne centrale, ils forment neuf grandes et neuf petites voyelles.

En conséquence, il résulte de cette simple combinaison, que l'alphabet universel se compose de dix-huit consonnes et dix-huit voyelles, ou trente-six signes, dont une partie seulement appartient à la langue française

VOYELLES.

Nous savons que les voyelles françaises, au nombre de douze, sont divisées ainsi qu'il suit : (*Voir pages* 27 *et* 30.)

PETITES VOYELLES.

e *o* *è* *i* *a* *u*

GRANDES VOYELLES.

ou *un* *an* *é* *in* *on*

Quant aux six voyelles complémentaires, nous ne nous en sommes pas occupé, parce qu'elles appartiennent aux langues étrangères, et surtout parce qu'elles sont intraduisibles en français, ce sont :

7 8 9 4 8 9

CONSONNES.

Nous savons que les consonnes sont de mêmes formes que les voyelles, à la différence près qu'elles sont tracées en sens inverse; or, les neuf caractères forment dix-huit consonnes; mais sur ce nombre seize appartiennent à la langue française, huit grandes et huit petites, savoir :

GRANDES CONSONNES.

d p ch j l b f. gn

Nous remarquerons que le *gn* ne figurait pas dans les consonnes que nous avons apprises précédemment, parce qu'en français cette figure est tantôt une consonne réelle comme dans monta*gnard*; tantôt, et le plus souvent, ce n'est qu'un simple son nasal comme dans monta*gne;* je la représente ici en attendant que nous soyons accoutumés à saisir toutes les flexibilités de la voix, comme cela aura lieu par la suite, après une analyse démonstrative complète.

PETITES CONSONNES.

n m s z c v r g

On remarquera que sur ces consonnes il y en a deux que nous n'avions pas étudiées, le *g* qui dérive du caractère N° 9 et l'*r* qui dérive du N° 8.

Afin de faciliter l'écriture courante, on peut en écrivant former la boucle des consonnes *g* et *gn* dans le délié, comme ceci :

au lieu de la former dans le haut, comme elle se trouve en caractères typographiques :

par ce moyen on verra avec quelle facilité se trace ce caractère si difficile à première vue.

Les deux dernières consonnes appartiennent, l'une à la langue anglaise  et l'autre à la langue espagnole. Indépendamment des deux consonnes étrangères ci-dessus, nous en verrons une troisième série composée des caractères racines avec boucle dans la liaison, mais comme on ne peut les définir en français, il est inutile de nous y attacher.

Outre les consonnes que nous avons dépeintes, l'alphabet universel contient une consonne qui se trouve intermédiaire entre  et  c'est-à-dire le *t*  qui, reposant sur la ligne centrale comme les autres consonnes, monte jusqu'entre la ligne supérieure et la ligne du haut; de même que dans l'alphabet actuellement en usage, une petite barre se trace dans le haut du *t*, afin de ne pas le confondre avec *n* et *d*, ce qui pourrait avoir lieu dans la rapidité de l'écriture, lorsque la vitesse avec laquelle on trace les caractères empêche de donner régulièrement la hauteur déterminée.

n t d

J'ai formé le *t* du *d*, parce que le *t* est dérivé de *d*; le *t* est un *d* affaibli, c'est-à-dire que si on veut prononcer *d* après un son nasal, comme dans *grand homme*, la langue se plie plus facilement à l'articulation *t* que *d*, et *d* perd alors son articulation dentale pour prendre celle du *t;* ainsi on dit *grantomme*.

Tels sont les éléments avec lesquels nous pouvons définitivement composer l'alphabet de la langue française.

AVIS.

Il faut se garder avec soin de toute prévention contre la nouvelle méthode, à la vue de ces caractères et de l'explication un peu aride que nécessite leur combinaison; il est aussi impossible d'en voir dès aujourd'hui les résultats définitifs qu'il l'est pour celui qui commence à apprendre la musique, d'apprécier la beauté de cet art, en présence des signes qui forment la gamme.

COMPOSITION DE L'ALPHABET FRANÇAIS.

TABLEAU DES VOYELLES ET DES CONSONNES.

GRANDES VOYELLES.

ou un an é in on

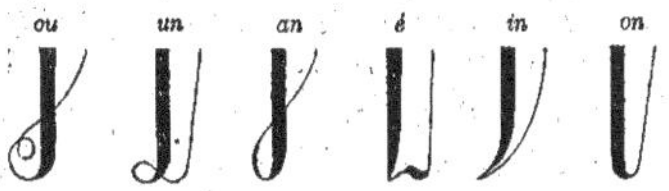

PETITES VOYELLES.

e o è i a u

GRANDES CONSONNES.

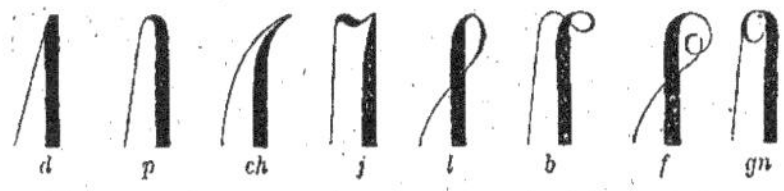

d p ch j l b f gn

PETITES CONSONNES.

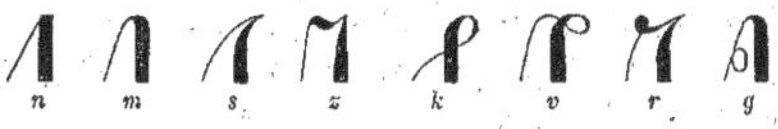

n m s z k v r g

Tels sont les caractères y compris le *t* qui forment toutes les consonnes et voyelles nécessaires pour représenter la langue française.

Maintenant, afin de nous familiariser avec ce nouvel alphabet, nous allons pour un moment, le faire correspondre avec notre alphabet d'usage.

ALPHABET EN ÉCRITURE UNIVERSELLE CORRESPONDANT A L'ALPHABET ACTUEL FRANÇAIS.

Lignes { du haut . . . . / supérieure.—Consonnes.. / centrale . . . . / inférieure. — Voyelles.. / du bas. . . . .

Prononcez : *a* *â*, *b* *bée*, *c* *cée*, *d* *dée*, *é* *ée*, *f* *èff*, *g* *jée*, *i* *î*,

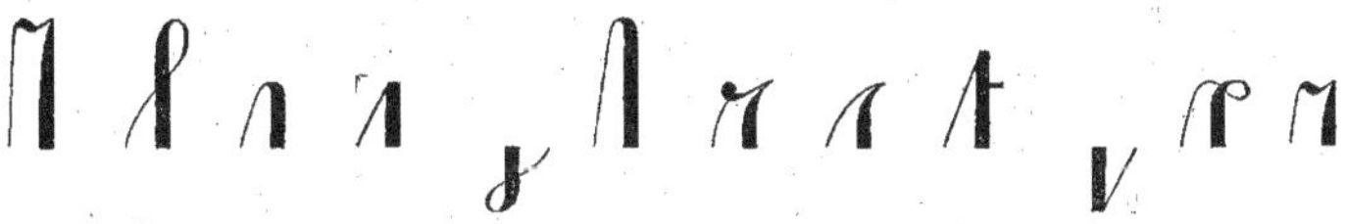

j *jie*, *l* *èll*, *m* *èmm*, *n* *ènn*, *o* *ô*, *p* *pée*, *r* *èrr*, *s* *èss*, *t* *tée*, *u* *û*, *v* *vée*, *z* *zètt*,

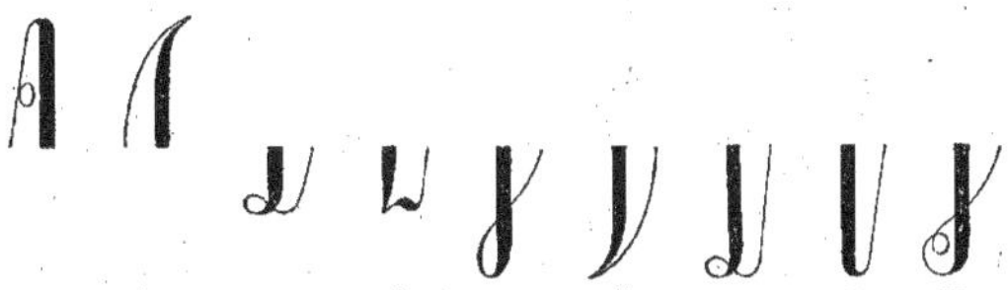

gn *gne*, *ch* *ache*, *e* *e*, *è* *è*, *an* *an*, *in* *in*, *un* *un*, *on* *on*, *ou* *ou*.

Il ne faut pas perdre de vue que les voyelles sont combinées pour s'unir aux consonnes, c'est pourquoi les unes sont tracées au-dessous de la ligne centrale et les autres au-dessus. Cette disposition offre une apparence irrégulière qui choque l'œil, mais cette irrégularité disparaît dans le cours d'une page écrite.

En décomposant l'alphabet qui précède, comme on le fait pour l'alphabet actuellement en usage, on trouve qu'il est formé de vingt-neuf lettres : douze voyelles et dix-sept consonnes.

J'ai balancé entre le C et K français, pour savoir laquelle de ces deux lettres je devais supprimer.

J'ai en définitif conservé le C, quoiqu'il eût été plus logique de donner la préférence à la lettre K ; je l'ai fait : 1° parce que cela n'a aucune importance ; 2° afin de me rapprocher le plus que possible de l'usage et conserver le mot *A b c d*, si connu dans le langage, pour exprimer l'alphabet ou l'ensemble des lettres, puisque pour demander aux enfants s'ils connaissent l'alphabet, on leur dit : connaissez-vous l'*A b c d?*

Mais j'observerai qu'il est bien entendu, que le c est toujours dur et représente la prononciation du *k*.

Du reste, ce qui lève ici toute difficulté, c'est la manière actuelle avec laquelle on apprend à épeler aux enfants en disant : *Sée-e-se, sée-i-si*, CECI ; or on pourra fort bien apprendre à épeler : *Sée-i-ki* pour qui, vu que dans l'écriture universelle le *c* et le *g* sont toujours durs comme dans *coco, grog*.

Maintenant nous allons classer cet alphabet par ordre numérique définitif et de manière : 1° qu'en apprenant aux enfants, on ne trouve plus un mélange confus de voyelles et de consonnes *A, b, c, d, E, f,* comme cela existe dans tous les alphabets.

2° Pour que dans la composition des dictionnaires ou vocabulaires, on ait enfin un ordre logique, un ordre naturel capable de se plier à toutes les exigences.

Toutes les voyelles se trouveront ensemble ; il en sera de même pour les consonnes.

ALPHABET DÉFINITIF UNIVERSEL FRANÇAIS.

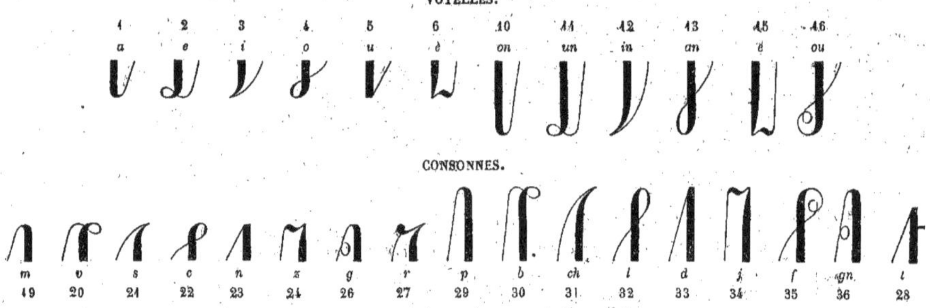

Le tableau ci-dessus, uni au tableau ci-dessous, forme l'alphabet complet universel mis par ordre numérique de 1 à 38.

COMPLÉMENT (1).

VOYELLES.

7 8 9 14 17 18

CONSONNES.

25 37 38

(1) Ce tableau représente les voyelles et consonnes étrangères introduisibles en français, auxquelles il ne faudra attacher aucune importance, car elles sont très-peu usitées dans les langues européennes. Elles représentent des sons barbares qui se poliront insensiblement.

SONS ET ARTICULATIONS.

Nous avons vu plus haut que la parole, quoique invisible et impalpable, se trouvait soumise à des règles de proportions analogues à celles qui régissent la matière ; chaque son peut se mesurer, si l'on peut ainsi parler, comme avec un compas.

Ces mesures peuvent se déterminer de la manière suivante :

1° Son *primitif.*

Ce son comprend une voix complète et se représente dans l'écriture par une seule voyelle, comme *a, e, i, o, u, è, on, un, in, an, é, ou* (1).

2° *Son articulé.*

Ce son comprend une voix complète et se représente dans l'écriture :

1° Par une voyelle unie à une consonne, comme *ma, de, ri, non, van,* etc ;

2° Par une voyelle suivie d'une consonne, comme *ar, ol, us, ir,* etc.;

3° Par une voyelle unie à une consonne et suivie d'une consonne, comme *mer, pour, vol, roc,* etc.

3° *Son composé.*

Ce son comprend une voix complète et se représente dans l'écriture :

1° Par une voyelle unie à une consonne et précédée d'une consonne, comme *pla, tron,* etc.;

2° Par une voyelle suivie de deux consonnes, comme *arm, arc, ours,* etc.;

3° Par une voyelle unie à une consonne, puis suivie de deux consonnes, comme *carm, parl, sabr,* etc.

4° *Son compliqué.*

Ce son comprend une voix complète et se représente dans l'écriture :

1° Par une voyelle suivie de trois consonnes, comme *astr., arbr.;*

2° Par une voyelle unie à une consonne, puis suivie de trois consonnes, comme *marbr.;*

3° Par une voyelle unie à une consonne, précédée d'une consonne, puis suivie de trois consonnes, comme *starbr.;*

4° Par une voyelle unie à une consonne, précédée d'une consonne, puis suivie de deux consonnes, comme *stabl.;*

5° Par une voyelle unie à une consonne, précédée d'une consonne, puis suivie d'une consonne, comme *prun* (prononcez *prune*), *pleur.;*

6° Par une voyelle unie à une consonne, précédée de deux consonnes, comme *stra.;*

7° Par une voyelle unie à une consonne, précédée de deux consonnes, puis suivie d'une consonne, comme *strof.;*

8° Par une voyelle unie à une consonne, précédée de deux consonnes, puis suivie de deux consonnes, comme *strofl.;*

9° Par une voyelle unie à une consonne, précédée de deux consonnes, puis suivie de trois consonnes, comme *strarbr.;*

Telle est l'analyse complète de tous les sons de la voix de l'homme.

Il résulte que notre langue peut parfaitement rendre sensibles seize sortes de sons, admirablement distincts : chacun de ces sons dérive d'une des racines que l'on nomme voyelles.

Il faut bien observer que chaque son, quelque compliqué qu'il soit, ne peut jamais contenir plus d'une voyelle (lorsqu'il y a deux voyelles dans un mot, c'est que le mot articulé forme deux sons).

Le tableau ci-dessous sera plus clair que toutes les explications, toujours un peu arides, qu'il serait possible de donner à ce sujet (1).

(1) Il est bien entendu que *an, un, in, on, ou,* quoique représentés en français par deux lettres, ne forment qu'une seule voyelle. (Il est difficile de bien se faire comprendre, quand il se rencontre de semblables anomalies; mais, comme en français je ne puis représenter *ou, on, etc.*, sans employer deux lettres, admettons que chacun de ces sons ne représente qu'une seule lettre.)

(1) Je recommande aux parents de ne point entrer, avec leurs enfants, dans les mille détails que je dois nécessairement passer en revue, et qui sont d'une telle aridité qu'aujourd'hui je me demande moi-même comment j'ai eu le courage de me poser et de résoudre de telles difficultés. Aux enfants, il faut apprendre l'alphabet et ne pas entrer dans les considérations ci-dessus.

TABLEAU DES SONS ARTICULÉS.

ORDRE.	SONS.	MOTS FRANÇAIS COMPRENANT CHAQUE SON.
1	A	a
2	RA	un rat
3	AR	les arts
4	BRA	un bras
5	RAR	une chose rare.
6	ARM	une arme.
7	STRA	extra (ek-stra).
8	BRAS	une brasse.
9	CARM	les carmes.
10	ARBR	un arbre.
11	STRAS	strasse.
12	STABL	il est stable.
13	MARBR	du marbre.
14	STARBR	la langue française n'offre pas
15	STRAFL	de mots qu'on puisse donner
16	STRARBR	ici pour exemples.

Chacun des signes ci-dessus représente un monosyllabe complet, c'est-à-dire un mot d'une seule syllabe et qui doit par conséquent s'écrire avec une seule lettre, soit simple, soit composée, soit compliquée, conformément au son auquel elle correspond.

Pour rendre ce tableau plus intelligible encore, et afin de ne pas entrer dans des définitions métaphysiques incompréhensibles sur la formation des mots, ainsi que l'ont fait plusieurs auteurs pour indiquer le jeu de nos organes vocaux, description vis-à-vis de laquelle on finit par se trouver comme le dindon qui en face de la lanterne magique croit apercevoir quelque chose là où il n'y a absolument rien, je vais retracer nos seize modifications de voix avec la manière de les peindre, parce que je pense qu'il est préférable de s'attacher plutôt aux effets qu'aux causes; lorsque surtout ces causes sortent du domaine de notre intelligence.

Pour l'écriture la règle générale est positive : pour peindre un son quelconque, il faut toujours employer une voyelle, jamais deux.

Une syllabe aussi compliquée qu'elle puisse être ne renferme jamais qu'un seul son.

Il est bien entendu que pour le lecteur les tableaux que je donne n'ont pas la moindre importance, mais il est facile de comprendre que je suis obligé de les tracer pour les maîtres qui auront tout à examiner et à approfondir pour s'assurer que rien n'a échappé, et que toute cette méthode est logique.

Nous démontrerons que tout homme peut parfaitement rendre tous les sons, parce que sa voix se prête admirablement à toutes les diverses nuances ci-dessus indiquées :

COMPOSITION DES SONS.

1	1 voyelle					A
2	1 consonne	1 voyelle				RA
3	2 —	1 —				BRA
4	3 —	1 —				STRA
5		1 —	1 consonne			AR
6		1 —	2 —			ARM
7		1 —	3 —			ARBR
8	1 consonne	1 voyelle	1 consonne			RAR
9	1 »	1 —	2 —			BRAR
10	1 —	1 —	3 —			STRAR
11	1 —	1 —	2 —			BARC
12	1 —	1 —	3 —			MARBB
13	2 —	1 —	2 —			STARB
14	2 —	1 —	3 —			STARBR
15	3 —	1 —	2 —			STRAFL
16	3 —	1 —	3 —			STRARBR

J'ai dû étudier attentivement le rôle de chaque son dans la langue, pour disposer mes caractères de manière à ce que les traits les plus faciles à tracer correspondissent avec les sons les plus souvent exprimés.

Pour cela j'ai fait nombreuses recherches avec beaucoup de soin : les ouvrages purement littéraires ne m'ont pas présenté ces sons sonores que j'ai retrouvé dans des ouvrages populaires, et je suis parvenu à résoudre le problème par le dépouillement d'un livre mi-scientifique, mi-populaire (1) où j'ai trouvé le rôle que chaque voix et chaque articulation joue dans le langage.

RÉSULTAT OBTENU SUR LES MOTS.

150 pages ont produit :

20,056	mots d'une syllabe	ou	20,056	sons complets.
6,731	— de 2	—	13,462	—
3,362	— de 3	—	10,086	—
851	— de 4	—	3,404	—
15	— de 5	—	75	—
31,015	mots formant ensemble		47,083	sons.

Lesquelles syllabes analysées ont produit :

7,857 sons primitifs formés d'une seule voyelle comme *a*, *é*, *è*, *an*, *on*.

24,696 sons articulés, formés d'une seule voyelle unie à une consonne comme *ne*, *pa*, *nou*, *van*, *vou*.

9,343 sons articulés, formés d'une seule voyelle unie à une consonne et suivie d'une consonne comme *par*, *leur*, *pour*.

2,105 sons composés, formés d'une seule voyelle unie à une consonne et précédée d'une consonne comme *bra*, *plon*, *blan*.

(1) *L'Ami de la Santé*, par Philibert Perier. Paris, 1808.

1,512 sons composés, formés d'une seule voyelle unie à une consonne et suivie de deux consonnes comme *parc, notr*.
907 sons compliqués, formés d'une seule voyelle unie à une consonne précédée et suivie d'une consonne comme *prun* (prune), *plas* (place).
611 sons articulés formés, d'une seule voyelle suivie d'une couronne comme *or, er* (heure), *am* (âme), *om* (homme).
52 sons compliqués divers.

47,083 sons ou syllabes (1).

Il résulte de l'énumération qui précède, que sur 914 mots qu'un Français prononce dans le cours d'une conversation ordinaire, on peut admettre la proportion suivante :

2* 475 syllabes composées d'une consonne et d'une voyelle, comme *de-min, ma-tin*.
4* 185 syllabes composées d'une consonne, une voyelle et une consonne, *par, sur, lac*.
1* 151 syllabes composées d'une voyelle unique, *é, an, on, a*.
42 syllabes composées de deux consonnes et une voyelle, *bra, plan, tro*.
30 syllabes composées d'une consonne, une voyelle, deux consonnes, *racl, sabr, notr*.
18 syllabes composées d'une consonne, une voyelle, une consonne, *plas* (place), *plum* (plume).
3* 12 syllabes composées d'une voyelle, une consonne, *ar, or, èr*.
1 syllabe compliquée comme *arbre, arme, stable, ec-stra* (extra), *ec-strêm* (extrême).

914 mots.

(1) Nous verrons que cette analyse est très-importante quand il s'agira de découvrir quelles sont les langues les plus harmonieuses.

Or, il résulte de ce problème, réduit à sa plus simple expression, que la langue française est un composé de mots excessivement faciles à prononcer, puisque les neuf dixièmes offrent les sons les plus naturels, les plus simples, les plus nets, les plus clairs qu'il soit donné à l'homme de pouvoir exprimer; sons qui sont indiqués ci-dessus par un n° et un astérisque *; sons qui se trouvent réunis dans les lignes suivantes, et dont les plus purs et les plus doux sont ceux du n° 2 :

Sur le ri-ant co-teau par le roi choi-si
4 2 2 1 2 2 4 2 2 2 2

S'é-le-vait le mou-lin du meu-nier sans souci.
2 2 2 2 2 2 2 2 2 2 2 2

Le ven-deur de fa-rine avait pour ha-bi-tude, etc.
2 2 4 2 2 4 1 2 4 1 2 4

Du reste, nous verrons toute la beauté de la langue française, lorsque nous exposerons la règle de la liaison des mots, l'une des parties les plus intéressantes de cet ouvrage, et c'est alors qu'on remarquera combien cette méthode fera découvrir de choses que nos célèbres grammairiens n'ont pas vues, n'ont pas pu découvrir, parce qu'ils étaient enfermés dans un cercle vicieux dont il fallait sortir pour apercevoir les faux principes de l'orthographe actuellement usitée.

L'ORDRE.

ELUI qui se livre à l'étude de la nature, qui sait analyser tout ce qui l'entoure, trouve que l'univers est soumis à un ordre si parfait, que son admiration grandit et croît à chaque pas qu'il fait dans la vie.

Cette contemplation le remplit de reconnaissance et d'amour pour la grandeur et la toute-puissance de l'Être suprême qui gouverne avec une sublime sagesse tout ce qui touche notre faible existence; aussi l'intelligence humaine ne peut découvrir cet ordre et cette sagesse admirables que par une suite d'analyses qui lui démontrent d'une façon irrécusable combien tout est sagement coordonné, conduit, combiné dans la nature; c'est pourquoi aussi, dans cette étude, on trouve un attrait irrésistible, surtout lorsqu'on a su découvrir une voie nouvelle; nous y voyons toute la grandeur de notre intelligence, source d'où émane la civilisation; cette civilisation qui nous conserve et nous honore en remplissant le cercle de nos facultés.

A la vue de l'ordre qui règne partout et dans tout, l'homme soumis aux lois générales de la nature sent dans son cœur un principe intérieur qui le détache de la vie animale; alors son bon sens lui dit qu'il est tout aussi impossible à l'espèce humaine de pouvoir confondre le bien avec le mal, qu'il serait impossible de confondre le froid avec le chaud.

Et qu'est-ce que le bien? c'est tout simplement la conformité de notre conduite avec notre raison, c'est-à-dire la vérité, l'ordre, la justice.

Et par contre, le mal n'est autre chose que la fausseté, le désordre, l'injustice.

Nous ne pouvons donc confondre le bien avec le mal; nous faisons par conséquent le bien quand nous voulons le faire et le mal lorsque nous le voulons également : en conséquence, la loi morale est en nous, aussi bien sous le rapport de notre propre conservation que sous celui de la conservation de la société.

Le lecteur pourra trouver que je m'éloigne ici du sujet que je traite, mais il verra qu'il n'en est rien : l'écriture est la clef de l'instruction chez toutes les nations civilisées, comme la simple tradition est la clef des connaissances chez les peuples qui sont encore, en quelque sorte, à l'état d'enfance.

Considérée sous ce point de vue, l'écriture se rattache à l'esprit d'ordre, à l'intérêt général, à la morale, manifestation de la volonté d'un Dieu créateur et conservateur, de l'existence d'un Dieu vengeur et rémunérateur; or, Dieu et la morale sont le principe fondamental de l'instruction, comme l'instruction est le principe de la civilisation, qui émane entièrement de l'intelligence humaine. Il suffit d'approfondir l'histoire des sociétés pour observer que la civilisation a une marche progressive qu'aucune puissance ne peut anéantir sur tous les points à la fois, quoiqu'on puisse, dans un cercle limité, en arrêter le cours pour un moment; mais depuis l'heureuse application de l'imprimerie à l'écriture, l'élan est donné, le progrès marche, et sur son passage fait entendre sa voix toute-puissante qui ordonne à l'homme de vérifier, de passer en revue tous les systèmes qui ont été établis dans les siècles antérieurs, de perfectionner son état moral en se détachant de plus en plus des vieux préjugés qui retenaient son esprit en captivité. Cette voix recommande surtout de ne pas tomber dans le matérialisme, car la civilisation la mieux établie peut dégénérer sous l'influence des passions qui fascinent la raison en trompant la sagesse, en changeant l'ordre de la nature.

L'instruction, qui a pour but l'ordre, puise toute sa force dans la sagesse et la probité, base et ornement de l'esprit humain, et repousse l'esprit d'égoïsme qui ne s'appuie que sur l'intérêt personnel qui a pour principe les plaisirs et pour but la jouissance; l'homme vraiment instruit sait bien que l'apparence est trompeuse et que le bonheur ne réside pas toujours chez ceux qui ne vous abordent que pour chanter les plaisirs sur tous les tons, en disant qu'il faut se hâter de jouir.

Jouir! jouir! est le mot d'ordre des hommes qui n'ont pour guide que leurs passions, et qui, pour les satisfaire, sacrifieraient au besoin l'intérêt général à leur intérêt personnel; ne sachant vivre que pour eux seuls, ne trouvant d'autre bonheur que dans le plaisir des sens, ils cherchent dans le bruit à étouffer cette voix intérieure de la conscience, qui leur dit encore de temps à autre que tout ici-bas n'est pas que matière, et que l'esprit réside en nous.

Dans l'ordre naturel, et c'est là la solution du problème de l'existence, chacun doit, selon ses connaissances, travailler pour le bien de tous; chacun doit marquer son court passage sur la terre par un acte quelconque d'utilité générale; c'est le devoir que tous doivent accomplir, devoir plein de mérites aux yeux de celui qui tient nos destinées entre ses mains, car il n'a pas voulu faire des hommes de pures machines, ni de simples automates, encore moins des bêtes sauvages.

Par le bon exemple, la société se moralise, chaque membre se rapproche et soutient son frère, et en se rapprochant, tous marchent vers la perfection, vers le bien-être; c'est cette marche qu'on nomme civilisation.

Comme la civilisation prend sa source dans l'instruction, comme l'instruction puise sa force dans la morale et dans tout ce qui se rattache aux connaissances utiles, il est du devoir de celui qui croit avoir trouvé une amélioration, de l'examiner sous tous ses aspects et d'en bien peser toutes les conséquences, avant d'entreprendre la tâche pénible de la léguer aux générations futures; toute la science consiste alors à agir avec une excessive prudence, pour ne pas troubler l'ordre et l'harmonie qui ne doivent sous aucun prétexte se trouver menacés un seul instant, ni nuire en quoi que ce soit aux usages, aux mœurs et aux coutumes établis et consacrés par les siècles.

Le progrès exige une marche lente, un entier détachement de tout ce qui est intérêt personnel, orgueil et vanité; il veut dans ses adeptes ce sentiment d'amour qui est la connaissance du bien qu'il apporte; il puise toute sa force dans la conscience, qui, dans l'accomplissement du devoir, donne ce précieux encouragement : Ce que tu fais est bien; ce que tu tentes est bien.

La science est progressive lorsqu'elle indique non pas seulement le mal ou les améliorations dont un système est susceptible, mais lorsqu'elle s'accorde avec la raison, pour faire connaître le moyen réel d'y apporter un perfectionnement. Le talent du médecin ne consiste pas à dire : Voici un malade. Toutes les personnes qui entourent un être souffrant pourraient en dire autant : le difficile est de le guérir, si faire se peut. Indiquer le mal sans indiquer quel remède y est appliquable, c'est le propre des utopistes qui se disent philanthropes, qui se donnent pour des êtres incompris si on ne les écoute pas, ou se posent en victimes si on les oblige à se taire ; sans voir leurs propres erreurs, capables de tromper seulement l'ignorance, ils gémissent de ne pouvoir se faire entendre.

Ces utopistes, cherchent dans tous les coins et recoins, prennent plaisir à entonner, sur un air nouveau, une vieille chanson connue et chantée sur tous les airs possibles, et dont voici le titre : *Encore un défaut que l'on devrait réformer*. Oui, ils se figurent avoir beaucoup fait pour l'humanité, parce qu'ils auront découvert un vice de plus dans la société; alors ils sont heureux de le montrer à tous en exagérant encore sa laideur, plutôt que de chercher à le cacher, ou mieux à le guérir ; en un mot, les utopistes de tous les temps et de tous les pays, s'attaquent avec acharnement à l'ignorance sans s'apercevoir qu'ils se posent en sa présence comme cet architecte vis-à-vis d'un pauvre propriétaire qui demandant un conseil pour consolider sa maison menaçant ruine, n'obtient de l'architecte, assez aveugle pour ne pas voir que le pauvre homme n'a pas même les moyens de payer une simple réparation, d'autre conseil que celui de l'abattre pour en construire une neuve. Ou bien encore ils ressemblent à ces médecins qui conseillent à leurs malades des vins de prix, le bordeaux ou la campagne, sans avoir le bon sens de s'enquérir si la fortune des malades auxquels ils donnent leurs soins, peut satisfaire aux dépenses que doit entraîner semblable remède.

La science ne veut pas que le remède soit pire que le mal ; il faut avancer avec une extrême prudence et ne jamais chercher à imposer une chose qui, pour être utile à quelques-uns, peut devenir nuisible à beaucoup d'autres.

Guérir sans tuer, tel est le but de la science.

C'est en partant de ce principe que je me suis attaché à l'instruction morale, et si j'ai trouvé le moyen d'aplanir les difficultés du premier des arts, l'art d'écrire, clef de toutes les sciences, première porte par où il faut que l'homme passe pour pénétrer dans le domaine des connaissances utiles en suivant le chemin de l'éducation élémentaire, privée ou publique, je dis : Ouvrons cette porte, laissons pénétrer tous ceux qui voudront jouir des bienfaits que doit apporter, sans nul doute, une méthode capable d'anéantir les mille obstacles élevés par la routine, suite inévitable des temps barbares; mais ne l'imposons pas, car chacun a en soi le discernement du bien et du mal, chacun est libre de suivre la route qu'il veut, en se soumettant d'avance à toutes les conséquences de sa décision.

La routine a de bien profondes racines dans nos mœurs ; cela provient, rappelons-nous-le, de ce qu'on a semé nombre de préjugés et d'erreurs dans les temps ténébreux où les sciences se trouvaient entre les mains de quelques-uns seulement. En étudiant, souvenons-nous que tout est système autour de nous et réfléchissons souvent aux terribles conséquences de l'ignorance ou de la fausse instruction. Regardons derrière nous, tâchons de nous pénétrer que les préjugés ne sont autre chose que les suites fatales de l'esprit de désordre; rappelons-nous que cet esprit a régné pendant des siècles entiers, qu'il a été préconisé par ces savants qui semblaient avoir pris pour tâche de tenir l'homme dans une perpétuelle enfance, et alors nous serons portés à chercher les moyens d'éclairer la raison humaine au lieu de la prendre en une stérile pitié.

A la vue des efforts constants de la science, nous pourrons débrouiller le chaos et voir les parties en présence ; alors songeant aux calculs mathématiques que des astronomes ont donné comme de simples probabilités et que la partie ignorante du public s'est empressée de convertir en certitude, nous serons convaincus que l'ignorant voit les choses d'un autre œil que l'homme instruit. La fausse instruction est plus à craindre que l'ignorance ; que de contes nuisibles et ridicules ne fit-on pas par suite de la fameuse interprétation des paroles de Voltaire parlant des terribles catastrophes que pourraient amener à la longue les comètes (que Lalande disait nécessaires à l'astronomie), si dans leurs courses elles venaient à rencontrer la terre sur leur chemin ? Les faux savants jettent l'épouvante, l'ignorance s'effraye, et c'est sous l'empire de la frayeur que de tout temps on a semé de nouveaux préjugés, de nouvelles erreurs.

A PROPOS DE COMÈTES.

HEUREUSEMENT que l'instruction s'étend chaque jour davantage; aussi la civilisation, en présence de la comète annoncée pour le 13 juin de cette année, regarda l'avenir d'un œil rassuré : l'histoire du passé était un garant suffisant, et, tandis que quelques-uns craignaient de se voir engloutis et redoutaient l'apparition d'un de ces phénomènes inexplicables de la nature; les autres, au contraire, s'en réjouissaient en se souvenant de l'heureuse influence de la bonne comète de 1811, qui sut si bien se réconcilier avec la terre, parce que sa présence en vue de notre globe coïncida avec une année des plus fertiles.

Aujourd'hui que l'histoire des temps passés est accessible à tous, que les bibliothèques sont ouvertes aussi bien pour l'ignorance qui cherche à s'instruire que pour le savant qui veut approfondir; aujourd'hui que, grâce à l'art de l'imprimerie, les livres viennent nous apporter la science, au lieu qu'il faille, comme autrefois la dérober pour ainsi dire, l'homme parvient à pénétrer bien des mystères, et l'intelligence la moins perspicace comprend aisément l'effet que produisit la prédiction du fameux cataclysme annoncé pour l'an 1000 et qui devait engloutir la terre; cette terreur de la fin du monde encore renouvelée en 1840; cette alarme de 1807 qui jeta une telle épouvante au milieu d'une grande partie des habitants de Paris, que M. de Lalande, le fameux astronome, dut comparaître à la police à cause de ses comètes; cette crainte, encore à l'ordre du jour en 1832, crainte inspirée par quelques mots que M. Arago laissa échapper et qui furent mal saisis : « Si, disait-il, la comète qui doit paraître cette année et passer dans le plan de l'écliptique le 29 octobre à minuit, y arrivait seulement le 30 novembre au matin, elle viendrait indubitablement mêler son atmosphère à la nôtre et peut-être nous heurter. » Nous HEURTER! le mot était dit, il était tombé des lèvres d'un savant; il n'en fallut pas davantage pour que cette prévision, donnée tout simplement comme une hypothèse, fût prise comme une réalité et agitât les esprits au point que, pour les rassurer, M. Arago dut, par ses traités, en *amoindrir les conséquences*.

On voit que ce n'est pas le peuple qui imagine toutes ces catastrophes, mais c'est lui qui peut en être la dupe à cause de son ignorance; aussi tout ce que les savants annoncent par leurs écrits ou par la voie des journaux, ou ce qu'ils publient pour servir à l'instruction, devrait-il être clair, précis et salutaire; en un mot, les aliments servis au public devraient toujours être sains et de facile digestion; c'est malheureusement là une chose à laquelle on ne réfléchit pas toujours assez.

La raison suffit pour nous dire, à la vue de tout l'ordre qui règne dans la nature, que l'homme ne doit avoir aucune crainte de perturbation dans les astres, qu'il ne doit pas redouter le moindre dérangement dans le mouvement des planètes et surtout de dérangement capable d'amener un choc entre elles.

Or, ce que nous appelons comète peut parfaitement, à l'instar de la lune, se promener dans les airs et suivre le cours qui lui est assigné, cours qui fait le désespoir des astronomes, parce que, malgré les calculs les plus ingénieux, il leur est de toute impossibilité de pouvoir apprécier la marche de ces astres qu'ils nomment *errants*. Une preuve suffit pour montrer que les comètes ne doivent ni nous inquiéter, ni jeter la moindre perturbation dans notre esprit, c'est le nombre immense de celles dont la terre a eu le spectacle, sans que JAMAIS aucune d'elles soit venue troubler le moins du monde notre paisible demeure; nous demeurerons convaincus alors que la méchanceté, l'égoïsme ou l'esprit enclin au merveilleux sont les seules causes de trouble moral dans la société.

COMÈTES PARUES DEPUIS JÉSUS-CHRIST.

Il est inutile de remonter à la création du monde pour voir le nombre considérable de comètes dont la terre a eu le spectacle, parce que nous finirions par nous trouver en présence de la fable, cause permanente de l'effroi des ignorants qui, se basant sur une fausse interprétation d'un passage de la Bible, croient que ce fut une comète qui avertit Noé du déluge universel, ou bien parce que le fameux Newton assigna à la comète de 1680 une révolution de 575 ans, et qu'en remontant toujours de 575 en 575, on arrive à l'année présumée du déluge, année qu'il était cependant aussi impossible alors qu'aujourd'hui de déterminer d'une manière précise.

Les Égyptiens croyaient tout simplement que les comètes étaient des étoiles tour à tour visibles et invisibles, ou des météores comme les étoiles filantes.

Les Grecs voyaient dans la queue des comètes des vapeurs aqueuses réfléchissant la lumière du soleil; quant aux savants des temps modernes, les uns disent que ce sont des planètes, les autres prétendent que c'est une réunion de molécules; et tandis que ceux-ci ne voient qu'une agrégation d'atomes, ceux-là supposent les comètes habitées; il est vrai que les savants finissent par voir des habitants partout, puisque dans un verre d'eau ils nous en montrent des milliers.

Ce fut dans les premiers siècles de notre ère, alors qu'un déluge moral semble avoir submergé non pas les hommes, mais la civilisation, l'esprit, la justice, l'humanité, les arts et les sciences, que l'astrologie s'empara des comètes pour répandre partout des erreurs et des préjugés.

L'astrologie, exploitant la crédulité des humains sans cesse portés au merveilleux, prétendit prédire les événements au moyen des phénomènes célestes; aussi les étoiles et les éclipses devinrent, sous la lunette des astrologues aptes à tout annoncer; on leur attribuait une mystérieuse influence; on leur faisait dire si tel monarque vivrait longtemps, si telle reine accoucherait d'un fils ou d'une fille; elles pouvaient même au besoin assurer de la fidélité des amants.

Pour l'astrologie, quel vaste champ que les comètes échevelées, à longues queues ou à grandes barbes! quelle cause de frayeur ou de réjouissance pour les crédules: je dis frayeur ou réjouissance, parce que hier tandis que les uns, se fondant sur cette fable relative à la comète de Noé dont j'ai parlé plus haut, se croyaient perdus ou engloutis, les autres au contraire savouraient d'avance les bons vins que devait produire une année fertilisée par la présence d'une comète semblable à celle de 1811, tellement chère aux gastronomes qu'ils ne cessent encore de vanter le bon vin de la comète.

Le nom comète vient du mot *chasma*, qui en grec signifiait *gouffre*; c'était bien, en effet, le gouffre de l'esprit, que l'apparition de ces astres qui jetait les imaginations crédules dans un si profond égarement. Suivons à travers les siècles l'apparition de ces phénomènes visibles ou invisibles à œil nu, et qui furent cause de tant d'erreurs :

Le Ier siècle eut 18 comètes; dont une qui parut 6 mois et une 4 mois en forme d'épée.
Le IIe siècle eut 17 comètes.
Le IIIe siècle eut 41 comètes.
Le IVe siècle eut 21 comètes.
Le Ve siècle eut 19 comètes. On rapporte que ce fut en l'an 400 qu'apparut la plus terrible comète, et sa queue était telle, dit-on, que du haut du ciel elle atteignait *presque* la terre.
Le VIe siècle vit 26 comètes, dont une très-grande ayant l'apparence d'une lampe ardente.
Le VIIe siècle vit 23 comètes.
Le VIIIe siècle vit 16 comètes, dont deux furent visibles à la fois pendant quatorze jours, une le matin et l'autre le soir.
Le IXe siècle vit 37 comètes, une d'elles offrait cette bizarre particularité qu'elle ressemblait à deux lunes jointes ensemble.
Le Xe siècle vit 19 comètes.
Le XIe siècle vit 31 comètes, entre autre celle de l'an 1000, qui devait anéantir la terre; elle avait la figure d'un dragon dont la tête, dit-on, grossissait à chaque instant et répandait des flammes.
Le XIIe siècle vit 23 comètes.
Le XIIIe siècle vit 25 comètes, une d'elles disparut le jour de la mort du pape Urbain IV, afin sans doute qu'on ne lui imputât point la mort de ce pontife.
Le XIVe siècle vit 31 comètes. En 1315 encore deux comètes à la fois, une grande et une petite.
Le XVe siècle vit 26 comètes. La queue d'une se sépara en deux rayons, et celle de 1456 fut excommuniée par Calixte III.
Le XVIe siècle eut 30 comètes. L'année 1618 en vit apparaître trois, dont une prit neuf formes différentes; en 1647 une magnifique en forme de gerbe, et en 1664 une en forme de trompette, ce qui était tellement de mauvais augure, que, selon un astrologue la moitié des souverains devaient mourir; inutile de dire que cette calamité n'ayant pas eu lieu, les princes n'échappèrent selon lui que par miracle.
Le XVIIe siècle vit 23 comètes.
Le XVIIIe siècle vit 67 comètes, la plupart invisibles à l'œil nu: celle de 1744 se voyait pendant le jour et soutenait la présence du soleil; sa queue se partagea en deux, une longue et une courte; puis, après quelques jours de mauvais temps, tandis qu'on espérait revoir la comète à deux queues, quelle ne fut pas la surprise d'en trouver cinq grandes et une petite qui se déployaient en forme d'éventail.
(Un astronome a calculé qu'on reverrait cette belle comète dans 28804 ans, et un autre assure que ce sera dans 442 ans seulement.)
Le XIXe siècle a déjà 25 comètes. L'année 1811 vit cette belle et propice comète dont la bienfaisante influence devait réconcilier le monde avec ces pauvres astres tant calomniés; au plus bel été succéda le plus riche automne; ce fut celle qui resta le plus longtemps visible (neuf mois, de mars à novembre); sa queue formait une courbe assez semblable à une branche de palmier.
En 1819 il en parut trois, dont une invisible à l'œil nu; comme on se souvenait de la bénigne influence de celle de 1811, on les vit avec plaisir et non avec crainte, et l'attente ne fut point trompée, l'été fut très-beau et l'année fertile. Celle de 1832 ne produisit pas de si heureux résultats : coïncidant avec le choléra, le vulgaire, à l'exemple de Virgile et d'Homère, attribua ce fléau à la comète, montrant une fois de plus que l'ignorance superstitieuse est toujours disposée à attribuer à des causes étrangères la guerre, la peste, la famine et tous les fléaux qui viennent jeter la désolation sur notre terre.

Quant aux distances de la terre aux comètes, il est inutile de mettre sous les yeux du lecteur les chiffres fabuleux qui sont indiqués; disons seulement que tous les astronomes rapportent que celle de 1770, qui fut celle qui s'approcha le plus de la terre, en était à 800,000 lieues (710,000 lieues plus loin que la lune).

Quant aux paraboles ou routes que suivent les comètes dans l'espace, je n'entrerai dans aucune explication à ce sujet, car il est impossible de concilier Newton et Oliver dont les opinions à cet égard sont si contradictoires qu'il faudrait imaginer des êtres vivant plusieurs siècles en n'ayant besoin de se réchauffer au soleil que sept à huit jours tous les 575 ans.

On a écrit de singulières choses sur les comètes : Comiers, chanoine et astrologue, cite celle de 1513, qui, « habillée en Suisse, » fit mourir un pape et deux rois. Celle de 1531 présagea, dit-il, de grands malheurs; aussi, la mer couvrant un grand nombre de villes dans la Hollande (Zuiderzée), les tremblements de terre du Portugal et de Lisbonne (qui engloutirent 1,500 maisons), sont-ils attribués par le superstitieux chanoine à la maligne influence de la comète; son ouvrage intitulé : *Présage des comètes*, auxquelles il prodigue les épithètes de terribles, épouvantables, malignes, funestes, etc., s'imprimait en France en 1665, dans le grand siècle, sous Louis XIV, et pendant qu'on jouait à Paris *Cinna* et le *Misanthrope!*

Maintenant, si on demande pourquoi les astronomes annoncent les comètes, notre réponse est facile : sur 500 comètes parues depuis J.-C., on a remarqué qu'il y en avait qui reparaissaient à peu près à des époques périodiques; alors il suffit de calculer, comme je le ferai plus loin avec mon ami Pierre, pour savoir à quelle époque elles pourront revenir sous notre horizon, ce qui certes est la chose la plus simple du monde et ne réclame nullement ces prodigieux calculs que se figure le vulgaire, puisqu'il suffit d'en avoir la clef. Citons par exemple la comète d'Halley, dont l'apparition périodique varie entre 75 et 77 années :

ANNÉES de son apparition.	PASSAGE au périhélie.	ANNÉES entre deux apparitions
1456	8 juin.	.....
1531	24 août.	75 ans.
1607	22 octobre.	76 —
1682	16 septembre.	75 —
1759	12 mars.	77 —
1835	15 juillet.	76 —

or, on présume que cette comète apparaîtra de nouveau vers l'an 1910, parce que 1835 et 75 font 1910.

On se fait très-souvent de bizarres idées sur la science des savants; on se figure que leur génie a pu s'élever jusqu'à assister aux conseils de Dieu pour venir ensuite raconter ce qui se passe là-haut, et lorsqu'on les voit prédire la venue des comètes ou des éclipses, il semblerait aux yeux de l'ignorance, que ce sont eux qui ont donné aux astres le mouvement que personne ne pourra jamais préciser, car ce secret appartient tout entier à l'Être suprême. Pourquoi les astronomes peuvent-ils prédire les éclipses? Parce que les éclipses sont tout simplement du domaine de la géométrie, c'est-à-dire une affaire de calculs, de simple observation sur les mouvements réguliers du soleil et de la lune, astres dont l'homme peut calculer les mouvements; en un mot, c'est parce que tous les dix-huit ans et quelques jours les éclipses reviennent à peu près dans le même ordre.

Pour s'en faire une idée sensible, admettons que PIERRE ait contracté l'habitude de venir me voir toutes les 18 semaines sans me prévenir; comme je suis un homme d'ordre et que j'ai eu le soin de prendre note de son séjour chez moi, j'ouvre mon livre et je vois qu'il est venu le 4 janvier, le 10 mai, le 13 septembre, j'établis le calcul et je conclus qu'il viendra l'année prochaine le 3 janvier et non le 4.

Effectivement Pierre arrive le 3; mes amis disent alors que je suis un sorcier : si je m'empresse de les détromper en leur montrant le simple calcul que j'ai fait pour deviner la visite de Pierre, ils verront qu'il n'y a rien de plus simple au monde.

On pense bien que si je veux tirer vanité de mon petit calcul au point d'en faire un mystère; si je dis que son arrivée m'a été révélée en songe ou mille autres contes de ce genre, mes amis pourront être dupes de ma fourberie et de leur ignorance.

Il me semble voir les hommes spéciaux sourire dédaigneusement à la lecture d'une comparaison aussi simple pour expliquer une chose aussi sérieuse que les éclipses, et dire que je cherche à enlever au vulgaire toute l'illusion qu'il se fait sur le mérite des savants; non, tel n'est pas mon but; si je n'aime pas à lire dans un livre que la prédiction des éclipses exige la plus profonde connaissance des mathématiques, c'est parce que je sais qu'on peut y parvenir par des calculs bien moins difficiles qu'on le suppose; mais mon intention n'est nullement de porter la plus petite atteinte à leur considération.

J'aime ce qui est clair et simple, et je vois avec peine la suffisance d'un jeune homme qui se pose en savant, qui dit avec assurance à un individu qu'il croit être un ignorant qu'il y a 34,500,000 lieues de la terre au soleil, 86,000 lieues de la terre à la lune, et qui, parce que cet individu hausse les épaules en ayant l'air de dire qu'on n'a pas pu prendre un cordeau pour mesurer ces distances, s'empresse d'ajouter que ces mesures sont non-seulement exactes à une ligne près, mais qu'on connaît même encore parfaitement la grosseur du soleil et de la lune.

Si on lui dit : Et comment a-t-on pu faire ces merveilleux calculs? Oh! alors il ajoute d'un air victorieux qu'il faut bien que les calculs soient justes, puisqu'on peut prédire 10 ans à l'avance l'heure et la minute des éclipses, et que le tout arrive comme les astronomes le prédisent; là-dessus il déclame : « Il faut nécessairement connaître avec la plus grande exactitude la grandeur, la vitesse du soleil et de la lune, la distance de ces globes aux autres astres pour prédire le jour, l'heure, la minute, le commencement et la fin d'une éclipse; le tout absolument comme il est positif qu'on arrivera à Bruxelles à huit heures du soir si on part de Paris à midi, en sachant qu'il y a de Paris à Bruxelles 72 lieues et que la vitesse sur le chemin de fer est de 9 lieues à l'heure. »

Pour le peu que ce jeune homme ait lu un peu, il vous répétera même comme un perroquet ces lignes qui me sont toujours restées dans la mémoire : « Les astronomes peuvent non-seulement prédire les éclipses futures, mais même indiquer encore celles qui sont passées; ils pourraient de plus assigner l'heure précise des éclipses qui auraient eu lieu 10 ans avant la création du monde, si le monde avait été créé 10 ans plus tôt. »

Tout cela est bel et bon, mais qui prouve trop ne prouve rien, et voici mon objection : il n'y a que depuis Képler (en 1620) qu'on prétend que de la terre au soleil la distance est de 34 millions de lieues, et cependant tous les anciens peuples rapportent que 1500 ans avant J.-C. les astronomes savaient déjà prédire les éclipses.

Or, de deux choses l'une, ou ils connaissaient exactement la distance qu'on annonce actuellement, ou la distance ne signifie rien, et comme on sait que les chiffres actuels sont d'invention moderne, il est incontestable qu'on peut trouver les éclipses sans entrer dans les complications de calculs qui forment le bagage astronomique.

L'astronomie est une science qui, en général, plaît aux enfants avides de connaissances, mais il est à regretter que l'instruction ne porte pas de meilleurs fruits, tellement nos méthodes sont hérissées de difficultés; il est pénible aussi de voir la jeunesse actuelle prétendre tout expliquer; les jeunes gens, parce qu'ils auront passé quelques années sur les bancs des écoles, des colléges, où ils auront entendu parler des systèmes solaire et planétaire, se croient des savants; confondant les faits avec les hypothèses, ils se figurent que les astronomes ont franchi cet intervalle immense, cette barrière insurmontable que le Créateur a mis entre nous et ce qui est au-dessus de nous, et que, nouveaux Titans, ils peuvent escalader les cieux.

Comme je me suis laissé entraîner un peu hors du sujet que je traite, bien que tout ceci ait encore trait, il est vrai, à l'instruction, je vais tâcher de dire le mieux possible, la différence qu'il y a entre les faits et les systèmes ou hypothèses, et je suis satisfait de saisir cette petite occasion pour dire aux jeunes gens une chose qui pourra leur être utile, car j'ai si souvent haussé les épaules sur de faux raisonnements que j'ai entendus, qu'il est bon, je pense, de leur faire apercevoir qu'il ne faut pas toujours croire sur parole tout ce qu'on dit en parlant des cieux.

Un fait est ce qui tombe directement sous le regard de notre esprit et dont la raison nous fait parfaitement concevoir l'existence.

Les observations sur le mouvement des astres, les calculs sur les éclipses sont des faits qui démontrent que l'ordre le plus parfait a toujours régné dans l'univers; ces faits ne sont pas modernes puisqu'ils datent de l'origine de l'histoire humaine et se perdent dans la nuit de l'antiquité. En astronomie, nos ancêtres en savaient presque autant que nous, si ce n'est davantage, et jamais le moindre désordre ne fut signalé dans la marche du soleil et de la lune.

En est-il de même des systèmes? Non, parce que la raison nous dit : 1° que notre conception est bornée; 2° que si notre esprit entraîné par notre amour-propre veut passer les bornes qui lui sont assignées, il lui faut chercher, imaginer un système; 3° que si le système imaginé est comme celui de Képler ou de Newton, un brillant développement de la plus ingénieuse des hypothèses, il se peut fort bien aussi que nous prenions des chimères pour des réalités.

Or, un système solaire est et sera toujours une incertitude; quelque beau qu'il soit, ce ne sera jamais une vérité susceptible d'être démontrée.

On aura beau nous tenir ce langage :

« 1° Le soleil agit de telle manière sur la terre, pourquoi n'agirait-il pas de la même manière sur telle ou telle autre planète ou étoile placée dans son centre d'action? » Dès lors on a un système solaire.

On ignore d'abord si tout dans les planètes est disposé de façon à produire des effets semblables à ceux que nous connaissons; en outre ces planètes étant plus petites ou plus grandes que la terre, se trouvant plus éloignées ou plus rapprochées que nous du soleil, ces effets pourraient bien être différents de ce que nous ne les supposons; et, ce qui le prouve, c'est qu'il n'est pas possible de juger par analogie, car suivant le système actuel, la lune, qui est une planète secondaire malgré le nom de satellite qu'on lui a donné, n'a pas d'atmosphère et la terre en a une. (A ceci on pourra objecter que les habitants de la lune peuvent vivre sans respirer.) La lune a douze étés et douze hivers par an, et la terre en a un seulement. (A ceci on pourra dire que les habitants de la lune peuvent vivre sans manger, puisqu'il n'est pas possible qu'il y ait des végétaux.) Elle ne fait qu'un tour sur elle-même en vingt-neuf jours et demi, ce qui fait pour cet astre des jours et des nuits de quinze fois 24 heures; tandis que la terre, qui est beaucoup plus grosse et dont la vitesse de rotation devrait être moindre, fait un tour sur elle-même dans l'espace d'un jour et d'une nuit. On dit de plus que Jupiter (1) a 4 lunes, que Saturne en a 7, que Mercure, Vénus et Mars n'en ont pas. Je le demande, quelle analogie trouve-t-on là avec la terre et sa lune unique?

Donc, à notre tour, nous pouvons dire que le soleil n'influe pas de la même manière sur les planètes que sur la terre.

Ensuite, est-ce bien notre soleil qui éclaire cette innombrable quantité d'astres auxquels on donne le nom de planètes et de satellites? Est-ce bien notre soleil qui éclaire ces comètes que nous disons être des astres errants parce que nous ne savons pas ce que c'est? Est-ce l'ombre de la terre qui peut produire un effet de nuit se projetant à des milliards de lieues, au point de nous laisser voir toutes les étoiles?

« 2° Autant d'étoiles fixes, nous dit-on, autant de soleils semblables à celui qui nous éclaire, soleils qui ont leurs planètes (et celles-ci leurs satellites), accomplissant des révolutions autour d'eux et formant par conséquent autant de systèmes solaires. »

Voilà qui est superbe! voilà qui est magnifique! seulement, les connaissances sur les étoiles fixes, qui, d'après le système lui-même, ne sont pas fixes puisqu'elles tournent sur elles-mêmes comme le soleil, ne sont pas tout aussi claires qu'on veut bien se l'imaginer; et ce n'est qu'avec des efforts inouïs que nous pouvons parvenir à concevoir que chaque étoile puisse être un soleil; quant à celui qui ne se fait pas une idée des instruments, il se figure que les astronomes voient à travers leurs lunettes les étoiles à peu près comme on voit le soleil avec les yeux, tandis qu'il n'en est rien.

Souvenons-nous que les sciences mathématiques sont une des plus belles découvertes de l'esprit humain, mais sachons aussi qu'autant elles sont utiles lorsqu'elles sont dirigées par la raison, autant elles peuvent être ridicules ou dangereuses lorsqu'elles ne servent que l'imagination.

Il en est des sciences comme des arts : qu'y a-t-il de plus beau que les arts lorsqu'ils servent la morale? mais qu'y a-t-il aussi de plus dangereux lorsqu'ils ne servent que les passions?

Nous allons tâcher de suivre les calculs de nos traités astronomiques, aussi embrouillés que possible.

On nous dit : 1° Que l'étoile la plus rapprochée de nous se trouve éloignée de la terre, d'après des calculs établis, de plus de *sept milliards* de lieues (1) ; 2° que le nombre des étoiles visibles à l'œil nu est environ de 15,000 à 20,000; 3° qu'à l'aide du télescope, le fameux Herschell en a vu défiler *en une heure* (voyez quels bons yeux et quelle paire de lunettes il fallait avoir), plus de 50,000 dans une zone de 2 degrés de largeur seulement; 4° enfin, les astronomes en évaluent le nombre à 43 millions.

D'abord, ici ils se trompent : quand on imagine un système, il faut être logique; c'est mille milliards de millions qu'ils devraient dire, et ce nombre serait encore trop faible.

On conçoit qu'il s'en faut de beaucoup, malgré cette abondance de lumières, que tout cela soit clair à notre intelligence.

Ainsi, si nous regardons au ciel dix étoiles qui semblent être l'une près de l'autre, d'après les données du système établi, l'étoile la plus proche (admettons Sirius ce roi des astres de la nuit, cette première des étoiles de première grandeur, ce diamant si pur qui lance des étincelles, des feux rouges, blancs et bleus d'un si vif

(1) Voici une chose capable de bouleverser le système planétaire : Jupiter, vu au télescope, n'offre point de phases, quoiqu'on dise que cette planète est 1,300 fois plus grosse que notre terre; rien ne peut donc prouver que c'est notre soleil qui l'éclaire.

Si on dit que c'est sa distance prodigieuse de la terre (200 millions de lieues) qui fait qu'on n'aperçoit pas ses phases, je demanderai alors comment on a été conduit à supposer qu'Uranus, qui est à 800 millions de lieues, est une planète éclairée par notre soleil et appartenant à notre système, puisque cette planète est un tiers plus petite que Jupiter; en outre, comment supposer que les petits points blancs voltigeant autour de Jupiter soient des lunes, puisque si on ne voit pas les phases de Jupiter on doit moins encore distinguer celles de ses 4 lunes? Nous pourrions faire des raisonnements analogues au sujet de Saturne qui est à 400 millions de lieues de nous.

(1) Les étoiles observées avec les meilleurs télescopes n'ont point de diamètre sensible et sont comme des pointes d'aiguille; telles on les voit avec les yeux, telles on les retrouve avec les plus puissantes lunettes, elles ne sont ni plus ni moins grosses; or, point de diamètre, point de dimensions; point de dimensions, point de mesures possibles. Donc on a donné le chiffre de sept milliards de lieues à tout hasard; ce nombre ne repose sur rien, absolument rien de solide. Celui qui dirait un million serait aussi près de la vérité que celui qui parle de milliards.

éclat qu'on en a conclu qu'il devait être le soleil le plus près de notre soleil, et qu'Herschell, avec son immense télescope, n'a pu grossir de manière à lui trouver un diamètre appréciable), cette étoile, dis-je, la plus rapprochée de notre terre, sera à plus de 7 milliards de lieues de nous; la seconde sera à 14 milliards de lieues; la troisième, à 21 milliards de lieues; et on arrive ainsi à 70 milliards de lieues environ pour la dixième.

Comme les étoiles paraissent se multiplier à mesure qu'elles ont moins d'éclat, on pourrait demander quel peut être l'éloignement des étoiles de la voie lactée, dont le nombre surpasse peut-être celui des sables de l'Océan? Il est bien entendu que, selon le système actuellement admis, chaque étoile est un soleil, car il est impossible de croire qu'à une distance de 7 milliards de lieues une planète, enveloppée de son atmosphère, puisse émettre des rayons lumineux par un simple effet de réverbération, comme la lune, puisque nous ne pouvons déjà, à l'aide de nos yeux seuls, découvrir Uranus, dernier astre de notre univers.

Enfin ces distances effroyables de millions de lieues, de milliards de lieues surpassent notre imagination. Mais la science astronomique s'empresse de répondre à notre faiblesse :

« Chaque étoile étant un soleil, forme un système solaire, donc notre système solaire n'est qu'un point insensible dans l'immensité de l'espace. »

Fort bien ! or, comme notre système solaire n'est qu'un point insensible dans l'espace, il découle que la terre n'est qu'une toute petite boule et que l'homme qui est dessus n'est par conséquent qu'un moucheron, un insecte imperceptible.

Quelle belle façon de relever l'homme à ses propres yeux ! combien une telle considération est capable de lui montrer toute la grandeur de son intelligence ! Quelle manie a-t-on donc de chercher toujours à nous rapetisser et à nous avilir en nous faisant voir que nous ne sommes que des insectes !

Quel agent puissant que les mathématiques pour multiplier les illusions des sens ou de l'imagination ! avec elles on calcule sans que l'infini, l'impossible puisse nous arrêter; les mathématiciens prétendraient volontiers qu'une goutte de vin jetée dans la mer pourrait être divisée en un si grand nombre de parties que chacune d'elles pourrait être mêlée avec toutes les particules d'eau qui sont dans l'océan. Mais si la vérité mathématique est une, simple, claire comme toute autre vérité, rappelons-nous bien aussi qu'une fois sorti de la route qui y conduit, plus on avance et plus on s'égare c'est ce qui fait reconnaître la justesse de cette maxime juive :

« Ne séparez point la science de la tempérance. »

De tout ce qui précède, il résulte que la science astronomique n'est pas à la portée de tous; le plus grand nombre ne pourra jamais comprendre, les lignes suivantes : « Herschell a observé que la lumière des étoiles de la 1,342^{me} grandeur met deux millions d'années pour parvenir jusqu'à nous; » en d'autres termes, cela veut dire que « s'il plaisait au Créateur de souffler ces étoiles et de les éteindre soudainement, nous les verrions encore deux millions d'années après. »

Comme cela est magnifique ! comme cela est capable de donner une idée de l'infini et de la puissance divine ! aussi on conçoit que celui qui prendrait toutes les probabilités astronomiques pour des vérités pourrait fort bien répondre : Comme nous ignorons si Dieu a soufflé toutes les étoiles et s'il les a éteintes, depuis quand elles sont soufflées, il faut donc nous attendre une de ces nuits à ne plus voir ces astres briller au ciel ; car rien ne peut nous dire si nous approchons de la deux-millionième année du fameux calcul d'Herschell.

Heureusement que notre raison nous dit aussi que tous ces calculs sont à peu près indifférents, et que si l'Être suprême soufflait le soleil, il ne faudrait pas un quart de seconde pour le dérober à notre vue.

Heureusement aussi que les hommes ont bien autre chose à faire que de s'occuper du mouvement des astres et qu'ils reconnaissent en général que les cieux (qu'aucun astronome ne pourra jamais mesurer), sont à peu près lettres closes pour nous et que la science des astres est en dehors de notre nature; que c'est une science d'imagination qui ne repose que sur des découvertes sans principes, base d'un système qui aujourd'hui paraît solidement établi, mais qui pourra s'écrouler demain; dans tous les temps, en effet, où l'on s'est occupé de travaux astronomiques, on a vu sans cesse les systèmes succéder aux systèmes, les théories aux théories, les changements aux changements.

Comme ce n'est pas dans le chaos que l'homme peut trouver la lumière, s'il demande à sa raison : qu'est-ce le soleil? La raison ne lui répondra pas : *c'est une étoile*, elle lui dira tout simplement : le soleil est un astre que celui qui a fait mes yeux pour l'admirer, a mis à l'endroit qu'il a jugé convenable, et il est tout à fait inutile de nous inquiéter pourquoi il l'a placé là plutôt qu'ailleurs et de savoir quel a été son but.

La simple raison n'aura pas besoin d'établir des calculs pour répondre à une question qui tombe sous le plus simple bon sens, et elle ne s'inquiètera pas de ce qu'il lui est inutile de connaître. Mais comment se fait-il, demandera-t-elle, que les astronomes, qui voient assez clair avec leurs grandes lunettes pour distinguer à des milliards de lieues, ne peuvent nous dire quel temps il fera demain. Un bon almanach vaudrait cependant mieux pour nous que des milliers de traités sur le système solaire, système dont voici le seul principe :

« S'il y a autant de planètes dans l'espace que les astronomes nous en font voir, c'est une preuve que Dieu ne peut pas manquer d'emplacement pour nous mettre tous. » Pour moi, je déduirais tout simplement que c'est une preuve que l'homme doit s'attacher à établir sur la terre le même ordre qui règne dans le ciel.

Ainsi les jeunes gens pourront se persuader, par ce peu de lignes, qu'au lieu d'argumenter en dehors de notre entendement, il vaut beaucoup mieux s'en tenir aux choses qui sont à notre portée ; apprenons à connaître notre propre monde ; laissons ces milliers de soleils avec ces millions de planètes éclairées par ces soleils, étudions la véritable science qui consiste à connaître ses devoirs, c'est-à-dire la conduite que tout homme doit tenir envers les autres et envers lui-même, conduite dont le but est le bien général.

A quelque religion que l'homme appartienne, il ne doit avoir en vue que la volonté de Dieu, qui est le bonheur de l'humanité ; or, comme toutes les religions ont pour but de rendre l'homme vertueux, la probité et les mœurs sont les bases de l'ordre social et de toutes les institutions humaines.

Il ne faut pas conclure de ce que j'ai dit que les sciences mathématiques ne doivent pas être cultivées ; non, ne me faites pas dire ce que je ne veux pas dire, les mathématiques sont à mes yeux, je le répéterai sans cesse, une des plus belles découvertes de l'esprit humain, lorsqu'elles sont dirigées par la raison vers ce qui est utile à l'homme.

Et il en est de même de toutes les sciences : il faut des physiciens, des astronomes, des chimistes, etc., mais il est inutile que tout le monde le soit et connaisse ce que les savants ne connaissent quelquefois pas mieux que nous, car ils ne sont pas toujours d'accord ensemble (1). On doit se méfier des résultats bizarres de l'imagination, des choses inutiles et inintelligibles surtout.

Enfin, pour conclure, je dis qu'il faut que chacun sache une bonne fois pour toutes, que, malgré tout ce qui a été observé et dit au sujet des comètes, « aucune jusqu'ici n'a jamais occasionné sur notre globe le plus petit changement visible dans la marche régulière des saisons, » et pour nous c'est là le point essentiel.

Souvenons-nous donc toujours que Dieu a mis dans la marche des planètes, des satellites et des comètes qui composent notre univers le même ordre que dans la marche du soleil et de la lune, les deux seuls astres qu'il nous soit donné de bien observer, et dont l'influence est si considérable sur la terre que nous habitons ; quant aux étoiles, leur éloignement empêche de pouvoir mesurer leur distance à la terre, et tous les chiffres donnés par les astronomes ne sont que des contes, autrement dit des calculs qui ne s'appuient sur aucun principe solide. En un mot, les étoiles ne pouvant avoir aucune influence sur nous, laissons-les, admirons-les pour nous en tenir au sentiment de *Job*.

L'homme vraiment instruit sait que là où l'excès commence le bien finit ; il sait que les temps de ténèbres sont passés ; il sait que c'en est bien assez de nos passions pour nous égarer, aussi ne veut-il plus de savoir inutile, ridicule, et surtout nuisible ; il dédaigne tout ce qui peut le diminuer ou l'amoindrir ; il ne veut rien de ce qui peut lui faire oublier un seul instant ce qu'il est et les devoirs qu'il a à remplir.

---

(1) Newton et Halley trouvaient que la comète de 1680 avait une période de 575 ans ; Euler, par une multitude de calculs, prétendit que cette période était de 170 ans (nous devions la voir en 1850), et Pingré, par d'autres calculs, trouva 15864 ans ; lequel a raison ? Comment accorder de si prodigieuses différences ? et cependant quand on lit les raisonnements de chacun de ces auteurs, le tout paraît si bien démontré qu'ils semblent tous avoir raison.

OBSERVATION DES ASTRES.

FOLIE OU RAISON.

Puisque, dans ce qui précède, j'en ai dit ou trop ou trop peu, je prie le lecteur d'avoir pitié d'un pauvre fou (1) qui, ayant eu aussi la maladie d'observer les astres non pas en astronome mais en simple amateur, va oser se permettre d'écrire quelques lignes sur cette matière, afin de distraire un moment ses élèves, en faisant diversion aux aridités qu'offre la revue analytique de l'orthographe française.

Je tâcherai que le lecteur n'ait pas trop à se plaindre des quelques jours de vacances que je vais lui donner en laissant là notre traité d'écriture ; je le prie de se reporter au temps où, assis sur les bancs de l'école, il aimait tant à voir le professeur interrompre ses leçons pour raconter quelques historiettes ; le temps s'écoulait, et c'était autant de pris sur la durée de la classe. Je vais donc, à mon tour, lui raconter une histoire et le faire voyager dans des parages qu'il ne croyait pas explorer avec moi en s'abonnant à cet ouvrage. La première recommandation que je lui ferai, c'est en abordant un tel sujet de ne point murmurer ces mots : C'est trop difficile pour nous, c'est trop scientifique.

Avant de pénétrer dans le sanctuaire que j'ai visité de temps à autre en manière de récréation et pour faire quelque peu trêve à mes recherches sur l'écriture ; avant de commencer l'exposition de mes théories, je réclamerai toute l'indulgence possible pour la rude tâche que j'ose entreprendre et qui pourra faire dédaigneusement hausser les épaules à messieurs les savants à qui ce chapitre ne s'adresse nullement (2).

Tout homme qui a reçu une certaine instruction, sait que les savants sont en général trop savants pour le public ; tellement savants qu'ils ne craignent point de parler une langue inconnue aux gens du monde, et par cela même tout à fait incompréhensible pour le simple vulgaire ; en ouvrant leurs œuvres, on serait porté à penser que ces messieurs mettent toute leur satisfaction à s'entendre entre eux, ou qu'ils se croient les heureux héritiers des anciens prêtres de l'Égypte, qui, maîtres de la science, la conservaient pour eux. Il semblerait, par leur langage spécial, qu'ils ont conservé le goût des mystères et des hiéroglyphes : aussi peut-on dire avec raison, que la science astronomique est encore aujourd'hui ce temple de Memphis interdit aux profanes, et dans lequel on ne laisse pénétrer que les quelques initiés qui sortent vainqueurs de ces longues et terribles épreuves, énorme bagage tout hérissé de chiffres et de calculs et composé de centaines de volumes traitant des mathématiques transcendantes.

Et moi, pauvre profane, je vais avoir la folie d'essayer de parler astres dans un langage vulgaire ! je vais oser aborder une question qui, d'après les traités astronomiques, atteste jusqu'à quel degré de hauteur l'esprit humain peut atteindre !

Lecteur, pardonnez ma témérité ; moins cet ouvrage peut donner la mesure de mon mérite, et plus il devra témoigner du désir que j'ai d'être utile : ce n'est qu'à ce seul titre que je pourrai obtenir l'indulgence qui m'est nécessaire, sinon la confiance.

Je dois dire d'abord que je renonce à toute gloire ; peut-être me saura-t-on quelque gré de sacrifier mon amour-propre à l'amour de la science, qui veut que le ciel de l'art ressemble en tout au ciel de la nature, c'est-à-dire que l'un soit aussi simple que l'autre, car la nature est simple dans toutes ses œuvres et régulière dans ses apparentes irrégularités.

Il est donc bien entendu que ce n'est pas pour les savants que j'écris ; c'est seulement pour les jeunes gens qui ne veulent pas devenir astronomes que j'ai entrepris ce travail dont le seul but est d'étendre le goût et faciliter l'étude d'une science dont j'ai toujours été enthousiaste.

Jeunes gens, si vous n'aviez point à craindre les fatigues de l'étude, si vous aviez à votre disposition une méthode simple, comme celle que je me suis faite pour moi-même, en me débarrassant du lourd bagage scientifique, vous à qui le monde sourit, n'est-il pas vrai que vous aimeriez aussi à vous reposer quelquefois des plaisirs bruyants par le doux spectacle des cieux.

En élevant ses regards vers le ciel, on se sent pris d'un amour d'ordre, d'une reconnaissance et d'une admiration indicibles : car là tout est majestueux, tout est grand, tout est beau, tout est sage, tout est paisible, tout est magnifique, tout, tout est admirable.

Pour moi, la science astronomique n'est point une science aride, c'est un beau spectacle ; ce n'est pas une étude, c'est un simple délassement capable d'élever les pensées ; c'est une puissance, en un mot, assez forte pour calmer les passions et faire supporter avec courage et résignation les désordres et les injustices dont le spectacle désolant afflige chaque jour nos yeux sur la terre.

Je vais donc essayer de vous montrer la route que j'ai suivie moi-même ; je compléterai l'exposé de ma théorie par divers raisonnements, afin que la jeunesse soit bien sûre que toujours il est possible d'opposer un système à un système, et que tout satisfaisant que paraisse celui qui se trouve actuellement accepté, il n'est autre chose qu'une fort ingénieuse hypothèse,

---

(1) AVIS AUX ABONNÉS. En remplacement du papier que ce fou barbouille pour développer cette question, il promet de donner quelques pages supplémentaires, quelques livraisons au besoin, qu'il ne fera pas payer, parce qu'il est de toute justice que tout abonné à un ouvrage quelconque, reçoive une compensation équivalente pour tout ce qui n'a aucun rapport avec son abonnement ; je comprends en effet que celui qui s'abonne pour apprendre à écrire ne souscrit pas à un ouvrage dont le sujet serait les étoiles, la lune ou le soleil.

(2) Je dois dire ce que j'entends par le mot *savant* que je serai obligé de prononcer souvent dans le cours de ce chapitre : ce mot ne s'adresse nullement à celui qui sait que nos facultés sont finies dans leur développement et que leur exercice rencontre partout des bornes infranchissables ; celui là ne s'effarouchera jamais de voir l'esprit examiner avec sagesse tout ce qui se passe sous le soleil et rechercher avec prudence la bonne doctrine, en s'efforçant d'écarter les erreurs et les faux raisonnements.

Le mot *savant*, comme je le donne, s'adresse à celui dont l'esprit se ment dans un milieu vague, entre la science complète et le néant de la science, pour découvrir sans cesse un horizon nouveau qui n'existe pas.

A celui qui se croit privilégié et qui, comptant trop sur sa force, se laisse glisser sur une pente qui l'entraîne à vouloir tout comprendre, tout expliquer, comme si la nature lui révélait ses plus profonds secrets ;

A l'habile qui se croit sorti de l'ignorance, fait l'important, l'entendu, et trouble le monde en jugeant de tout plus mal que celui qui n'a rien appris ;

A celui qui ne croit pas à la possibilité d'une science primitive, toute naturelle et d'innocence, et qui semble prendre à tâche d'étonner la raison humaine par des subtilités de langage au lieu de l'éclairer de sa vraie lumière ;

En un mot, à tous ces superbes qui montrent un dédain magnifique devant l'histoire qui les gêne, parce qu'ils voudraient faire prendre les hypothèses raisonnées, basées sur des vérités pour des faits bien établis.

Ceci indique que j'entreprends une tâche immense, veuille ma plume ne pas succomber dans le développement de ma pensée !

enfin je tiens à lui démontrer qu'il faut bien se garder de prendre des probabilités pour des réalités.

Hypothèse contre hypothèse, puisque tout n'est qu'hypothèse; qu'il me soit permis de dire que si nous appliquions notre raison, dont les jugements sont pour nous la vérité, à la connaissance de nous-mêmes, à la morale, à la physique, aux mathématiques, en un mot, aux arts utiles, nous verrions que la même cause produit partout les mêmes effets et que d'un fait certain, il ne peut résulter de conséquence incertaine.

Partant de ce principe si logique, si nous prenons une table ronde et que nous désirions connaître le rapport qu'il y a entre le diamètre et la circonférence, nous trouverons, si cette table a

1 mètre de diamètre, qu'elle aura en circonférence 3 mètres, 14 centimètres, 1 millimètre et demi; et cette mesure que nous obtiendrons pour le pourtour de cette table, sera la plus exacte à laquelle nous puissions arriver, nous simple vulgaire.

Mais, à l'aide des calculs, les mathématiciens peuvent obtenir beaucoup plus d'exactitude que cela, et 1 mètre de diamètre arrive pour eux, jusqu'à correspondre à une circonférence de 3 mètres, 14159265358979323846264338327950, etc.

Certes, voilà une fraction qu'il n'est pas donné à tout le monde de pouvoir énumérer, quant à moi je ne m'en charge point; enfin soit, rappelons-nous qu'avec des chiffres on pourrait diviser une goutte d'eau en un million de parties, et partager un grain de sable en un milliard de grains, c'est-à-dire que l'imagination, dépassant les bornes du possible, va se pavaner dans des régions inconnues.

Ce qui est positif, ce qui est vrai, c'est que la circonférence d'un cercle quelconque équivaut toujours à la mesure du diamètre multipliée par 3,1416; or, par la même raison, le diamètre d'un cercle équivaut toujours à la circonférence divisée par 3,1416. (Prenons bien note de ce principe.)

Maintenant si nous prenons un mètre, et si nous demandons ce que représente cette longueur, la science nous répondra: « C'est la dix-millionième partie du pôle à l'équateur terrestre mesurée sur la surface de l'Océan. »

Quant à moi, je pense qu'il vaudrait beaucoup mieux dire tout simplement que le mètre est dix fois la longueur de cette ligne (1):

Lisons maintenant ce qu'on a écrit de mieux jusqu'à ce jour sur le système planétaire; j'ai lu bien des traités, beaucoup lu, et j'ai toujours trouvé que tout ce qu'on dit actuellement n'est en quelque sorte qu'une répétition de ce qu'on a dit jadis:

1° On commence par dire: « La terre a 9,000 lieues de tour. » Comme une lieue géographique contient 4,444 mètres, je divise 40 millions de mètres par 4,444, et je trouve qu'en effet ces deux chiffres correspondent l'un à l'autre; d'un autre côté je sais que la circonférence de la terre doit être environ de 9,000 lieues, non pas parce que j'ai eu le soin de suivre exactement les calculs établis par ceux qui furent chargés, en 1799, de mesurer le méridien depuis Dunkerque jusqu'à Barcelone; mais parce que l'opération nécessaire pour y parvenir, n'est pas aussi difficile que se l'imaginent les personnes qui n'ont aucune connaissance des procédés géométriques. Pour ne pas compliquer la question par des calculs, acceptons donc pour vrai ce chiffre de 40 millions de mètres, ou 9,000 lieues de 4,444 mètres pour le tour de la terre, et avec cela seulement nous arriverons à ce qu'un enfant puisse mesurer par lui-même la distance de la terre au soleil, du soleil à la lune, ou de la terre à la lune (1).

2° On dit: « La lune tourne autour de la terre et accomplit cette révolution en 29 jours 12 heures 44 minutes. » Comme cela a été observé par les peuples anciens et modernes, et que tous se trouvent à peu près d'accord, il est naturel de croire que ce calcul est à peu près exact, et je conclus de cette concordance que la lune est un astre soumis à notre observation, à cause de l'influence qu'elle a sur nous, ainsi que le démontrent nos marées. Du reste, il est certain que 1100 ans avant J.-C., on connaissait la longueur des lunaisons aussi bien qu'aujourd'hui, puisque les Chinois disaient que 19 années solaires correspondaient à 235 lunaisons (2).

Leurs connaissances astronomiques étaient donc égales aux nôtres, puisque pour préciser cette période il fallait savoir que l'année était d'environ 365 jours 1/4 et les lunaisons de 29 jours 1/2.

De leur côté, les Chaldéens, 600 ans avant J.-C., divisaient également l'année en 365 jours 1/4. Il nous faut donc admettre que les anciens étaient aussi versés que nous dans la science as-

(1) Cela serait, il est vrai, moins scientifique, mais en revanche beaucoup plus exact; les traités en effet ne sont nullement d'accord entre eux, pour déterminer d'une manière précise le prétendu aplatissement de la terre aux pôles: en sorte que selon les uns, la circonférence du globe est de 39,998,480 mètres; selon les autres, 40,007,480 mètres. Il en résulte que selon aucun, on ne peut arriver à ce que le mètre soit réellement, exactement la dix-millionième partie du quart du méridien terrestre.

Malgré l'assertion contraire des savants, il est certain que si par une cause quelconque, on venait à perdre tous les mètres et indices y relatifs, il serait de toute impossibilité de retrouver la longueur exacte du mètre, par la mesure de la terre; aussi est-ce une heureuse prévoyance que le gouvernement français a eue de conserver aux Archives l'étalon de cette mesure conventionnelle. Il m'a toujours semblé plus juste de dire: la circonférence de la terre est de 40 millions de mètres, que de définir le mètre la quarante-millionième partie de la circonférence du globe.

Admettons un moment qu'on perde la longueur du mètre, et que dans mille ans on retrouve tous les traités scientifiques où sont exposés tous les moyens à employer pour la retrouver, admettons aussi qu'on retrouve en même temps cette page; il est incontestable que le filet ci-dessus en dira plus par lui-même, que tous les traités réunis.

(1) J'observerai que tout ce que je vais dire est fort peu scientifique, parce qu'écrivant pour les jeunes gens qui ne sont pas du tout astronomes, il est inutile de faire ici un cours de cosmographie ou de haute astronomie; je pense qu'il vaut mieux employer des mots faciles à saisir, et rejeter les expressions techniques qu'ils ne comprendraient pas.

En outre, on ne pourra pas dire que mes idées bizarres et originales sont une compilation, ou ce qu'on appelle un livre fait avec des livres, comme le plus grand nombre des traités, qui ne sont *en quelque sorte que des œuvres* recopiées, où tout n'est qu'emprunt, où on retrouve sans cesse les idées des premiers maîtres, sauf quelques variantes dans le choix des mots; partout les mêmes idées présentées d'une façon différente et avec plus ou moins d'habileté, exposées dans un style plus ou moins fleuri, plus ou moins clair.

Comme je suis obligé d'admettre que je parle à des personnes non versées dans la science astronomique, je supposerai que le lecteur n'a pas la plus légère idée du mouvement des astres; mes opérations n'auront pas besoin d'une précision aussi complète qu'il serait nécessaire pour un sujet aussi grave; j'éviterai le plus possible les fractions; en un mot, tout ceci ne sera qu'une simple démonstration mathématique, une ébauche, pour ainsi dire.

(2) La différence de 4 minutes 49 secondes qui existe par année dans le calcul des Chinois, comparé au nôtre pour le rapport de 19 à 235, devait être une simple manière d'exprimer le temps, afin de ne point donner de périodes séculaires comme terme de comparaison.

Effectivement, tous les calculs établissent qu'il n'y a point de rapport direct entre les années et les lunaisons, puisque dans

1	année il y a	12	lunaisons	3,682,687	décimales,
10	—	123	—	6,826,879	—
100	—	1,236	—	8,268,793	—
1,000	—	12,368	—	2,687,930	—

En sorte qu'il n'y a aucun chiffre précis à indiquer; aussi serait-il impossible, aujourd'hui encore, de trouver deux nombres dans un rapport plus exact: 19 années équivalent donc réellement (sauf une fraction que nous négligeons), à 235 lunaisons, c'est-à-dire que la lune fait 235 fois le tour de la terre pendant que la terre fait 19 fois le tour du soleil.

tronomique, et nous devons reconnaître exactes les indications qu'ils donnaient pour la marche du soleil et de la lune; cela n'a rien qui puisse étonner, puisque c'est simplement un résultat d'observation et de patience, qu'il suffit de noter les observations et de les transmettre de génération en génération : le père observe, les enfants comparent et observent à leur tour, si bien qu'en fin de compte on acquiert des connaissances certaines.

3° On dit : « Comme la lune tourne autour de la terre, la terre à son tour, tourne autour du soleil, et la terre accomplit cette révolution en un an, c'est-à-dire en 365 jours, 5 heures, 48 minutes, 50 secondes. »

Dans notre jeune âge, dans l'enfance, ces trois lignes ne s'offrent pas à notre entendement aussi facilement qu'on le suppose, parce que nous ne voyons pas notre globe tourner autour du soleil, comme nous voyons la lune tourner autour de nous : aussi le soleil paraissant à nos yeux, tourner autour de la terre, absolument comme la lune, tous les traités qui s'adressent à la jeunesse des écoles et des colléges, devraient-ils s'attacher à reproduire clairement les magnifiques démonstrations de Copernic.

Alors le mouvement des astres nous serait dévoilé par l'admirable simplicité qui règne dans tous les ouvrages de l'Etre suprême; nous verrions que la forme ronde est, dans tous les corps, la plus belle et la plus parfaite; nous comprendrions tous le mouvement de la terre qui nous fait voir le lever, la marche, le coucher du soleil et des étoiles, absolument comme si ces astres tournaient réellement autour de notre planète. Alors, quand on nous dirait que la terre est ronde, notre raison l'admettrait sans peine; elle concevrait, en effet, qu'il faut que la terre soit ronde pour qu'on puisse faire le voyage suivant : se rendre de Paris en Amérique en suivant la Seine jusqu'à la mer, traverser l'océan Atlantique, franchir l'isthme de Panama en chemin de fer, aller en Californie, traverser le grand Océan, gagner l'Australie, parcourir la mer des Indes, longer la mer Rouge, traverser l'isthme de Suez, parcourir la Méditerranée, gagner Toulon ou Marseille et prendre enfin le chemin de fer qui nous ramène à Paris.

Nous sommes revenus à Paris, notre point de départ, par une route opposée à celle que nous avions suivie en allant; pour accomplir de cette façon notre voyage autour du monde, il nous a fallu nécessairement suivre une ligne analogue à celle qui contournerait une bouteille ou un rouleau; mais pour le vulgaire, le voyage que nous venons d'indiquer ne prouve pas encore que la terre soit ronde comme une boule, et, parce qu'on n'a jamais pu faire un voyage semblable par les pôles, il demande si au delà des glaces, il n'y aurait pas d'autres terres inconnues, ainsi que le représente la figure ci-contre.

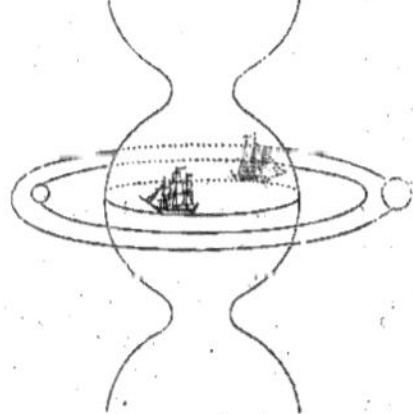

Le bout du monde a été de tout temps l'objet de la curiosité générale, et aujourd'hui encore le petit espace laissé en blanc sur les cartes du globe terrestre rappelle sans cesse à notre souvenir ces habiles et intrépides navigateurs qui se dévouent pour les intérêts de la science et de l'humanité.

Malgré cet espace inexploré, notre imagination peut suppléer à cette lacune de la science, qui d'ailleurs se trouve aidée par le phénomène des éclipses : la terre, pendant une éclipse, projetant une ombre circulaire sur la lune, il est naturel d'en conclure que notre planète est ronde, une sphère pouvant seule produire une ombre ronde. En outre, toutes les personnes qui ont voyagé sur mer savent que la courbe de l'océan est sphérique, puisque lorsqu'un navire pointe à l'horizon, on aperçoit d'abord le petit drapeau qui flotte au haut du grand mât, ensuite les voiles et successivement le corps du navire; il est évident que si la mer était de niveau, on apercevrait les grandes voiles avant le petit drapeau, car dans le lointain, un grand objet se voit mieux qu'un plus petit. Celui qui n'a pas été sur mer sait qu'une haute montagne vue de loin ne laisse voir d'abord que son sommet, et que plus on s'en approche plus sa masse apparaît à nos yeux.

Les voyages entrepris dans toutes les directions prouvent avec évidence que la terre n'a pas de limites, elle ne peut donc être plate comme une assiette, puisqu'il n'y a qu'une boule qui n'ait ni commencement ni fin, chaque point de la surface d'un globe pouvant être considéré comme son milieu. L'intelligence de l'enfant comprend fort bien cela, lorsque, dans son désir de connaître, il interroge son père pour savoir où est le bout du monde; c'est ce qu'exprime très-bien le dialogue suivant :

L'ENFANT.

Père, apprends-moi donc, je te prie,
Ce qu'on trouve après le coteau
Qui borne à mes yeux la prairie?

LE PÈRE.

On trouve un espace nouveau,
Comme ici des bois, des campagnes,
Des hameaux, enfin des montagnes.

L'ENFANT.

Et plus loin?

LE PÈRE.

D'autres monts encor.
Après ces monts, la mer immense;
Après la mer un autre bord,
Et puis on avance, on avance,
Et l'on va si loin, mon petit,
Si loin, toujours faisant sa ronde,
Qu'on trouve enfin le bout du monde
Juste au milieu d'où l'on partit.

Et quelle est l'intelligence assez bornée pour supposer à la terre une forme autre que celle d'une boule? où passeraient chaque jour le soleil, la lune et les étoiles, pour se lever sans cesse du même côté et se coucher au côté opposé? Quelle serait la masse de la terre, si elle avait une profondeur infinie, dont aucun chiffre ne pourrait donner l'idée? comment concevoir une épaisseur sans fin?

La raison humaine ne peut adopter de fausses idées, lorsqu'elle est bien dirigée vers la source de toutes vérités, et la lumière qui veille en elle lui dit aussitôt que la forme sphérique est de toutes les formes la plus belle, la plus simple, et par conséquent la plus parfaite (1).

Il est un autre motif encore de croire la terre ronde : en examinant la lune, nous devons conclure par analogie que la terre ronde comme elle, est, comme elle, un globe isolé de toutes

(1) Les anciens peuples savaient que la terre avait la forme d'une boule, d'une sphère; mais quel est l'auteur de cette conception? comment même déterminer d'une manière précise quel peuple eut les premières notions de cette vérité?

Les Chaldéens semblent avoir eu l'honneur de cette invention; de même que, de leur côté, les anciens poëtes parlent les premiers des constellations. Ainsi Homère cite dans l'Iliade le bouclier d'Achille sur lequel Vulcain avait gravé les cieux, la terre et tous les astres du ciel.

Six cents ans avant Jésus-Christ on connaissait la plupart des constellations zodiacales, et Thalès partagea le globe terrestre en cinq cercles parallèles ou zones, en sorte que la connaissance de la sphère a une origine très-reculée, et remonte aux temps antihistoriques.

parts dans l'espace; ainsi, la raison seule nous indique que la terre est ronde.

Si elle est ronde, il est positif que de trois choses l'une : ou elle est immobile; ou elle voltige dans l'espace soutenue en équilibre comme un ballon dans l'air; ou bien elle roule, c'est-à-dire tourne sur elle-même, sur son axe, comme une balle qu'on lance en l'air, ou encore comme une bille de billard, pour accomplir sa révolution autour du soleil dans le cours d'une année.

Et qui me dit que la terre fait le tour du soleil en un an? C'est la raison, l'observation des étoiles, autrement dit les effets qui se présentent constamment à mes yeux.

Comme tous les ans je revois le soleil à la même place, comme tous les ans il nous ramène l'été, je consulte l'almanach et je vois qu'en effet il s'est écoulé environ 365 jours depuis la dernière maturité des fruits, et j'en conclus que le chiffre de 365 1/4 qui se trouve indiqué est à peu près exact.

Maintenant, si je considère la succession des jours et des nuits je me dis que pour que le soleil nous apparaisse le lendemain à la même place que la veille, il faut de toute nécessité que le soleil tourne autour de la terre, ou que la terre tourne sur elle-même; et si elle tourne sur elle-même, il faut que le mouvement du soleil tournant autour de la terre soit un mouvement apparent, autrement dit le résultat d'une illusion d'optique.

Mais, si la terre tourne, pourquoi ne nous sentons-nous pas tourner avec elle? La moindre réflexion suffit pour résoudre cette question; si, à bord d'un navire, je regarde le rivage, il me semblera que c'est le rivage qui tourne autour de moi, et je n'apercevrai pas que le navire avance et remue; mais arrivé à destination, je comprendrai que ce mouvement du rivage n'était qu'une illusion; de même, si, lorsque je suis renfermé dans une chambre, quelqu'un avait la force de faire tourner la maison et de la changer de place sans faire la moindre secousse, n'est-il pas certain que je ne le sentirais pas, et que tous les objets que je verrais dans le lointain sembleraient marcher, tandis qu'au contraire ce serait moi qui tournerais, pendant qu'eux seraient immobiles?

Une autre question : Est-il possible que nous puissions tourner sens dessus dessous, et rester debout, isolés et fixés tout à la fois sur la terre, soit que nous soyons sur la boule, sur le côté ou bien en dessous, absolument comme une mouche qui marche sur un mur ou au plafond? Ici se présentent deux problèmes : celui de l'attraction et celui de la vitesse; la vitesse qui s'offre à moi comme la force la plus puissante après l'électricité, est celle que peut parcourir un boulet de canon lancé par une pièce de 24, et chassé par huit kilogrammes de poudre, cette vitesse est de cinq lieues en une demi-minute. (Prenez bien note de tout, car c'est de toutes ces observations que nous passerons à une autre plus importante.) Une expérience toute simple me montre que la vitesse est une puissance considérable : si je prends un seau plein d'eau ou un panier rempli d'œufs, et si je les fais tourner successivement sens dessus dessous avec une extrême rapidité, il ne s'échappera ni une goutte d'eau, ni un œuf.

Quant à l'attraction, cette puissance qui fait qu'il n'y a dans l'espace, entre le ciel et la terre, ni dessus ni dessous; force qui nous retient à la surface du globe comme le fer s'attache à l'aimant, je doute qu'on puisse jamais la démontrer matériellement, et je pense que ce problème dont on a cherché la solution, est par sa nature même, complétement insoluble; l'hypothèse la plus raisonnable qu'on puisse faire, c'est de considérer la terre comme formée d'une substance qui comme l'aimant, a la puissance d'attirer à elle tout ce qui tend à s'échapper de son sein.

L'attraction est un phénomène dont nous ignorons complétement la nature; il ne nous est pas plus possible de connaître sa cause que celle de la chaleur, de la lumière et de l'électricité.

Le lecteur aura pu remarquer que jusqu'à présent je me trouve en tout d'accord avec les astronomes; la raison en est simple, c'est qu'il s'agit de choses que nous pouvons tous observer aussi bien qu'eux, souvent par la seule analogie, il est vrai; de choses enfin qui furent remarquées, mesurées, observées, notées, approfondies depuis les temps les plus reculés; mais qu'on a exposées, depuis quelques siècles seulement, d'une façon différente de celle employée jusqu'alors.

4° On dit : « La terre en tournant autour du soleil décrit une ellipse (ovale), et non un cercle. »

Je suis désolé de me mettre, par ce qui va suivre, en opposition avec les calculs établis; cependant tel n'est pas mon but, car je connais mon faible, je sais que j'ai beaucoup de peine à m'expliquer aussi clairement que je le voudrais, et en outre, je ne pourrais exposer en quelques pages ce qui réclamerait plusieurs gros volumes. Ce que je vais dire est donc seulement pour montrer que, quelle que soit l'apparence d'exactitude du système généralement adopté, quelques petites erreurs pourraient bien s'être glissées dans les traités; comme ma raison n'arrive pas à bien comprendre tout le système tel qu'il est donné, il m'est, je pense, permis d'exposer, aussi bien qu'il m'est donné de le faire, mes vues sur ce sujet, quoiqu'elles se trouvent en quelque sorte opposées à celles des hauts maîtres en astronomie; au surplus, j'ai une base pour appuyer mon raisonnement, et cette base, quelle que faible qu'elle soit, m'a suffi pour étayer ma théorie et montrer que j'ai quelque connaissance du sujet que je traite.

Je ne puis, pour justifier ma témérité, que jeter un rapide coup d'œil sur l'histoire du passé; c'est toujours vers ce qui fut fait et dit dans les siècles écoulés que je me reporte lorsque je veux approfondir le point de départ de tel ou tel système.

Il s'agit du mouvement de la terre, et par conséquent aussi de celui de la lune et du soleil; or, passons en revue quelques-unes des œuvres scientifiques qui traitent cette vaste question.

Il est difficile de se rendre compte de tout ce qui a été dit et écrit sur la nature et la marche des astres, sur notre terre elle-même considérée comme planète; aussi toutes les idées bizarres et originales que l'on trouve dans les livres sacrés des savants, pour expliquer la composition ou la formation de tous les corps célestes, leur nature, leurs courses et leurs mouvements font-elles une encyclopédie, qu'on pourrait à juste titre intituler : COURS COMPLET D'HISTOIRE DES FOLIES HUMAINES.

Dès que l'homme cherche à remonter à la source des choses, à la cause des phénomènes, et qu'il ne se contente pas de contempler la magnificence des effets qui se produisent autour de lui, il divague; et on ne peut concevoir à combien d'erreurs il se trouve alors assujetti, bien qu'il prétende s'élever jusqu'à la connaissance de la vérité.

Le savant est le jouet de la création, de même que le *doute* est le domaine de l'érudit; en effet, réfléchissons au chaos de la science : quel système adopter au milieu de mille hypothèses plus ingénieuses les unes que les autres?

Ici, pendant des siècles entiers, la terre immobile est le centre de l'univers et on voit les prêtres de l'Egypte s'emparer de cette hypothèse (1500 ans av. J.-C.) pour en faire une science à eux et la concentrer dans leurs temples; croyant posséder la vérité sur les mystères du monde, ils consacrent leurs connaissances et cachent leurs découvertes sous l'enveloppe de mystérieux hiéroglyphes, indéchiffrables pour le vulgaire.

Là, on voit un système établir le soleil au centre de notre univers (Pythagore, 540 ans av. J.-C.), et le génie seul de la géométrie, fait découvrir la rondeur de la terre, sans avoir besoin de chercher à en faire le tour. De ce moment l'esprit conçoit le mouvement autour du soleil ; c'est celui, en effet, qui s'offre le plus naturellement à la conception humaine.

Arrive peu après, un homme illustre (Aristote, 350 ans avant J.-C.) qui s'empare du sceptre de la philosophie, renverse le système établi, remet la terre au milieu de l'univers et fait courir de nouveau autour d'elle le soleil, la lune et les étoiles.

Comme de tout temps les savants ont prononcé définitivement et sans appel, même sur les questions qui présentent le plus d'incertitude, l'autorité d'Aristote fut telle, que pendant dix-huit siècles, aucun astronome n'aurait osé mettre en doute la question que le *maître* avait résolue, et se demander si c'est le soleil ou bien la terre, qui se trouve réellement au centre de l'univers, ou, en d'autres termes, quel est celui des deux globes qui tourne réellement autour de l'autre.

Tel était le système du monde adopté du temps de J.-C ; système confirmé 175 ans plus tard par Ptolémée, système d'une complication qu'on a peine à concevoir.

Arrive heureusement enfin un esprit contemplateur de l'admirable simplicité de la nature (Copernic, an 1530 après J.-C), qui analyse avec sagacité tous les systèmes imaginés jusqu'alors, et qui, guidé par la raison, regarde comme simple et naturel d'admettre que la terre fait un tour sur elle-même en vingt-quatre heures ; le célèbre chanoine rejette donc l'hypothèse qui fait faire au soleil, à la lune et à toutes les étoiles, cet immense voyage qu'il faudrait qu'ils parcourussent dans un aussi court espace de temps pour tourner tous autour de notre planète.

Ce premier mouvement devenant une vérité mathématique, puisqu'elle se trouve appuyée par la force de la raison et qu'on peut la démontrer clairement par de simples figures géométriques, conduisit naturellement au second mouvement de la terre, le mouvement de translation autour du soleil dans l'espace d'une année.

Il est fâcheux que le génie de Copernic, au lieu de s'appliquer à découvrir seulement les lois qui régissent notre globe, soit sorti de la simplicité pour pénétrer tout à coup dans le domaine de la complication ; afin de trouver les causes de l'inégalité des jours et de la succession des saisons ; parce qu'il chercha à attribuer aux étoiles-planètes un mouvement autour du soleil analogue à celui de la terre.

L'idée du mouvement de rotation de la terre tournant sur elle-même satisfit si bien la raison humaine, que dès ce moment le système de Copernic prévalut et détrôna le système de Ptolémée, proposé d'abord par Aristote, ce despote de la science qui donna comme sienne une encyclopédie des connaissances humaines, en choisissant en maître, dans tout ce qui avait été dit et écrit jusqu'à lui.

Ainsi furent mis à néant les cercles et contre-cercles de Ptolémée, qui avait su faire de la machine si simple du monde la machine la plus bizarre et la plus compliquée, et qui eut tant de célébrité, parce qu'il avait donné à l'homme la place d'honneur, en supposant la terre immobile au milieu de l'espace et en faisant tourner autour d'elle le soleil, la lune et les étoiles, absolument comme si l'homme était le gouverneur des astres, le roi, le maître de l'univers.

Arrive bientôt après, un jaloux de la gloire de Copernic (Tycho-Brahé, an 1570) qui imagina un système mixte, plaça de nouveau la terre au centre du monde, et essaya de démontrer que notre globe est une masse trop lourde pour pouvoir tourner sur elle-même ; il est heureux pour lui qu'on n'ait pas connu alors le poids de l'air, la propriété des gaz, leur légèreté, leur puissance ; car leur application aux ballons ou aérostats est aujourd'hui un fameux argument à opposer à toutes les belles pages qu'il laissa à la postérité.

Vient ensuite Képler, en 1620 ; il invente les lois du mouvement des planètes, et, nouvel Archimède, court les rues de sa ville, en criant : *J'ai trouvé, j'ai trouvé.*

Qu'a-t-il trouvé ? il a découvert tout ce qu'on peut imaginer de plus compliqué pour expliquer une chose simple, il a inventé que « *les orbites* (1), *que les planètes décrivent autour du soleil ne sont point des cercles, mais des ovales, des ellipses.* » Et à l'appui de cette sublime découverte apparaissent des ouvrages tellement remplis de termes scientifiques, que les lecteurs pour lesquels j'écris ne pourraient y comprendre mot.

Apparaît Galilée, an 1600, à qui nous sommes redevables de la belle découverte du thermomètre, de ce petit instrument précieux dont l'utilité pour les sciences physiques est si incontestable et qui a pénétré jusqu'au sein de nos foyers pour nous indiquer les variations de la température.

Devant ce nom, tous les astronomes s'inclinent, et dans leur admiration, dans leur enthousiasme ils s'écrient : « *Honneur à Galilée, gloire au génie à qui l'homme doit la plus belle et la plus utile de toutes les découvertes* (l'invention des lunettes d'approche (2)) *dorénavant son œil va s'élancer vers les distances les plus prodigieuses de l'espace, son génie va commander au soleil, aux planètes, aux étoiles, au ciel même, de se rapprocher et devenir à lui, afin de lui dévoiler toutes les magnificences que sa vue n'avait pas encore pu apercevoir ; honneur, honneur à Galilée, à qui nous devons le système solaire !* »

Voyons donc un peu ce qu'on aperçoit à travers ces fameuses lunettes, quel sublime spectacle vient frapper la vue à travers ces instruments tant vantés, inconnus au vulgaire, et que Copernic ne possédait pas :

La lune, à l'aide des plus fortes lunettes, apparaît un peu plus grosse qu'à simple vue, elle présente des taches grises, qui font ressembler cet astre à une superbe carte géographique, et on conclut que ces taches sont des creux, des précipices, des élévations, des montagnes ; conclusion logique, puisqu'elle se trouve appuyée par les effets que produit l'ombre sur un corps présentant des aspérités. L'ombre étant l'espace qui se trouve derrière la partie éclairée d'un corps, espace qui, privé de lumière, prend une teinte grisâtre plus ou moins foncée, il n'y aurait rien d'étonnant que la lune qui est un corps opaque, c'est-à-dire non transparent, ainsi que l'indiquent les éclipses de soleil, ait, comme la terre, des creux et des élévations ; mais si juste que soit ce jugement, il ne suffit pas à lui seul pour que nous puissions déterminer la forme positive de cet astre ; son opacité, en effet, ne peut servir à faire préjuger de sa constitution, et il peut très-bien être formé d'éléments complétement différents de ceux qui constituent notre globe.

En noircissant avec de la fumée l'objectif ou le grand verre de la lunette, on amortit l'éclat éblouissant du soleil, et cet astre apparaît comme un globe rouge sur lequel on retrouve, de même que sur la lune, quelques taches ; puis le lendemain

(1) On appelle *orbite* la courbe que décrivent les planètes dans leurs évolutions ; c'est la route que parcourt un astre en tournant autour d'un autre astre, route qui ne laisse dans l'espace aucune trace et est en quelque sorte comparable au chemin suivi sur la mer par un navire qui se rend d'un point à un autre, avec cette différence que l'orbite est une route qui, au lieu d'être droite peut être circulaire ou elliptique ; en sorte que le mot *orbite* est, dans ce sens, synonyme du mot *chemin*.

(2) On attribue à Galilée l'honneur de cette invention qui est peut-être celle d'un obscur fabricant de lunettes de Middelbourg, car on se servait déjà à cette époque de lunettes simples, telles que les emploient les personnes qui ont la vue affaiblie. On raconte, à propos de cette découverte, que les enfants d'un opticien, s'amusant avec deux verres, s'aperçurent qu'en les éloignant l'un de l'autre, les objets paraissaient plus proches et plus gros ; c'est pourquoi l'on a prétendu que cette découverte était due au hasard, et que Galilée n'avait fait que la mettre en application en construisant la fameuse lunette d'approche.

d'autres taches, et le surlendemain ces taches ont disparu; c'est alors que l'on voit l'astre dans toute sa pureté, c'est-à-dire présentant l'aspect d'une belle boule rouge (effet produit par le verre noirci).

De l'apparition et la disparition de ces taches, on conclut que le soleil tourne sur lui-même, ce qui est encore logique; mais à cette conclusion ne pourrait-on pas ajouter qu'il pourrait fort bien se faire aussi que le soleil ait comme la terre un second mouvement autour d'un autre astre qui nous est inconnu?

En effet, la terre tourne autour du soleil et entraîne la lune dans sa course, donc le soleil qui tourne aussi, pourrait fort bien tourner autour d'un autre astre et entraîner la terre absolument comme la terre entraîne la lune; puis, l'astre inconnu entraînant à son tour le soleil, se trouverait obéir à un autre plus inconnu encore; si bien qu'on arriverait à un mouvement général, bouleversant tous les systèmes solaires successivement établis et représentés par des cercles ou des ellipses, à un mouvement universel d'une complication bien au-dessus de toute la raison humaine.

Mais revenons à notre lunette qui nous fait voir que Vénus, la brillante étoile du berger, n'est pas pour nous une étoile, mais une lune; puisqu'on aperçoit en miniature ses diverses phases, sous forme de quartiers et de croissants.

De même, Jupiter, cette étoile brillante, n'est plus une étoile rayonnante, c'est aussi une petite lune blanche, large comme une pièce de 2 francs, montrant d'une manière imperceptible ses quartiers et ses croissants, et autour de laquelle voltigent quatre petits points blancs qu'on présume être aussi des lunes.

De là on conclut que Jupiter est une terre habitée, qui a quatre lunes pour l'éclairer pendant la nuit.

Saturne à son tour n'est plus une étoile, mais une lune ou plutôt encore une terre habitée comme Vénus et Jupiter; d'abord on découvrit dans les petits points blancs qui voltigent autour d'elle quatre petites lunes, ensuite une, puis deux autres; si bien que cette heureuse planète se trouve avoir sept lunes qui l'éclairent pendant la nuit, sans compter celles qu'on finira par lui découvrir plus tard; car il est bien entendu que tout n'est pas découvert, puisque chaque jour on perfectionne de plus en plus les instruments.

Vient Uranus, cette étoile qu'on ne peut pas voir avec les yeux, qu'on n'observe que fort difficilement avec les meilleurs télescopes et à qui on attribue six lunes, six lunes imperceptibles il est vrai, et dont l'existence ne repose que sur la parole des astronomes.

Si bien qu'en résumé, malgré les noms de planètes ou de satellites qu'on donne aux étoiles, tout est lune dans l'espace : la terre est une lune, chaque étoile est une lune, le soleil est une lune... Oh! pardon, je me trompe, toutes les étoiles ne sont pas des lunes, le soleil n'est pas une lune, puisqu'on nous dit que c'est une étoile; mais lecteur, pardonnez mon erreur; elle vient de ce que, me laissant entraîner par les données du système solaire lui-même, qui peuple l'immensité d'habitants, et qui affirme que les principales étoiles sont autant de lunes, j'arrivais à ne voir partout que des lunes, si bien que ma pensée dépassant les bornes indiquées, me faisait déjà voir le soleil d'une nature différente de celle sous laquelle on nous le montre.... provisoirement.

Le soleil, dit-on, est une étoile; or, toutes les étoiles sont des soleils!

Mais, demande un enfant, comment sait-on que le soleil est une étoile? Est-ce parce que regardant cet astre par le grand verre de la lunette, il paraît aussi petit qu'une étoile; ou bien est-ce parce que si on regarde les étoiles par le petit verre, on les aperçoit aussi grosses que le soleil?

S'il en était ainsi, la chose serait claire, positive; mais il s'en faut de beaucoup que les étoiles grossissent au point de paraître être aussi grosses que le soleil : les plus fameux instruments, les plus puissantes lunettes braquées vers le ciel où brillent ces diamants, étoiles qui lancent mille feux scintillants, ne nous les montrent jamais différentes de ce que nous les voyons avec nos yeux seuls; seulement, avec de puissants télescopes, on parvient à en découvrir un nombre un peu plus grand; absolument comme nous arrivons également à simple vue à en voir davantage lorsque le temps est clair, que lorsqu'il est nuageux.

Quant à la grosseur, les étoiles ne sont toujours que des points lumineux, sans nulle dimension sensible, sans aucun diamètre, des petites pointes d'aiguilles lançant des feux brillants; en un mot, vues à travers des plus puissants instruments, elles ne paraissent pas un millimètre plus grosses qu'à l'œil nu.

Ce manque de diamètre, on l'attribue à la distance immense qui nous sépare des étoiles, et on conclut de là, sans s'arrêter à la différence d'éclat, que toutes les étoiles doivent être autant de soleils en tout semblables à celui qui nous apporte ses bienfaits, nous échauffe et nous éclaire (1), et voilà sur quoi repose tout le système solaire! on prétend juger par analogie : le soleil a un diamètre, les étoiles n'en ont pas; n'importe, on passe outre; tel est le principe du système qu'on cite comme le résultat le plus brillant du développement de l'esprit humain.

Revenons à Galilée : toute mon admiration pour ce génie repose sur la hardiesse de son esprit qui fut capable d'engendrer le système le plus vaste que puisse concevoir une imagination poétique; je l'admire encore pour la droiture de son cœur qui sut rendre à Copernic la justice que Tycho-Brahé lui avait refusée, et qu'il méritait pour la découverte du mouvement de la terre tournant sur elle-même. J'admire encore Galilée, lorsque livré à l'inquisition, on le força d'abjurer à genoux, à l'âge de 70 ans, ses prétendues erreurs sur le mouvement de la terre, et qu'en se relevant, il prononça à demi-voix ces paroles mémorables : « *E pur si muove*, » (et pourtant elle tourne), paroles qui prouvent combien il était pénétré de la vérité des principes posés par Copernic sur la rotation de notre globe.

Maintenant arrive Descartes (an 1600) avec son système des tourbillons, de soleils s'allumant et s'éteignant comme des fagots qui voltigeraient dans l'espace, idée qui, d'abord adoptée avec un enthousiasme frénétique, finit bientôt par tomber dans le plus profond oubli.

Enfin apparaît Newton (1670), ce fameux mathématicien qui s'éleva par son génie à une telle hauteur, qu'on dit « qu'il assista aux conseils de Dieu » pour expliquer les lois de la nature, les lois du mouvement, la force projectile ou centrifuge, la force centripète ou l'attraction. Mais en quoi consistent ces forces, ces lois? Ne le demandez pas à Newton; son génie aussi sage qu'élevé vous répondrait qu'il n'en sait rien, et qu'il ne le cherche même pas.

Ces lois furent posées après lui en principes généraux, et il

---

(1) Si vous demandez aux traités s'il est bien démontré que les étoiles soient des soleils, ils vous répondront que deux arguments bien simples peuvent vous satisfaire : 1° leur distance, 2° leur éclat.

Mais cela n'est pas aussi simple, aussi concluant que facile à dire : d'abord la distance des étoiles est *incommensurable*, leur manque de diamètre sensible en est la cause, puisqu'aucune ne peut offrir le moindre angle, la plus petite parallaxe; c'est absolument comme si pour Sirius observé de deux endroits différents, on formait deux points avec la pointe d'un crayon, et que si de ces points placés l'un contre l'autre on tirait deux lignes droites vers un troisième point à cent lieues des premiers; il est naturel que les deux lignes se confondant en une seule, l'angle serait si étroit qu'on ne pourrait arriver à le mesurer.

Quant à leur éclat, Vénus, l'étoile du berger, qui n'est qu'une planète, brille de feux plus ardents que Sirius, la plus éclatante des étoiles. Or, ni la distance, ni l'éclat ne justifient cette conclusion.

arriva pour lui ce qui était arrivé pour Aristote, ce génie dont la destinée avait été de faire faire un pas aux connaissances humaines, en même temps qu'il retardait le progrès pour dix-huit siècles environ; parce que les savants attachés aux œuvres du précepteur d'Alexandre le Grand, comme le fer attiré par l'aimant, ne juraient plus que par Aristote; on ne pouvait vis-à-vis d'eux, avoir raison que par Aristote; ce qu'avait dit Aristote était la loi suprême, définitive et sans appel; Aristote L'A DIT, était l'*ultima ratio*, la dernière raison.

Fort heureusement que le plus grand nombre commence à s'apercevoir, grâce à l'instruction, que tout ce que l'on avance sur les questions les plus incertaines, ne se trouve pas toujours confirmé par les faits; ainsi, Newton n'a-t-il pas présenté des calculs sur la marche des comètes, calculs qu'il est très-facile de détruire aujourd'hui que le temps et l'expérience n'ont pas confirmé les conjectures du grand astronome? Les retours périodiques de ces astres n'ont-ils pas fait défaut plusieurs fois? Sont-elles toujours apparues au temps indiqué? N'en aperçoit-on pas briller tout à coup au moment où on s'y attend le moins?

Newton en attribuant la cause des marées à l'attraction du soleil et de la lune, n'a-t-il pas supposé que la terre prenait à chaque instant la forme qui devait résulter de son état d'équilibre sous l'influence de ces astres? Ainsi, selon lui, la terre s'enflant et s'allongeant comme le mastic qu'un peintre pétrit entre ses mains, prendrait à chaque lunaison la figure d'un sphéroïde (à peu près comme un œuf.)

Newton, ce maître de la science, ne vit pas que le rapide mouvement de rotation, joint à l'attraction de la lune qui oblige la terre à dévier de la ligne équatoriale, peut à lui seul déterminer le flux et le reflux de la mer; et, sans avoir égard à la nature de la surface du globe terrestre qui est une masse inerte peu modifiable dans sa forme, il tomba ainsi dans les plus grandes erreurs.

Je suis honteux, je l'avoue, de me mettre en opposition avec le célèbre Newton : son autorité est si imposante et son système si brillant, si séduisant! son langage plaît tant à l'imagination, que ma plume hésite en exprimant quelque doute sur la vérité du système proposé par ce grand génie et sur la façon dont il peuple les cieux. Si j'ose écrire quelques lignes sur ce sujet, c'est que je ne puis regarder comme prouvé ce qui ne l'est pas, c'est parceque je tremble que Newton ait fait seulement un beau rêve en expliquant à peu près ainsi la formation des astres et la forme de leurs orbites.

« Des matières quelconques voltigeant dans l'espace, ou le « vide, se rassemblent; au bout de milliers d'années, de siècles, « elles se réunissent, et finissent par former une masse, un « corps, un astre. (Pour nous faire une image sensible de cette espèce de métamorphose, imaginons-nous voir de la vapeur devenir eau, l'eau devenir neige, les flocons de neige s'accumuler, s'amonceler au point de former une petite boule, puis cette boule grossir, augmenter et finir par devenir enfin une terre, une planète, un astre.) Le corps étant formé se « trouve alors assujetti aux lois qui régissent le mouvement « universel des corps célestes; la force projectile ou centrifuge « le met en mouvement selon une ligne droite, la force centri- « pète l'attire vers le soleil et le concours de ces deux forces « l'oblige à décrire une courbe; cette courbe forme alors une « ellipse, un ovale. »

Cela est, j'en conviens, fort beau, mais l'esprit réfléchi peut-il admettre que la terre que nous habitons ait une telle origine, peut-il accepter ces deux mouvements sans examen; surtout lorsqu'un troisième mouvement indispensable vient frapper son esprit qui lui dit : si la force centrifuge lance la terre loin du soleil, si la force centripète l'attire à lui, il faut nécessairement que le corps se mette en équilibre si les deux forces sont égales; or, la courbe décrite ne peut être qu'un cercle parfait. Si une des deux forces est supérieure, la courbe décrite ne pourra encore former un ovale, puisqu'il faudrait une troisième force capable de repousser la terre du soleil après qu'elle aurait été attirée vers lui et *vice versâ*; de même, si une des forces est inférieure, il est incontestable que, par l'attraction, nous irions indubitablement nous fixer au soleil, et nous confondre avec cet astre souverain qui éclaire de sa lumière notre vaste domaine, qu'il échauffe, vivifie et féconde par sa chaleur; en sorte que d'après cette hypothèse de forces élastiques, le monde est menacé d'être lancé dans l'espace ou d'une destruction par les feux du soleil.

Il faut donc rechercher la troisième loi indispensable au système de Newton; cette loi en engendre d'autres suivant lesquelles la terre serait repoussée de degré en degré de façon à décrire une courbe ovale; ce système devient alors d'une complication qui effraye l'imagination; aussi je l'abandonne pour me retrancher dans le camp de la science moderne, et interroger ce que l'on dit sur la nature des astres.

Dès l'abord, je vois que, se fondant sur des observations faites avec de grandes lunettes ou télescopes d'un pouvoir amplifiant considérable, on admet comme une chose très-naturelle: que le soleil n'est plus un globe de feu et de lumière (matière incandescente) ainsi que je me le figurais, et je trouve dans les descriptions que l'on en donne (1), que cet astre est un simple globe comme était jadis, dit-on, notre terre, globe qui se trouve assez refroidi déjà pour que toute sa surface soit recouverte d'une couche solide.

On ajoute que la propriété que le soleil avait, aux premiers âges de la création, d'être pour notre globe un foyer de lumière et de chaleur est à jamais perdue et ne s'est conservée jusqu'aujourd'hui entière que dans son atmosphère, qui seule se trouve incandescente, grâce à la haute température du globe solaire.

Il est vrai que, pour nous rassurer, on se hâte d'ajouter une seconde hypothèse à la première; on dit que le refroidissement du soleil ne peut faire de progrès sensible, que la lenteur de ce refroidissement est extrême; parce qu'il s'opère sur un globe d'une grosseur immense.

Les chaleurs excessives que nous avons eu fort heureusement cette année ne viennent nullement justifier cette opinion sur le refroidissement du soleil; ce n'est qu'une hypothèse vide, un rêve, une fiction informe qui ne peut satisfaire la raison et que deux mots peuvent mettre à néant : il n'y a que 250 ans, en effet, que le thermomètre fut inventé, rien n'indique la température qu'éprouvaient les peuples de l'antiquité, or, comment savoir si le soleil était plus chaud jadis qu'aujourd'hui?

Pour celui qui admet toutes les conséquences d'un principe, il est naturel que si le soleil se refroidit, il y aurait certitude entière que son atmosphère, à son tour, finira par ne plus produire de lumière ni de chaleur; alors l'homme, les animaux, les plantes, la terre et toutes les planètes, seraient voués, dans un avenir plus ou moins éloigné, aux glaces éternelles, à la mort.

Heureusement l'histoire est là pour démontrer que la science moderne n'a pas le malheureux privilége d'avoir inventé les systèmes; on en retrouve le germe dans l'Inde, et ils ne sont, pour la plupart, que des hypothèses renouvelées des anciens: le *Sankhya* ou panthéisme, — le *Veisheshika* ou matérialisme, — le *Nyaya* ou rationalisme, sont des preuves de ce que j'avance. Seulement on a eu soin de retrancher ce que ces systèmes avaient de poétique ou de trop oriental, on a voulu ainsi pa-

(1) On cherche maintenant à faire croire par des systèmes habiles que ce n'est point le soleil qui nous éclaire et nous échauffe, c'est-à-dire que la lumière et la chaleur ne nous viennent pas de cet astre qui, dit-on, est probablement habité comme la terre. D'après cette audacieuse hypothèse, ces effets bienfaisants que nous ressentons seraient produit par une espèce de nuage, d'atmosphère lumineuse environnant le soleil.

L'homme, à force d'imagination, finit par s'égarer dans le domaine des probabilités, sans réfléchir que les causes pour nous ne sont rien et que les effets sont tout.

raître les avoir inventés, ou peut-être les mettre en parfaite harmonie avec la sécheresse de notre siècle, qui, à force d'exactitude, cherche à expliquer les choses les plus incertaines.

Pour preuve, prenons maintenant la prétendue chaleur intense du globe, qui est encore une de ces ingénieuses hypothèses capables de nous faire prendre des chimères pour des réalités.

La démonstration de la chaleur à l'intérieur de la terre est basée sur le principe suivant : (observez bien le point de départ du raisonnement qui suit, et souvenez-vous que quand les données manquent pour établir un principe, il faut alors chercher, imaginer, supposer, inventer quelque chose).

« Autrefois la terre n'était qu'une masse de matière incandescente voltigeant dans l'espace (autrement dit une boule de feu, comme le soleil apparaît actuellement à nos yeux dans son éclat majestueux); isolé dans l'espace, ce corps finit par se refroidir à l'extérieur et à se couvrir d'une première couche solide. Cette première couche finit avec le temps par s'augmenter et prendre de l'épaisseur, à mesure que le refroidissement pénétra plus avant; et, en conséquence, la chaleur de la surface diminua continuellement, mais d'une manière insensible. »

A l'appui de cette hypothèse on cite les fossiles, êtres organisés que l'on trouve dans les pays les plus froids, qui n'ont plus d'espèces analogues que dans une seule partie du globe (la zone torride).

Ainsi pendant que tout semble promettre à l'homme une vie plus active et plus durable, puisque la terre se couvre chaque jour d'un nombre plus grand d'habitants pour la cultiver, voilà qu'on nous fait entrevoir que le globe est susceptible de perdre sous nos pieds, sa chaleur naturelle, en même temps que tous les moyens, même artificiels, de remplacer cette chaleur.

Cette hypothèse livre, d'une façon évidente, à la destruction et à la mort la terre et tous les êtres organisés qui vivent à sa surface, et comme cette démonstration s'applique logiquement à tous les globes, soleils ou planètes qui se trouvent disséminés dans l'espace, la conclusion s'applique à l'univers entier : l'avenir définitif de l'œuvre immense de la création serait les glaces éternelles!... D'autres savants, au contraire, partent d'un principe différent, et disent que l'origine de notre globe étant aqueuse (c'est-à-dire formée d'atomes ou particules d'eau, vapeur, neige, etc.), la terre finira par le feu, par un embrasement général de sa surface; cet embrasement, disent-ils, sera produit par un dégagement considérable de chaleur, dont la cause sera une augmentation progressive de couches superposées les unes sur les autres, et dans les combinaisons chimiques de matières combustibles, renfermées dans l'intérieur de la terre.

Si bien que nous voilà menacés, de quelque côté que nous nous tournions, de mourir selon les uns par le feu; et, selon les autres, nous deviendrons les tristes victimes du refroidissement terrestre, et le monde périra sous une épaisse couche de glace.

Il est heureux que les découvertes de la science moderne nous permettent de prendre un terme moyen entre ces deux hypothèses, et de supposer qu'un des principaux éléments qui constituent l'intérieur des globes, est un gaz d'une grande pureté qui, par sa légèreté, les conserve en équilibre dans les airs, dans l'espace, gaz qui maintient à la surface de la croûte terrestre, la chaleur produite par les rayons du soleil. Il faut observer toutefois que ceci n'est qu'une simple probabilité, une pure hypothèse que j'établis (1) pour prouver une fois de plus qu'on peut toujours substituer un système à un autre système, quelque brillant qu'il soit; et si je suppose l'existence d'un gaz pur, provenant du souffle de Dieu, lors de la création du monde, je ne fais cette supposition que pour rassurer notre raison, relever et conserver dans nos cœurs l'espérance en la providence conservatrice des ouvrages de l'Être suprême, et je ne veux point sonder les impénétrables abîmes qui sont au-dessus et au-dessous de nous.

Mon intention n'est pas de semer de nouvelles erreurs ; je cherche au contraire, à démontrer que, grâce à sa raison, l'homme doit atteindre la vérité, seule capable de l'élever continuellement vers l'intelligence suprême; je ne veux pas établir des raisonnements dans le vide, ni faire croire à l'anéantissement de notre monde, pensée que pourrait de nouveau faire naître une hypothèse nouvelle, en ajoutant une cause de destruction à celles que nous avons vues précédemment, ainsi que le serait, par exemple, une explosion générale.

C'est pourquoi j'ai eu le soin de dire *gaz pur*, parce que tout ce qui sort de la main de Dieu, est empreint de pureté, ne peut en aucune façon nuire à l'homme, et n'a aucun rapport avec ces gaz impurs que nous fabriquons par des procédés ordinaires pour nos aérostats ou notre éclairage, gaz qui ne sont qu'une bien faible image de ce qui émane du souffle divin.

On voit donc que j'avais bien raison de dire que ce qu'on appelle le plus brillant développement de l'esprit humain, lorsqu'il repose sur des systèmes ou des hypothèses, peut s'écrouler facilement pour faire place à d'autres plus ingénieux encore, et c'est ainsi que des siècles de travaux astronomiques n'ont eu pour résultat que de substituer un système à un autre; aujourd'hui on adopte avec enthousiasme un système; demain il tombe, on le change, sauf à le reprendre après-demain ; si bien qu'en somme la plus belle hypothèse semble condamnée d'avance à ne briller qu'un moment.

1588 ans avant J.-C., Atlas, fils d'Uranus, qui mesura, en Afrique; l'année d'après le cours du soleil et les mois d'après celui de la lune, Atlas, dis-je, inventa la sphère, et comme on la lui vit dans les mains, on dit qu'il portait le monde.

Aujourd'hui on le représente portant la boule du monde sur les épaules; cette allégorie est facile à saisir : le monde alors simple et par conséquent léger pouvait se tenir dans les mains ; peu à peu il acquit par une multiplicité de systèmes un poids énorme, si bien qu'il est devenu tellement lourd qu'Atlas est obligé de porter la sphère sur les épaules, et semble succomber sous ce fardeau qui l'écrase.

Il nous reste à faire connaître notre pensée sur le système solaire; tâchons de la développer clairement : cette question a de graves et immenses conséquences pour le progrès. Mais avant de commencer, je dois observer que le mot *progrès* est aujourd'hui un de ces mots que toutes les écoles écrivent sur leurs bannières; si bien qu'il n'a plus de signification déterminée, tellement on lui a fait subir d'altérations.

Pour moi, *progrès* signifie tout simplement mouvement déterminé vers un but que l'homme se propose d'atteindre, lequel consiste à reconquérir l'état primitif d'intelligence et d'innocence qu'il avait lorsqu'il sortit pur et parfait des mains du Créateur; en un mot, c'est

faire de l'homme tombé
l'homme réhabilité.

Partant de ce principe, je dis qu'en politique comme en religion, en science comme en morale, on ne devrait pas voir ces luttes continuelles d'opinions entre les auteurs, entre les propagateurs de la pensée qui s'entre-déchirent et se combattent, afin d'élever sur un sable mouvant des principes que le moindre coup de vent renverse; mais, au contraire, ils devraient s'unir en frères et s'entr'aider pour former une colonne inébranlable contre ceux qui préfèrent les ténèbres aux lumières; contre ceux qui, par un langage obscur, tiennent les peuples sous l'empire des préjugés et des superstitions; contre ceux, en un mot, qui semblent, par leur doctrine, tenir un cours d'ignorance publique.

C'est dans la manifestation de la pensée travaillant d'une manière lente, désintéressée, pour le bonheur de la société, pour le bien-être commun que réside le progrès, lequel n'a en vue que le perfectionnement intellectuel et moral de l'individu, et pour moyen une continuelle amélioration des institutions, afin que chacun puisse participer aux bienfaits que Dieu répand sur la terre ; ce progrès, cette amélioration ne peuvent arriver que d'une manière lente et graduée, afin de ne pas déterminer la moindre secousse dans l'ordre social qui, sous quelque prétexte que ce soit, ne doit jamais se trouver ébranlé.

Voilà, à mes yeux, la signification vraie du mot progrès, et toute la science réside dans l'emploi des moyens que l'homme possède pour combattre l'ignorance, anéantir toutes les grossières erreurs, les superstitions absurdes, les préjugés et les mensonges qui abrutissent l'esprit humain.

Encore un mot; obligé d'employer souvent les mots Dieu, âme et ciel, je veux protester contre toute fâcheuse interprétation; je ne voudrais pas que le lecteur me prît pour un champion de l'obscurantisme et me comptât au nombre des hommes à préjuges étroits, comme les fanatiques, les bigots ou les cagots, et encore moins dans la classe des imposteurs, des hypocrites ou des Tartufes, pour lesquels la société ne pourrait avoir trop de nouveaux Molière.

Je tâcherai d'éviter de faire sourire de pitié ces jeunes gens aux belles manières qui mettent l'incrédulité au rang des articles de mode, et je ferai en sorte de traiter des devoirs de l'homme, sans préférence pour telle ou telle religion dominante que j'estime toutes également, parce que toutes elles sont un hommage au Créateur, et j'élèverai la voix comme un père de famille et non comme un docteur en théologie à la parole dure et austère, condamnant toute espèce de plaisir et capable de faire fuir son auditoire à force de l'effrayer.

Enfin, je vais faire de mon mieux pour ne rien dire qui ne soit juste; n'appartenant à aucune association, à aucune secte, soit religieuse, soit politique, soit scientifique, je viserai le plus haut possible pour tâcher d'atteindre la vérité; je me présente en libre penseur, semblable aux philosophes du XVIIIe siècle, avec un cœur désintéressé, un esprit indépendant, franc et sans détour, un langage empreint de la morale du Christ, et je me garderai bien de vouloir imposer mes idées, car j'ai le plus grand respect pour les opinions d'autrui, et je reconnais que tout homme, jouissant de la libre faculté de penser et de juger, a le droit de choisir, de repousser et d'adopter telle ou telle doctrine.

Ces réserves faites, citons un des plus brillants résumés de l'éducation nouvelle et passons à l'examen du système solaire enseigné dans les collèges, système dont l'idée n'est pas neuve, ainsi que se le figurent les jeunes gens, puisqu'Anaximandre enseignait la pluralité des mondes 570 ans avant J.-C.

LE SYSTÈME SOLAIRE

OU

L'ENFANT INTERROGEANT LES ASTRES.

Dis-nous, lune vagabonde (1),
Où vas-tu pendant le jour?

LA LUNE.

Mon enfant, je suis un monde,
Et du tien je fais le tour;
J'ai, de même que la terre,
Des coteaux et des vallons,
Et du soleil qui m'éclaire
Tu vois sur moi les rayons.

L'ENFANT.

Astre du soir qui scintilles
Quand le soleil ne luit plus,
D'où vient l'éclat dont tu brilles?
Qu'es-tu, riante Vénus?

LA PLANÈTE VÉNUS.

Une terre où joue et chante
Maint enfant rose et vermeil;
Ma lueur éblouissante
N'est qu'un reflet du soleil.

L'ENFANT.

Et toi, source de lumière,
Soleil, flambeau des flambeaux?

LE SOLEIL.

Enfant, je suis une terre
Aux doux bois, aux frais ruisseaux;
Mais je porte pour couronne
Des flammes dont la splendeur
A quarante mondes donne
La lumière et la chaleur.

L'ENFANT.

Et toi, masse aux traits étranges,
Qui pendant les nuits soudain
Apparais et soudain changes
De figure et de chemin,
Où vas-tu, comète informe?

LA COMÈTE.

Moi, j'erre aux cieux et j'attends,
J'attends que Dieu me transforme
Et me peuple d'habitants.

L'ENFANT.

Et vous, de nos nuits profondes
Brillant et doux ornement,
Seriez-vous aussi des mondes,
Étoiles de diamant?

LES ÉTOILES.

Dans la région sublime
Dont nous sommes les soleils,
Chacune de nous anime
Vingt mondes au tien pareils.

L'ENFANT.

Et le ciel, et le ciel?

. . . .

Au même instant un orage éclate à l'horizon, un ciel couvert de nuages éclaire d'une lueur pâle et terne tous les objets, un calme sinistre règne dans l'air, le tonnerre gronde dans le lointain et semble annoncer quelque malheur. Soudain une tempête horrible succède au silence de la nature, les éclairs sillonnent l'atmosphère, un bruit affreux fait trembler la terre, les éclairs redoublent d'intensité et l'enfant consterné, saisi d'effroi, élève les yeux vers le ciel pour adresser une courte mais ardente prière à Celui qui commande à la foudre et aux mers. Il a à peine adressé sa prière à l'être dont il implore la clémence, qu'une sueur subite inonde son visage brûlant : la simple pensée du système solaire l'effraye. La foudre éclate et tombe à quelques pas de lui au moment où il se disait : *Il n'y a plus de ciel*. La foudre a terrassé un taureau; frappé à la vue de la mort, l'enfant fuit pour trouver un abri, il appelle son père, mais l'air emporte sa voix et il semble entendre ces paroles : Où donc fuyez-vous, mortels ? où trouverez vous un asile pour échapper à la mort? où trouverez-vous le courage de la braver si ce n'est dans votre conscience qui seule peut vous faire affronter tous les dangers? Relevez la tête, ne laissez pas pénétrer dans votre esprit le doute, et souvenez-vous que vous êtes la seule de toutes les créatures de Dieu qui peut fixer les yeux vers le Très-Haut.

Réfléchissons à ces quelques lignes, à tous ces mondes imaginaires créés par le système solaire, qui, sans qu'on s'en doute,

(1) On donne le nom de *vagabonde* à la lune parce qu'elle change chaque jour de position dans l'espace, et aussi parce qu'elle croît et décroît sans cesse par rapport à nous; de là ce jeu de mots fort spirituel d'un plaisant : *La lune est une vagabonde qui change chaque jour de quartier.*

peut anéantir les plus chères illusions de l'homme et les remplacer par le doute, puisque par un système de planètes sans nombre, tournant autour d'une quantité de soleils dont aucun chiffre ne pourrait donner la moindre idée, on enlève à la terre le ciel, le ciel de l'Écriture, le séjour du bonheur éternel, le séjour des bienheureux jouissant de la vue de l'intelligence suprême, en récompense des vertus pratiquées sur la terre, pour n'admettre qu'un vide absolu, un rien infini, qu'en langage scientifique on nomme ciel cosmographique.

Si encore on pouvait arriver par ce système à faire faire à notre esprit un pas dans l'immensité, je dirais que ces ingénieuses hypothèses sont admissibles. Mais pas le moins du monde : notre intelligence ne peut même arriver, par ce moyen, à acquérir une connaissance certaine de plus, elle retombe aussitôt dans l'abîme de l'infini ; en effet, on a beau dire qu'il y a autour de nous autant de mondes, autant de soleils semblables à celui qui nous éclaire, qu'il y a d'étoiles brillant aux cieux ; notre imagination a beau faire des efforts, elle ne peut arriver à comprendre l'étendue infinie ; en mettant mondes sur mondes notre esprit s'égare et ne tarde pas à trouver de nouveau devant lui la voûte azurée comme une barrière infranchissable.

Je n'ai pas voulu parler, dans les lignes qui précèdent, des conceptions plus ou moins ingénieuses de l'esprit ; l'homme, obligé pour rendre ses idées, de recourir à des images sensibles, a fait du ciel un paradis terrestre, un jardin délicieux, une habitation pleine de magnificence, un palais de merveilles élevé au-dessus d'une voûte de cristal. Non, laissons ce paradis des enfants, pour parler du vrai ciel, du ciel du Christ, où l'asile éternel de l'âme de l'homme, de ce refuge moral qui n'a rien de terrestre, puisqu'il est un pur séjour où Dieu réside, où il révèle aux âmes des justes toute son immensité et où il se montre à elles dans toute sa gloire et sa puissante grandeur.

On ne peut se faire une idée de cette vie future, de bienheureuse contemplation, autrement que par la satisfaction intérieure qu'offre à notre âme le parfait accomplissement du devoir ; le repos d'une conscience pure semble, en effet, être le précurseur d'une satisfaction infinie ; aussi est-il tout à fait impossible de donner une idée du ciel par des comparaisons empruntées aux choses créées ou aux objets qui tombent sous nos sens. Comment pourrait-on pénétrer cet insondable mystère, puisque nous ne pouvons pénétrer ni définir la nature de notre âme elle-même qui, nous le concevons parfaitement, est le principe de notre vie ?

Ne confondons pas deux choses entièrement distinctes, ainsi que le fait l'érudit, qui passe sa vie dans un doute affreux, confondant sans cesse Dieu et la science ; le ciel et la vérité ; l'âme et l'amour, l'ordre et la justice, et qui, dans un langage paré d'expressions élégantes, s'écrie que tout le bonheur de l'homme, bonheur passé, présent et futur, consiste seulement dans la possession du vrai ; ce qui, en propres termes, est remplacer Dieu par la science, en prenant le moyen pour la fin, par une subtilité de langage qui donne aux mots des significations que l'on n'oserait dévoiler au vulgaire (1).

Dire que la perfection de l'homme est la possession de Dieu, est, je le répète, prendre le moyen pour la fin ; soutenir l'idée que la connaissance de la vérité est la plénitude même du bonheur, autant vaut dire que la science est tout et que Dieu, le ciel et l'âme sont des choses imaginaires, inventées pour contenir les hommes, pour les empêcher de se dévorer les uns les autres ; de sorte que ces idées sublimes de la divinité, des peines et des récompenses, de vie future, etc., seraient simplement des mesures de précautions comparables (si on veut nous permettre ce rapprochement un peu vulgaire), à la muselière que l'on met aux chiens pour les empêcher de mordre.

Confondre l'âme de l'homme avec l'âme du monde, c'est-à-dire avec le mouvement universel, c'est matérialiser l'esprit humain et détruire le dogme de l'immortalité de l'âme ; par suite de cette confusion, ce dogme divin devient un vain mot, puisqu'il résumerait dans la science de vivre, la science de jouir transmise de génération en génération par la tradition ou l'invention de l'écriture.

La société envisagée de cette façon ne formerait qu'une réunion d'animaux vivant au dépens les uns des autres et dont l'homme pourrait être considéré comme le plus adroit, puisque nos plus belles facultés se réduiraient au simple instinct dont la brute elle-même est douée ; tout le bonheur résiderait dans la conservation du corps et la satisfaction de ses appétits. Mais qui de nous ne connaît deux sortes de bonheur, l'un matériel, l'autre spirituel ? Le bonheur du corps, qui est tout entier dans une insatiable avidité de jouir ; bonheur qui n'a aucun rapport avec la pure contemplation dont parle le Christ et que ne peut concevoir l'être qui se fait sur la terre un bonheur des voluptés sensuelles.

Je sais fort bien que les savants n'admettent pas l'immortalité de l'âme personnelle de chaque individu et qu'ils ont imaginé une fusion d'esprits, fusion qui confond l'âme humaine avec l'âme du monde ou le mouvement universel ; je sais qu'ils nagent pour la plupart dans le doute, entre le vrai et le faux, en rejetant la classification ci-dessus et qu'il disent sèchement « que c'est avoir une bien faible notion de l'intelligence que d'imaginer que la perfection de l'être ne suffit pas. » N'importe, j'abandonne leur théorie pour ne m'en rapporter qu'à ma raison, qui est pour moi la source de toute vérité et qui dans ma conscience me découvre que j'ai une âme qui pense, sent, veut et sait discerner le bien du mal, sans confondre l'un avec l'autre.

Si le vice et le crime n'existaient pas sur la terre, leur langage serait vrai ; mais ils existent, nul ne peut le méconnaître ; c'est pourquoi le discernement du bien et du mal donne la parfaite explication de cette prière universelle : *La volonté de Dieu doit être faite sur la terre comme au ciel,* paroles qui résument toute la science ; la seule science vraie, en effet, est celle qui réside dans l'esprit d'amour, d'ordre et de justice qui doit régner dans tous les cœurs ; cette science, cette lumière est encore cachée sous le voile ; la vérité a encore des mystères qu'il est donné à la science seule d'approfondir et de dévoiler peu à peu à tous par l'instruction, unique moyen de perfection.

Nul homme n'a pu mesurer l'immensité, et la voûte azurée qui s'élève majestueusement au-dessus de nos têtes est un abîme devant lequel l'intelligence humaine reste confondue, je ne disserterai donc pas sur le lieu où est placé le ciel des justes, cela m'importe peu ; aussi je dirai tout simplement que notre âme, dans ses souffrances, nous faisant élever les yeux là-haut pour implorer la justice divine : la divine lumière, l'intelligence suprême doit résider là, à cet endroit que la langue vulgaire appelle du nom des cieux.

A ceux qui cherchent à concilier deux choses inconciliables (puisque par de prétendues hypothèses ingénieuses, on veut nous démontrer que le ciel est un vain mot, et qu'il ne peut y en avoir que dans notre imagination), je dirai : O vous qui croyez tout à la fois au système solaire et à l'immortalité de l'âme, comment vous est-il possible de concilier ces deux opinions ? Croyez-vous donc à la métempsycose, qui ne sachant que faire des âmes après leur sortie du corps, a imaginé, pour s'en débarasser, de les faire passer dans le corps des animaux ; si bien qu'un homme bourru deviendrait boule-dogue ; une femme méchante, lionne ; un enfant grimacier, singe ; un roi fastueux, bœuf gras ; une espiègle, chatte, comme en Egypte, etc. ? Ou bien, — dans votre amour de peupler tous les astres d'habitants, — métamorphosez-vous toutes les âmes, et acceptez-vous ces fausses conceptions qui nous immortalisent en nous faisant voyager de planète en planète, afin de nous purifier ?

J'accepterais volontiers encore ce voyage, si vous pouviez me montrer un but; car si la terre est le point de départ, puisque nous n'avons pas mémoire d'une métamorphose antérieure, il faut nécessairement qu'il y ait une planète qui soit la fin du voyage, et je vous vois de nouveau ici, en présence d'un abîme semblable à celui que vous cherchiez à éviter.

Pourquoi donc nous enlever le ciel et nos espérances, pour mettre à la place un affreux chaos? Pourquoi empêcher nos regards de se fixer aux cieux? Pourquoi vouloir enlever aux âmes sensibles, ce que vous appelez illusion, et ce qui pour nous est l'espérance, l'espérance, don surnaturel dont l'objet est l'éternité bienheureuse, l'espérance, en un mot, qui est le seul soutien des cœurs qui souffrent et qui attendent avec patience et résignation la *résurrection* ou la fin des maux qui affligent l'humanité?

En nous enlevant le ciel, vous ne voyez donc pas que vous établissez en même temps l'impunité des crimes et de tous les désordres qui désolent la terre; que vous méconnaissez un Dieu vengeur et rénumérateur, une justice récompensant le bon et punissant le méchant. Il est inutile de disserter davantage sur ce sujet et de renouveler ces conceptions de l'esprit qui créèrent l'enfer pour donner aux idées une forme sensible; mais disons que si vous n'admettez point de punition et de récompense, le crime et la vertu ne sont plus dans votre bouche que de vains mots. En supprimant le ciel vous supprimez en même temps la justice divine pour mettre à sa place l'affreux règne de l'égoïsme qui résume toutes les mauvaises passions et qui pour l'humanité est la source de toutes les souillures du cœur, puisqu'en le desséchant il brise tous les liens qui rattachent l'homme à la famille, il étouffe tout sentiment de tolérance, éteint toutes les croyances et anéantit toutes les vertus.

Oh! non, ne supprimez pas le ciel, nos chères espérances, par le désir d'orner nos bibliothèques de quelques pages éloquentes, mais remplies de mensonges! au nom de l'humanité, montrez au contraire la justice divine et opposez le flambeau de la vérité aux crimes qui se commettent dans l'ombre et ne viennent pas jusqu'à la barre des tribunaux; aux cœurs durs et insensibles qui laisseraient succomber de froid et de faim leurs semblables demandant du travail à la porte d'un somptueux hôtel, présentez le tableau des justes châtiments que mérite l'égoïsme; à ces enfants ingrats qui tuent leurs parents par le chagrin qu'ils leur causent, montrez la punition réservée aux mauvais fils; à ce séducteur cruel qui vient détruire tout un bonheur domestique en enveloppant de ses piéges une jeune femme jusqu'alors pure, faites voir les remords et le déshonneur de sa victime retomber sur sa tête. Devant l'hypocrisie de sentiment qui enlève un testament au préjudice d'une famille; devant l'hypocrisie religieuse qui, au nom de ce qu'il y a de plus sacré, prélève un droit sur l'ignorance, afin de s'approprier des trésors inépuisables; devant l'hypocrisie dévote que Jésus Christ appelait l'adepte des sépulcres blanchis; devant l'hypocrisie politique, mère des utopistes, qui cherchent à captiver la confiance de populations entières par des promesses non réalisables, et les conduisent dans le feu des émeutes ou des révolutions, pour servir leur ambition et leur insatiable appétit; devant toutes ces hypocrisies, dressez le trône du Dieu vengeur auquel aucun crime ne peut échapper.

Conservez le ciel à la vertu qui sait s'imposer de nobles sacrifices et se taire lorsqu'on la froisse; aux cœurs simples qu'une erreur judiciaire amène devant les tribunaux humains et que les subtilités d'une procédure embrouillée mettent en défaut; à l'homme qui dans les peines, les chagrins, les accidents, les revers, trouve dans son âme la force de les surmonter, et qui après les premiers moments donnés à la douleur, se relève au lieu de se laisser abattre; à celui qui, malheureux, se console, s'apaise, laisse l'espérance pénétrer dans son cœur et ne rend point la société tout entière responsable de son malheur.

Songez aussi que le ciel est nécessaire, indispensable à la jeune fille chaste et pure qui sait résister à la séduction; à celle qui consume ses jours à travailler pour donner ses soins et du pain à des parents vieux et infirmes; à la mère de famille qui se sacrifie pour ses enfants et son époux, et rejette tous les plaisirs mondains pour accomplir saintement ses devoirs, tandis qu'elle verra près d'elle une amie d'enfance goûter toutes les douceurs d'une vie voluptueuse, en s'adonnant à la galanterie, à l'oisiveté et quelquefois même à la débauche.

En enlevant à l'homme le ciel où il puise toute sa force, que laissez-vous pour le coupable qui parvient à se soustraire à la justice humaine? Le remords? oh! ne parlez pas du remords d'un jour pour l'égoïste ou l'avare; pour l'être perverti qui se noie dans le crime afin d'étouffer une faute; pour le lâche séducteur qui, après avoir corrompu l'innocence, la poursuit comme une proie, puis s'en fait un triomphe; pour celui qui méprisant les lois de l'équité, arrive à la fortune par des moyens frauduleux; pour tous ceux enfin qui vivent aux dépens du prochain : triste impôt prélevé sur l'ignorance ou la bonne foi trop confiante.

Laissez là vos systèmes dits de compensation, puisque vous savez que l'intervention de la police, des lois, des décrets et des ordonnances de toute sorte est impuissante à bannir les crimes; laissez-nous lever les yeux vers la justice divine et implorer la Providence afin qu'elle détourne de nous la main des méchants sans cesse disposés à porter la désolation dans le sein de nos familles; sinon le doute pénétrera bientôt dans nos esprits, le doute, le doute qui en matière de sentiment est le supplice le plus cruel qu'on puisse imaginer, car avec lui tout est déception, et dès qu'il s'est emparé d'une âme, cette âme descend rapidement la pente qui conduit au mal.

Vaincu par le doute, dominé par le chaos, notre esprit, lorsqu'il ne sait plus distinguer le vrai du faux, lorsqu'il ne sait plus que croire, se perd au milieu de mille écarts contradictoires, et tombe bientôt sous l'empire du fatalisme; pour une âme en proie au doute, tout est l'œuvre du hasard; pour elle tout est dû au hasard : au hasard de la naissance, qui rend les uns heureux et les autres malheureux; au hasard de la fortune, qui rend les uns riches et les autres pauvres; au hasard des aptitudes, qui rend les uns intelligents, refuse aux autres ce don précieux, etc., etc.; si bien que notre esprit, au lieu de rechercher courageusement les effets du désordre, origine du vice, cause première des chagrins qui nous accablent, va se heurter contre les vains mots de chance, fatalité, hasard, mots habilement inventés pour dérouter l'homme, pour le tromper, pour le soustraire à l'empire de la raison.

En supprimant le ciel, séjour des bienheureux, récompense des bonnes actions, sanction de la loi morale ainsi que l'attestent toutes les religions qui toutes, quelles qu'elles soient, ont pour but unique de rendre l'homme meilleur et de perfectionner son cœur, la science moderne dissimule toutefois son athéisme parce que l'athéisme répugne à la raison universelle, et pour ne point passer pour matérialiste, elle ose invoquer des noms sacrés, chanter encore Dieu tout en le matérialisant, en lui donnant tous les mondes pour domaine, sans laisser à notre raison le soin de lui en assigner un, celui que nul ne pourra jamais pénétrer et qui est là-haut; aussi, faisant comme l'hypocrisie de sentiment, qui étouffe un ami en l'embrassant, elle s'efforce d'ajouter aux vers que nous avons cités plus haut sur le système solaire, les lignes suivantes, expression singulière de la plus étrange confusion :

Au centre de tous les mondes,
Dieu plane parmi les cieux,

Dirigeant leurs vastes rondes
Et vivant en chacun d'eux.

En un mot, c'est substituer le mouvement universel, l'*être-nature* à Dieu, à l'intelligence suprême; c'est admettre un seul esprit, une seule âme, une seule vie procédant d'un seul principe répandu dans tout l'univers; c'est centraliser toute la nature dans un système selon lequel les êtres de la création, animés ou inanimés, changeraient successivement de formes, se renouvelant sans cesse sans but et sans fin. C'est faire passer comme devant une lanterne magique la vie, la mort, les animaux, les hommes, les mondes, les créations dans une révolution infinie. C'est montrer, en un mot, un appétit perpétuel qui fait que l'homme vit des débris de ses aïeux, pour servir lui-même de nourriture à sa postérité. Triste morale!

On voit que le système solaire embrasse tout ce que l'imagination peut concevoir de plus élevé, puisqu'il heurte le principe de l'égalité universelle des destinées et des aptitudes humaines, égalité qui mènerait inévitablement au fanatisme religieux ou au fanatisme révolutionnaire, également funestes tous deux si la science n'avait pour but de maintenir l'équilibre.

Celui qui ne voit le bonheur que dans les jouissances matérielles ou terrestres, ne réfléchit pas que si tous lui ressemblaient, chaque contrée ne serait qu'un immense foyer d'animosité, de discorde et d'envie; tous les membres de cette société d'égoïstes voudraient posséder et jouir à tout prix.

Et comment éteindre ce foyer qui ne tarderait pas à gagner de proche en proche comme un incendie? Serait-ce en déclarant par des lois que ceux qui ne sont pas heureux doivent se résigner à rester malheureux ou qu'on saura les y obliger, les y contraindre par la force publique? Ce serait là un bien triste moyen, car l'histoire démontre où conduisent les débordements du despotisme; et, qui ne sait la fin commune réservée aux oppresseurs!

La tranquillité du cœur humain, l'harmonie sociale veulent que l'homme qui souffre trouve dans son âme des pensées assez fortes pour le calmer, afin que la vue de ses peines ne l'irrite ni ne l'exalte; si son intelligence, sa santé, sa force ne s'affaiblissent point, l'équilibre social se maintiendra, car cet équilibre doit reposer tout entier sur la justice, règle équitable des efforts que chacun fait dans sa lutte avec le malheur.

Par l'instruction morale, l'homme sait que les progrès sont lents, et si ses efforts restent pour lui vains et stériles, il aura néanmoins l'espérance de voir sa postérité profiter du fruit de ses peines et récolter la moisson qu'il aura semée; le désespoir sera donc écarté de son âme. Je tiens à faire observer toutefois que quand je dis qu'il faut pour le bien général montrer le ciel aux souffrants et aux malheureux, afin qu'ils s'apaisent et se consolent, ce n'est pas pour les pousser au fanatisme religieux, et ce n'est pas non plus pour dire à l'instar des régisseurs de théâtres : Si vous n'avez pas le moyen d'aller au parterre, montez au paradis.

Ennemi des systèmes capables d'égarer l'esprit humain au lieu de l'éclairer, je voudrais voir les écrivains s'unir pour propager la science dépouillée de ses arides formules, pour combattre les fausses doctrines dont le résultat est de jeter l'homme dans les étranges jongleries des sciences pernicieuses, telles que le magnétisme, les tables tournantes, l'une des hontes intellectuelles de ce siècle, honte qui ne peut trouver son équivalent que dans les fantastiques terreurs du moyen âge, si crédule, qu'il voyait dans tout des miracles et des prodiges. Je ne pense pas inutile de dire deux mots aussi sur cette prétendue science :

Le magnétisme, cette science pleine de prodiges plus extraordinaires encore que les miracles dont il est fait mention dans la Bible, puisqu'ils viennent bouleverser toutes les lois naturelles; le magnétisme, dis-je, a beaucoup d'admirateurs, mais dans la classe ignorante seulement; parce que l'ignorance seule peut croire bénévolement qu'il existe un fluide magnétique capable de traverser les corps et de les modifier, que ce fluide peut donner une double vue, qu'il circule d'un corps à un autre pour les mettre tous deux en harmonie, etc.

Il n'y a que l'ignorance qui puisse rendre l'esprit assez aveugle pour ne pas voir dans le magnétisme un charlatanisme et un compérage, souvent aidés par des instruments habilement préparés, soigneusement cachés, et pour croire à la puissance du fluide magnétique animal, aux visions miraculeuses, à la possibilité de voir sans le secours des yeux, ou à l'existence du somnambulisme que d'habiles magnétiseurs constatent comme un état naturel chez certaines femmes dites lucides.

Là comme ailleurs, on retrouve que la cause qui porte les hommes à croire des faits en dehors du cours ordinaire des choses est ce penchant au merveilleux, ce goût pour les choses extraordinaires, qui font qu'ils deviennent à leur insu les complices de l'erreur qu'ils prétendent éviter et les compères les plus utiles de ceux qui veulent les exploiter en captivant leur confiance par des expériences faites avec adresse, qui, si elles ne réussissent pas le plus souvent, font cependant croire, aux jeunes têtes surtout, qu'il peut bien exister quelque chose là où il n'existe réellement rien.

En un mot, l'ignorance est, comme nous l'avons dit, semblable au dindon de la fable, qui croit apercevoir des merveilles et s'écarquille les yeux pour regarder dans la lanterne magique non éclairée.

On pourra trouver que je traite bien superficiellement une question que quelques esprits regardent comme fort grave; eh bien! je vais la traiter sérieusement en peu de mots et poser des affirmations positives :

Il n'existe pas de FLUIDE MAGNÉTIQUE ANIMAL *capable de vivifier l'homme.*

Il serait aussi impossible de prouver l'existence de ce fluide que de prouver que chaque étoile est un soleil.

Le magnétisme n'est qu'un simple effet de l'imagination, et il n'y a que celui qui a une ferme croyance aux choses surnaturelles qui puisse croire à l'existence de ce fluide.

Le mot magnétisme *est le synonyme du mot* influence *traduit en langue scientifique: magnétiser un individu, c'est exercer un certain empire sur lui, captiver sa confiance, le dominer.*

Avec le magnétisme on fait aussi bien de la médecine corporelle que de la médecine intellectuelle, mais l'une et l'autre ne sont qu'une médecine d'imagination.

Un magnétiseur ne peut opérer avec succès que sur des individus qui ont l'esprit faible et qui ont la foi la plus entière dans ses pratiques de charlatan.

Dominant l'individu par l'audace et la confiance qu'il lui inspire, le magnétiseur commande et le patient obéit, parce qu'il se trouve sous l'empire d'une supériorité réelle.

Fasciné, il est tellement convaincu qu'il peut exister une science surnaturelle dont on aurait découvert le secret, il est tellement persuadé qu'on pourra le guérir à l'aide de cette science imaginaire, qu'il se croit réellement guéri.

Il est guéri en effet si sa maladie est morale, et il se trouve soulagé par suite de sa confiance; son esprit se trouve alors délivré du mal qui ne résidait que dans l'imagination.

Ce qui a lieu pour un individu isolé peut avoir lieu également pour une société entière : un grand génie peut magnétiser tout son siècle. Voilà la question résumée dans tout ce qu'elle a de positif.

Il faudrait des volumes pour réfuter ce qui a été écrit sur le pouvoir magique, et sur les sciences cabalistiques qui s'attachent à toutes sortes de faits prodigieux. Ici on vante les physionomistes, et là la phrénologie, cette science qui, de même que le magnétisme, ne repose que sur quelques faits accidentels qu'on a voulu généraliser.

Parce que des individus présentaient une saillie sur une partie de leur crâne et étaient doués au plus haut degré d'une faculté ou d'un penchant particulier, quelques savants ont conclu que cette saillie pouvait être pour tous le signe de ce penchant ou de cette faculté.

Cette théorie, comme bien d'autres, n'a de force que vis-à-vis de l'ignorance, et s'écroule bien vite devant l'expérience, qui vient prouver que cette méthode tant vantée est tout à fait stérile et qu'il ne sera jamais donné à l'homme de connaître le caractère ou les aptitudes humaines par l'étude de telle ou telle saillie du crâne.

Peu à peu les sciences nous reconduiraient à la barbarie du moyen âge si on n'y prenait garde, et l'homme verrait revivre les signes cabalistiques et les sorciers. Ici on prétendra lire votre caractère sur les traits de votre visage ou dans votre physionomie; là on vous demandera votre main, en vous démontrant, par un langage séduisant, que le Créateur a gravé votre caractère en signes irrécusables sur cet instrument de l'action humaine; on vous assurera, si vos doigts sont courts et carrés, que c'est parce que vous êtes mathématicien; si votre pouce est fort et pointu, c'est que vous êtes doué d'une grande force morale; s'il est court, c'est que vous êtes facile à dominer. Bref, on arrivera à vous démontrer scientifiquement, dans un langage entremêlé de mots techniques incompréhensibles qui, pour la plupart, sont du grec et du latin, qu'il n'est pas de vice qui ne laisse une trace sur la main, pas une vertu qui n'ait son signe spécial marqué par des rides même très-légères.

Si bien que le crédule se laisse prendre, sans s'en douter, à ces belles démonstrations, faites avec une habileté qui surprend l'imagination et l'égare dans les régions inconnues à la raison humaine; celui qui ajoute foi à ces sciences superstitieuses ne réfléchit pas que si tout ce qu'on débite avec tant d'aplomb et de volubilité était vrai, il ne pourrait plus y avoir le moindre vice sur la terre; tous les hommes seraient alors parfaits, puisque toutes ces prétendues sciences, en accordant leurs résultats, feraient du corps de l'homme, selon l'expression d'un ancien, une maison de verre, une demeure du plus pur cristal à travers lequel on pourrait lire les pensées les plus secrètes et dès lors pénétrer jusqu'à la moindre des volontés d'autrui. Ajoutons que les maîtres de ces sciences sont semblables à ce charlatan qui vend le moyen de faire fortune, de gagner à la loterie et de s'enrichir, sans trouver pour lui-même le moyen de vivre non pas même dans l'opulence, mais seulement à l'abri du besoin; ou bien encore il ressemble au renard qui vit aux dépens de celui qui l'écoute.

C'est à l'instruction, à l'homme vraiment éclairé, à celui qui ne se laisse pas égarer par ces prétendus savants, qu'il appartient de combattre par le raisonnement tout ce qui a tendance à tromper l'esprit humain en matérialisant la toute-puissance de l'intelligence suprême, en neutralisant les efforts d'une saine morale. (1)

Laissons à ces savants leur lumière magnétique avec laquelle ils prétendent prévoir l'avenir et deviner les choses cachées; laissons-les donner aux uns la santé, aux autres la connaissance des événements futurs; laissons-les affirmer que la substance naturelle de notre existence est un fluide collectif, un fluide transmissible d'un corps à un autre, et que le principe de la vie instinctive est de vivre les uns dans les autres dans une vie commune et universelle, et attachons-nous aux choses utiles, les seules qui ne peuvent égarer notre raison.

Jamais on ne persuadera à l'homme de bon sens qu'on peut magnétiser quelqu'un en faisant des grimaces, en faisant devant lui certains gestes ou des tours de passe-passe qui n'ont d'autre résultat que de faire passer l'argent de votre poche dans celle du magnétiseur.

Je ne peux que répéter aujourd'hui ce que je disais à un de mes amis il y a quelques années, après avoir assisté à plusieurs séances de magnétisme qui ne m'offrirent nullement les sublimes résultats que l'on m'avait annoncés, et que quelques-uns trouvaient concluants, peut-être bien aussi par amour-propre ou par tout autre intérêt :

Le magnétisme semble être un de ces pouvoirs magiques, une de ces sciences imaginaires nécessaires aux époques qui suivent les fortes secousses sociales; aussi le vit-on prendre il y a peu d'années la même créance qu'il avait eue en 1785 et 1835, par la raison toute simple que les hommes se succèdent avec les mêmes faiblesses, et que les jeunes gens tout imbus du nouveau système, prennent bénévolement pour une découverte moderne attribuée à leur époque, ce qui n'est qu'une redite, une représentation à bénéfice, un vieux radotage dont on retrouve le germe dans les jongleries et sorcelleries du moyen âge; prenant le magnétisme pour l'aurore d'une science exacte, ils supposent, dans leur disposition d'esprit, dans leur chaleur enthousiaste, qu'il pourrait fort bien exister un fluide analogue par sa nature à l'aimant ou à l'électricité, un fluide qui, en traversant les corps, aurait la faculté de les modifier et de les faire entrer en harmonie.

L'expérience démontre que pour mettre à jour de vieilles théories il faut s'adresser à la jeunesse, afin de trouver des âmes neuves, simples, remplies d'ardeur. C'est ainsi que l'on attire les esprits les plus ignorants; les cerveaux les plus étroits, les moins aptes aux idées étendues, deviennent alors des instruments dociles à manœuvrer et on voit ainsi les jeunes gens s'enivrer d'enthousiasme.

En sorte que la jeunesse, avide de nouveauté, croit facilement que certains individus privilégiés peuvent posséder un sixième sens, lequel étant intérieur, remplit à lui seul les fonctions de nos cinq sens; si bien que le magnétisme devient à leurs yeux une science dont le but est de prouver que l'homme peut voir sans yeux, parler sans les organes de la voix, entendre sans oreilles, marcher, courir sans jambes et sans que rien puisse opposer le moindre obstable à l'esprit qui voltige dans les airs, pour aller à la rencontre d'un autre esprit avec lequel il sympathise, etc., etc.

L'homme instruit sait que cette théorie a pour base unique des expériences trompeuses et le plus grossier bon sens, qui n'interroge que sa raison, rejette et repousse aussitôt sans y ajouter foi, les résultats de ces expériences, car il sait qu'un magnétiseur habile peut, à l'instar des physiciens, avoir mille moyens à sa disposition; ne peut-il, entre autres choses, prévenir d'avance sa somnambule que les premières lettres de tel ou tel mot qu'il prononcera en l'interrogeant indiqueront tel ou tel objet; en outre, qui ne sait qu'à l'aide de miroirs d'une forme particulière (un ellipsoïde), on peut simuler une double vue et faire voir à une personne cachée dans une chambre voisine la forme et la couleur des objets qu'elle ne pourrait apercevoir sans le secours de ces miroirs; la somnambule, sera supposée voir ainsi par une partie du corps autre que les yeux (l'occiput, par exemple).

Que d'exemples de ce genre ne fournissent pas les instruments employés dans la magie blanche et le magnétisme terrestre, l'électricité, la physique amusante, etc.; nous ne parlons pas des ouvertures secrètes pratiquées dans l'épaisseur des murs qui, à l'aide de compère, peuvent servir à souffler des réponses ou à donner avec une adresse incroyable de ces renseignements qui viennent mettre en défaut la perspicacité des spectateurs ébahis pour qui ce manège est invisible.

Ces faits peuvent quelquefois se passer à l'insu même du magnétiseur qui opère de bonne foi sur une adroite somnambule, qui sait frapper une imagination ardente en feignant d'entrer en communication directe avec lui. Quel est celui qui, de bonne foi, peut croire à ces natures somnambules qui, au dire de certains magnétiseurs, se trouvant sous l'influence des gestes, des passes et même de la volonté seule, auraient la faculté de lire à travers les murs les plus épais, de franchir des espaces infranchissables, de voir à d'énormes distances des objets, des personnes, de les entendre, de pénétrer dans leurs pensées, en un mot de voir le passé vivant et palpitant présent devant eux?

A peu de choses près toutes les séances ressemblent à celle-ci :

—Vous serait-il possible, dites-moi, de dépeindre la personne dont nous venons de nous entretenir?— Je la cherche, ah! je l'aperçois; elle à l'air fatigué; elle est loin d'ici, oh! bien loin; elle monte en chemin de fer. — Ne vous pressez pas, suivez-là doucement, sans vous fatiguer. — Je la vois parler à un enfant; comme cette petite lui ressemble, on dirait que c'est sa fille, elle l'embrasse; comme ils vont loin, oh! je n'en puis plus de fatigue, laissez-moi.—Reposez-vous un moment; voyez-vous ce qu'elle porte à son cou? — Oui, j'aperçois quelque chose qui brille : ça me fait mal. (Ici la physionomie de la somnambule prend une expression de douleur.) —Que voyez-vous briller; regardez sans vous émouvoir?— Ah! qu'ils vont vite, j'étouffe, nous voici à Bordeaux. (La physionomie des spectateurs prend, au mot de Bordeaux, une expression d'étonnement et de surprise, le magnétiseur triomphe, opère de nouveaux gestes, de nouvelles passes, puis continue) : — Allons, allons, tâchez de vous remettre de votre épuisement, ne vous fatiguez pas (et tout en disant à la somnambule de se reposer, il continue aussitôt) : — Regardez bien ce qui brille au cou de cette dame.— Ah! je ne sais pas, je ne puis vous le dire. — Si, dites-le-moi, je tiens à le savoir.—Attendez, ça me fatigue.... attendez...,. (moment de silence et de grande attention autour de la somnambule qui, enfin, laisse échapper en soupirant le mot désiré) : c'est un portrait.

Quel est l'esprit assez étroit pour voir dans de telles expériences une clairvoyance miraculeuse? Ces phrases adroitement entrecoupées par des pauses, cette fatigue supposée, cette attention feinte ne sont-elles pas, au contraire, des preuves contre les prétendus prodiges opérés par le magnétisme? Pour moi, tout ce que j'ai vu est charlatanisme, et lorsque les somnambules commettent les plus grossières erreurs, ainsi que je l'ai vu et que cela leur arrive fréquemment, quoiqu'elles soient réputées très-lucides, je conclus que c'est encore un moyen subtil et adroit pour tirer ce qu'on appelle vulgairement les vers du nez aux badauds, qui se figurent qu'il suffit d'avoir été témoin d'un fait incroyable, d'une expérience surprenante pour affirmer d'après ce fait isolé, l'existence du fluide magnétique.

L'homme sensé et instruit sait que le temps des miracles est passé et qu'il est impossible d'en produire; aussi le rapport sur le magnétisme animal, fait à l'Académie de médecine, le 8 août 1837, mentionne des expériences sérieuses que la jeunesse devrait consulter avant d'accorder sa confiance aux faits merveilleux en général, et à l'état de somnambulisme en particulier.

Revenons à nos moutons, car j'ai promis d'opposer un système à un système, et je ne veux pas abandonner ce sujet. Je le répète, je ne considère nullement la science astronomique comme un art ni une étude; c'est un beau spectacle qui fait naître dans notre âme de douces émotions, apporte un délassement nécessaire à notre imagination et l'élève aux plus hautes pensées; c'est dans ce but que, concentrant toutes mes réflexions sur notre globe seul, je me suis tracé une méthode simple et naturelle à l'aide de laquelle je suis parvenu à représenter l'image réelle du mouvement de la terre, du soleil et de la lune, à assister à la variation des saisons, aux changements de la lumière, à la succession des jours et des nuits et à divers autres phénomènes.

Je prie les jeunes gens qui ont fait quelques études géométriques, et qui ne doivent pas faire des études astronomiques leur science spéciale, de bien suivre mes petits calculs; il leur est facile de vérifier ma méthode; cette méthode, comme toutes les autres, n'est qu'une hypothèse, car, pas plus à moi qu'à d'autres, il n'a été donné d'assister dans l'espace, au-dessus de l'atmosphère terrestre, au mouvement de la terre et de la voir passer devant moi comme on verrait une locomotive lancée à toute vapeur sur nos chemins de fer; non, ce sont les calculs seuls qui peuvent donner quelque importance à mes suppositions, car bien entendu, tout n'est que simple supposition lorsqu'on ne peut vérifier les faits.

Nous avons vu qu'on nous affirme que « la terre en tournant autour du soleil décrit une orbite (route) qui a la forme d'une ellipse (ovale), et non la forme d'un cercle. »

J'aurais à peu près compris cette hypothèse, si de prime-abord on m'eût dit que cette figure représente la course que la terre fait autour du soleil.

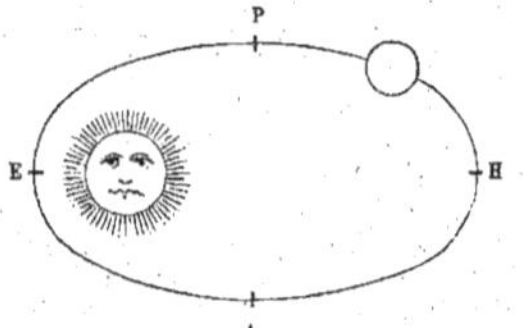

P. Printemps, ou place qu'occupe la terre le 21 mars.
E. Été, — le 21 juin.
A. Automne, — le 21 septembre.
H. Hiver, — le 21 décembre.

Je l'eusse compris, parce qu'il me semblait tout naturel que plus on devait approcher du soleil et plus il devait y faire chaud; mais comme à la place de cette figure on me montre celle qui suit, c'est-à-dire le soleil dans le milieu de l'ovale, je ne trouve plus cela fort clair.

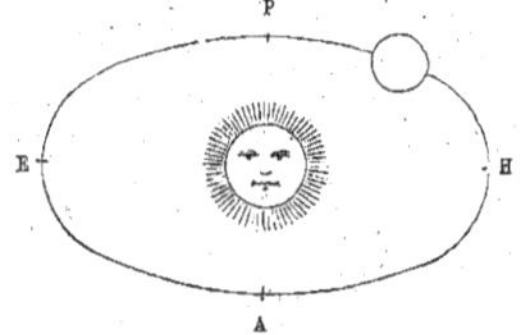

Je ne trouve pas du tout clair et logique, que la terre soit plus près du soleil le 21 mars, alors qu'il fait encore froid, qu'au 21 juin, alors qu'il fait une chaleur excessive; je ne trouve pas naturel que les astronomes soient ici tout à fait en désaccord avec notre simple raison.

Il est vrai qu'on objecte à ceci, que la distance du soleil à nous ne signifie presque rien, et que la chaleur à la surface de la terre est plus ou moins considérable, selon que les rayons solaires tombent plus ou moins obliquement sur nous; fort bien, seulement je trouve cette réponse plus spécieuse que solide, car elle confond en une seule deux questions distinctes : d'une part la *distance*, et d'autre part l'*obliquité;* si bien qu'un effet détruit l'autre d'une manière complète. J'admets certainement que les rayons obliques sont moins chauds que les rayons directs; la preuve c'est que lorsque le soleil se lève ou se couche, il n'est pas aussi chaud qu'en plein midi : ses rayons ayant à traverser obliquement une couche d'atmosphère beaucoup plus épaisse le matin et le soir qu'à midi, heure à laquelle le soleil est en quelque sorte perpendiculaire au-dessus de nos têtes.

Mais du moment où on nous indique des distances de 34 à 35 millions de lieues, la question change considérablement de face, et ce qui dépendait tout simplement d'une épaisseur d'atmosphère (dont la hauteur est indiquée comme étant de dix lieues environ), cesse de produire tout effet; car, qu'est-ce que 10 lieues comparées à 34 millions? or, à une telle distance, que les rayons soient obliques ou perpendiculaires, ils doivent avoir une puissance presque égale.

Je soutiens que la chaleur des rayons est en raison directe de la distance, et je dis tout simplement que l'atmosphère, qui joue un si grand rôle dans notre univers, absorbe une partie de la chaleur des rayons solaires, mais bien entendu, à la condition que son épaisseur soit en rapport avec la distance parcourue (1).

De même que plus on est rapproché d'un feu, plus on ressent la chaleur qui s'en échappe, de même plus on est proche du soleil (qui n'est pour nous qu'un foyer dont la bienfaisante chaleur anime toute la nature et réchauffe tous les corps qui se trouvent à la surface de la terre), plus on doit être soumis à l'influence calorique de ses rayons: il est donc naturel d'admettre que plus le soleil se trouverait éloigné de nous, et plus sa force vivifiante s'amoindrirait, surtout avec les différences immenses qu'on nous signale, puisqu'on nous dit qu'il y a en été 1,200,000 lieues de plus du soleil à la terre, qu'à l'époque du printemps ou de l'automne.

Pour nous qui habitons un climat tempéré, la zone située entre le pôle glacial et l'équateur brûlant, nous ne pouvons nous faire une idée de la chaleur qu'en comparant le froid de l'hiver ou la fraîcheur des nuits, aux rayons ardents que nous envoie le soleil pendant l'été; cette comparaison suffit pour nous faire reconnaître que l'air est un fluide d'une nature froide, et que l'abaissement de la température augmente à mesure que l'on s'éloigne du soleil.

Du reste, tout l'indique : les glaces éternelles des pôles et la neige qui couvre le cime des hautes montagnes sont des faits qui prouvent d'une façon incontestable que l'air est froid.

De plus, il est évident que les rayons obliques ou directs cesseraient de produire leur effet au travers d'une atmosphère sans épaisseur (2), de sorte que si le 21 juin, époque où il fait pendant le jour une chaleur excessive, on nous transportait suivant le système établi, à un million de lieues plus loin du soleil qu'au 21 mars, il est certain, que nous gèlerions indubitablement pendant la nuit.

J'admets certes que les rayons du soleil étant plus ou moins obliques, influent considérablement sur la température de la terre; je l'admets même comme principe fondamental de nos changements de température; mais j'ajoute que la distance de la terre au soleil a beaucoup de part aussi dans les effets de la chaleur, puisque les pauvres Lapons qui ne sont qu'à quelques lieues de nous (par rapport à la distance qui nous sépare du soleil, on peut dire que la Laponie est moins éloignée de nous que Paris ne l'est de Saint-Cloud), souffrent un froid rigoureux dans des plaines de glace, qui se changent en marais l'été ; dans des contrées où un arbre est une rareté et où une simple fleur semble un bijou ; dans des parages où cependant des êtres humains vivent et reçoivent les bienfaits d'un Dieu qui n'oublie rien, puisqu'il a mis là, rampant sur les rochers, le lichen qui nourrit le renne, le renne qui dans ces solitudes glacées nourrit l'homme; dans un climat, enfin, qui nous est inconnu, à nous qui habitons le pays presque le plus tempéré du globe.

Comme il est plus impossible encore, de vérifier la route que la terre suit dans les airs, que de retrouver la trace d'un navire sur la mer, je me suis dit que les astronomes ne pouvaient pas plus que moi, être certains de la courbe que décrit la terre dans l'espace, et je me suis demandé si, malgré la magnificence de leurs calculs, ils ne s'étaient pas trompés en disant que cette courbe est un ovale et non un cercle; je me mis alors à réfléchir sur un phénomène que chacun a pu observer : plus on s'éloigne d'un objet, et plus cet objet paraît petit à nos yeux; c'est ainsi qu'un homme placé au haut d'une tour paraît plus petit que lorsqu'il est près de nous; chacun sait aussi que le soleil nous semble plus gros en décembre et plus petit en juin qu'à aucune autre époque de l'année; il est donc évident que la grosseur apparente du soleil en juin et en décembre devrait être la même, puisque, d'après les astronomes, l'éloignement serait égal à ces deux époques de l'année; mais, présumant que cet effet n'est qu'une reproduction du phénomène atmosphérique que nous observons le matin, à midi et le soir, je me dis qu'il devait y avoir quelque chose d'inexact dans cette courbe ovale indiquée, et ne pouvant me résoudre à accepter le désordre et la complication qui résulteraient dans les mouvements des astres de l'adoption du système elleptique, j'essayai alors de tracer un cercle en plaçant le soleil dans le milieu, en disant : La terre ne doit pas s'éloigner du soleil comme elle le ferait si elle décrivait un ovale; elle doit toujours, conformément au mouvement quotidien de rotation, être à une égale distance de cet astre, puisqu'il y a des pays (à l'équateur) où il n'y a pour ainsi dire ni été ni hiver, et où les jours sont *presque* toujours égaux aux nuits.

Comme tout dans la nature se présente à mes yeux en forme de cercle; que l'horizon est rond; que le soleil et la lune sont ronds; que la voûte céleste, ce dôme magnifique semé de diamants qu'une belle nuit déploie sur nos têtes, ressemble à un cintre immense mobile au-dessus de nous, puisque l'arc-en-ciel prend la forme d'un cercle; enfin puisqu'il est incontestable que de toutes les formes la forme ronde est la plus simple et par cela même, la plus belle et la plus parfaite, pourquoi le cercle, cette figure si simple et universelle dans la nature ne serait-il pas la courbe décrite par notre globe dans sa marche à travers l'espace? J'ai conclu de là que la terre devait tourner sur son axe (l'axe est la ligne imaginaire qui d'un pôle à l'autre passe par le centre de la terre et autour de laquelle elle se meut), autour du soleil, ainsi que le représente cette figure.

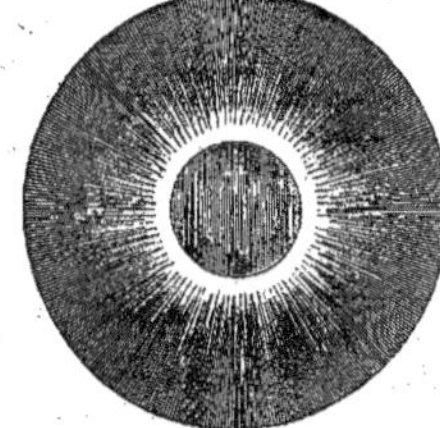

Le point milieu indique un des pôles de la terre. Le premier cercle, le cercle polaire ou la latitude du Groënland et du Japon. Le second cercle est la latitude de Paris (cette ville est figurée par un petit point blanc). Le troisième cercle, le tropique du Cancer ou la latitude de l'Égypte. Le pourtour ou la circonférence est l'équateur.

(1) Je sais que c'est pour rester en harmonie avec le système de la pluralité des mondes que l'on a dû admettre en principe que la distance dans les effets caloriques des rayons solaires ne signifie rien, et aussi pour démontrer que les planètes les plus éloignées du soleil, telles qu'Uranus et Neptune, pourraient avoir des habitants comme la terre; mais lorsqu'on pose un principe, il faut en déduire toutes les conséquences, et celle qui s'oppose à notre raison, c'est que les étoiles considérées comme une infinité de soleils, ne nous envoient aucune chaleur; il est donc positif que la distance où nous sommes de ces astres est la cause qui nous empêche de sentir la chaleur dont elles sont le foyer; à moins qu'on ne veuille laisser notre imagination s'égarer dans des suppositions inadmissibles.

(2) La terre ayant une circonférence de 40 millions de mètres, la vapeur qu'un souffle de notre haleine pourrait fixer sur une boule en marbre de la grosseur du dôme des Invalides, aurait une épaisseur comparable à celle de l'atmosphère jusqu'à la hauteur où se forment les premiers nuages.

Ce mouvement est bien simple, prenons une assiette et deux billes avec lesquelles les enfants jouent, mettons une bille au milieu de l'assiette et elle représentera le soleil; faisons tourner l'autre bille (représentant la terre) sur une table, non pas en tournant sur elle-même comme le fait une boule de billard, mais de manière à ce qu'en tournant, cette bille fasse le tour de l'assiette et présente successivement à son bord tous les points de sa circonférence.

Il est certain que, si la terre tournait toujours régulièrement sur son équateur, ainsi que l'indique la figure ci-dessous, nous n'aurions jamais sur chaque point du globe, ni été ni hiver, ni jours inégaux; il doit donc y avoir un mouvement qui fait dévier notre globe de la ligne équatoriale, puisqu'il y a des pays qui ont l'hiver pendant que d'autres ont l'été.

J'ai mesuré la longueur des nuits et observé la différence qu'il y a entre celles de l'été et celles de l'hiver; ce calcul m'a démontré clairement que la terre, en tournant sur son orbite autour du soleil, opère ce mouvement en suivant un plan incliné, et que cette inclinaison ou balancement d'un côté et d'autre de l'équateur, devait être régulier, puisque les effets se représentent constamment les mêmes, chaque année ramenant à époque fixe le printemps et les fleurs.

Si la terre, me suis-je dit, subit dans sa course une inclinaison, on doit l'attribuer à l'influence du soleil et de la lune, dont les actions réunies déterminent cette déviation de la marche naturelle.

Frappé de cette loi de physique suivant laquelle tous les corps placés à la surface de la terre ont une tendance à retomber vers son centre, j'en ai conclu que le centre de la terre avait une force attractive; puis, jugeant par analogie que la lune pourrait bien avoir aussi une puissance attractive, j'ai reconnu que cet astre, qui ne s'écarte jamais de l'équateur au delà de 28 degrés, était la cause de nos marées. En effet, la mer semble s'élever sous l'influence de la lune qui l'attire. Or, puisque cet astre a la puissance d'agir sur notre globe au point de soulever les flots de l'Océan, pourquoi ne pourrait-il pas incliner la terre de manière à précipiter les eaux absolument de la même façon qu'en inclinant un vase contenant quelques gouttes d'eau, cette eau se trouve rejetée sur le bord opposé et y forme une espèce de flux?

De ce moment, j'étudiai les lois du mouvement incliné, et je conclus que l'axe qui va d'un pôle à l'autre variait chaque jour et finissait par incliner la terre de manière à lui faire décrire sa courbe suivant les tropiques du Cancer et du Capricorne, aussi facilement qu'en suivant la ligne équatoriale. J'ai représenté autant que possible ces effets au moyen de ce dessin grossier.

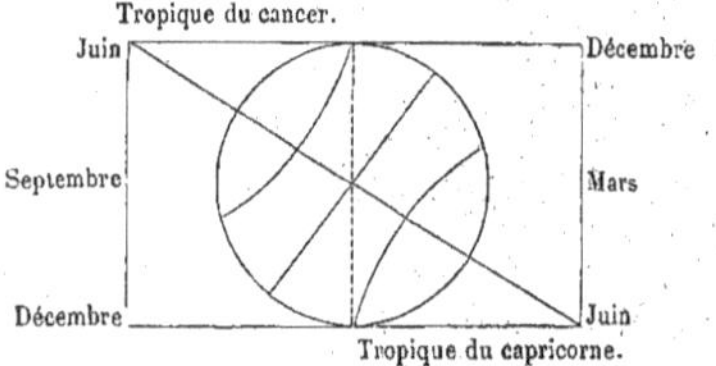

(Inclinaison de la terre à 23 degrés 28 minutes, tantôt d'un côté de l'équateur et tantôt de l'autre.)

C'est en étudiant ce mouvement et la hauteur des étoiles polaire et circumpolaires que j'ai retrouvé l'ellipse des astronomes, laquelle n'est qu'imaginaire, puisqu'elle n'appartient qu'aux extrémités de l'axe seulement, et non au globe lui-même.

Dès lors les Centres seuls des astres attirèrent mon attention, et je posai en principe que le point central de la terre devait toujours être à une égale distance du point central du soleil, de même le centre de la lune devait se trouver toujours à une égale distance du centre de la terre. Cette hypothèse détruisait à mes yeux l'ovale des astronomes, l'ellipse (mot grec ἔλλειψις, qui signifie *omission*, *manque*, *défaut*). En même temps qu'elle me permettait de rejeter une théorie hérissée de complication, elle offrait à mon esprit le système circulaire d'une parfaite simplicité.

Pour déterminer l'inclinaison, ainsi que pour retrouver la longueur des jours que nous avons en été et en hiver, j'ai dû établir une infinité de petits calculs; il fallait pour cela supposer, comme nous serions tentés de le croire si nous nous en rapportions seulement à nos yeux, que c'est le soleil qui tourne autour de la terre, et j'ai représenté ce mouvement apparent au moyen de la figure suivante (1).

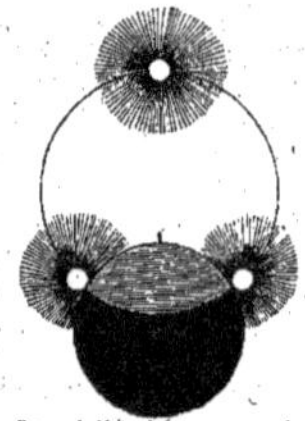

Le soleil se lève, au tropique du Capricorne, à 8 heures du matin et se couche à 4 heures du soir.
1/3 de jour, 2/3 de nuit.

La petite barre indique Paris.

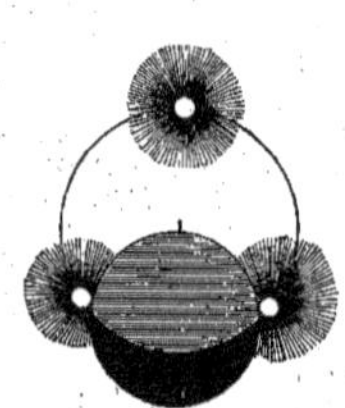

Le soleil se lève, au tropique du Cancer, à 4 heures du matin et se couche à 8 heures du soir.
2/3 de jour, 1/3 de nuit.

On voit par ces dessins que lorsque le soleil se lève à l'équateur, il partage pour nous la terre en deux parties égales, et alors il se lève à six heures du matin et se couche à six heures du soir.

J'ai fait les mêmes hypothèses pour la lune : j'ai calculé mes

(1) Ces dessins n'expriment pas bien ma pensée; il m'est impossible de démontrer sur une surface plane ce qui ne peut se figurer qu'au moyen des boules; l'orbite solaire devrait dans ces dessins être perpendiculaire comme un anneau posé de champ sur le papier : mais tout cela m'eût entraîné à des frais trop considérables en me forçant à faire graver des planches assez compliquées; c'est à regret que j'y ai renoncé.

La figure suivante démontre l'illusion d'optique qui se produit au lever du soleil et à son coucher pour l'observateur placé sur la terre n'importe à quel point, puisque chaque point d'une boule est un point milieu.

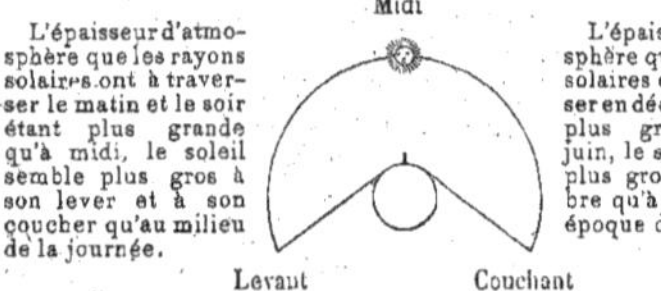

Le phénomène que représente ce dessin est le résultat d'un simple effet d'optique; en outre, il représente l'effet que nous observons lorsque nous voyageons en chemin de fer, effet par lequel il semble que les arbres de la route marchent en sens contraire et paraissent fuir derrière nous

Le mouvement de la terre qui nous fait voir le soleil et la lune se lever et se coucher pourrait se comparer au cadran d'une montre : les deux aiguilles marchent dans le même sens, mais la grande qui marque les minutes va plus vite que la petite qui marque les heures. Lorsque la petite aiguille est à midi et la grande à neuf heures, la grande voit la petite marcher devant elle; mais bientôt la grande atteint la petite, la dépasse et la laisse derrière elle; alors il lui semble que la petite recule.

Tel est le mouvement diurne de la terre.

cercles en proscrivant les ovales, pour adopter complétement ce cercle régulier.

Insensiblement je suis arrivé à retrouver l'inégalité des jours et des nuits par toute la terre; je suis parvenu à mesurer dans mes calculs les jours qui, égaux aux nuits sous l'équateur, s'allongent et se raccourcissent à mesure qu'on se rapproche des pôles; j'ai retrouvé en Islande le jour du solstice d'été qui n'a pas de nuit, jour où le soleil semble ne toucher l'horizon que pour se relever aussitôt, jour enfin de vingt-quatre heures.

Dans mon système, j'ai découvert comment l'image du soleil put aller se peindre au fond du fameux puits de Syène, en Egypte, au solstice d'été; pourquoi le soleil se montre toujours pâle et à travers un épais rideau de vapeurs atmosphériques, sur les côtes du Groënland, là où cesse notre période diurne de 24 heures, là où le soleil semble oublier, pendant six mois, de venir saluer le réveil des habitants de ces tristes contrées.

De ce moment j'ai pu me rendre un compte parfait du récit de ces intrépides marins qui, comme Ross, ont exploré les régions polaires jusqu'au 76e degré de latitude nord, sans pouvoir avancer au delà, arrêtés par les glaces éternelles.

J'ai compris pourquoi dans ces parages il n'y a que deux saisons, l'été et l'hiver; point de transition entre les rigueurs du froid, que le mercure ne peut apprécier, et la chaleur excessive de cet été d'un jour qui dure cinq mois au Spitzberg, trois mois au Groënland, et près d'un mois au nord de l'Islande; période où on a tout ensemble le matin, le midi et le soir, puisque le soleil ne quitte pas l'horizon pour se lever et se coucher, et produit des effets de chaleur analogues à ceux de la zone torride; dans le voisinage du pôle l'action du soleil, au moment de l'équinoxe, suffit en 24 heures pour fondre une couche de glace de plusieurs centimètres d'épaisseur.

On comprend facilement la cause de cette chaleur intense; la terre se trouve alors échauffée par les rayons continus du soleil, qui ne quitte point cette partie du globe pendant des mois entiers; et par la raison contraire, l'hiver est rigoureux, puisque le soleil cessant de paraître, le sol perd sa chaleur, la mer gèle de nouveau et le froid reprend tout son empire.

Ces tristes contrées jouissent néanmoins de grandioses et magnifiques spectacles : ce sont les éclatantes aurores boréales et l'aspect de la marche des astres; lorsqu'il n'y a pas de brouillard, ce qui, il est vrai, est assez rare, on doit voir la lune qui semble suivre le soleil tout autour de l'horizon, de sorte que ces deux astres paraissent courir l'un après l'autre.

Enfin, continuant mes calculs, j'ai fini par retrouver les six MOIS DE JOUR et les SIX MOIS DE NUIT aux pôles, l'été et l'hiver aux antipodes, c'est-à-dire aux contrées de la terre qui se trouvent diamétralement opposées, et cela sans que le centre de la terre s'éloignât jamais du centre du soleil.

Il est dès lors évident pour moi que le mouvement de la terre autour du soleil tel que nous le montre le système adopté, n'est qu'un conte, une fable sans fondement, adoptée sans raison par les savants.

Se figurer que la terre s'approche tantôt du soleil et tantôt s'en écarte, est une idée contraire aux lois naturelles de la gravitation universelle : et tout ce qu'on en dit n'est qu'une illusion qui ne peut tenir devant la démonstration que j'ai faite du mouvement circulaire de la terre : mon idée peut sembler bizarre, parce qu'elle est en contradiction avec les systèmes reçus, et la figure que j'ai imaginée pour rendre ce mouvement sensible paraîtra peut-être impossible : comparons-la toutefois avec celle qu'on trouve dans tous les traités d'astronomie ou de cosmographie à l'usage des élèves de nos colléges.

De tous les dessins qu'on a imaginés pour démontrer le mouvement de rotation de la terre autour du soleil, voici un des mieux exécutés pour rendre sensible aux yeux un des phénomènes les plus admirables de la nature.

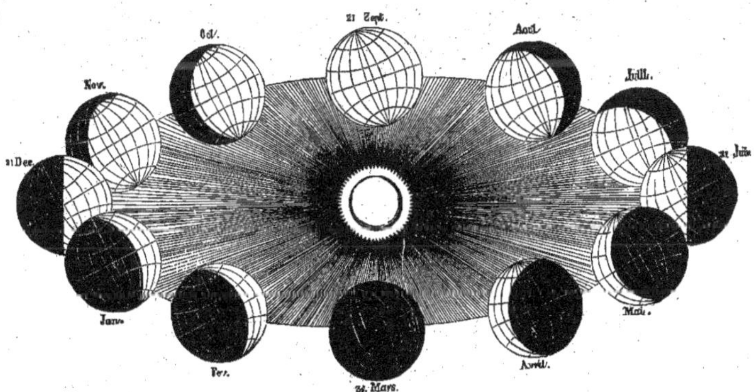

Examinons attentivement cette figure et nous verrons que toutes les phases qui se trouvent indiquées appartiennent pour nous à la lune plutôt qu'à la terre.

En effet, prenez des boules pour représenter la terre; mettez dans le milieu une bougie pour représenter le soleil et, de quelque façon que vous procédiez, vous n'obtiendrez point de figures éclairées différemment des deux qui se trouvent à l'extrémité de l'ovale, lesquelles indiquent juin et décembre : c'est chose facile à comprendre; il suffit pour cela de réfléchir que toute boule mise en présence d'une lumière se trouve constamment moitié dans l'ombre et moitié éclairée. Or tous ces quartiers de terre et ces croissants qu'on nous fait voir ne sont pas naturels et dès lors ils sont inintelligibles.

Maintenant prenez votre boule, tracez un cercle par son milieu pour figurer l'équateur de la terre, faites-la ensuite tourner comme une bille de billard sur la ligne ovale, en suivant exactement la position qui est indiquée par le dessin et pour résultat vous arriverez à avoir pour Paris des jours ou des nuits d'une longueur de plusieurs mois consécutifs : ce qui n'existe certes pas.

Afin de rendre cette observation plus claire, prenons la terre figurée en avril (la lettre A indique Paris), faisons tourner la boule sur elle même, et nous remarquerons que nous ne pourrons pas arriver à ce que cette capitale du monde civilisé jouisse d'un faible rayon du soleil pendant tout le mois.

Maintenant comparons la figure que je donne ci-dessous sous

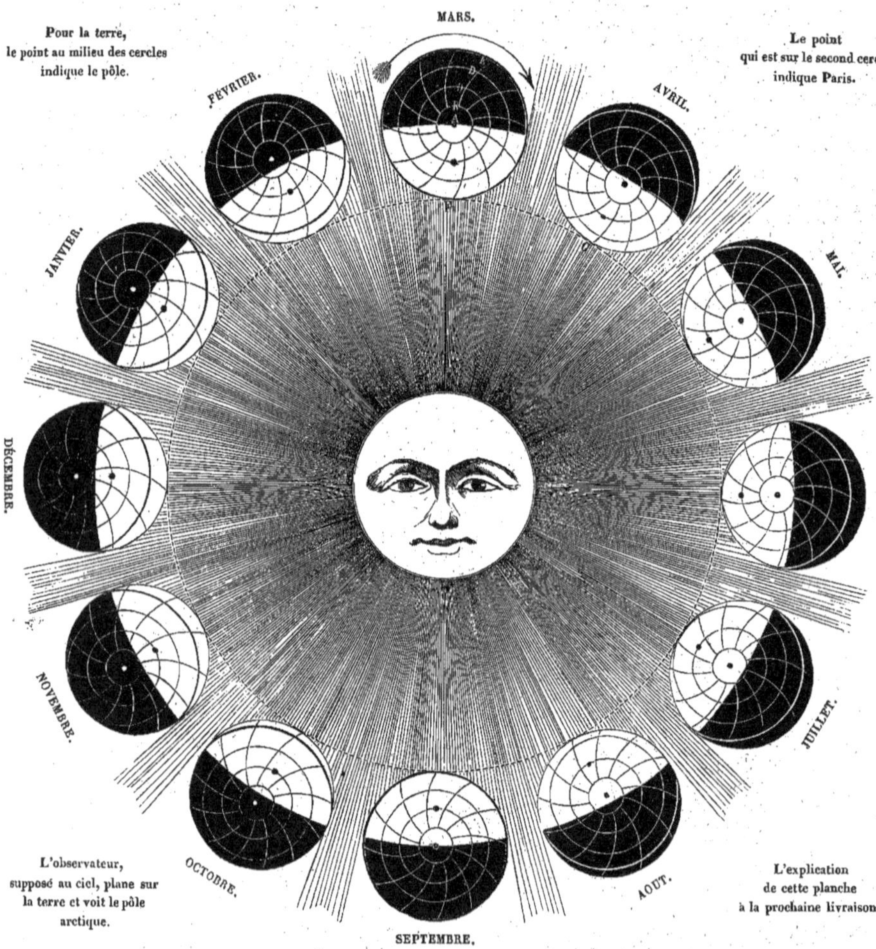

Pour la terre, le point au milieu des cercles indique le pôle.

MARS.

Le point qui est sur le second cercle indique Paris.

FÉVRIER. AVRIL. JANVIER. MAI. DÉCEMBRE. JUIN. NOVEMBRE. JUILLET. OCTOBRE. AOUT.

L'observateur, supposé au ciel, plane sur la terre et voit le pôle arctique.

L'explication de cette planche à la prochaine livraison.

SEPTEMBRE.

GRAVITATION UNIVERSELLE. Rotation de la terre autour du soleil (1).

un autre point de vue; mais auparavant rendons-nous bien compte de la manière dont j'ai tracé la terre, parce que son mouvement ne ressemblera nullement à celui que nous avons examiné, lequel nous fait tourner sens dessus dessous, au lieu de nous faire tourner de côté; néanmoins la terre continuera de rouler sur son équateur, en suivant sur un orbite circu-

(1) On remarquera que je n'ai pas pu donner à cette image les proportions voulues, car il eût fallu une feuille de papier d'un mètre carré pour représenter la terre sur 3 centimètres de diamètre; notre imagination devra donc suppléer à ce manque de proportions et il nous faudra supposer que la ligne de F à G est assez longue pour que la terre en tournant 30 fois sur elle-même parcoure sur son orbite tout le trajet nécessaire pour l'espace d'un mois.

laire, au lieu d'un orbite ovale, l'inclinaison que j'ai indiquée précédemment.

Chacune des 12 figures représente la position de la terre vue à midi pour le 21 de chaque mois de l'année. La terre se trouve toute l'année constamment moitié éclairée et moitié dans l'ombre; de sorte que la moitié des habitants du globe a toujours le jour, pendant que l'autre moitié a la nuit.

La distance de la terre au soleil est toujours la même; c'est-à-dire que le point central de la terre est constamment à une distance égale du centre du soleil.

Pour chaque figure (prenons pour exemple la terre au 21 mars), les mêmes cercles indiquent les mêmes positions.

Ainsi le point A représente le point central du pôle.

le cercle B — la latitude du Groënland ou de la Laponie.

— C — la latitude de Paris, entre le pôle et l'équateur.

— D — la latitude de l'Egypte, ou tropique du Cancer.

— E — l'équateur.

J'ai tracé le cercle de l'équateur plus fortement pour qu'on puisse mieux le saisir.

On remarquera bien que Paris se trouve, dans chaque figure, indiqué sur le cercle C par un point noir. Si cette image était faite en grand, chaque peuple pourrait reconnaître la position qu'il occupe sur le globe, car on eût pu alors dessiner une carte géographique sur chaque boule. Je regrette que le manque d'espace ne m'ait pas permis de le faire.

Maintenant observons attentivement le mouvement de la terre; prenons-la au 21 mars et figurons-nous que toutes les autres figures n'existent pas; la flèche qui est dans le haut indique que la terre tourne sur elle-même, sur son équateur, en suivant la ligne pointée qui représente son orbite.

Le blanc et l'ombre noire marquent le jour et la nuit à midi, pour Paris.

Prenons deux billes; mettons l'une à l'endroit où est tracé le soleil, et l'autre à la place qu'occupe la terre; faisons faire à la terre (la bille) un tour sur elle-même, et nous verrons que tous les points recevront les rayons du soleil. Or tels sont le mouvement de la terre et sa position au 21 mars et au 21 septembre, c'est-à-dire qu'à ces deux époques de l'année, les jours sont égaux aux nuits pour toute la terre, par la raison fort simple que ce jour-là la terre tourne juste sur son équateur

En faisant faire à la terre un tour sur elle-même, on voit comment il se fait que tous les habitants jouissent alternativement de la présence vivifiante du soleil, de cet astre qui répand successivement sur chaque contrée les bienfaits de sa chaleur et de sa lumière; on comprend par ce mouvement de rotation que le soleil n'a pour nous qu'une marche apparente, et qu'il ne disparaît à nos yeux que pour porter ses dons à d'autres peuples.

A l'aide de cette figure, on voit que la succession des jours et des nuits est due au mouvement du globe, qui, tournant sur lui-même, présente successivement au soleil les différents points de sa surface. On comprend qu'au moment où l'aube se lève pour nous, le soleil abandonne les contrées qui nous sont diamétralement opposées, et à mesure que chez nous le jour avance, la nuit s'écoule d'une manière identique pour les peuples qui sont à nos antipodes; quand midi sonne pour nous, minuit sonne pour eux; quand les ténèbres envahissent notre hémisphère, la lumière commence à les éclairer. Le même phénomène se reproduit pour chaque point du globe.

Ce fait est si naturel, il est si facile à concevoir que les enfants eux-mêmes comprennent parfaitement ce mouvement de rotation, et qu'il leur vient à l'esprit de s'écrier que si on pouvait marcher aussi vite que le soleil, aussi vite du moins qu'il paraît marcher, on n'aurait pas de nuit; mais comme on ne peut pas se déplacer avec une si prodigieuse vitesse, il résulte qu'il y a des habitants qui se lèvent, d'autres qui déjeûnent, d'autres qui dînent, d'autres qui soupent, pendant que nous dormons, puisque les divisions de la journée commencent ou finissent à chaque instant pour quelque partie de la terre; notre raison nous rend compte de ce fait qu'une expérience du télégraphe électrique nous démontre matériellement: une dépêche partant de Berlin au point du jour, arrive à Paris alors qu'il fait encore nuit.

Continuons; la terre emploie un mois pour aller depuis F jusqu'à G, en sorte qu'elle se trouve au point G le 21 avril, après avoir fait 31 tours sur elle-même.

Comme chaque jour elle s'incline légèrement sur son orbite, on observera que sa position fait varier la ligne équatoriale, et par conséquent chaque cercle de latitude. Si bien qu'arrivée au 21 juin la terre tourne sur le tropique du Cancer, et Paris se trouvant alors plus rapproché du soleil reçoit les rayons solaires plus directs.

Il ne faut pas perdre de vue que la terre tourne constamment pour chaque figure sur l'axe qui va d'un pôle à l'autre, et on sait, comme je l'ai dit plus haut, que l'axe est une espèce d'essieu imaginaire autour duquel elle se meut.

En continuant de faire décrire à la terre un mouvement identique au précédent, on arrive au 21 septembre, et on voit que la terre tourne de nouveau sur son équateur : alors les jours redeviennent égaux aux nuits pour tous les habitants.

Au 21 décembre, la terre tourne sur le tropique du Capricorne; son mouvement est le même qu'au 21 juin, mais dans un sens inverse, et Paris se trouve alors plus éloigné du soleil et reçoit par conséquent les rayons tout à fait obliques.

Il résulte qu'au 21 juin les Egyptiens se trouvent occuper, par rapport au soleil, la place que les habitants de Bornéo occupaient au 21 mars, et les Parisiens occupent la place qu'occupaient les Egyptiens. Par contre, les Parisiens occupent au 31 décembre la place qu'occupaient les Esquimaux, les Groënlandais ou les Lapons, au 21 juin, et cette position, qui frappe sensiblement la vue, peut nous faire comprendre combien ces habitants jouissent peu des bienfaits du soleil, et nous explique parfaitement l'hiver et ses froids rigoureux dans les régions glaciales.

On comprendra facilement par ce dessin comment la terre, en tournant et s'inclinant, détermine des jours inégaux pour toutes les parties du globe, et comment les rayons solaires plus ou moins obliques ou plus ou moins directs amènent les quatre saisons de l'année.

On verra que la France est un des pays les plus tempérés, parce qu'elle se trouve entre le pôle glacial et l'équateur brûlant.

En faisant tourner la terre sur elle-même, au 21 juin, on verra très-bien pourquoi les nuits sont plus courtes à cette époque qu'à aucune autre époque de l'année, et pourquoi au 21 décembre elles sont plus longues que les jours : l'ombre seule suffit pour l'indiquer.

Il est donc facile de voir que nous sommes plus près du soleil en été qu'en hiver (hypothèse tout à fait contraire à celle des astronomes, qui disent que c'est vers le 1er janvier que la terre est le plus près du soleil, et vers le 1er juillet qu'elle en est le plus éloignée), et que c'est l'inclinaison seule de la terre qui fait que nous nous trouvons plus éloignés de lui en hiver qu'en été; puisque jamais le soleil ne s'éloigne de notre globe, car le point central de l'un de ces globes est toujours à une égale distance du point central de l'autre.

Du reste, pourquoi la terre s'éloignerait-elle ou se rapprocherait-elle du soleil en tournant autour de lui? Lorsqu'un cheval tourne dans un manége, peut-il s'éloigner ou se rapprocher du centre pour tracer un ovale dans sa course? Non, parce qu'il est toujours maintenu par un obstacle à une égale distance de l'axe autour duquel il tourne; pour le cheval, l'obstacle qui lui fait décrire un cercle parfait est une perche des branches du manége. Eh bien! les rayons solaires, de même que la perche qui retient le cheval dans son manége, contiennent à distance la terre, qui reste en équilibre dans l'air, sollicitée et maintenue par des forces contraires et égales.

Donc il n'y a que les diverses parties de la surface de la terre qui varient de position pour reprendre chaque année la position qu'elles occupaient à la même époque de l'année précédente, afin de déterminer nos quatre saisons; il n'y a point d'écliptique qui puisse faire décrire au soleil une ellipse ou figure ovale.

Maintenant, considérez le dessin tel qu'il est, sans vous préoccuper du mouvement de la terre, vous reconnaîtrez que le point central du pôle, dans le cours d'une année, est 6 mois dans l'ombre et 6 mois éclairé, et vous retrouverez également la cause qui a donné lieu à l'hypothèse de l'ovale décrit par l'axe s'inclinant sans cesse sur l'orbite terrestre.

Voyons à présent sur quoi repose le mouvement de gravitation universelle.

Si on me demande ce qui fait tourner la terre, la réponse est simple. Si vous prenez une carte et que vous en fassiez une espèce de petite spirale, il suffira de la mettre à la clef d'un poêle ou au-dessus d'une lampe pour la voir tourner, tant qu'il y aura du feu pour alimenter sa rotation. Comme cette spirale a un point d'appui qui met obstacle à son mouvement, tandis que la terre n'a pas d'autre appui que l'air, il résulte qu'elle tourne comme ce serpentin; et de plus les rayons solaires ou les feux du soleil la forcent d'avancer en tournant. Oui les rayons du soleil ont la puissance de faire tourner notre globe qui, bien qu'il nous paraisse une masse énorme, n'est en réalité, par son volume, qu'un globe qui se tient en équilibre dans l'espace comme un ballon, parce qu'il est d'un poids égal à l'air qu'il déplace, ainsi qu'on peut mathématiquement le démontrer : l'épaisseur de la croûte terrestre étant au volume du globe, comme l'enveloppe d'un ballon est à sa capacité?

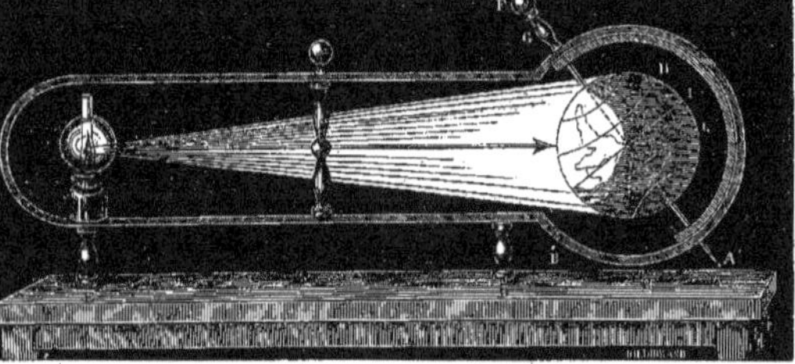

Tels sont les moyens que j'ai employés pour me rendre compte des saisons, c'est-à-dire pour trouver l'inégalité des jours sur toute la terre; j'ai retrouvé de la même manière les phases de la lune selon les diverses positions qu'elle occupe autour de la terre, les équinoxes, les zones, les climats, les éclipses, etc.; enfin, ce qui m'a semblé digne de remarque, je suis arrivé de la sorte aux mêmes résultats que par l'observation, si bien qu'en définitive je ne diffère avec les astronomes que sur l'orbite de la terre qu'ils supposent être ovale, tandis que moi je la suppose circulaire.

On me demandera maintenant ce que cela peut me faire que nous décrivions dans l'espace un cercle ou bien un ovale, puisque je suis arrivé à me former une idée de la marche du globe? Pour moi cela fait beaucoup, parce qu'en général plus une chose est simple, mieux je la comprends, et il me semble qu'il doit y avoir beaucoup de personnes comme moi; ensuite pourquoi si on peut apprendre une chose en huit jours, employer une méthode pour laquelle il faut des années? Pourquoi, si on peut mettre une science à la portée de tout le monde, ne pas en indiquer le moyen? Pourquoi construire des mécanismes très-compliqués de roues et d'engrenages pour représenter tant bien que mal le mouvement de la terre, ce qui occasionne des dépenses considérables (à l'exposition de 1855 les moindres que j'ai vues coûtaient de trois cents à cinq cents francs), tandis qu'on peut, sans aucun engrenage, imaginer un mécanisme parfait, dont le prix ne dépasserait pas une vingtaine de francs, ainsi que j'en ai construit un pour moi-même, et dont voici le dessin que je donne en attendant celui que je construis en grand et que je me propose d'offrir au Conservatoire des arts et métiers.

Il est certain que rien ne développe mieux l'intelligence des enfants que les images sensibles; or, si on peut faire en sorte que chaque chef d'institution ait un petit mécanisme pour démontrer à ses élèves le mouvement de la terre, il est évident qu'on obtiendra des résultats précieux pour l'étude de la géométrie et des mathématiques; car, rappelons-nous le bien, la science astronomique ne peut avoir d'autre but que le développement de l'intelligence humaine : du moment où elle sort des principes géométriques, elle ne peut qu'égarer l'esprit et le faire divaguer.

L'étude doit être un jeu pour les enfants, et non une fatigue, une tension continuelle d'esprit; ils apprennent en s'amusant, lorsqu'on leur démontre avec une sphère mécanique qu'il fait jour en Europe, en Afrique et dans une partie de l'Asie, alors qu'il fait nuit en Amérique. Faisant eux-mêmes tourner le globe à volonté, ils disent : Maintenant il fait nuit en Europe, nous allons nous coucher et les Américains vont se lever; ils trouvent très-amusant de regarder quels sont les pays où l'on dort et quels sont ceux où on est levé et où l'on travaille, et ramenant successivement le jour et la nuit dans toutes les parties du monde, ils en apprennent mieux et plus en huit jours par l'observation qu'en un an au moyen de tous les livres du monde (1).

La figure que je donne est loin d'avoir le fini de détail et de délicatesse d'un appareil de grande importance; j'ai plutôt cherché la simplicité théorique, si nécessaire à la clarté dans une explication, qu'une machine compliquée de rouages susceptibles de se déranger et coûtant fort cher.

Ce que je voulais, c'était de ne pas rester en arrière pour chercher à construire un appareil simple en rapport avec mes observations, et mes recherches n'ont pas été infructueuses. L'axe AF, ou la tringle mobile, traverse le globe de manière à ce que le centre de la terre ne varie pas de position et reste au point

(1) Pourquoi, avec le système actuel, pour trouver la distance du soleil à la terre, de la terre à la lune, étudier les éclipses, déterminer les climats et les saisons dans chaque point du globe, indiquer les marées, etc., faut-il passer par une série de connaissances que ne peuvent acquérir que ceux dont l'intelligence est spécialement apte aux mathématiques et à la géométrie? C'est parce que c'est une complication à n'en pas sortir; c'est parce que la science astronomique est fermée au vulgaire et limitée dans un cercle de savants. Leurs ouvrages il est vrai attestent le degré de hauteur où peut s'élever l'esprit humain, mais ils sont rédigés avec une telle érudition, qu'ils deviennent inintelligibles pour l'immense majorité des lecteurs.

Dans ces beaux livres, on trouve des pages entières hérissées de tangentes, de segments, de rayons vecteurs, etc.; les vingt-six lettres de notre pauvre alphabet français ne suffisent pas à la très-redoutable algèbre, qui, non contente d'emprunter les lettres de l'alphabet grec, a encore recours à des signes hiéroglyphiques.

En un mot, ces livres sont faits pour instruire ceux qui savent, puisque, dès les premières pages, le lecteur, s'il n'est pas mathématicien, se trouve arrêté par des calculs qu'il ne peut comprendre.

milieu. Ainsi fixé, on tourne le bouton F de droite à gauche et le globe en tournant produit le jour et la nuit, voilà le premier mouvement.

Pour le mouvement d'inclinaison, on tire à soi d'une manière lente et régulière la poignée G, qui en montant et descendant autour du cercle dérange la position de l'axe et fait obtenir l'inégalité des jours et des nuits pour toute la terre. (Je parlerai plus loin, à propos de l'axe terrestre, de l'étoile polaire si intéressante à connaître.)

Pour le troisième mouvement qui consiste à décrire un cercle autour du soleil dans l'espace d'une année, il suffit de placer le pivot E de l'appareil au milieu d'une table ronde, puis pousser la colonne D qui, en faisant tourner la machine sur son pivot trace un cercle, lequel divisé en quatre parties égales indique le passage de la terre aux quatre saisons de l'année, saisons que l'on obtient facilement puisqu'il suffit de placer l'axe de manière à ce que sa pointe réponde au point A pour avoir l'été, au point C pour l'automne, B pour l'hiver, C pour le printemps, A pour l'été et successivement.

Par le moyen de ces trois mouvements, on trouve en tendant un fil à plomb entre la terre et le soleil l'heure exacte qu'il est dans tous les pays, tandis qu'en inclinant la terre suivant l'écliptique, ainsi qu'on le fait, soit en donnant à notre globe le mouvement d'une toupie, soit au moyen de mécanismes compliqués, il est impossible de retrouver midi sur tous les points. Il est étonnant que cette observation si simple à saisir et si frappante de vérité n'ait pas réveillé l'attention des maîtres de la science, le fil à plomb suffisait pour leur indiquer qu'il y avait de l'inexactitude dans le mouvement de la terre qu'on croit connaître au point d'en faire une vérité incontestable.

La ligne AB indique le méridien ou ombre que produit le fil à plomb, si bien que selon mon système (fig. 1) lorsqu'il est midi à Alger il est également midi à Paris; tandis que selon le globe incliné d'après l'écliptique (figure 2) le méridien varie chaque jour, effet contraire à l'observation.

Maintenant nous allons voir quels importants résultats je déduis de tout ce qui précède.

Rappelons d'abord ce que disent les astronomes :

1° La distance du soleil à la terre est de 34,500,000 lieues;

2° La longueur de l'orbite terrestre ou route que la terre parcourt en 365 jours, est de 210 millions de lieues (périmètre de l'ovale);

3° Le diamètre du soleil est 110 fois celui de la terre;

4° Le diamètre de la lune est le quart de celui de la terre;

5° La distance de la terre à la lune est de 86,000 lieues.

La démonstration de toutes ces mesures extraordinaires, repose sur les lois de gravitation, de rotation, de translation, de force centrifuge, de force centripète, etc., lois qu'il n'est pas donné à tout le monde d'approfondir.

Or, je vais opérer comme je le fais avec mes enfants, et pour cela, je vais écarter ces lois imaginaires pour établir des calculs à leur portée; ces calculs devront être fort simples, car ils n'ont que douze ans.

Première Opération.

L'orbite de la terre est-elle de 210 millions de lieues?

Examinons :

La terre tourne autour du soleil et la révolution qu'elle accomplit s'opère en 365 jours, 5 heures, 48 minutes, 50 secondes.

Comme nous savons que la circonférence de la terre est de 40 millions de mètres ou 9,000 lieues, il est certain que la terre en tournant sur elle-même en vingt-quatre heures, accomplit dans un jour et une nuit un parcours de 9,000 lieues, absolument comme la roue d'une voiture parcourt un chemin égal à sa circonférence, en faisant un tour sur son essieu; c'est ce que représente la figure ci-dessous dans laquelle on voit une boule roulant sur elle-même.

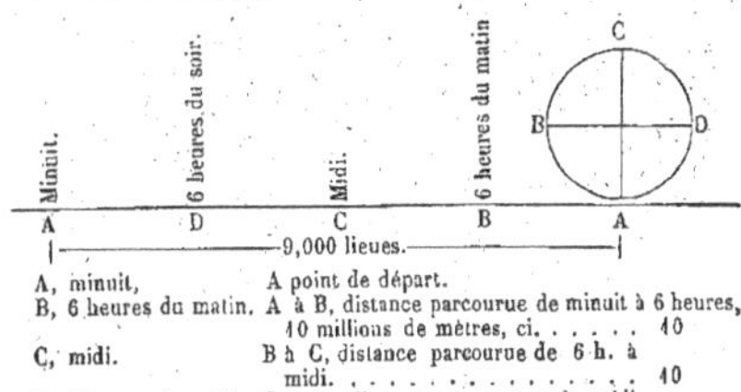

A, minuit, — A point de départ.

B, 6 heures du matin. — A à B, distance parcourue de minuit à 6 heures, 10 millions de mètres, ci. 10

C, midi. — B à C, distance parcourue de 6 h. à midi. 10

D, 6 heures du soir. — C à D, distance parcourue de midi à 6 h. 10

A, minuit. — D à A, distance parcourue de 6 h. à minuit. 10

Total. . . 40 millions de mètres, ou 9,000 lieues géographiques de 4,444 mètres à la lieue.

Me voici, par une figure géométrique excessivement simple, en désaccord complet avec les traités astronomiques qui disent que la terre parcout 600,000 lieues sur son orbite dans l'espace de 24 heures, tandis que je ne trouve que 9,000 lieues; et cela par la raison simple que la terre n'ayant que 9,000 lieues de pourtour, ne peut pas faire 600,000 lieues pour tourner sur elle-même.

Comme tous les ans nous nous retrouvons en face du soleil à la même place que nous occupions l'année précédente, nous avons donc fait dans une année un cercle autour du soleil, dont la longueur totale est de 365 fois 1/4 le parcours d'un jour ou 40 millions de mètres.

Or, je multiplie 40,000,000 de mètres
par 365 1/4 jours

14,600,000,000
10,000,000

et j'obtiens pour résultat 14,610,000,000 mètres;
alors je divise 14,610,000,000 | 4,000
| 3,652,500 lieues. (Pour abréger l'opération, je prends la lieue de 4 kilomètres ou 4,000 mètres.)

Ainsi au lieu d'une course de 210 millions de lieues que la terre parcourt autour du soleil dans l'espace d'une année ainsi qu'on nous l'indique, je n'obtiens que 3,652,500 lieues, en sorte que ce calcul bien simple établit avec les astromes une différence de plus de 206 millions de lieues.

La figure ci-dessous donnera l'intelligence de ce calcul beaucoup mieux que les chiffres, parce que les images parlent aux yeux, donnent de la couleur à la pensée en la rendant sensible et frappent notre esprit.

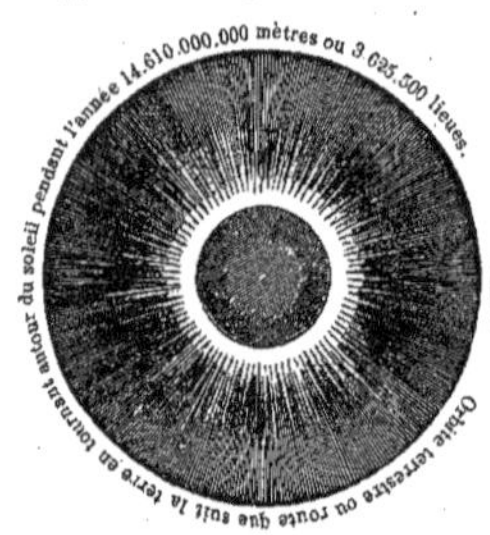

Deuxième Opération.

On dit que le diamètre du soleil est 110 fois celui de la terre. Quel est le diamètre du soleil ?

Nous savons que, connaissant la circonférence d'un cercle, il suffit pour connaître son diamètre, de diviser la circonférence par 3,1416 (page 92) mais afin de ne pas faire de si longues opérations, divisons tout simplement par 3,14, cela ne sera pas aussi exact, mais à quelques lieues près, nous n'y tenons pas.

La circonférence de la terre est de 40 millions de mètres, si je divise 40 millions par 3,14, je connaîtrai son diamètre (c'est-à-dire la profondeur du puits que je devrais, pour employer une comparaison facile à comprendre, creuser à mes pieds pour voir le jour à travers notre globe.)

40,000,000 | 3,14
12,770,700 mètres | 4,000
3,192 lieues.

Puisque le diamètre de la terre est de 12,770,700 mètres ou 3,192 lieues, et qu'on nous dit que celui du soleil est 110 fois plus grand, il suffit de multiplier l'un par l'autre.

12,770,700
110
127,707,000
1,277,070,000

Or, le diamètre du soleil est de : 1,404,777,000 mètres ou 350,000 lieues environ.

Comme, lorsque le diamètre est connu, il suffit de le multiplier par 3,14 pour connaître la circonférence, il résulte que le tour du soleil (au dire des astronomes) a plus que 1 million de lieues; quelle différence, hélas, avec notre terre qui n'a que 9,000 lieues de pourtour !

Ce chiffre m'a paru tellement exagéré, que j'ai été conduit à d'autres opérations pour en vérifier l'exactitude, et le résultat que j'obtins alors me démontra clairement que le soleil ne doit seulement pas être deux fois celui de la terre, et nous verrons plus loin que je trouvai 5,331 lieues au lieu de 1,103,000 indiquées.

Troisième Opération.

Est-ce que la distance du soleil à la terre est de 34,500,000 lieues comme on le dit ?

Par la première opération, nous avons vu que l'orbite terrestre est de 14,610,000,000 mètres; or, si je divise ce nombre par 3,14, je connaîtrai le diamètre de l'orbite terrestre, c'est-à-dire la distance qu'il y a de H à E dans la figure suivante :

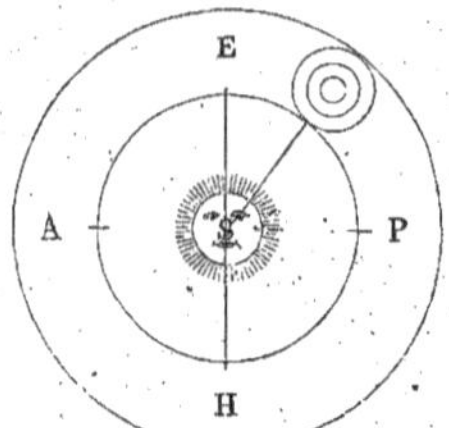

puis ensuite la moitié de ce diamètre me donnera la distance qu'il y a du centre du soleil à notre globe, c'est-à-dire de S à la terre.

14,610,000,000 m. | 3,14
4,652,866,242 m. | 4000
1,163,216 lieues.

Il résulte que le diamètre est de 1 million 163,216 lieues, donc il y a 1,163,216 lieues de E à H dans la figure ci-dessus en traversant le soleil.

Comme la moitié de ce nombre est de 581,603, il y a donc 581,603 lieues de la surface de la terre au centre du soleil.

Les astronomes disent qu'il y a 34,500,000 lieues de la terre au soleil, je dois donc ajouter à ce nombre la moitié du diamètre du soleil qu'ils disent être de 350,000 lieues pour connaître le nombre de lieues qu'ils trouvent de S à la terre et voir la différence qu'il y a entre mes calculs et ceux qu'ils ont établi.

34,500,000
175,000
34,675,000

Résultat. — Distance de la terre au centre du soleil :

Selon les astronomes :	34,675,000 lieues.
Selon mon calcul :	581,603 —
Différence :	34,093,397 lieues.

Je dois observer de nouveau que je ne veux pas faire concurrence aux astronomes; ils disent que leur calcul est exact, et moi je prétends qu'ils peuvent avoir fait une erreur de 34 millions de lieues; il s'agit simplement de vérifier nos opérations, puisque nous ne pouvons, eux pas plus que moi, prendre un cordeau pour décider matériellement qui de nous a tort ou raison.

Quant à moi je ne m'en suis pas tenu à ces simples calculs, j'ai poussé mes observations jusqu'aux problèmes géométriques les plus compliqués, et à l'aide d'instruments, j'ai reconnu que l'on pouvait mathématiquement prouver que la distance de la *surface de la terre* à la *surface du soleil* est de 578,635 lieues; c'est ce que nous verrons plus loin.

Quatrième Opération.

La distance de la terre à la lune est-elle de 86,000 lieues, comme on le prétend ?

Pour faire cette opération, il faut connaître avant tout quel est le diamètre de la lune.

Or, on nous dit qu'il est le quart de celui de la terre.

Diamètre de la terre, 12,770,700 m. | 4
3,192,675

Donc, en acceptant pour exact le chiffre donné par les astronomes, le diamètre de la lune est de 3,192,675 mètres.

Maintenant l'opération est en tout semblable à celle que nous avons faite pour le soleil.

Pour connaître la circonférence de la lune, je multiplie son diamètre 3192675

par 314

12770700
3192675
9578025

10024999

Circonférence de la lune 10,025,000 mètres ou 2,560 lieues.

Ainsi, on nous dit que le périmètre du soleil est de 1 million de lieues, et nous voyons que le périmètre de la lune est de 2,560 lieues seulement, nous verrons si une aussi prodigieuse différence est logique.

Comme nous savons que la lune tourne autour de la terre en 29 jours 1/2, multiplions 10,025,000 par 29 1/2 pour trouver la longueur de l'orbite lunaire (1).

10025000
29 1/2

90225000
20050000
5012500

L'orbite lunaire est donc de : 295737500 mètres.

295,737,500 | 3,14
94,183,917 | 4,000
23,545 lieues pour le diamètre de l'orbite lunaire, dont la moitié est 11,772 lieues ou la distance qu'il y a du centre de la terre à la circonférence de la lune.

Le diamètre de la terre étant, ainsi que nous l'avons vu, de 3,192 lieues, il suffit de prendre la moitié de ce nombre qui est 1596, et le retrancher de 11,772, pour savoir combien il y a de lieues de la circonférence de la terre à la circonférence de la lune :

11,772
1,596

Distance de la terre à la lune 10,176 lieues au lieu de 86,000 lieues que nous annoncent les astronomes.

Ayant pris pour point de départ le diamètre de la lune indiqué par les traités, il est naturel que si ce diamètre n'est pas exact et se trouve donné par les astronomes plus grand qu'il n'est réellement, ce qui est une chose fort probable, ainsi que nous le verrons, tous les calculs établis ci-dessus seront à rectifier.

(1) Selon les traités, la lune n'opère qu'un seul tour sur elle-même dans l'espace d'une lunaison ou 29 jours et demi, en sorte que pour la lune, les jours ainsi que les nuits sont de 15 fois environ nos 24 heures.

Les instruments montrent la face de la lune presque immobile dans l'espace d'une nuit d'observations ; c'est là une illusion d'optique excessivement facile à détruire au moyen de figures géométriques que je ne puis présenter en abrégé dans la course au clocher que je suis obligé de faire en ce moment ; mais il est évident qu'un astre tournant *en sens inverse* d'un autre, peut par ce mouvement contrarié, tourner sur lui-même en 24 heures, sans que nous puissions nous en apercevoir, et nous montrer constamment son même disque apparent, conformément aux lois mécaniques.

Quant aux calculs que je donne pour la lune, ils sont tout à fait arbitraires comme on est obligé de le faire quand on établit de simples démonstrations, et la seule raison que je puisse donner, c'est que, malgré toutes les cartes de la pleine lune qui ont été dressées, il n'a pas été pour le moment possible de donner jusqu'à ce jour une forme décisive de cet astre.

La figure ci-dessous fera parfaitement concevoir les calculs établis pour cette quatrième opération.

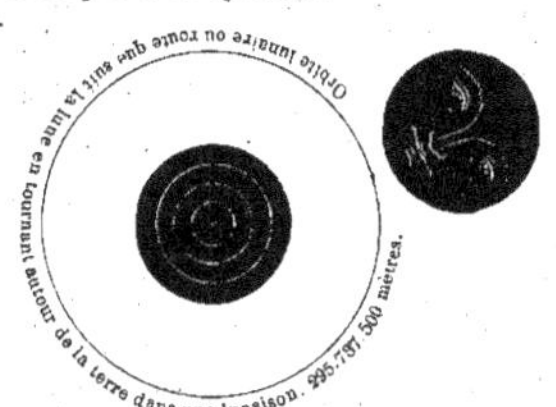

RÉSUMÉ.

1° DISTANCE DE LA TERRE AU SOLEIL.

Les astronomes trouvent que la distance du soleil à la terre est de	34,500,000 lieues.
Que le demi-diamètre du soleil est de	175,000
Distance de la terre au centre du soleil	34,675,000
Moi, je trouve que la distance de la terre au centre du soleil est de	581,603
Différence d'un système à l'autre	34,093,397 lieues.

2° VITESSE DE ROTATION.

Les astronomes prétendent que la terre parcourt dans un jour un espace de 600,000 lieues en décrivant un ovale autour du soleil.

Moi, je pense que la terre, qui n'a que 9,000 lieues de circonférence, ne peut pas faire 600,000 lieues pour tourner sur elle-même. Une marche de 9,000 lieues en un jour suppose une vitesse de 375 lieues à l'heure, vitesse raisonnable, qu'il est, je crois, inutile d'exagérer en la portant à plus de 25,000 lieues à l'heure, comme on le fait.

Une vitesse de 375 lieues par heure fait parcourir à la terre 6 lieues 1/4 par minute. Comme nous ne pouvons avoir une idée des vitesses qu'en comparant le temps employé à parcourir les distances, disons que nous allons 33 fois plus vite qu'une locomotive sur un chemin de fer qui, pour les trains de grande vitesse, fait 45 kilomètres à l'heure ou 11 lieues 1/4.

3° DIAMÈTRE ET CIRCONFÉRENCE DU SOLEIL.

Les astronomes disent que le diamètre du soleil est 110 fois celui de la terre, c'est-à-dire qu'il est de 350,000 lieues, et que par conséquent le périmètre du soleil comprend plus de 1 million de lieues.

Moi, je trouve que le périmètre de la terre qui a 9,000 lieues, est déjà une merveille, et je ne puis concevoir un astre qui aurait 1 million ou dix fois 100,000 lieues. Je présume qu'on a pu exagérer aussi bien les grosseurs que les distances, et, d'après les calculs que j'ai établis, je montrerai que la circonférence du soleil est seulement de 16,750 lieues ; le chiffre que j'indique se trouve donc de 883,250 lieues inférieur à celui proposé par les astronomes.

4° DISTANCE DE LA TERRE A LA LUNE.

Les astronomes trouvent que la distance de la lune à la terre est de 86,000 lieues environ.

Moi, je trouve, en prenant pour base le diamètre qu'ils ont fixé, que la distance de la terre à la lune est de 10,176 lieues environ.

Différence d'un système à l'autre, 75,824 lieues.

Enfin, selon les traités d'astronomie, pour interroger les cieux, il faut être profond mathématicien et faire des opérations géométriques très-compliquées.

Selon moi, pour que la probalité s'accorde avec la vérité, il faut que le principe s'accorde avec notre raison. Partant de là, j'affirme que le système le plus simple est le meilleur, et qu'il suffit d'avoir un peu d'instruction pour comprendre le cours des astres qui influent tant sur la terre que nous habitons. Anciennement, pour être bon négociant, il fallait connaître les calculs compliqués des fractions et des nombres complexes, aujourd'hui que le système décimal a prévalu, les mathématiques se sont considérablement simplifiées, et on apprend en un an ce que jadis on ne pouvait apprendre en trois.

On a écrit que de fameux astronomes étaient parvenus à mesurer les montagnes et les abîmes de la lune, on a même été jusqu'à dire que certains d'entre'eux avaient pu distinguer les travaux des habitants de cet astre, etc., je ne conçois pas qu'on ait pu accréditer une telle absurdité, car il est impossible d'admettre que les phénomènes qui ont permis d'établir ces mesures ne se soient pas reproduits pour les successeurs de ces heureux savants. J'ai d'assez bons yeux et une bonne lunette; dernièrement je croyais voir un des habitants de la lune qui, monté sur une des montagnes de notre satellite, me regardait avec un énorme télescope; nous nous regardions l'un et l'autre, quand tout à coup j'aperçus, quoi ? un grain de poussière qui était sur mon verre; je ne l'eus pas plutôt essuyé que l'astronome de la lune était descendu de la montagne, et qu'il ne restait plus rien devant mes yeux qu'un globe dont l'aspect était tout à fait comparable à celui d'une magnifique carte géographique au milieu de laquelle se trouvait une tache qui fit supposer un moment, au siècle dernier, que la lune se trouvait percée en cet endroit.

En fait d'astronomie, voici ce que j'enseigne à mes enfants, en attendant le jour où je pourrai leur en dire davantage :

POUR LE MOUVEMENT DES ASTRES.

L'observation du mouvement des astres a pour but de développer notre intelligence par l'étude des mathématiques et de la géométrie, sciences indispensables aux arts utiles.

Les mathématiques, afin de conserver comme science leur caractère vrai et indépendant, doivent se débarrasser du lourd bagage astronomique; il faut simplement repousser cette illusion qui nous fait croire que la terre reste immobile et que c'est le soleil qui tourne autour de nous.

Alors les mathématiques nous apprennent par la géographie quelles sont la figure et la grandeur de la terre; par la géométrie, elles nous expliquent les divisions du temps et de l'espace; par le raisonnement appliqué au mouvement de la terre, elles nous donnent l'intelligence des éclipses du soleil et de la lune, les vicissitudes des saisons, etc.; par la chimie et la physique, elles agrandissent le domaine de la science par des analyses savantes et des recherches admirables.

POUR L'IMMENSITÉ.

On ne peut se faire une idée de l'immensité, parce qu'on ne peut se faire aucune idée de l'infini, c'est-à-dire concevoir une étendue qui nous entoure de tous côtés sans avoir de fin.

Notre imagination se perdrait en essayant de franchir les abîmes insondables de l'espace, en voulant ajouter le fini au fini pour arriver à l'infini, elle ne parviendrait ainsi qu'à l'*indéfini*. En effet, si nous cherchons à nous faire une image sensible de l'étendue infinie, nous ne pouvons commencer que par nous figurer une immense étendue, étendue contenue dans une autre plus grande, et celle-ci dans une autre plus grande encore, en sorte que nous ne pouvons aller loin, et nous sommes forcés, bon gré mal gré, de nous arrêter en route, si nous ne voulons pas nous égarer.

POUR LE SYSTÈME ÉTABLI.

L'ensemble de tous les astres (étoiles, planètes, comètes, satellite, soleil, lune), est ce qu'on appelle le système du monde. Les savants prétendent que chaque étoile (les plus brillantes surtout) est le centre d'un monde, d'un univers semblable au nôtre, c'est-à-dire que chaque étoile est un soleil pareil à celui qui nous éclaire, étoile-soleil ayant ses planètes qui tournent autour de lui comme la lune tourne autour de nous, et comme nous tournons autour de notre soleil.

D'après l'observation du mouvement de quelques étoiles qu'on nomme planètes, ces feux étincelants semés sur la voûte céleste, ils pensent que toute la nature est en mouvement, et n'a ainsi ni point de départ ni point d'arrivée, ni droite ni gauche, ni dessus ni dessous; mais comme ce ne sont que de magnifiques hypothèses, résultats spécieux d'illusions d'optique, il faut bien se rappeler que cette idée ingénieuse n'est qu'un *système*, et ne pas adopter sans contrôle l'opinion que chaque étoile est le centre d'un système solaire, le centre d'un univers pareil au nôtre; tout cela doit à nos yeux rester à l'état de probabilité, car nul n'a pu le vérifier, et par conséquent nul ne peut l'affirmer.

POUR LE CENTRE DE L'UNIVERS.

On présume que le soleil qui nous éclaire est le point central de l'univers, c'est-à-dire le milieu de l'espace immense qui se trouve borné à nos yeux par cette voûte magnifique que nous voyons la nuit toute parsemée d'étoiles.

Bien qu'on n'ait jamais pu pénétrer jusqu'aux pôles de la terre et qu'on ne puisse par conséquent avoir la certitude que cette voûte nous environne de toutes parts, la raison nous dit que la sphéricité de la terre est une vérité; les éclipses de lune nous le démontrent, l'ombre que la terre projette alors sur cet astre ayant une forme circulaire.

Quant à savoir si c'est la terre ou le soleil qui occupe le centre de l'espace, c'est là une chose qu'il nous est impossible à vérifier; ce que nous pouvons présumer, non pas avec une certitude complète, mais avec une grande apparence de vérité, c'est que notre globe tourne autour du soleil, et que cet astre est placé au centre de l'univers.

Si le soleil tournait autour de la terre, ce serait la terre qui serait alors le point central de l'univers.

Voilà pour le mouvement annuel; voyons à présent le mouvement quotidien.

Les astronomes disent que c'est la terre qui tourne autour du soleil, parce que la distance de l'un à l'autre étant de 34 millions de lieues, il n'est pas présumable que le soleil parcoure 210 millions de lieues par jour.

D'autre part, ils admettent pour la terre une vitesse de 600 mille lieues par jour; cette hypothèse montre quelles conséquences on pourrait tirer d'un faux principe par une simple substitution de système.

Par des calculs sérieux, je pourrais dès aujourd'hui prouver que la distance de la terre au soleil est de 578,635 lieues seulement, ce qui réduirait la course du soleil à 3 millions au lieu de 210 millions de lieues par jour.

On a admis que la terre parcourait 600,000 lieues en 24 heures, avant de connaître l'application de l'électricité, ne pourrait-on pas très-facilement, à l'aide de démonstrations spécieuses capables de séduire l'imagination, s'appuyer sur les puissances de ce fluide, pour imprimer aux astres une vitesse cinq fois plus grande que celle qu'on ne leur supposait jadis? Puis, pour conclusion, ne pourrais-je pas dire à mon tour que c'est le soleil qui tourne autour de la terre; mais ne craignez pas que je vienne ici substituer un système au système établi, je veux, au contraire, par un immense travail de patience, prouver à la jeunesse qu'on peut toujours mettre des hypothèses à la place d'autres hypothèses.

Aussi, si quelqu'un voulait profiter du rapprochement des distances pour tenter une telle entreprise, qu'il sache d'avance que les sublimes démonstrations de Copernic, relatives au mouvement de rotation, le seul qui s'offre comme une vérité mathématique à la raison humaine sont suffisantes pour anéantir cette tentative.

Les démonstrations de la géométrie, appuyées sur notre raison, sont pour nous un guide sûr et suffisent pour détruire les illusions d'optique; et, malgré l'énorme rapprochement des distances, je dis qu'il est plus naturel de supposer que la terre accomplit un tour sur elle-même que d'admettre que les autres, astres parcourent autour d'elle des distances considérables avec des vitesses excessives, une telle hypothèse serait véritablement en dehors de notre entendement et dépasserait les bornes de notre imagination.

La science mathématique démontre qu'entre le simple et le compliqué, le meilleur est de choisir le simple, lorsque surtout il offre le même résultat.

POUR LES COMÈTES.

D'après les observations météorologiques, il est reconnu que ces astres n'influent en rien sur l'état de notre atmosphère; leur passage est toujours plus éloigné que celui de la lune; la matière qui les compose nous paraît comme un brouillard lumineux à travers lequel on peut apercevoir les étoiles. C'est là une preuve qui, indépendamment de ce que j'ai dit plus haut, indique que l'homme n'a à craindre ni leur choc, ni leur nature.

Si, d'après les systèmes établis, une comète qui roule dans l'immensité peut s'échapper d'autres univers pour entrer dans le nôtre, elle pourra de même traverser notre univers et passer outre, sans, par son passage, pouvoir troubler l'ordre établi par l'intelligence suprême qui lui a assigné la route qu'elle avait à suivre; et de même que la lune a toujours tourné autour de nous et n'a pas, d'après toutes les observations, dévié d'une ligne depuis les semaines de siècles qu'elle est mise en mouvement, de même les comètes ont toujours suivi la marche qui leur a été assignée par le Créateur. Il m'est impossible, en effet, d'admettre cette opinion ridicule de quelques savants qui ont prétendu qu'un peuple de l'antiquité avait habité la terre avant que la lune tournât autour d'elle.

C'est ainsi qu'on a imaginé que la lune était une ancienne comète qui, en parcourant son orbite elliptique autour du soleil, serait venue un beau jour dans le voisinage de la terre, et se serait trouvée, entraînée par le mouvement, à circuler autour d'elle, comme nous le voyons aujourd'hui.

En fait de comètes, repoussons tous les contes qu'on se plaît à faire et employons notre raison à la recherche constante de la vérité en nous bornant aux connaissances utiles, et en ayant pour but le bien général.

POUR LE SOLEIL.

A nos yeux, cet astre semble faire le tour de la terre en vingt-quatre heures, et tourner autour de nous absolument comme la lune; mais nous avons vu que ce mouvement est le résultat d'une illusion d'optique.

A l'équateur on voit le soleil former un cercle perpendiculaire et ne tracer aucune ombre; chez nous il forme un arc, et aux pôles on doit le voir décrire un cercle à l'horizon, en sorte qu'il semble parcourir une route différente selon les contrées qu'il comble de bienfaits. Sans le soleil, tous les fluides seraient à l'état de glace, et ce qui le fait présumer, ce sont les glaces éternelles des pôles, les neiges de nos montagnes, la fraîcheur des nuits et la température glaciale des régions élevées observées par les aéronautes.

Nous devons la chaleur à la présence de cet astre majestueux qui chaque année nous ramène la vie, la gaieté, le chant des oiseaux, les fruits et les fleurs, et dont l'absence produit les neiges et les glaces; l'hiver, en effet, ce sommeil de la nature, est pour nous l'image de la mort. Que serait-ce donc si l'astre vivifiant disparaissait à tout jamais de notre globe?

Le soleil est toujours à distance égale de la terre, et il n'y a que la surface de celle-ci qui varie de position à son égard; chaque pays se rapproche où s'éloigne de lui chaque jour.

POUR L'INCLINAISON DE LA TERRE.

Dans le cours d'une année, la terre met trois mois pour aller de l'équateur au tropique du Cancer, trois mois pour revenir à l'équateur, trois mois pour aller au tropique du Capricorne et trois mois pour revenir de nouveau à l'équateur, en sorte que ce mouvement successif, d'une régularité admirable, opère un changement dans la durée des jours et des nuits chez tous les habitants de la terre, de sorte que s'il y avait des habitants aux pôles (1), ils auraient six mois de jour et six mois de nuit; dans tous les points intermédiaires du pôle à l'équateur, la différence de longueur entre les jours et les nuits est d'autant plus grande qu'on s'éloigne de l'équateur et qu'on s'approche des pôles ou régions glaciales.

Le mouvement d'inclinaison de la terre qui détermine les saisons fait facilement comprendre que plus les nuits sont longues, et plus la température est froide, parce que si le soleil se lève pour nous à huit heures du matin et qu'il se couche à quatre heures du soir, nous n'avons qu'un tiers de jour ou de chaleur; or, sans tenir compte de la distance plus ou moins grande qui nous sépare du soleil, il fait donc froid :

1° Parce que les rayons solaires sont non-seulement obliques, mais encore parce qu'ils ne restent que huit heures sur notre hémisphère;

2° Parce que l'air est d'une nature froide et que la présence du soleil ne donne pas à la surface de la terre le temps de se réchauffer.

Au contraire, si le soleil se lève à quatre heures du matin et se couche à huit heures du soir, nous avons deux tiers de jour, et alors il fait chaud :

1° Parce que le soleil reste seize heures sur notre hémisphère et concentre à la surface de la terre beaucoup de chaleur;

2° Parce que les nuits n'étant que de huit heures, la terre n'a pas le temps de se refroidir.

(1) Il est probable qu'il n'y a point d'habitants aux pôles, parce que l'homme ne pourrait pas vivre dans ces régions éternellement couvertes de glaces amoncelées, complétement inabordables et opposant aux forces humaines une barrière infranchissable.

On peut par des calculs fort simples déterminer la durée des jours sur tous les points du globe terrestre.

POUR LA LUNE.

Il est à présumer que cet astre a une grande influence sur notre globe, et que le sublime phénomène de l'inclinaison de la terre se balançant d'un côté et d'autre de la ligne équatoriale est dû à la lune que la terre semble entraîner avec elle dans son mouvement de rotation; on peut attribuer l'attraction de la terre sur la lune et réciproquement au déplacement d'air que produit notre course autour du soleil, en sorte que c'est aussi à la lune qu'il faut attribuer la succession de nos saisons.

Ce mouvement d'entraînement d'une part, et l'attraction d'autre part suffisent pour indiquer que la lune ne se trouve pas aussi éloignée de la terre qu'on le suppose.

On a observé les marées, le flux et le reflux de l'Océan; ces phénomènes ne se trouvent-ils pas occasionnés par le changement de position de la lune à notre égard? Cela n'indique-t-il pas clairement le mouvement d'inclinaison de notre globe?

Quant à la nature de la lune, les diverses phases de cet astre et surtout les éclipses nous démontrent que c'est un corps opaque (non transparent), éclairé par le soleil; ce qui nous indique que la *lumière* ou le *jour* n'est pour la terre qu'une simple réverbération des rayons solaires sur un corps opaque.

La lune faisant le tour de la terre en 29 jours et demi environ (1), et se trouvant à chaque nouvelle lune juste entre le soleil et nous, a donc une année complète dans un de nos mois, en sorte qu'elle a douze étés très-chauds, et douze hivers très-rigoureux pendant une de nos années.

Cette considération doit suffire pour faire comprendre que si la lune est une planète, elle ne peut être de même nature que la terre; son état physique doit différer entièrement du nôtre: une végétation semblable à celle que nous remarquons à la surface de notre globe y est impossible, et tout ce qui concourt à la nourriture des animaux doit y exister dans d'autres conditions; en un mot, par des changements aussi subits de température son climat serait contraire à l'existence humaine telle que nous la comprenons, et les habitants qui l'occuperaient ne pourraient pas être conformés comme nous.

POUR LES PLANÈTES.

Ces astres, ou étoiles, qu'on désigne sous le nom générique de planètes et auxquels on a donné les noms de Mercure, de Vénus l'étoile du berger (2), de Mars, Jupiter, Saturne, etc., étaient connus des Chinois, des Chaldéens et des Égyptiens bien longtemps avant J.-C.; aussi les astronomes modernes, malgré leurs puissants instruments inconnus à nos ancêtres, n'ont su découvrir que des planètes microscopiques qu'il n'est pas donné à tout le monde de voir, tellement elles nous apparaissent petites: telles sont Vesta, les quatre étoiles qu'on nomme Junon, Astrée, Cérès et Pallas (ou les prétendus quatre fragments d'une planète qui, d'après certaines hypothèses, aurait été brisée par une explosion dont la force a été calculée être vingt fois plus considérable que celle de la poudre à canon; ce choc est encore une de ces idées imaginaires de désordre que le simple bon sens repousse avec raison, et qu'il semble que les astronomes doivent émettre pour faire croire à leurs progrès dans cette science dont l'origine se perd dans la nuit des temps.

Puis Uranus qui est à une distance tellement considérable que l'observation en est presque impossible.

Sachant que toutes les grosseurs et distances peuvent se trouver exagérées, il est inutile d'entrer dans des détails relatifs à ces étoiles.

En effet, la distance des planètes se calcule par les angles, calculs qui sont du ressort de la haute géométrie, et qui nécessitent une connaissance parfaite de la parallaxe, dont je vais vous entretenir.

Imaginez un arbre dans le milieu d'un jardin, et une maison au bout de ce jardin; si nous nous plaçons à 10 pas de l'arbre, et que l'arbre soit en face de la porte de la maison, nous serons dans la ligne du milieu du jardin; si vous faites cinq pas à gauche, l'arbre se trouvera alors pour vous en face de la croisée de droite; si je fais cinq pas à droite, l'arbre correspondra pour moi à la croisée de gauche; si de chaque place où nous sommes maintenant on tire une ligne de l'arbre à chacun de nous, ces deux lignes formeront un angle $\wedge$; si alors reculant de 10 pas, mais en restant à la même distance l'un de l'autre, on tire de nouveau une ligne de l'arbre à nous, l'angle sera plus allongé, plus étroit ou plus aigu.

Or, plus l'angle est large, et plus l'objet est près, plus l'angle est allongé et plus l'objet est éloigné; on comprend que la base de l'angle (la distance qu'il y a de vous à moi) est la base fondamentale de ce principe. Eh bien, voilà comment les astronomes mesurent les distances; l'arbre est la planète, la porte et les croisées de notre maison sont les étoiles fixes, la distance parcourue sur l'orbite terrestre en un temps donné est la base de l'angle; la base est le principe de l'angle. Or, c'est une ligne droite qui demande la plus grande exactitude, une foule de soins minutieux pour offrir de bons résultats. il est évident que si l'on part d'un faux principe, tous les calculs seront faux: ainsi, si, observant en janvier et en juillet, on dit que la terre fait autour du soleil, en un an, une route de 950,000,000,000,000 mètres, et que moi je dise que cette route n'est que de 14,610,000,000 mètres, il est positif qu'on n'aura fait dans ces 6 mois qu'un chemin de 7 milliards de mètres au lieu de 475 trilliards, et cette énorme différence fera que tous les calculs donnés pour les distances et pour les grosseurs des planètes seront considérablement amoindris, par la raison toute simple que les angles étant dans ce cas moins ouverts, tout ce qu'on a dit et écrit sur cette matière se trouve complétement modifié. Voici d'ailleurs le résumé des opinions acceptées:

Numéros	ORDRE de grandeur	DIAMÈTRE comparé à la terre	POURTOUR ou circonférence.	DISTANCES moyennes de la terre.
1	La Lune.	1/4 de la terre.	2,250 lieues	86,000 lieues.
2	Mercure.	2/5 —	3,600 —	40 millions de lieues.
3	Mars.	1/2 —	4,500 —	60 —
4	Vénus.	24/25 —	8,640 —	40 —
5	La Terre.	»	9,000 —	» »
6	Uranus.	4 fois la terre.	36,000 —	800 millions de lieues.
7	Saturne.	10 —	90,000 —	400 —
8	Jupiter.	11 —	100,000 —	200 —
9	Le Soleil.	110 —	1,000,000 —	34 —

(1) Une chose qui était admirable dans le système des anciens et que j'ai eu la patience de vérifier et d'approfondir, c'est que les Égyptiens, avant la sortie de Moïse de ce pays, avaient leurs années composées de *mois* qui étaient toujours de 29 et de 30 jours, jamais plus, jamais moins, mais qui pouvaient se continuer de la sorte pendant des milliards d'années sans produire la moindre erreur. (J'ai établi ce calcul pour une période de cent mille années successives, et j'ai découvert en le faisant qu'il fallait que les anciens connussent le système décimal pour avoir trouvé cette division de l'année, si différente de celle que nous avons aujourd'hui, qui exige des mois de 28, 29, 30 et 31 jours.)

Mais ce que je trouve de plus admirable, c'est que ces peuples, rien qu'en regardant la lune, pouvaient toujours dire d'une manière précise le quantième ou la date du mois et cela sans jamais se tromper.

Certes, nous n'en pourrions faire autant, parce que l'on a depuis des siècles substitué les calendriers julien et grégorien au calendrier des temps antihistoriques.

(2) Vénus, la première planète par son éclat et sa beauté, s'appelle étoile du berger, étoile du soir, étoile du matin, et portait chez les anciens le nom de Lucifer.

Maintenant, voici l'image du diamètre indiqué pour ces planètes, image qui nous rendra bien plus sensible leur comparaison avec la terre.

GROSSEURS COMPARÉES DES PRINCIPALES PLANÈTES :

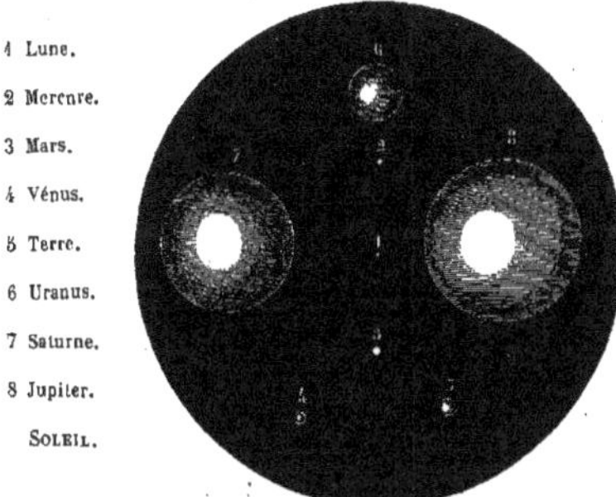

Le petit point milieu (n° 1) représente la lune; le disque dans lequel se trouvent toutes les planètes représente le soleil (seulement, pour celui-ci, je ne le donne qu'au tiers de son diamètre, parce qu'il eût fallu un espace plus considérable que celui dont je dispose; il faudrait 22 centimètres de diamètre au soleil, en donnant un demi-millimètre pour la lune, et 2 millimètres pour la terre.)

Les chiffres qui représentent toutes ces grosseurs et toutes ces distances n'étant appuyés que sur les orbites ou les routes que l'on suppose parcourues, on conçoit que de pareilles données sont bien incertaines.

Par ce qui précède, on voit que le diamètre de Saturne est de 30,000 lieues, en sorte que le pourtour de cette planète serait de 90,000 lieues environ (le pourtour de la terre est de 9,000 lieues seulement), on arrive ainsi à montrer que la terre est une des plus petites planètes parmi celles qui tournent autour du soleil, et voici, en résumé, à quelle conclusion on est amené :

« A la vue de la plupart des planètes présentant avec notre globe les ressemblances les plus frappantes, jouissant toutes des mêmes mouvements, d'une atmosphère analogue, des mêmes variations de saisons, du même état physique, on peut supposer que comme la terre les planètes sont habitées; cette faveur ne peut pas être réservée à la terre seule qui, parmi les globes qui peuplent les cieux, est un des plus petits. »

Ainsi voilà en résumé sur quoi se trouve fondé tout ce qu'on raconte relativement aux prétendus habitants des planètes; les fables qu'on débite sur ce sujet sont accueillies avec faveur par la jeunesse actuelle, si amoureuse du merveilleux; elle les accepte comme des vérités démontrées; et la science, remarquons-le bien, se met en contradiction avec elle-même, lorsqu'elle dit qu'il y a entre les planètes qui nous paraissent des étoiles, la plus grande ressemblance avec le globe que nous habitons. Quelle contradiction ! D'une part, on dit que la terre est aplatie aux pôles, tandis que d'autre part on dit que la lune est aplatie à l'équateur; d'un côté on nous montre des globes imperceptibles, et de l'autre des masses énormes.

Comment peut-on dire : *Jouissant des mêmes mouvements que nous,* lorsqu'on ne peut même pas déterminer d'une manière précise celui de la lune, qui est l'astre qu'on peut le mieux observer, puisque sa masse nous apparaît mille fois plus considérable que celle des étoiles?

Non, nous ne pouvons pas dire avec certitude que les mouvements des planètes sont identiques à ceux de notre terre ; en effet, ce n'est que *par analogie seulement* que nous pouvons douer Uranus d'un mouvement de rotation semblable au nôtre, car cette opinion n'est fondée sur aucune preuve directe.

Comment peut-on dire *atmosphère analogue*, lorsqu'on nous montre d'une part la lune et la plupart des planètes sans atmosphère, et d'autre part Saturne avec un anneau lumineux?

Peut-on supposer *les mêmes saisons* à des astres dont les mouvements sont si divers : les uns, en effet, ne font qu'un tour sur eux-mêmes dans l'espace d'une année (comme la lune), tandis que les autres se meuvent avec une vitesse demesurée (comme Mercure, 40,000 lieues à l'heure).

Et que dire du *même état physique*, lorsqu'on nous dépeint la température de Mercure égale à celle de l'eau bouillante, quand nous observons celle de la lune avec ses douze étés brûlants, et ses douze hivers rigoureux par année, enfin celle de la planète Uranus comparable à la glace?

Non, il n'existe rien d'analogue entre la terre et les autres astres, notre imagination seule y voit des analogies et nous savons que cette faculté de notre esprit s'égare bien facilement lorsqu'elle essaye de sonder les abîmes, lorsqu'elle veut approfondir les mystères qu'il ne sera jamais donné à l'homme de pénétrer; donc l'existence de prétendus habitants des planètes, loin d'être une idée lumineuse et vraie, n'est, en résumé, que le rêve d'une imagination poétique (1).

L'homme de bon sens peut-il réellement ajouter foi à toutes les folies de ce que le crédule vulgaire nomme science? Quel est l'homme intelligent qui ne sait parfaitement quelles monstrueuses erreurs est quelquefois susceptible d'enfanter l'illusion de faux rapports que certaines choses peuvent avoir entre elles? L'homme raisonnable qui sait apprécier à sa juste valeur les créations fantastiques que fait éclore le cerveau des poëtes, ajoutera-t-il sérieusement foi dans des lignes telles que celles que nous allons citer ci-dessous, lignes qui ne sont autre chose que les rêves ingénieux d'une imagination ardente, entraînée en dehors des limites du possible par de belles illusions et des hypothèses magnifiques, mais fondées sur le sable ?

Le passage que nous citons est extrait d'un ouvrage intitulé : *Harmonies de la nature;* il fait, avec une grâce enchanteresse, une éloquence séduisante, un tableau ravissant de la planète Vénus; c'est avec de tels tableaux qu'on parvient à semer les erreurs populaires et à faire partager à certains esprits des croyances fort difficiles plus tard à ébranler et à extraire.

---

(1) L'ouvrier typographe qui est chargé de la composition de mon manuscrit, arrivé à cet article, m'a demandé mon opinion sur les planètes qu'il se figurait jusqu'ici être habitées, parce que tout le monde le dit et parce que cette opinion se trouve chaque jour exprimée dans les livres qu'il compose.

Voici en résumé ce que je lui ai dit sur une question que notre intellect seul doit résoudre :

Je n'ai pas, comme Micromégas, voyagé de planète en planète, et la vérité, à mes yeux, est que la terre seule dans tout l'univers se trouve habitée; dites, si vous le voulez, que mon imagination s'épouvante de la prodigieuse étendue du système solaire, je vous répondrai que l'homme se demande comment la pensée humaine peut être assez hardie pour concevoir des milliards de soleils alors qu'elle ne voit que des étoiles.

La raison me dit que la lune, les planètes, les satellites, quel que soit le nom, ne peuvent avoir d'habitants, parce que là où il n'y a pas sensation, il ne peut y avoir de vie, car nous ne pouvons supposer qu'il peut exister des ÊTRES capables de vivre sans respirer et sans manger, en d'autres termes nous ne pouvons concevoir qu'il y ait des êtres vivant sans les organes nécessaires à la vie?

Description de l'étoile du berger.

« Vénus doit être parsemée d'îles, qui portent chacune des pics cinq ou six fois plus élevés que celui de Ténériffe. Les cascades brillantes qui en découlent arrosent leurs flancs couverts de verdure et viennent les rafraîchir. Ses mers doivent offrir le plus magnifique et le plus délicieux des spectacles

« Supposez au sein de la mer du Sud, les glaces de la Suisse, avec leurs torrents, leurs lacs, leurs prairies et leurs sapins ; joignez à leurs flancs des collines couronnées de vignes et de toutes sortes d'arbres fruitiers ; ajoutez à leurs bases des rivages plantés de bocages où sont suspendues des bananes, des muscades et des girofles dont les doux parfums sont transportés par les vents; des colibris, des oiseaux brillants de toutes espèces qui y font leurs nids et dont les chants et les doux murmures sont répétés par les échos. Figurez-vous leurs grèves parsemées d'huîtres perlières et d'ambre gris ; des coraux croissant par un été perpétuel à la hauteur des plus grands arbres, au sein des mers qui les baignent, s'élevant au-dessus des flots et mariant leurs couleurs écarlates et purpurines à la verdure des palmiers ; et enfin des courants d'eau transparente qui reflètent ces montagnes, ces forêts, ces oiseaux, et vont et viennent d'île en île par des flux et reflux, vous n'aurez qu'une faible idée des paysages de *Vénus*.

« Le soleil quoique donnant plus de 71 degrés de chaleur aux pôles, fait jouir les habitants d'une température beaucoup plus agréable que celle de nos plus doux printemps ; et bien que cette planète ne soit pas éclairée la nuit par des lunes, Mercure, par son éclat et son voisinage, et la terre par sa grandeur, lui en tiennent lieu de deux.

« Ses habitants, d'une taille semblable à la nôtre, puisqu'ils habitent une planète d'à peu près même diamètre, mais sous une zone céleste plus fortunée, doivent donner tout leur temps aux amours. Les uns faisant paître des troupeaux sur les croupes des montagnes, mènent la vie des bergers ; les autres, sur les rivages de leurs îles fécondes se disputent des prix à la nage, se livrent à la danse, aux festins où s'égayent pas des chansons. »

Il n'est nul besoin de faire un commentaire de ce magnifique tableau ; qui est presque une réminiscence du Paradis terrestre, ou plutôt une peinture des Champs-Elysées des païens. Encore un pas et nous verrions la science (la science d'imagination, bien entendu et non pas la vraie science) faire voyager, par le magnétisme ou tout autre fluide analogue, les âmes des mortels de planète en planète.

Voici maintenant l'image du système planétaire, à peu près tel qu'on nous le donne :

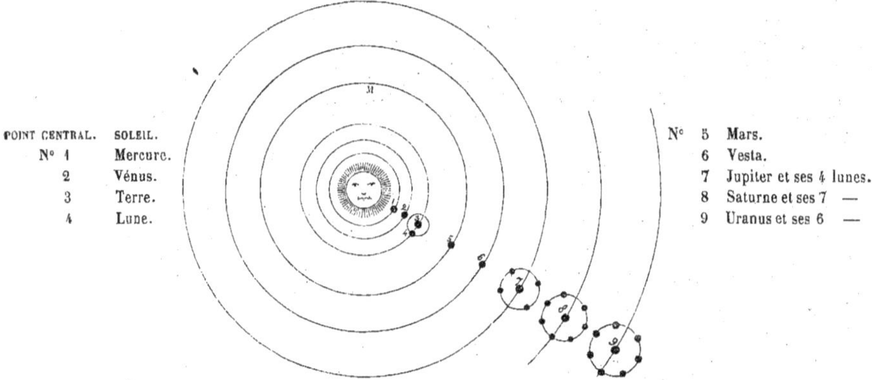

Cette image de la marche des planètes démontre leur passage dans telle ou telle région de l'espace, et, en même temps, nous fait voir que nous devons les trouver plus ou moins grosses, selon la position qu'elles occupent.

Il est certain que Mars (n° 5) peut se trouver plus près de nous dans un temps que dans un autre, ce qui a lieu lorsqu'il se trouve au point marqué M sur son orbite ; donc il nous paraîtra bien plus petit en M qu'en 5, pour la raison toute simple qu'il se trouve beaucoup plus éloigné de nous, la masse nous apparaissant en rapport inverse avec la distance.

Sans nous occuper de l'épaisseur de l'atmosphère qui offre à nos yeux des illusions d'optique dont il faut sans cesse se méfier, laissons un moment les planètes vues à travers des fameux télescopes des principaux observatoires, et qui paraissent tantôt plus grandes et tantôt plus petites, pour réfléchir sagement aux effets des distances, et nous verrons alors que Vénus, Mars, Mercure, Saturne, Jupiter, etc. ; par leurs positions plus ou moins rapprochées ou éloignées du soleil, ne peuvent pas être des globes composés de terre et d'eau, hérissés de montagnes, entourés de nuages, etc, comme notre terre ; or, il est impossible que nous concevions une idée exacte de la constitution géologique et de la nature de globes qui n'éprouvent ni vent, ni pluie, ni tonnerre, ni grêle, ni neige, et qui ne renferment pas les trois règnes (minéral, végétal et animal.)

Donc, je crois que tout cela n'existe pas sur les autres planètes, et je le crois précisément parce que cela existe sur la nôtre.

Mettez toutes les planètes à une distance égale du soleil comme la terre s'y trouve, et alors seulement je croirai aux mille et mille fables inventées pour nous faire voir des habitants partout.

SYSTÈME POUR SYSTÈME.

Lorsqu'on offre un nouveau système à l'examen de ses contemporains, il faut en déduire toutes les conséquences et le pousser jusqu'à ses dernières limites, et, comme j'ai promis de montrer aux jeunes gens qu'on pouvait toujours en substituer un à un autre, je serai conséquent jusqu'au bout.

Voici donc les résultats définitifs des calculs nombreux que j'ai dû établir pour faire concorder tous les chiffres donnés par les traités astronomiques avec les miens, afin de retrouver en tout les mêmes effets en rapprochant les distances.

Je laisse, bien entendu, ces chiffres à l'appréciation seule des élèves qui ont des connaissances géométriques assez étendues pour les approfondir et les juger.

COMPARAISON.

CHIFFRES DONNÉS PAR LES ASTRONOMES.		CHIFFRES QUE JE DONNE EN ÉCHANGE.		
Distance de la terre au soleil,	34,500,000 lieues	2,314,541,039	mètres ou	578,635 lieues.
Diamètre du soleil,	350.000	21,326,762	—	5,331
Circonférence du soleil,	1,000,000	67.000,000	—	16,750
— de la terre,	9,000	40,000,000	—	10,000 (1)
Distance de la terre à la lune,	86,000	68,832,829	—	17,208
Diamètre de la lune,	781	636,619	—	159
Circonférence de la lune,	2.560	2,000,000	—	500
Vitesse de la terre par heure,	25,000	1,666,666	—	416
— par jour,	600,000	40,000.000	—	10,000
Orbite terrestre,	210,000,000	14,609,690,000	—	3,652,422

Tous ces chiffres sont le fruit de calculs sévèrement construits, et s'ils diffèrent de tous ceux indiqués plus haut, c'est qu'il s'agissait alors de pures démonstrations pour lesquelles j'ai évité les fractions; tandis que ceux que je viens donner définitivement contiennent l'exactitude que réclame un sujet aussi important pour lequel l'espace et le temps exigent une précision mathématique (2).

PREUVE A L'APPUI DE MES CALCULS.

Maintenant quelle preuve puis-je donner à l'appui de mes calculs? Comment démontrer à des lecteurs qui n'ont pas d'instruments astronomiques à leur portée, que je suis dans le vrai en indiquant pour les astres les distances et les masses que l'on croit si difficiles à mesurer?

Je vais essayer cependant de leur donner le moyen de vérifier par eux-mêmes l'exactitude de mes chiffres tout simplement à l'aide de la règle de trois.

On sait que plus un objet se trouve éloigné de nous et plus il nous paraît petit, on sait aussi qu'il diminue en raison de sa distance par rapport à nous.

Or, connaissant la distance qu'il y a du lieu où nous sommes à l'objet observé, il est très-facile de déterminer quelles en sont les proportions.

Pour arriver à ce résultat, nous allons tâcher de nous passer de graphomètre et des autres instruments que tout le monde ne possède pas, et nous allons fabriquer une lunette économique et précise qui nous donnera la véritable dimension des objets sans les grossir ni les amoindrir.

Prenons un tube de 1 mètre de longueur (un tuyau en zinc de quelques centimètres de diamètre sera tout à fait convenable), fermons chaque extrémité de ce tube à l'aide d'un petit disque en carton.

---

(1) La différence de 1,000 mètres provient de ce que les calculs des astronomes sont établis avec des lieues de 4,444 mètres d'un côté, tandis que moi, j'ai adopté, dans tout le cours de mes calculs, des lieues de 4 kilomètres ou 4,000 mètres.

(2) Tous mes calculs ont pour base les trois mouvements de la terre au lieu de quatre que j'ai indiqués page 110 en donnant l'image de mon petit mécanisme.

1° Le simple mouvement de rotation; en suivant ce mouvement, la terre fait régulièrement un tour sur elle-même dans l'espace de 24 heures, ce qui nous donne le jour et la nuit;

2° Le mouvement naturel de translation; d'après ce mouvement, la terre s'avance tout en tournant sur son équateur comme le ferait une roue de voiture ou une bille de billard, en décrivant dans l'espace, autour du soleil, un orbe en forme de cercle, dans le courant d'une année;

3° Le mouvement d'inclinaison; la terre penche un peu à droite et à gauche de son équateur, en suivant des lignes inclinées, ce qui nous donne les saisons.

En conséquence, il n'y a que le mouvement extraordinaire de gravitation uni aux forces centrifuge et centripète que je n'admets pas pour soutenir dans l'espace une boule immense et lui faire, comme poussée par le vent, parcourir 600,000 lieues par jour, parce que tous les calculs que j'ai établis sur la pesanteur du globe terrestre, m'ont mathématiquement prouvé que la terre est très-légère et se trouve par son volume être d'un poids égal à l'air qu'elle déplace dans l'espace, ce qui lui permet de se soutenir dans les airs comme un ballon ou comme nous voyons le soleil et la lune passer chaque jour au-dessus de nos têtes.

Dans tout ce système je ne heurte donc à vrai dire que le point important et si vanté de la force centrifuge. Pourquoi? parce que cette loi, qui dit que l'espace parcouru par les corps qui tombent est en rapport du carré du temps mis à le parcourir, n'est pas à mes yeux une vérité, d'abord parce que les astres ne sont pas des corps qui tombent et se précipitent, en outre parce que du petit au grand, on peut se laisser entraîner aux plus fatales erreurs; en effet, il peut fort bien se faire qu'un phénomène qui a lieu sur une petite masse n'ait pas lieu sur une grande, ou tout au moins soit fort différent.

On peut fort bien faire une petite expérience à propos de la vitesse des corps qui tombent dans l'air d'une grande hauteur au-dessus du sol, comme des tours Notre-Dame à Paris, par exemple; mais, en définitive, qu'est-ce que la hauteur d'une tour de 66 mètres d'élévation qu'une pierre en tombant parcourt en 3 secondes et demie comparée à une vitesse de 375 lieues ou 1,500,000 mètres pour une heure, ce qui fait 416 mètres par seconde?

Qu'est-ce qu'une expérience de quatre secondes, la plus longue qu'il ait jamais été possible de faire pour établir les lois de la force centrifuge, pour nous qui mettons une seconde rien que pour faire le plus léger mouvement de tête?

On part de cette petite expérience pour dire qu'un corps en tombant d'une grande élévation parcourt 4 mètres 90 centimètres pour la première seconde, 14 mètres 70 centimètres pour la deuxième seconde, 24 mètres 50 centimètres pour la troisième seconde, 44 mètres 10 centimètres pour la quatrième seconde, mais comme il n'existe aucune élévation verticale au monde sur laquelle il nous soit donné de faire une expérience de 5 secondes seulement, peut-on dire que ces chiffres soient exacts au point d'être une vérité mathématique? Peut-on assurer que 44 mètres 10 centimètres est le chiffre réel de l'espace parcouru en 4 secondes? Non certes, car il est certain que 35, 40, 45 et 50 mètres seraient des chiffres aussi exacts que 44 mètres 10 centimètres; il ne nous est pas donné de faire des observations sur des dixièmes ou vingtièmes de secondes, la tierce n'étant qu'une mesure de temps microscopique, définissable par des chiffres seulement et non par l'observation.

Comment fait-on les expériences qui servent à démontrer la force centrifuge? On calcule l'effet que produit l'accélération que les corps prennent en tombant au moyen de pierres qu'on laisse tomber, à un instant donné, soit du haut d'un édifice, soit de l'orifice de puits plus ou moins profonds, et d'après le temps qui s'écoule entre le moment où on laisse tomber la pierre et celui où on entend le bruit qu'elle produit en touchant le sol ou l'eau, on détermine le temps et l'espace parcourus; sans tenir compte du temps que le son met après le choc pour revenir à l'oreille, je dis que toute expérience qui dure 1, 2 et 3 secondes ne peut se faire avec une telle exactitude; j'affirme qu'on ne peut avec certitude en déduire des distances aussi précises que de 10, 50, 70, 90 centimètres, comme on l'établit dans les calculs ci-dessus, et personne au monde ne peut dire qu'un corps en tombant met une seconde pour franchir 4 mètres 90 centimètres, car j'ai fait l'expérience, et j'ai pu voir que 4 mètres, 5 mètres ou 6 mètres sont toujours parcourus en 1 seconde; j'ai fait des observations analogues pour les espaces parcourus pendant la deuxième seconde, et j'ai trouvé 12, 14 et 16 mètres aussi bien que les 14 mètres 70 centimètres indiqués.

Il résulte que le calcul sur lequel est basé le principe de la force centrifuge et qui dit que « les espaces sont dans les rapports des carrés, ou les temps étant représentés par 1, 2, 3, 4, etc., les espaces parcourus le sont par 1, 4, 9, 16, etc., » est une hypothèse fort ingénieuse parce qu'en multipliant 4 mètres 90 centimètres par ces nombres on trouve précisément ceux indiqués. Mais toute belle que soit cette hypothèse, ce n'est rien qu'un calcul fort habilement arrangé, trop positivement déterminé et qui ne repose sur aucun principe solide. Je le répète, on prend pour principe le rapport du petit au grand, et une comparaison fort simple fera comprendre toute la fausseté d'un pareil raisonnement : supposons que nous voulions expérimenter la vitesse d'une locomotive sur un chemin de fer, et que nous disions : cette locomotive parcourt 1 mètre pendant la première seconde, 4 mètres pendant la deuxième, 9 mètres pendant la troisième, etc., il est certain que ces premiers chiffres seront ceux indispensables pour la mise en train ou la mise en mouvement et si, partant de ce principe, nous continuons nos calculs en attribuant une marche progressive à la locomotive sans continuer davantage l'observation, certes nous arriverions à lui faire franchir des espaces immenses en une minute de sorte qu'elle atteindrait en quelques heures la vitesse de l'électricité.

Pour ces raisons, les rapports du carré, les lois de la force centrifuge et de la force centripète ne sont pas pour moi une vérité démontrée.

D'un côté, faisons un petit trou dans le carton pour regarder comme au travers d'une longue vue, et de l'autre côté faisons un trou provisoire un peu plus grand.

Maintenant que nous voilà munis de cet instrument d'une simplicité primitive, supposons qu'une maison soit placée à 400 mètres du lieu où nous nous trouvons, et proposons-nous de chercher la largeur de cette maison.

Je regarde la maison avec ma lunette et j'agrandis le plus grand trou du petit disque de carton jusqu'à ce que la maison que j'observe soit toute entière comprise ou peinte en miniature dans l'ouverture que j'ai pratiquée, et qui me sert d'objectif.

Cela fait, je mesure la grandeur du trou ; il a deux centimètres de diamètre, par exemple : j'établis alors la proportion géométrique suivante :

La longueur de ma lunette (1 mètre) est au diamètre observé (2 centimètres) comme la distance entre moi et la maison (400 mètres) est à la largeur de cette maison (x).

Or, comme pour trouver le terme inconnu d'une proportion, il suffit de multiplier le troisième terme par le deuxième, et diviser par le premier, je multiplie 400 mètres

par 0m,02

8m,00 qui divisé par 1m,00

donne pour résultat 8 mètres.

En conséquence, la maison a 8 mètres de largeur.

Maintenant faisons en grand ce que nous venons de faire en petit pour voir si les mesures que j'indique pour la distance et le diamètre du soleil sont exacts; seulement nous opérerons en sens inverse, et nous dirons :

La distance de la terre au soleil (2,314,541,039 mètres), plus le demi-diamètre du soleil (10,663,381 mètres), est au diamètre du soleil (21,326,762 mètres), comme la longueur de ma lunette (1 mètre), est au diamètre de l'ouverture que je devrai pratiquer à mon carton.

Opération :	2,314,541,039
	10,663,381
21,326,762	2,325,204,420
	0,009,171

Or, le résultat est 9 millimètres et des fractions qu'il est inutile de considérer.

Le trou que je devrai faire au disque qui recouvre ma lunette devra avoir 9 millimètres de diamètre; mais comme il m'est impossible de fixer le soleil avec les yeux, je remplacerai le carton par un morceau de verre que j'aurai noirci à la fumée d'une bougie, alors prenant un petit pain à cacheter de 9 millimètres de diamètre, je le colle sur ce verre et je regarde le soleil; il est évident que si le pain à cacheter éclipse parfaitement le soleil le 21 juin en le regardant avec ma lunette à midi, c'est que le diamètre du soleil est bien de 21,326,762 mètres (5,331 lieues au lieu de 350,000) et la distance de la terre au soleil de 2,314,541,039 mètres (578,635 lieues, au lieu de 34,500,000); cette opération géométrique est d'une vérité incontestable, et l'expérience donne pour résultat :

9 millimètres à la distance de 1 mètre.
18 — — 2 —
27 — — 3 — etc.

Or, un tuyau de 10 mètres de longueur ferait une excellente lunette astronomique, au bout de laquelle le soleil paraîtrait avoir 9 centimètres; et si la lunette avait 20 mètres, le soleil aurait 18 centimètres.

Voilà comment on fait de bons instruments simples, économiques et naturels, aussi parfaits que ceux qui valent 30 à 40 mille francs, sans compter la monture, ce que je vais encore prouver.

CHIFFRES POUR CHIFFRES.

Il est curieux de remarquer en rapprochant mon système de celui des astronomes que le résultat final est identique.

Le lecteur jugera par lui-même que le calcul fournit bien le même résultat pour les petites distances que j'indique comme pour les grandes distances indiquées jusqu'à ce jour.

Opération :

La distance de la terre au soleil (34,500,000 *lieues, ou* 153,318,000,000 *mètres* [34,500,000 × 4444 = 153,318,000,000].) est au diamètre du soleil (1,400,563,450 *mètres* [12,732,395 × 110 = 1,400,563,450]) comme 1 mètre est à x ou diamètre apparent du soleil.

1,400,563,450	153,318,000,000
	0m,0091

Il résulte qu'opérant avec 34 millions de lieues de distance de la terre au soleil, et donnant à cet astre un diamètre de 110 fois celui de la terre, on trouve 9 millimètres pour solution, chiffre exactement égal au mien.

CONCLUSION.

Je m'aperçois qu'il est temps de m'arrêter; je me suis laissé entraîner malgré moi à parler un peu trop longuement peut-être de mes idées en astronomie, et je dois avouer qu'une fois entré dans cette matière si intéressante, j'ai peine à m'en laisser détourner. Je dois toutefois demander mille pardons au lecteur de n'avoir pas su résister au puissant attrait que m'offre cette étude, et de ne m'être pas assez souvenu que son abonnement à cet ouvrage exige l'exposé d'une méthode nouvelle d'écriture et non des considérations astronomiques.

Quoi qu'il en soit, je me suis permis d'émettre mes idées sur cette question, et j'espère qu'on me pardonnera d'avoir saisi une occasion qui ne se représentera plus pour moi, car je n'aurai pas la folie de faire imprimer un livre *sans titre possible* sur ce sujet; j'ai seulement indiqué les calculs auxquels je me suis livré et les résultats auxquels je suis arrivé pour prouver à ces jeunes gens qui parlent avec tant d'aplomb des systèmes solaire et planétaire, de la distance et de la grosseur des astres, qu'il ne suffit pas de lire un livre d'astronomie pour connaître les phénomènes admirables qui se passent au-dessus de notre tête.

Il ne s'agit pas ici de haute astronomie; qu'ils comparent donc mes chiffres avec ceux qu'ils ont, et qu'ils méditent sur la simplicité de mes résultats; connaissant les distances, qu'ils mesurent le diamètre de la lune et du soleil, les deux astres principaux de notre univers; qu'ils dessinent des tangentes sur le papier, qu'ils opèrent à l'aide d'un graphomètre, d'un rapporteur, de compas de proportion, etc.; en un mot, qu'ils ne sortent pas des lois de la géométrie et les résultats qu'ils obtiendront seront certainement d'accord avec notre raison, et ils ne s'égareront pas dans cette infinité de calculs qu'on a dû établir pour placer notre globe à 34 millions de lieues du soleil.

Qu'ils se rappellent que la vérité mathématique est une, simple et claire comme toute autre vérité; mais qu'une fois sorti de la route qui y conduit, plus on avance et plus on s'égare.

En opérant avec méditation, la terre à nos yeux ne sera plus, ainsi qu'on le fait voir, un point *insensible* au milieu de l'univers. En suivant cette voie, nous anéantirons cette manie dont le but a toujours été de nous rapetisser et nous avilir en nous

NOUVELLE DÉCOUVERTE.

ÉCRITURE UNIVERSELLE

OU

ÉCRITURE DES SONS

Pour se faire une idée matérielle de cette découverte, il faut se figurer un aveugle qui ayant trouvé le moyen d'écrire les paroles telles qu'elles sortent de la bouche n'a nullement besoin de s'occuper de l'image actuelle des mots.

PARIS

ON S'ABONNE CHEZ L'AUTEUR, RUE DE VAUGIRARD, 194,

IMPASSE DE L'ENFANT-JÉSUS, 3.

1857.

3e & 4e Livraison.

NOUVELLE DÉCOUVERTE.

ÉCRITURE UNIVERSELLE

OU

ÉCRITURE DES SONS

Pour se faire une idée matérielle de cette découverte, il faut se figurer un aveugle qui ayant trouvé le moyen d'écrire les paroles telles qu'elles sortent de la bouche, n'a nullement besoin de s'occuper de l'image actuelle des mots.

PARIS

ON S'ABONNE CHEZ L'AUTEUR, RUE DE VAUGIRARD, 104,

IMPASSE DE L'ENFANT-JÉSUS, 3.

1857.

Livraison.

NOUVELLE DÉCOUVERTE.

CRITURE UNIVERSELLE

OU

ÉCRITURE DES SONS

Pour se faire une idée matérielle de cette découverte, il faut se figurer un aveugle qui, ayant trouvé le moyen d'écrire les paroles telles qu'elles sortent de la bouche, n'a nullement besoin de s'occuper de l'image actuelle des mots.

PARIS

ON S'ABONNE CHEZ L'AUTEUR, RUE DE VAUGIRARD, 191,

IMPASSE DE L'ENFANT-JÉSUS, 3.

1857.

Livraisons 9 et 10

www.ingramcontent.com/pod-product-compliance
Lightning Source LLC
LaVergne TN
LVHW020323230826
846091LV00003B/749

9782329169538